清代傳記文選

李文實 選註
卓瑪 馬志林 何璐璐 整理

创于1897
商務印書館
The Commercial Press
二〇一九年·北京

圖書在版編目(CIP)數據

清代傳記文選 / 李文實選註；卓瑪，馬志林，何璐璐整理. — 北京：商務印書館，2019
ISBN 978 - 7 - 100 - 17378 - 0

Ⅰ. ①清… Ⅱ. ①李… ②卓… ③馬… ④何…
Ⅲ. ①傳記文學－作品集－中國－清代 Ⅳ. ①I25

中國版本圖書館CIP數據核字（2019）第078357號

清代傳記文選
李文實　選註
卓瑪　馬志林　何璐璐　整理

商　務　印　書　館　出　版
（北京王府井大街36號　郵政編碼 100710）
商　務　印　書　館　發　行
三河市尚藝印裝有限公司印刷
ISBN 978 - 7 - 100 - 17378 - 0

2019年8月第1版　　開本 880×1230　1/32
2019年8月第1次印刷　　印張 11　插頁 4

定價：48.00元

李文實先生晚年生活照

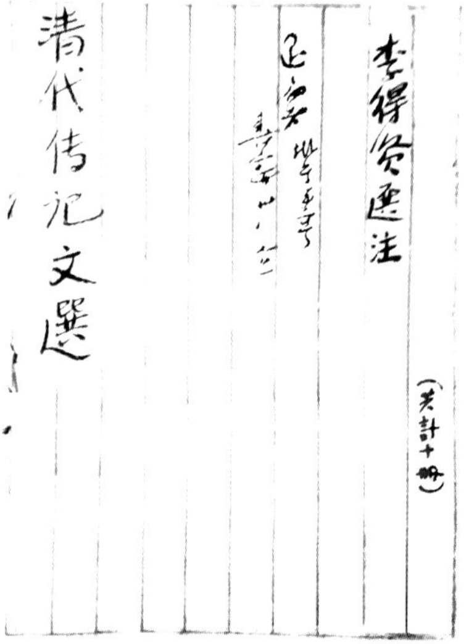
清代傳記文選

李得賢選注

（共計十册）

《清代傳記文選》手稿封面

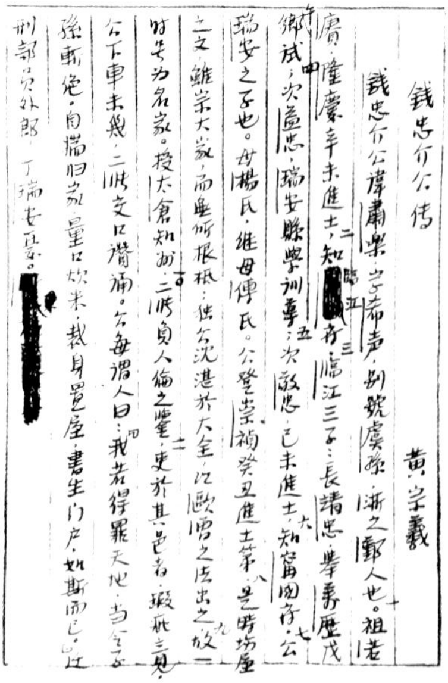
錢忠介公傳

黃宗羲

錢忠介公肅樂，字希聲，別號虞孫，浙之鄞人也。祖若賡，隆慶辛未進士，知[redacted]府臨江。三子：長請忠，舉秀，歷戊午鄉試；次益忠，瑞安縣學訓導；次敬忠，己未進士，知寧國府。公瑞安之子也。母楊氏，繼母傅氏。公登崇禎癸丑進士第。是時場屋之文，雖宗大家，而無所根柢，獨公沈湛於大全，以歐曾之法出之，故一時號為名家。授太倉知州，二州負人倫之鑒，吏於其邑者，瑕疵立見。公下車未幾，二州交口稱誦。公每謂人曰：「我若得罪天地，當令子孫斷絕。自揣歸家，量口炊米，裁身置屋，書生門戶，如斯而已。」遷刑部員外郎，丁瑞安憂。[redacted]

《清代傳記文選》手稿書影

整理說明

李文實（一九一四—二〇〇四），青海化隆人，一九四五年畢業於齊魯大學，一九五〇年至一九五一年任上海誠明文學院中文系教授，一九五一年至一九七九年任職於青海省香日德農場，一九七九年至一九九〇年任教於青海民族學院漢語言文學系。李文實先生師從『古史辨派』大師顧頡剛先生，精於輿地研究。主要發表出版有讀青海地方史略瑣議、再談青海地方史略、青海地方史劄記、西寧府新志與楊應琚、吐谷渾族與吐谷渾國、有關吐谷渾歷史上幾個問題的探討、西陲古地甄微、西陲古地與羌藏文化、黃河九曲新考等論文和專著，爲我國西北地方歷史、文化、地理等的研究和青海地方史志的整理編纂做出了重大貢獻。

此次整理出版的清代傳記文選手稿，據該書導言可知，乃是先生選注清代記事文選四種（傳記、叙記、碑誌、雜記）之一。是書在體例上祖述清姚鼐古文辭類纂，推繹其意，細爲區分，別爲傳、家傳、小傳、別傳、自傳、自叙、合傳、行狀、事略、遺事十類，並加以注釋。常言文史不分家，但非渾然不分，從史料學與文章學的角度細爲評判，各有側重。是書選注的標準誠如作者在導言中所謂『大抵史料之價值大，而文學之趣味微，本書概之不録』，可見作者兼顧了史料之價值與文學之趣味。自古史家有兩個重要的傳統，一個是『秉筆直書』，一個是

『微言大義』，這兩個標準可以兼容，體現爲史家修史時在注重紀實的同時傾注了自身的價值觀念，如仁、義等。這些觀念在長期的發展過程中成爲中華民族優秀傳統文化的一部分，而史書正是中華優秀傳統文化的重要載體。而提倡中華優秀傳統文化，恰是樹立文化自信的重要方面。因此，該書的整理出版符合時代需求。當然，時過境遷，文化本身也是動態的，古人所推崇的有些觀念如今顯然已經不合時宜，甚至是必須揚棄的。這就要求我們提高鑒別能力，提倡的必須是中華『優秀』傳統文化，需要『取其精華，去其糟粕』。至於該書的主要內容，自然毋庸整理者贅言。

清代傳記文選手稿現藏於青海民族大學學科館，以此爲底本。因涉及選文較多，所以只能選用相應的校本。我們盡量選用較好的刻本進行對校，同時也廣泛吸收了時賢的研究成果，選用中華書局或上海古籍出版社等出版社的相關版本。在體例上遵從作者採用的繁體直排的形式，對於極個別的句讀，參考時下通行的方式有所改動，注釋中可能因作者當時因查閱不便而留有空格，如史籍卷數等，我們通過查閱相關資料予以補充完整，幾處有標號而無注文的注釋則徑予刪除，而注釋爲『待考』或注釋不全的部分，則一仍其舊，不敢續貂。有些誣蔑農民起義或少數民族的文字，爲保持文獻原貌，也不作改動，相信讀者完全可以理解。由於整理者學識有限，難免疏失，懇請讀者朋友們批評指正。

此次整理出版得到了李文實先生家人李維皋、李葆春的俯允，藏書機構青海民族大學學科館提供了方便，青海民族大學教務處予以資助，商務印書館編輯王希、孫昉、鮑海燕做了大量精心的編輯工作，謹此一並致謝。

目録

導言

一

傳記於古爲史官專職，其名始於太史公史記列傳。列傳云者，羅列一時著名人物而爲之傳也。劉彦和（勰）文心雕龍史傳篇云：

左氏綴事，附經間出，於文爲約，而氏族難明。及史遷各傳，人始區詳而易覽。

劉子玄（知幾）史通内篇列傳亦云：

夫紀傳之興，肇於史漢。蓋紀者，編年也；傳者，列事也。編年者，歷帝王之歲月，猶春秋之經；列事者，録人臣之行狀，猶春秋之傳。春秋則傳以解經，史漢則傳以釋紀。

二家皆溯傳記之起原，其本乃史職，例嚴而體尊。非私家所可隨意秉筆也。然史官爲書，一代之人，傳者無幾，後世文人學士，表微闡幽，稍稍爲人立傳，揆其初旨，若劉向列女，期表貞節；揚雄家牒，思顯父母，其例猶未甚濫。即如唐人有作，雖亦取傳記爲名，猶多寄託諷刺詼諧游戲，未嘗公然自當史任。自宋世文士秉筆，傳記之例始大昌，駸駸乎侵史官之職矣。顧寧人（炎武）日知録卷十九於此有云：

> 列傳之名，始於太史公，蓋史體也。不當作史之職，無有爲人立傳者，故有『碑』，有『志』，有『狀』，而無『傳』。梁任昉文章緣起，言傳始於東方朔作非有先生傳，是以寓言而謂之傳。韓文公集中傳三篇：太學生何蕃、圬者王承福、毛穎。原注：又有下邳侯革華傳，是僞作。柳子厚集中傳六篇：宋清、郭橐駝、童區寄、梓人、李赤、蝜蝂。何蕃僅取其一事而爲之傳，王承福輩皆以微者而爲之傳，毛穎、李赤、蝜蝂則戲耳，而謂之傳，蓋比於稗官之屬耳。若段太尉，則不曰傳，曰逸事狀。子厚之不敢傳段太尉，以不當史任也。自宋以後，乃有爲人立傳者，侵史官之職矣！

顧氏此論，最得古義。然後世爲人立傳，雖褒貶未盡得體，紀事間或失真，而蒐羅遺逸，足補史傳之缺，軼聞佚事，亦多較史爲詳。其有助感發，固與史氏無異也。姚姬傳（鼐）編古文辭類纂，立傳狀爲一類，而爲之闡釋云：

> 傳狀類者，雖原於史氏，而義不同。劉先生云：古之爲達官名人傳者，史官職之，文人作傳，凡爲圬者、種樹之流而已。其人既稍顯，即不當爲之傳，爲之行狀，上史氏而已。余謂先生

之言是也。雖然，古之國史立傳，不甚拘品味，所紀事猶詳。又實録書人臣卒，必撮叙其生平賢否。今實録不紀臣下之事，史官凡仕非賜謚及死事者，不得爲傳。乾隆四十年，定一品官乃賜謚。然則史之傳者，亦無幾矣！余録古傳狀之文，並紀茲義，使後之文士得擇之。

姚氏此言，祖述其師劉海峰（大櫆）説，蓋亦不廢私家之作。故就我國傳記文學之發達言，自唐宋而後，乃别開生面，然文士載筆，好惡由己，其例濫體卑，亦至近世而尤甚，其得失固參半也。

私家傳記，若司馬相如自叙，王充自紀，止於本身。即揚雄、殷敬家傳，亦僅及一家，所關猶微。至圈稱傳陳留耆舊，周斐傳汝南先賢，遂廣集英靈，及於郡國，始分史官之席，而與官史相互媲美。雖體例較異，而其爲功史事則一也。後世如習鑿齒襄陽耆舊傳（隋志作紀），陳壽益部耆舊傳，束皙三魏人士傳，張方賢楚國先賢傳贊，劉彧長沙耆舊傳贊，林紘莆陽人物志，王襃南陽先民傳，袁紹錢塘先賢傳贊，佚名京口耆舊傳，宋濂浦陽人物記，區大任百越先賢志，鄭柏金華賢達傳，李濂祥符鄉賢傳，黄佐廣州人物傳，張大復崑山人物傳，以及孫奇逢中州人物考、畿輔人物考之屬，皆祖述圈、周，補史之闕，文采斐然，多見著録。此其表彰前賢，載光鄉邦者一也。其不以一地爲範圍，而編次歷代名臣事迹，如姚咨春秋名臣傳，李廷機漢唐宋名臣録，朱熹八朝名臣言行録，焦竑熙朝名臣實録，李若愚歷代相臣傳、昭代名臣録，曹溶崇禎五十宰相傳，及朱軾歷代名臣傳之屬，皆詮次大臣，詳記政事。此其闡揚令德，有關治亂者又一也。其倣名臣之例，誦法先儒，如胡舜陟孔子編年，戴銑朱子實紀，馮從吾元儒考略，周汝登聖學宗傳，劉鱗長浙學宗傳，孫奇逢理學宗傳，黄宗羲明儒學案，全祖望宋元學案，江藩國朝漢學師承記，及朱軾歷代名儒傳之屬，皆條析流派，著其精微。此其光昌學術，風勵後進者又一也。又如郁衮革朝遺忠録，郎瑛萃忠集，張朝瑞忠節録，龔頤正中興忠義録，羅汝鑑群忠備遺録，許有穀忠義存褒什，錢士升明表忠記，羅汝懷湖南褒忠録之屬，皆録捨生蹈義之事，表撫志殉節之臣。此其發揚忠貞，扶植綱常者又一也。他如皇甫謐高士傳，高兆續高士傳，費樞廉吏傳，朱軾循吏傳，解縉古今列女傳，王紹珪古今孝悌録之屬，或標高節，或志景行，亦一時隱逸清亮之選。此其搜括孤芳，敦勵風教者又一也。至若王偁張邦昌事略，楊堯弼逆臣劉豫傳，曹溶劉豫事迹之屬，皆筆伐奸僞僭竊之輩，大義昭然。此其善善惡惡，判别忠奸者又一也。綜上六端，私家作傳，雖非古義，而明一代之治亂，昭千古之賢奸，存一地之文獻，又何可廢？其爲後人所重，非偶然矣！抑傳人書事，史貴直筆，設居史職者，不重史德，歪曲事實，則雖官修之史，亦難取信。是故傳記之作，無論史氏稗官，知人論世，必是非不謬於聖人，要在秉筆之公而已。余序兹選，首明此義，俾讀者知所取焉。

二

自來文章之道，最尚體要，言必有則，名須符實。傳記一體，因事立名，其類甚繁。姚姬傳辨別文體，以傳、家傳、行狀、事略、實録各體，皆歸傳狀一類，其分合出入，釐然有當，頗爲後世辨章文體者所宗。茲選略師其意，各以類從，間加解題，略述緣起，其文之不稱者，則併體闕焉。惟解題舉例，偏詳清代。前人有作，此所宜詳。義取參覽，庶免偏陋云爾。

姚氏古文辭類纂選録古傳狀之文，僅及傳、行狀、事略而止。然推繹其意，細爲區分，則凡傳、家傳、別傳、外傳、小傳、自傳、合傳、同傳、附傳、補傳、行狀、述、事略、遺事、實録，及年譜之屬，皆其類也。茲爲分述如次：

『傳』之名，蓋取諸史之列傳。陳留耆舊及高士、神仙，俱以『傳』名，後世文人學士之所表章，亦多稱『傳』。蓋自比於史官，而與史傳並行矣。韓柳之作，多近嬉戲，自宋人繼述，例遂普行。歐陽永叔（修）桑懌傳，曾子固（鞏）洪偓傳，蘇子瞻（軾）僧員澤傳、杜處士傳，蘇子由（轍）孟德傳、丐者趙生傳之類，其權輿也。

傳狀之在文章家，爲史之流，其自別於官書，而私記其先德，貽厥方來，則謂之『家傳』。此體自揚（雄）、殷（敬）而後，唐宋間人，多喜爲之。如李邕狄梁公家傳，李繁鄴侯家傳，張大素敦煌張氏家傳，韓忠彦韓魏公家傳，翟耆年翟忠惠家傳，鄭翁歸夾漈家傳，林成季艾軒家傳等，俱多可考。元明以來，文集所載，其作尤繁，文辭雖美，然請託公行，阿諛曲諱，多乖史例，是則末流之失也！

史傳之外，別搜軼事，補其未及，是謂『別傳』，或亦謂之『外傳』。劉向列女，梁鴻逸民，劉子玄（知幾）以爲『別傳』，然時尚無其名也。迨裴松之注三國志，多引別傳，而魏晉間人之桓階別傳、羅含別傳，（皆見太平御覽引，失其作者）亦頗流傳，於是其名乃立。繼之如晁迥揚雄別傳，王巖叟魏公別録，曹偃曹武惠別傳等，皆汲其流。清季如朱仲我（孔彰）中興將帥別傳，至成專書，其事更加詳焉。『外傳』之名，似始於唐，伶元飛燕外傳，樂史楊妃外傳及郭湜高力士外傳之類，皆其濫觴。後此如王晫胡孝廉外傳，張次仲查古庵外傳等，皆師其例。然揆其體，與『別傳』爲近，故並論焉。

叙次簡略，文省事賅，是謂『小傳』。唐李義山（商隱）李賀小傳其選也。黄梨洲（宗羲）明儒學案，於每家俱有小傳，翔實簡賅，最爲上乘。江進之（盈科）明十六種小傳，雖專書，亦非其比也。

自叙家世，並及生平，是謂『自傳』。太史公史記自序，班孟堅（固）漢書叙傳，皆其嚆矢。及王仲任（充）論衡自紀出，而波瀾始闊。間有寄諸隱託者，如陶靖節（潛）五柳先生傳，歐陽永叔（修）六一居士傳之類皆是，蓋別調也。

綜叙二人以上之事，而不分主從，是謂『合傳』，太史公陳餘張耳列傳、伯夷列傳之類是也。其二人以上平列，無别輕重，而各爲起訖者，則謂之『同傳』，如太史公管子晏嬰列傳、孫武吳起列傳之類是也，或以此爲『合傳』，區分猶未盡密，蓋此只取同時或異時之人，其事迹約相類者，比次成篇，擴而大之，如儒林、文苑、黨錮、獨行，俱屬相同，其與『合傳』之相參並録，合體成篇，究異致也。至其以一人爲主，而以餘子爲從，是謂『附傳』，如太史公孟子荀卿列傳，附三騶子、墨子、慎到、李悝諸人，淮陰侯傳附蒯通之類皆是。其例後世史書多用之。

補前人所未傳，或已傳而佚者，是謂『補傳』，亦補闕拾遺之意。如司馬光文中子補傳，朱一是建文忠臣補傳之類皆是也。

『行狀』爲上史官之作，其人之世系、爵里、行誼等俱在焉。是體原於漢胡幹楊原伯狀。『行狀』則後來之名。别詳本書解題。韓柳之作而外，宋人集中，亦多佳作，如歐陽永叔（修）尚書戶部侍郎贈兵部尚書蔡公行狀，蘇子瞻（軾）司馬溫公行狀，王介甫（安石）尚書兵部員外郎知制誥謝公行狀、魯國公贈太尉中書令王公行狀諸篇，頗爲世所誦習。其並時諸人之作，見於著録，如許忻許右丞行狀、李倫李忠定行狀、楊萬里葉丞相行狀、黄幹朱侍講行狀、柴中行趙忠定行狀等，大抵門生故吏筆也。近世諸家，就余所見者言，其事詳文雄，無過於錢牧齋（謙益）高陽孫文正公行狀，真史家之功臣也！與『行狀』相類，而非上諸史官者，則有所謂『述』，亦稱『行述』，如李翱陸歙州述、胡天游王大夫述、彭績先府君述、龔自珍宋先生述、王箴聽先府君行述之類是也。

書人之生平大略，不名曰『傳』、『行狀』，則稱『事略』，亦傳體也。王偁張邦昌事略，鄭禧群忠事略，劉湘煃江南先賢事略，皆其先例。清初如汪鈍翁（琬）書曹孝子事略、黄孝子事略，猶屬單篇零簡，及李次青撰國朝先正事略，始稱巨觀。蓋與王偁之東部事略，後先輝映矣！事略詳人生平，其只述一事者，則謂『遺事』，自宋無名氏寇萊公遺事、唐質肅遺事等之導夫先路，後來繼作，如蘇天爵劉文靖公遺事，夏崇文夏忠靖遺事，史珥胡忠烈遺事，其與此相類。瑣記軼聞，或稱『書事』。然觀於儲大文書楊復菴遺事，則『書事』，亦即『遺事』，特名微不同耳。『遺事』始終直書一事，如方苞左忠毅公逸事、袁枚書魯亮儕事，皆其正體，其間及他事，或涉議論者，如方苞高陽孫文正公逸事、汪琬書沈通明事之類則變體也。

『實録』之名，蓋始於韓昌黎（愈）之作順宗實録，後世帝王行事，設實録館，由館臣載筆，非私家所得僭越。其私記先世之事，惟李翱皇祖實録。自『實録』設館，私家遂無有用其名者。

自來選文之士，皆不及『年譜』，以其事詳而文繁，非文章體也。然『年譜』爲一人之史，知人論世，爲用極宏，實專傳之先聲，論傳記者不可忽也。『年譜』之作，年經月緯，體從編年。溯其緣起，蓋肇於宋。如薛執誼六一居士年譜，洪興祖昌黎先生年譜，吴斗南陶潛年譜等，俱屬創作。明清而還，作者益衆。清代譜録之學，發皇一時，其譜名臣，如顧棟高、陳宏謀司馬溫公年譜，顧棟高、蔡上翔 王荊公年譜，馬其昶 左忠毅公年譜，陳鋐 孫文正公年譜，王廷燦 湯文正公年譜，王昶 阿文成公年譜，黎庶昌 曾文正公年譜等。名儒如董瑒 劉蕺山先生年譜，李塨、王源 顏習齋先生年譜，段玉裁 戴東原先生年譜，黃屋炳 黃梨洲年譜，王之春 王船山年譜，金龍光 汪雙池先生年譜等，多見聞真切，體大思精。其出於自譜，或口授門人筆録者，則如孫奇逢 孫夏峰先生年譜，宋犖 漫堂年譜，李塨 恕谷先生年譜，張金吾 言舊録，徐鼒 敝帚齋主人年譜，以及王先謙 葵園自定年譜等，均可見其畢生用力所在，而一時代之學風，亦概見焉。時賢若胡適之（適）先生之章實齋年譜（姚名達增補），錢賓四（穆）先生之劉向歆父子年譜，丁在君（文江）先生之徐霞客年譜，最爲膾炙人口，皆清儒先河之力也。

自太史公作史記，本紀以統帝王，世家以志諸侯，列傳以載臣工，是爲紀傳一體之開山。後世史家，莫或違焉。本紀、世家亦傳體，曾文正（國藩）所謂『史則本紀、世家、列傳，皆紀載之公者』是也。惟後人作史，自班孟堅（固）以下，俱無世家。其出私家之手，亦唯杜淹 文中子世家之類，寥落無幾。而主選政者，姚氏 類纂及王氏（先謙）續纂，選録俱不及史。獨曾公（國藩）經史百家雜鈔及黎氏（庶昌）續古文辭類纂，採及紀傳，獨能窮其淵源所在。今修清史，猶未成書（清史稿刻尚爲禁本），私家有作，又多殘闕，文字亦未盡雅馴，故本書於此，亦從缺略。然論傳記之文，必以本紀、世家爲其冠冕，用併著之，亦辨識文體之一助也。

三

昔梁任公（啓超）著清代學術概論，以清之考證學方諸歐洲之文藝復興，而論其文學，則大事譏誚，以詩詞爲衰落已極，臭腐不可嚮邇，固無論矣。其於駢散之文亦云：

> 以言夫散文：經師家樸實說理，毫不帶文學臭味。桐城派則以文爲『司空城旦』矣。其初期，魏禧、王源較可觀。末期，則魏源、曾國藩、康有爲。清人頗自誇其駢文，其實極工者僅一汪中，次則龔自珍、譚嗣同。其最著名之胡天游、邵齊燾、洪亮吉輩，已堆垛柔曼無生氣，餘子更不足道。要而論之，清代學術，在中國學術史上，價值極大；清代文藝美術，在中國文藝史、美術史上，價值極微，此吾所敢昌言也。

其論廉悍，可謂抹殺盡致。時賢持論，亦多鄙薄。大抵以爲明清之文不及唐宋，唐宋之文不及漢魏，必推溯至周秦而後止。如斯則千百年之後，將無復文學之可言矣！夫遞嬗演變，文章通誼，推陳出新，乃在逸才。且時勢變異，關乎文運，必以今人之筆，發爲周秦之文，則面目雖然，而精神無注，其可取者，又將安在？是昧時之論也！

文章體製氣味，自周秦變而爲西漢東漢，再變爲魏晉，魏晉更變而爲六朝，皆互不相襲，而精神面目，隨時迭新，其淺深工拙，各參造化，未可以優劣論。而繹其迹象，則一脈流轉，淵源可溯，此之謂遞嬗者也。世間萬事，盛難爲繼，物極必反，又理之常。六朝之文趨繁縟，韓柳矯之以質實；八家之文流庸膚，而何（景明）、李（夢陽）振之以高古；何李之文變板重，而唐（順之）、歸（有光）救之以清疏，皆抑波挽瀾，掃舊務新，此之謂反響者也。若以文章爲弗變，則後世何有遞嬗？若以前人爲盡美，則異代何有反動？且文章與時勢相因緣，尤關重要。漢唐一統，其文雍穆；魏晉喪亂，其文慨切；齊梁偏安，其文柔靡；元起漠北，其文鄙俚，其盛其衰，夫豈不以境哉！

本此以論清文，明季公安纖佻，竟陵破碎，至天啓、崇禎而極敝，顧（炎武）、黄（宗羲）救之以切實，侯（方域）、魏振之以雄放。乾隆之際，務尚華辭，流於靡麗，劉（大櫆）、姚變之以雅潔。若惲（敬）、曾（國藩）之倫，則更濟其拘曲紆徐爲雄偉者也。及桐城衰敝，而龔（自珍）、魏（源）、康（有爲）、梁（啓超）反之爲奔放。至是而古文之壽終，而文體大獲解放，寖假而胡（適）、陳（獨秀）、錢（玄同）、劉（復）鼓文學革新運動，以語體代文言，較康梁爲更進矣。

至於駢文，宋代四六，末流至於迂腐冗濫。元明作者，了無足觀。至清初吴兆騫、毛奇齡，則又承漢魏之遺，稍後變以齊梁，不免雕鏤堆砌。自邵齊燾標清新雅麗，汪容甫繼起，倡法魏晉，遂以散體之氣，貫諸儷體，清遠閒適，風韶獨絶。其相激相盪之迹，亦可略覩。而駢文至清而臻絶詣，非前代所可及。本書選録，雖不及此，然清代文學非如梁氏之所論，則有不可不言者矣。

若夫文章與世變相因，清代亦不例外，有清文學之開山，大抵爲勝朝孤臣孽子，其或痛心國變，詬病士習，乃潛心殫慮，務爲實學，奔走四方，猶期匡復。如顧寧人（炎武）、黄太沖（宗羲）、朱之瑜（舜水）、費燕峰（密），以及顧景范（祖禹）之倫，皆其選也。或抗志高蹈，耻食周粟，講學著書以終其生，如王船山（夫之）、李二曲（顒）、孫夏峰（奇逢）、魏叔子（禧）、徐俟齋（枋）之倫，皆其選也。上述諸人，多爲通儒碩學，然發爲文章，則深情流露，多故國之思，此一時也。及乎康乾之際，天下大定，故老零落，而清廷又刻意防範，文網嚴密，文字賈禍，動至殺身，於是文人學士之有思想才力者，無所發泄，乃相率埋首舊籍，寄情於古，因而學尚考據，文貴樸質，淵雅醇正，自然樸茂，無復清初慷慨蒼凉之致，其所歌頌，亦無非廟堂盛業，昇平景象。方（苞）、姚（鼐）、惠（棟）、戴（震）、段（玉裁）、王（念孫）、阮（元）、焦（循）之倫，皆其選也。其所爲文，本於經術訓詁，和厚有餘，生氣不足，此又一時也。道咸而後，政治敗壞，外侮日亟，究心時務者，憬然思變，如龔（自珍）、魏（源）之危言高論，皆有志經濟，以斡旋氣運，變法圖强。時勢至此，又文章學術將變之候也。及曾（國藩）、羅（澤南）、胡（林翼）、左（宗棠）崛起，以經世之學爲倡，其所爲文，以風俗人才爲急務，再振清初遺老墜緒。然曾胡中興，不足挽滿清之末運，而康（有爲）、梁（啓超）繼起，重揚龔魏之餘波，於是西學興而變法起，文章之形式内容，亦隨之而遽變，其淋漓激切，實時代之呼聲。此又一時也。

文章遞嬗蛻變及其與時代相因之關係既明，繼請一述清代傳記文學之鳥瞰。明季遺臣，既皆身遭國變，目擊時艱，而抗節諸公，其人格又光明俊偉，行事復節烈慷慨，以目擊大難之遺逸，傳忠亮死節之名賢，其人其文，兩俱可傳。顧黄而下，若侯朝宗（方域）、魏叔子（禧）、汪鈍翁（琬）、邵青門（長蘅）、潘次耕（耒）、潘力田（檉章）、吴赤溟（炎）、王崑繩（源）諸人，俱以大明遺臣爲清代文學之先驅，繼之以戴南山（名世）、方望溪（苞）、全謝山（祖望）、邵念魯（廷采）輩，皆能表章忠節，揚其義烈。清初文章，於斯爲盛，而傳記之文，因而大昌，蓋傳主人格事業，既俱爲一代之光，而秉筆之士，又復春懷故國，寄情往哲，其情至而其哀切，則宜乎其真摯動人也！

本期文章，實以傳記爲中心。諸家之中，侯、魏、汪、邵、王皆文士，固以文章見長；潘、吴、戴、全、邵（念魯），咸屬良史；次耕、望溪則經師；寧人、太沖則通儒，而多善叙事。寧人首重器識，文非關經術政理之大，則不苟作。故此期傳記，允以太沖爲巨擘。太沖於史，故注重文獻人物，其南雷文定凡例有云：

余多叙事之文。嘗讀姚牧庵、元明善集，宋元之興廢，有史書所未詳者，於此可考見。然牧庵、明善，皆在廊廟，所載多戰功。余草野窮民，不得名公巨卿之事以述之，所載多亡國之大夫，地位不同耳。其有裨於史氏之缺文一也。

太沖長於叙事，而枝葉猶嫌未盡，然其重視文獻，表章人物之精神，浙東史家，如萬季野（斯同）、全謝山、邵二雲（晉涵）、章實齋（學誠）諸家，皆能保持勿墜。季野、謝山之浩瀚明暢，尤非文士所可及，皆太沖開創之功有以致之耳！

與太沖並時，而同以文史之學知名者，又有錢謙益（牧齋）。牧齋本江左文壇盟主，其初學、有學二集，傳狀佳作，正復不少。徒以晚節披猖，遂不復爲士林所重。然就文論文，其身事新朝，因文見意，時有弦外之音。臨文峻厲激發，雄深哀豔，所傳固不可以人廢也。

自康熙一統中國，至雍乾而極盛，國家既復承平，又去明日遠，易代之事，漸歸淡忘。而八旗從龍之士，身與創業，天潢貴胄，豐沛世臣，率皆炫耀一時。同時樸學發皇，大師輩出，於是傳記作家遂一轉其目光，而以此將相名儒爲對象。錢衎石（儀吉）碑傳集所收，自順治迄嘉慶，名臣傳記，比肩相望。其間雖多不免諛頌，而名筆亦自不乏。至於傳述儒臣，則更勒有專書。自阮芸臺（元）清史儒林傳以下，如江鄭堂（藩）國朝漢學師承記，錢東生（林）文獻徵存録，何丹畦（桂珍）續理學正宗，唐鏡海（鑑）國朝學案小識諸書皆裒然成秩，雖蹊徑各有異同，而誦法先儒，則諸家俱同，不僅爲傳記之淵藪，亦可覘一時風會之所在也。

道咸以來，變亂日亟。曾胡夷平大難，一時載筆之士，又多紀其功業。李次青（元度）國朝先正事略，上繼錢衎石碑傳集，下開朱仲我（孔彰）中興將帥別傳，俱一時斐然之作。同時如郭筠仙（嵩燾）、薛叔耘（福成）、王壬秋（闓運）、吳摯甫（汝綸）、王鼎丞（定安）、羅研生（汝懷）之倫，步趨略同。而曾文正之博大雄奇，尤足爲其時傳記文學之領袖。然咸同中興，僅屬曇花一現，故康梁繼之以變法。自此文體解放，傳記對象，擴而及於外邦，以爲變法之助，而我國歷史人物，向以爲夷吾器小，主父用夷，安石奸邪，三保奄豎，而不屑道者，亦至此均有專傳出現，重注以新鮮生命。此則以梁任公爲先驅，今之爲傳記者，猶多汲其流焉。

四

清代傳記文學之輪廓，略如上述，然其專著之淵源流别，尚有待於詳説者，兹分别述之。

綜有清一代之人物傳記，其屬類書者，以錢衎石碑傳集，繆筱珊（荃孫）續碑傳集，閔爾昌碑傳集補，及李黼堂（桓）國朝耆獻類徵四家爲最著，其鈔撮碑誌家傳，廣羅名賢事迹，分類編次。錢、繆、閔三家之書，多至二百餘卷，已爲洋洋巨觀，而李氏類徵，竟達四百八十四卷。其蒐羅之豐富，於此可見。此種類書，較之專著，雖不免蕪雜，而一代名家之作，幾於盡歸網羅，實不失爲傳記文學之寶庫。至其有功史家，則更無待言也。按：此類纂録，並非清儒自我作古，而實有其淵源可尋。溯自漢魏以還，墓碑别傳之作盛行，其間往往較史官爲得真，故後之論史者，多資之以助考證，顧石本不盡拓摹，文集又皆散見，互考爲難。於是至宋杜大珪出，乃蒐合諸篇，爲名臣碑傳琬琰集百〇七卷，分爲三集，上集神道碑，中集墓誌行狀，下集則多別傳之屬，起建隆、乾德，訖於建炎、紹興，一代鉅公之始末，約略備矣。大珪在宋，名不甚顯，然此書之編録，在文獻傳記學上，貢獻極大。後人繼作，則有明徐朝文（紘）之明名臣琬琰録及續録，去取謹嚴有法度，不及大珪，而所輯自洪武迄弘治，收載亦及二百餘人，其人物事迹，多大體可傳，錢、繆、閔三家之輯録，亦皆仰汲其流，其價值貢獻，與大珪固在伯仲之間耳。

清代學者編著學術史，而用傳記之體者，繼清初孫夏峰理學宗傳之後，有江鄭堂（藩）國朝漢學師承記，及唐鏡海（鑒）國朝學案小識二書。江著成於嘉慶間，實爲當時一大創作。阮文達（元）序之，以謂『讀此可知漢世儒林家法之承授，國朝學者經學之淵源，大義微言，不乖不絕，而二氏之説，亦不攻自破』。其揄揚可謂至矣。惟江氏此書，顯分漢宋門戶，壁壘森嚴，論者或病其隘，然清代經學，漢宋本自分立，其專宗漢學，以詆程朱之隙者，惠（棟）、戴（震）之倫是也。其專宗程朱義理，兼傳稽漢唐注疏者，方（苞）、姚（鼐）之倫是也。宗漢學者，薄宋賢爲空疏，而治宋學者，又病漢儒爲支離。二派各樹一幟，互相水火。至曾文正一宗宋儒，不廢漢學，力破門戶之爭，進而爲漢宋謀會通，一歸之於禮學，而後其爭乃漸熄。江著直寫當時實情，要非故立名目，妄事輕薄，而其於宋學，又另撰國朝宋學淵源記，亦並不完全摒棄。特江氏亦漢學家流，故間對宋學流露不滿之意，是則門戶之見未能盡泯，持以客觀之例，自有間矣。至其傳述清儒，上繼全（祖望）、黃（宗羲）宋元、明儒學案，下開章太炎（炳麟）檢論清儒，以及梁氏清代學術概論、中國近三百年學術史，錢（穆）先生中國近三百年學術史，徐菊人（世昌）清儒學案（錢先生有改作，尚未印行）在學術史上之地位，仍極重要也。

清代理學，亦分二派，其恪守程朱家法者，陸隴其、陸世儀、張履祥諸先生也。其兼宗陸王，而不信於程朱者，孫奇逢、李顒、湯斌諸先生也。唐鏡海學案小識傳理學諸儒，似師熊賜履學統第分正統、翼統、附統、雜統之例，而分立傳道、翼道、守道三案，第其高下，以二陸爲直紹洛閩之統，而別設經學、心學兩案，顯示排斥之意，且擯孫夏峰不録，復深致其鄙夷，其門戶之見，較江氏爲尤甚。講學家衛道習氣，牢不可破，其書之内容，亦因之而大爲減色，較江著又等而下之，論者病焉！此外不專爲一派學者作傳，而合儒林文苑爲一者，則又有錢東生（林）文獻徵存録。此書初名當代名流紀事，未經完成而錢氏遽而謝世。遺稿經其門人王菽原（藻）整理爲十卷，而由俞理初（正燮）爲之刻行。錢氏故熟於本朝文獻掌故之學，斯書則其畢生精力所萃。王菽原序述其著述經過有云：

> 先生體弱多病，不喜酬應，日常過午不食，每夙興，在丑寅之交，率燒高燭一二枝，閱書數十番，天始明。無間寒暑，搜討極勤，蠅頭細字，或行或楷，隨筆著録，間有塗抹，至不可辨，兹所輯爲當代名流紀事，凡十一冊，廿餘年來未成書也。

據汪孟慈（熹孫）錢學士墓表，則此書係擬上史官之作。錢氏在史館久，多識舊聞，所傳條列件繫，絜其綱維，能知作者之意。而辭采達雅，則又有非江唐所及者。惟全書儒林與文苑雜陳，不如江著之秩然就理，蓋門人釐定之作，或非錢氏本意也。

其不專以清代學者爲限，而遠溯上世者，則有朱若瞻（軾）歷代名儒傳八卷，其成書較以上三家爲早，自明以來傳名儒者，大抵宗宋而祧漢唐，而宋又斷自濂洛以下。朱氏此傳，上起田何、伏生、申公諸人，不没其傳經之功，中及董仲舒、韓愈諸人，不没其明道之力，於宋則胡瑗、孫復、石介、劉敞、陳襄，雖軌轍稍殊，亦並見甄録，絶不存門戶之見，論者以爲得聖賢之大公。是傳係出李清植手，而朱氏爲之裁定，雖屬編纂性質，非出自撰，然其去取矜慎，又具别裁，而態度大公，尤非通儒莫辦。惜乎江唐諸氏之不能繼其軌也！朱氏此書所傳，至元而止。而康熙間沈昭嗣（佳）所撰明儒言行録十卷、續録二卷，仿朱子（熹）名臣言行録例，編次明一代儒者，持論淳謹，不挾門戶私見，蓋朱作之先聲矣。

明清之際，在中國學術界有一大新潮流，是爲西學之東漸，其時歐洲各國耶穌會傳教士，如義大利人利瑪竇、熊三拔，西班牙人方濟各、龐迪我，葡萄牙人孟三德、孟儒望等相繼來華傳教，而多通天文、算學。其時明清方在對峙，故頗以測繪地圖，製造炮火爲明廷所信任。至清而南懷仁、湯若望、徐日昇之倫，亦皆爲清帝所見重，因而天算之學，盛行一時，而清儒之被其影響者，自梅定九（文鼎）、王寅旭（錫闡）、吴任臣（志伊）、薛儀甫（鳳祚）諸大家而下，以迄戴東原（震）、錢竹汀（大昕）、董方立（佑誠）等，皆以天算之學名於時。至嘉慶間，儀徵阮文達（元）次諸人事迹爲一書，曰疇人傳，蓋取古人疇爲世業之義，爲歷算家大張其軍，以爲數術窮天地，制作侔造化，儒者之學，於斯爲大。凡録黄帝以來之傳斯學者，迄清之中葉，共二百八十人。西洋來華之學者，亦皆列焉。其書又經羅士琳、諸可寶續編，又繼録本朝學者若干人，一併刻行。此爲我國學者爲歷代科學家作傳之嚆矢，亦即歐人鮑爾（R.Ball）之天文家名人傳，哈羅（B.Harrow）之化學名人傳，同屬傳記中專門著作。然後者文筆較通俗，而前者偏重理論，文字亦較深奥，其在中國學術界，貢獻甚大，而自傳記文學立場言，則非一般人可讀之書也。

雍正間，朱若瞻（軾）偕張江、藍鼎元、李鍾僑、張福昶等撰歷代名臣傳、循吏傳，標舉典型，以示效法，與名儒傳同爲世所稱，而未及本朝。至咸同中興，有二書傳述本朝人物，堪與此繼武者，則李次青（元度）國朝先正事略，朱仲我（孔彰）中興將帥別傳是也。按：自朱子撰五朝、三朝名臣言行録，編次有宋諸名臣事迹，期有裨於世教。李士英（幼武）繼成續、別、外三集，南渡中興後四朝名臣，又略備焉（明人尹直亦有續録，余未見）。元蘇伯修（天爵）又繼之，撰元名臣事略十五卷，亦倣朱子言行録例，而始末較詳（清初徐某有明臣言行録，余未见）。李氏事略，蓋亦承其遺緒，而兼爲錢衎石之續者。若朱氏別傳，則又續李氏事略者也。按：言行録亦列傳之體，黄太沖嘗謂列傳善善惡惡，而言行録善善之意長，然非皎潔當年，一言一行，足爲衣冠之準的者，無自而入，則比之列傳爲尤嚴。上述諸家之作，雖才識有高下，功力有淺深，然於此義，則皆相去不甚遠。李氏事略，分名臣、名儒、經學、文苑、遺逸、循良、孝義七門，所包括較諸家言行録爲廣，而刪繁就簡，別有義法，尤非錢氏碑傳集所可比。其自序謂：『昔歸震川自恨足迹不出里門，所見無奇節偉行，以發攄其文章之氣，今元度放廢歸田，得網羅散失，以成此編，可謂極尚友之樂矣！』是其自許，亦自不小。今按：李氏此作，成書雖與江唐二氏相接踵，而其態度議論，一本曾文正之說，不爲江唐所牢籠，其凡例有云：

夫一貫之旨，曾子自行入，子貢自知入，其有得於聖道，一也。伯夷之清，柳下惠之和，孟子皆推爲聖，未嘗是此而非彼也。是編不分門戶，淵源所在，各以類從，其議論之相反，而適可以相救者，均詳列之，以俟後之君子論定焉。

持論最爲得體，雖闡揚師說，秉承有自，要亦一時豪傑之士也！李氏事略，成於同治初年，於咸同將帥，因體例所限，僅録及死難之人，而其時偉人乘運，可傳者實多，故至光緒中朱仲我（孔彰）乃續撰爲書，題曰中興將帥別傳，凡卅卷，孫仲容（詒讓）序其端云：

朱君嘗從文正戎幕講學，甚悉於戲下材官健兒，多相狎習，嘗從詢兵間事，輒得其詳，故此傳紀述特翔實，兩朝勳臣事迹略備，下逮偏裨，外坿客將，捊録無所遺。又間及軼聞雜事，以見偉人奇俠精神志趣所流露，則奄有史公李將軍傳之奇矣。所綴論述，簡而竺，嚴而不劌，信乎良史之才，非與夫考纂瑣屑者，校其短長也。

稱譽雖不免稍過，要其平正通達，簡斷有法，足與李著媲美矣。

以上所述，概係私家著作，至官修清史列傳，原刊而收於四庫者，有宗室王公功績表傳、蒙古王公功績表傳各十二卷。又坊間流行者，有滿漢名臣、貳傳、逆臣諸傳，以及後來之清史列傳，内容增減，先後不同，事之涉兩歧者，間亦不免。大抵史料之價值大，而文學之趣味微，本書概置不録。惟阮文達國史儒林傳，識解宏通，方法謹嚴，在諸傳中爲最特出之作。龔定庵（自珍）嘗謂：『聖源既遠，宗緒益分，公在史館，條其派别，謂師儒分繫，肇自周禮，儒林一傳，公所手創。談性命者疏也，恃記聞者陋也。道之本末，畢賅乎經籍；言之然否，但視其躬行，言經學而理學可包矣，覘躬行而喙爭可息矣。且夫不道問學，焉知德性？劉子以威儀定命，康成以人偶爲仁，門户之見，一以貫之，是公性道之學。』（阮尚書年譜第一序）最足闡其精微，然印行與傳鈔之本，未盡相同，清史列傳所載，又非原來面目。客中無從得原本，亦併不録，而略加附論於此，俾讀者能自求焉。

清季外侮日亟，引起康梁之維新運動，思想學術，至此又一大變。其表現於傳記文學者，一爲對中國往古人物之重新估價，另一爲介紹泰西各國名賢之事迹，此二者皆可以梁任公爲代表人物。梁氏傳記專著之屬於前一類者，有張博望班定遠合傳、趙武靈王傳、袁崇焕傳、中國殖民八大偉人傳、鄭和傳、王荆公傳及管子傳，皆作於光緒之季，其後續成之陶淵明年譜、辛稼軒年譜及朱舜水年譜三種，用意亦大體不甚相遠。其屬於後一類者，有匈加利愛國者噶蘇士傳、義大利建國三傑傳、羅蘭夫人傳、克林威爾傳，以及霍布士學案、斯片挪莎學案、盧梭學案等多種，皆鼓吹新思想，資以改良政治者也。而於並時人物，則又撰有南海康先生傳、李鴻章傳（一名中國四十年來大事記）二種。大抵梁氏對中國歷史上人物，認識較深，故多能摹其心影，傳其真象。而王荆公、南海康先生二傳，爲尤多獨到之處，一新世人耳目。至介紹泰西人物，則多失之粗淺，特其創始之功爲不可沒也。我國歷史上偉大人物除唐沙門慧立、彥悰大慈恩寺三藏法師傳等一二傳記外，向少專傳之作。一般傳記，多失之簡略呆板，只叙其個人之行誼而止，不足爲論世之資。自梁氏諸傳出，而爲中國傳記文學闢一新徑。當今傳記文學之别開生面，皆直接間接受梁氏啓導之賜，其貢獻不可謂不宏矣！雖然，梁氏於其中國歷史研究法補編中，論專傳作法，目無餘子，持論甚高，而檢其所作如李鴻章傳之類，蕪累散漫，去其所論甚遠。則作專傳一事，務其盡善盡美，亦大不易！蓋創議易精，秉筆難副，此在通才，間亦難免，不必盡爲梁氏咎矣。

凡例

一、本書爲本人擬選註『清代記事文選』四種之一，所收只以傳狀一類爲限。其餘三種，爲叙記、碑誌暨雜記，將陸續選出。

二、本書限斷，起順治定鼎，訖光宣之季。其明遺民入清以後之作，概在入選之列。

三、本書所選之文，各依其體製，約次爲傳、行狀、事略、遺事四類，而傳一類，又分别以傳、家傳、小傳、别傳、自傳、合傳爲次。其排列則各類均依其時間先後，而略以名臣、節士、儒林、文苑、列女、游俠爲次，然不另標名。

四、本書於上述各類文字，於每類首篇之末，均加簡明之解題，必要時並酌加按語，以供參考。

五、本書於各文作者，分别於文後附一傳略。於其生平學行，作一簡單扼要之介紹。其重見者，則加注『已見某某傳後』字樣，藉便翻檢。

六、本書所選諸文，文後均加注釋，以〔〕标注，惟以字數限制，故注釋以人名、地名、書名、典故四項爲限。人名之能索檢考求者，儘量查出注明，不專以正史所見者爲限；地名則略古詳今；書名略舉其著者、卷數或内容；典故則明其出處。外此如文詞之訓釋等，一概從略。注釋已見於前者，非必要時，則不用互見之例。

七、本書諸文所引用地名，加注以縣爲單位，其上已冠有縣者，非必要則不更詳注。

八、本書所選各文，均依己意分段，並加新式標點。惟全書倉卒成於旅途，未盡斟酌得當，尚希讀者不吝指正。

九、本書所選各文，其類書及一般選本，字句有出入者，則儘量以原著者文集爲準，在頁左出校記，以（）标注。

十、本書選注期間，承華西大學博物館館長鄭德坤先生暨華西大學圖書館諸先生給予參考之便利。書成並蒙顧頡剛師介紹印行，併此誌謝。

傳

錢忠介公傳

黃宗羲

錢忠介公諱肅樂（一），字希聲，別號虞孫，浙之鄞人也（一）。祖若賡，隆慶辛未進士（二），知臨江府（三）。臨江三子：長靖忠，舉萬曆戊午鄉試（四）；次益忠，瑞安縣學訓導（五）；次敬忠，己未進士（六），知寧國府（七）。公瑞安之子也。母楊氏，繼母傅氏。公登崇禎癸丑進士第（二）（八），

（一）『諱』，中華書局本黃梨洲文集無。

（二）『癸丑』，中華書局本黃梨洲文集作『丁丑』。

是時場屋之文，雖宗大家，而無所根柢，獨公沈湛於大全，以歐曾之法出之〔九〕，故一時號爲名家。授太倉知州〔一〇〕。二張負人倫之鑒〔一一〕，吏於其邑者，瑕疵立見。公下車未幾，二張交口讚誦。公每謂人曰：『我若得罪天地，當令子孫斬絶。自揣歸家，量口炊米，裁身置屋，書生門戶，如斯而已。』遷刑部員外郎，丁瑞安憂。

浙東議降附〔一二〕，公大會縉紳士子於城隍廟，痛哭敷陳，建立義旗。鄞夫恐爲禍階者，陰致書定帥王之仁〔一三〕，謂潝潝訿訿，起自一二庸妄書生〔一四〕，須以公之兵威脅之，方可無事。庸妄書生者，指公而言也。已而定帥至寧，陳兵教場，亦受公約，出鄞夫之書，洛誦壇上。鄞夫戟手欲奪之，定帥色變。公令之任餉而止〔一五〕。

畫江之守〔一六〕，公分訊瓜瀝〔一七〕。陞都察院右僉都御史，尋陞右副都御史〔一八〕。上言國有十亡而無一存，民有十死而無一生：賢人肥遯，不肖攘臂，一也。憲臣劉宗周之死〔一九〕，關係宗社，密章太牢，朝典未備〔二〇〕，二也。外戚張國俊〔二一〕，權傾中外，共指神叢，三也。臺省直諫〔二二〕，發言盈廷，無傷群枉〔一〕，四也。朝章令甲，委諸草莽，五也。狎邪小人，借推戴以呈身，闒茸下流，冒舉義而入幕，六也。楚藩江干開詔〔二三〕，息同姓之爭，李長祥面加斥辱〔二四〕，七也。咫尺江波，烽煙不息，而越城裒衣博帶，滿目太平，讌笑漏舟之中，

（一）『傷』，中華書局本黄梨洲文集作『俾』。

回翔焚棟之下，八也。所與托國者，強半宏光故臣(二五)，鴞鳥怪聲，東徙尤惡，飛蛾滅燭，至死不改，九也。民爲根本，七月雨水，廬舍漂沒，以水死；西成失望，以饑死；執干戈以衛社稷，以戰死；文武衙門，絳標寸紙，一日數至，以供應死；越人衣食，取辦於舟楫，調發既多，民皆沈舟，束手以無藝死；比戶困於誅求，此營未去，彼營又來，以財死；富室輸財，亦以義動之，非有罪也，而動加榜掠牢囚，以刑死；大兵所過，沿門供億，怒罵及於婦女，以辱死；甲獻乙之貨，丙報丁之怨，百毒齊起，以憂恐死；今竭小民之膏血，不足供藩鎮之一吸；將來合藩鎮之兵馬，不能衛小民之一髮，恐以髮死(二六)，十也。若不圖變計，不知所稅駕矣(二七)！』

戶部主事邵之詹，畫地分餉(二八)，以紹興八邑，各有義師，專供本郡，寧波專給王藩(二九)。公言臣師二千，既無分地，理須散遣。但臣自舉義而來，大恥未雪，終不敢歸安廬墓。散兵之日，單丁入伍，濟則君之靈也，不濟，以死繼之。浙師既潰(三〇)，泛海入閩，思文授以原官；閩亦尋破，隱於福州之化南(三一)。魯王航海至閩，從亡者文臣熊汝霖(三二)、孫延齡(三三)，武臣建國鄭彩(三四)、平夷周崔芝(三五)、閩安周瑞(三六)、蕩湖阮進(三七)。汝霖爲東閣大學士(三八)，建國署兵部尚書事。公朝見，建國舉以自代。王謂諸臣曰：『江上之師，不能成功，病在不歸於一。』公請以建國爲元戎，諸鎮皆受其節制，則兵出於一矣。又言兵貴精鍊，然鍊兵非旦夕事也。今命建國挑選敢死善戰之士，不論某營〔一〕，另爲一軍。自今一切封拜掛印，暫行停止，懸金印於此。令曰：有能將建國挑選之兵，先鋒破敵〔二〕，不論守把等官，即以印佩之。議者曰不然，各藩以私錢養其私兵，孰肯令其挑之以去。公言無已，則改前法。今自建國以下六大營，每營挑選敢死善戰之士，另爲六軍。懸金印六於此，令曰：有能將本營挑選之士破敵者，不論守把等官，各以印佩之。王以爲然。自是之後，兵威頗振。

王之初入閩也，次中左所〔三九〕，中左所者，賜姓所營之地也〔四〇〕。賜姓不肯奉王〔四一〕，以丁亥歲爲隆武三年〔四二〕，故王改次長垣〔四三〕，建國自以其軍，連破郡邑，賜姓不與焉。是年十月，公擬詔頒明年魯三年戊子大統曆，於是海上遂有二朔〔四四〕。時劉沂春〔四五〕、吳鍾巒〔四六〕，皆隱遯不起，公疏薦沂春爲右副都御史，鍾巒爲通政司使〔四七〕。又寓書兩公：『時平則高洗耳〔四八〕，世亂則美褰裳〔四九〕，急病讓夷〔五〇〕，前哲訓也。司徒女子〔五一〕，猶知君父；東海婦人〔五二〕，尚切報仇。嗟乎！公等忍負斯言！』二公翻然就道。而思文遺臣，無不出矣。戊子，王次閩安鎮〔五三〕，公請立史官，言：『近者主上遺使訪求隆武〔五四〕，又議爲宏光發喪，長樂知縣鄭以佳〔五五〕，科臣劾之，主上憫其清苦，又重違言官，姑降級消息之，旋與湔雪，即此三事，皆可

〔一〕『某營』下，中華書局本黄梨洲文集有『某營』。
〔二〕『敵』下，中華書局本黄梨洲文集有『者』。

傳遠，豈以艱難，遂泯庶績。』晉東閣大學士，兼吏部尚書，疏辭者四，面辭者三，王終不聽。與馬思理、劉正亨同入直（五六）。當是時，以海水爲金湯，以舟楫爲宮殿，公每日繫河艍於駕舟之次，票擬章奏（五七），即於其中接見賓客，票擬封進，牽船別去，匡坐讀書。其所票擬，亦不過上疏乞官，部覆細小之事，大者則建國主之，王亦不得而問也。先是大學士劉中藻（五八），起兵福安（五九），攻福寧州將破（六〇），其帥涂登華欲降（六一），第謂人曰：『豈有海上天子，船中國公？』公致書謂：『將軍獨不聞有宋末年，二王不在海上（六二），文陸不在船中乎（六三）？後世卒以宋祚歸之（一），而況於不爲宋末者乎？今將軍死守孤城，以言乎忠義，則非其人也；以言乎保身，則非其策也。依沸鼎以稱安，巢危林而自得，計之左矣！』登華遂詣建國降。建國欲使其私人守之，劉相不可，建國反掠其地。公與劉相書，每不直建國，建國聞之恨甚。公固有血疾，至是憂憤，疾動而卒，六月五日也。年四十三。王遣官致祭，贈太保，謚忠介（二）。後六年而閩人葉進晟葬之黄蘗山（六四）。

舊史曰：自會稽而航海者（六五），孫碩膚（六六）、熊雨殷、沈彤庵與公四人（六七），皆相行朝。孫殞於滃洲（六八），沈沉於南日（六九），公與熊皆因鄭彩而死。在昔文謝孤軍（七〇），角逐於萬死

（一）『宋祚』，中華書局本黄梨洲文集作『正統』。

（二）『介』，原作『節』，今據中華書局本黄梨洲文集改。

一生之中，空坑（七一）、安仁之敗（七二），亦是用兵非其所長，其進止固得自由也。未有一切大臣，聽命於武夫之恣睢排奡，同此呼吸之死生，而蠢然不得一置可否，如幕客，如旅人。閩有平國（七三），浙有方王（七四），海上則建國、賜姓、定西（七五），不啻一丘之貉（七六）。公與雨殷，稍欲有所發抒，朝懷異議，暮入黃壚（七七）。忠臣之熱血，不灑於疆埸之鐘鼓，日染夫睚眦之干戈。雖由遇此厄會，然推原其故，有明文武過分，書生視戎事如鬼神，將謂別有授受。前此姑置，當其建義之始，兵權在握，諸公皆惶恐推去，不敢自任，武人大君，而悔已無及矣！公之從子魯恭，欲余次公（一），二十年來乘桴之事，若沒若滅（二）。停筆追思，不知流涕之覆面也！

【作者傳略】黃宗羲，明末餘姚人，字太沖，號梨洲，甲申變後，事魯王，官御史。明亡，隱居不出，殫精著述，其學以濂洛爲宗，而旁及百氏，主先窮經，而後證於史，豁然貫通，與並時顧（炎武）、孫（奇逢）、李（顒）等同爲一代大儒。而清代浙東學派之興，梨洲實爲其先河。康熙間舉鴻博，不就；薦修明史，亦固辭，舉萬斯同自代。然於先朝史事掌故，仍極留意，故集中文字，有關明季史事者甚夥。康熙三十四年乙亥（一六九五）卒，年八十六。門人私謚文孝。生前嘗築續鈔堂於南雷，故學者稱爲南雷先生。所著有明儒學案、易學象數論、南雷文定

（一）『公』，中華書局本黃梨洲文集作『之』。

（二）『若沒若滅』，中華書局本黃梨洲文集作『若滅若沒』。

等。清史稿儒林及漢學師承記、疇人傳諸書，均有傳。

【解題】傳之名，始於春秋三傳，本紀載事迹傳示來世之文也。自太史公作列傳，始載一人之事，與帝王之紀，相輔而行。至是氏族分明，人始區詳而易覽，述者宗焉。然古非史官，則不能爲人立傳，史例至嚴。一代之人，傳者無幾。後世學士文人，表彰遺逸，以發微闡幽爲職志，遂漸侵史職，唐宋而還，秉筆者衆，於是靡然成風，其例遂濫，然名手代出，佳作亦自不乏，且古史官凡仕非賜謚及死事者，不得爲傳。至清乾隆時，定一品官乃賜謚，史之傳者實寥寥，其貞隱處士，皆賴私傳以傳，其補益史事者，亦甚鉅也。考私家爲人立傳，蓋始於東方朔非有先生傳，是以寓言而謂之傳。後韓昌黎（愈）作太學生何蕃、圬者王承福、毛穎諸傳。柳宗元作宋清、郭橐駝、梓人諸傳，雖比於稗官，迹近游戲，然宋人爲人立傳，蓋實承其風而揚其波，駸駸焉奪史官之職矣！

【按】本篇南雷集不載，而南雷文定及國朝文匯等所載，中間如『義師』、『宋祚』、『平夷』等俱作空格，蓋避清廷之忌諱而然。茲檢據他書所見，悉爲填實。又文定原梓，向亦有訛誤，亦並校正。又全祖望鮚埼亭集卷七有錢公神道第二碑銘，文稍傷繁，然紀事較此爲詳，讀者可參看也。

【注釋】

〔一〕鄞，今浙江鄞縣，明清皆爲寧波府治，民國廢府存縣。

〔二〕辛未，爲隆慶五年，西曆一五七一年。按：隆慶爲明穆宗年號。

〔三〕臨江，明清俱爲臨江府，治清江，屬江西省。民國廢。

〔四〕戊午，爲萬曆四十六年，西曆一六一八年。按：萬曆爲明神宗年號。鄉試，前代科舉之制，每屆三年，集諸生於各省城，朝廷特派試官，試以四書經義及詩、策問等，謂之鄉試。中式曰舉人。

〔五〕瑞安，浙江今縣，明清均屬溫州府。訓導，官名，明清時於各府州縣儒學，皆置訓導，以爲教授、學正或教諭之副，掌訓迪所屬生員。

〔六〕己未，爲萬曆四十七年，西曆一六一九年。進士之名，始于禮王制，謂可進受爵祿也。至隋始立爲科目，唐宋因之。其時凡舉人試於禮部者，皆得稱爲進士，蓋謂應進士試也。明清之制，舉人會試中式，殿試一甲三名，賜進士及第，二甲賜進士出身，三甲賜同進士出身，通稱皆曰進士。

〔七〕甯國府，明清皆爲府，治宣城，屬安徽省。民國改爲甯國縣。

〔八〕癸丑，按：崇禎無癸丑，此爲丁丑之誤。丁丑爲崇禎十年，西曆一六三七年。

〔九〕按：前代試士之處曰場屋，亦稱科場，場屋之文謂八股也。大全，當指四書五經大全，係永樂時頒於學官者。歐謂宋歐陽修，字永叔，著有歐陽永叔集等。曾謂宋曾鞏，字子固，南豐人，嘉祐進士，官中書舍人，邃於經術，其文慓鷙雄渾，著有南豐類稿。按：歐曾皆爲有宋古文大家，後世習文者宗焉。

〔一〇〕太倉，江蘇今縣，明清皆爲太倉州。民國改縣。知州，官名，明清時爲一州之長官。今廢。

〔一一〕二張，按：二張指張溥與張采，溥字天如，太倉人，崇禎進士，官至庶吉士，溥少時肆力經史，聲名藉甚，與同邑張采同創復社，時稱婁東二張。溫體仁謀傾陷復社，而溥以前卒，故未與禍，著有春秋三書、詩經著述大全合纂、宋元史紀事本末、七録齋集等。采字受先，崇禎進士，與溥善，性嚴毅，喜甄別可否，人有過，嘗面斥之，知臨川，摧強扶弱，聲大起，移疾歸。福王時起禮部主事，進員外郎，乞假去。南都陷，奸人素銜采者，群擊之死。已而甦，避之鄞邑，又三年卒。著有周禮合解、宋名臣言行録、知畏堂文存、詩存等。溥、采明史二八八文苑同傳。

〔一二〕按：南都破後，清分兵至浙，潞王常淓以杭州降，而浙江全境仍未屈服，時太祖九世孫魯王以海避難於台州，於是明遺臣錢肅樂、張國維、熊汝霖、孫嘉績等紛起兵於浙之各郡，擁立魯王於紹興府，稱爲監國。當潞王降時，文武俱繳印，適董志寧起義寧波，肅樂遂首先和之。

〔一三〕按：此所〔一〕鄙夫，指故太僕卿謝三賓，本係贓吏，新從江上迎降歸。聞肅樂倡義，遂致書王之仁以兵力壓抑之。王之仁，大興人，南都陷時，爲定海總兵，潞王以杭州降，全省文武俱繳印，之仁亦與焉，既而悔之，迎魯王監國，封武寧伯，進封寧國公，與方國安同掌兵柄。魯王亡，之仁入海將自沉，既而曰：『吾死此，孰知吾節！』乃入松江清營，就戮於金陵。明史無傳。

〔一四〕按：此所云書生，乃指當時在寧波倡義之董志寧、王家勤、張夢錫、華夏、陸宇熑、毛聚奎而言，所謂六狂生者也。而以肅樂爲穉紳，本文謂庸妄書生係指肅樂，非是。

〔一五〕按：謝三賓既以書告之仁，以爲殺肅樂等在旦夕，而同時肅樂亦以書勸之仁來歸，三賓不知也。之仁既至，出三賓書朗誦，欲殺之祭纛，三賓跪請輸萬金充餉，乃釋之。

〔一六〕魯王既稱監國於紹興，遂以張國維督師江上，劃錢塘江而守。汝霖、嘉績與肅樂亦以兵同防江，是爲畫江

〔一〕『所』下，疑脫『云』。

之守。

〔一七〕瓜瀝，市名，在浙江蕭山縣東四十二里。

〔一八〕按：明設都察院，以都御史爲長官，其次有副都御史、僉都御史、監察御史等，皆爲言官。清因之，罷僉都御史，而以六科給事中附入都察院。今廢。

〔一九〕劉宗周，明山陰人，字起東，號念臺。萬曆進士，天啓初爲右通政，以劾魏忠賢，削籍歸。崇禎初再起，累官至左都御史，以言事激直忤旨，廢爲民。京師陷，徒步荷戈走杭州，福王監國，復其官，疏劾馬士英，並力陳阮大鋮不可用，不納，告歸。杭州降，絶食死。宗周嘗受業東林書院，其學以誠敬爲主，慎獨爲功。學者稱念臺先生，又嘗築證人書院，講學蕺山，故又稱蕺山先生。著有聖學宗要、論語學案、陽明傳信録等，明史卷二五五有傳。

〔二〇〕太牢，禮王制：『天子社稷皆太牢，諸侯皆少牢。』公羊傳桓八年『冬曰烝』注：『禮，天子諸侯卿大夫，牛羊豕凡三牲，曰大牢。』蓋祭禮所用犧牲也。此謂宗周殉國，而謚贈蔭卹，均未恊輿情耳。

〔二一〕張國俊，明史外戚無傳，或與祥符張國紀爲本家，時以戚畹倚強藩，權侔人主云。

〔二二〕臺省，謂御史臺。漢御史大夫，位列三公，其屬有御史中丞，掌圖籍秘書，兼司糾察，所居之署謂之御史府，亦謂之憲臺。東漢以來，謂之御史臺，亦曰蘭臺寺，以中丞爲臺長，始專任彈劾，歷代因之。唐制：御史臺置大夫一人，中丞爲之貳，其屬有三院：一曰臺院，侍御史隸焉；二曰殿院，殿中侍御史隸焉；三曰察院，監察禦史隸焉。至明乃改爲都察院。詳本篇注〔一八〕。

〔二三〕按：楚藩江干開詔，係指左良玉與何騰蛟開福王詔事。崇禎十六年冬，騰蛟代王聚奎巡撫湖廣，時湖北地盡失，止存武昌，左良玉大軍屯於此。福王立南京，詔至，良玉駐漢陽，其部下有主不開詔者，騰蛟謂『社稷興亡，繫此一舉，倘不開詔，吾以死殉之！』至漢陽欲力爭，良玉已開讀如禮。良玉事別見。按：騰蛟，字雲從，貴州黎平衛人。天啓元年舉於鄉。爲官以才具精敏稱。福王時加兵部右侍郎，總督湖廣、四川、雲南、貴州、廣西軍務，降李自成餘衆，唐王拜東閣大學士兼兵部尚書，封定興伯，督師如故。後戰衡陽，兵敗被執，不屈死，謚文忠。明史卷二八〇有傳。

〔二四〕李長祥，達州人，字研齋，崇禎時，官庶吉士，後佐魯王舉兵於浙，官至兵部右侍郎。翁洲師潰，被羈於江寧，旋逸去，及天下定，隱居毘陵以終，有天問閣集。

〔二五〕宏光，福王年號。按：因避清高宗弘曆之諱，故將『弘光』寫作『宏光』。

〔二六〕按：此謂清廷下薙髮令，不從者族誅。別詳。

〔二七〕按：本文所引肅樂疏文，與全祖望錢公神道碑（鮚埼亭集卷七）略有出入。可參看。

〔二八〕按：其時明故總兵方國安自浙西來，軍最盛，王之仁次之，號爲正兵，諸義兵皆倚毗焉，而皆無遠略，國安尤橫暴，於是議取浙東之正餉以予正兵，而義兵取給於富室樂輸之餉，謂之義餉，交事之，不能得，未幾而正兵併取義餉，於是義兵遂無取給矣。

〔二九〕王藩，謂之仁也。初鄞、奉二縣義餉，專供肅樂軍，而國安檄二縣不必支應，蓋爲之仁地也。

〔三〇〕肅樂在浙，以言餉及議閩中頒詔，爲人所忌。乃棄軍拜表往溫州，唐王今往海上，遂以黄斌卿迎，入舟山，爲復三吳之計。而浙師潰敗，方國安入海，魯遁入舟山。肅樂亦由海道入閩。

〔二一〕福州，明清皆爲福州府，屬福建，治侯官，即今閩縣也。化南，未詳。按：全碑謂避難福清，則化南當爲福清縣屬也。

〔二二〕熊汝霖，字雨殷，餘姚人。詳本書黄宗羲移史館熊公雨殷行狀。

〔二三〕孫延齡，餘姚人，爲大學士兵部侍郎嘉績之子。嘉績死舟山，延齡隨王入閩。

〔二四〕鄭彩，芝龍猶子，初與鴻逵爲鎮江總兵官，大清兵渡江，撤師回閩，會唐王自河南來，因奉之至福州，與芝龍等請正位，建元隆武，封彩爲永勝伯，旋以鴻逵爲大元帥，彩副之，領兵出江西，藉口餉絕不進。後清軍入閩，芝龍降，彩等以兵入海。魯王入舟山，彩以舟師迎至廈門，封建國伯，遂專軍政事。舟山失，魯王往依鄭成功，彩遂見摧於成功而死。明史無傳。

〔二五〕周崔芝，南雷文定（叢書集成本）及國朝文匯均作周崔芝，茲依鮚埼亭集所見者改。按：鶴芝本爲盜海上，唐王立，起爲平海將軍。鄭芝龍降清，由閩入浙，議乞師日本，已有成議，以黄斌卿阻不果，乃復入閩佐魯王，封平夷伯，明史無傳，他事皆未詳。

〔二六〕周瑞，吳江人，福王時邑人吳易舉義兵，爲清軍所敗，瑞聚衆長白蕩，迎易入其營，共謀恢復，後以事泄死。明史無傳。

〔二七〕阮進，魯王監國時，爲張名振營將，精水戰，累官至太子太保，封蕩湖伯。順治八年秋，清兵分三路攻舟山，進以火舟迎戰於橫水洋，風反自焚，進負創投水，清兵刺鉤取之，脅降不屈，進驍健，時有飛將之稱，自進死而舟山不可守矣。明史無傳。

〔三八〕大學士，明初廢宰相，政歸六部，置大學士備顧問，秩僅五品。宣宗時，三楊入閣，乃以師保尚書兼大學士，官始尊於六卿。按：明制，中極殿、建極殿、文華殿、武英殿、文淵閣、東閣，皆置大學士。清因之。旋改三殿三閣，三殿爲文華殿、保和殿、武英殿，三閣爲文淵閣、東閣、體仁閣，後併者保和殿，殿閣皆置大學士及協辦大學士，秩皆正一品，贊理機務，表率百僚，遂爲宰相之職。

〔三九〕中左所，即福建廈門市地，明代於海隅邊地俱設衛所，此其一也。

〔四〇〕賜姓，指鄭成功。按：成功初名森。其父芝龍既迎立隆武，乃令森入侍，隆武賜國姓，改名成功，封忠孝伯。成功既受賜國姓，應稱朱成功，而一般稱爲『國姓爺』，仍其原姓稱鄭成功。

〔四一〕按：成功奉隆武，隆武殉國，魯王以監國航海，成功以宗人府正之禮見之，只修寓公之敬而已。及後有構魯王於成功者，於是禮儀更疏焉。

〔四二〕按：丁亥歲成功稱隆武三年，魯監國二年，清順治四年，西元一六四七年，是年永明王立肇慶，改元永曆，後成功改奉永曆正朔。

〔四三〕長垣，地址未詳，待考。

〔四四〕按：丁亥歲十月，成功頒隆武四年戊子大統曆於海上，時道阻未通粵中，不知永曆即位事，故從大學士路振飛、曾櫻議，仍稱隆武四年頒曆，用文淵閣印鈐之，成功於魯王既修寓公禮而不稱臣，於是肅樂奏頒魯監國二年曆，而成功稱隆武四年如故。

〔四五〕劉沂春，福建長樂人，字泗哲。崇禎進士，官刑部主事，周延儒繫獄，沂春讞之，不阿上意，落職歸。魯王時肅樂疏起爲右副都御史。

〔四六〕吳鍾巒，字巒穉，號霞舟，武進人，受業顧憲成、高攀龍，爲心性之學，崇禎中，舉進士，累官桂林推官，福王立，遷禮部主事，魯王起兵，起爲禮部尚書，往來普陀山中，清兵至寧波，渡海至昌國衛，入孔廟，積薪左廡下，自焚死，著有周易卦說、霞舟語録、十願齋文集等。傳附見明史卷二七六張肯堂傳。

〔四七〕通政司使，官名，宋置通進司，掌受内外章奏，旋改爲承進司，明改名通政司，職掌同，通政使其長官也。清因之，光緒末廢。

〔四八〕洗耳，高士傳：『堯聘許由爲九州長，由不欲聞，洗耳於潁水濱。』言不欲聞禄利也。

〔四九〕褰裳，詩鄭風有褰裳云：『子惠思我，褰裳涉溱。子不我思，豈無他人？狂童之狂也且。』又：『子惠思我，褰裳涉洧。子不我思，豈無他士？狂童之狂也且。』傳：『褰裳，思見正也。狂童恣行，國人思大國之正己也。』疏：『箋云：狂童恣行，謂突與忽爭國，更出更入，而無大國正之。』按：此謂當亂世以挺起見正爲貴也。

〔五〇〕急病讓夷：言急人之病，讓人之傷也。

〔五一〕司徒女子，所指未詳，待考。

〔五二〕按：東海婦人，漢東海人，少寡無子，事姑甚謹。姑不欲以年老累之，自經死。姑之女誣告婦殺姑，太守捕拷之，誣服論殺，于定國爭之不得，旋郡中枯旱三年，後太守至，詢其故，定國言孝婦不當死，太守乃祭其冢，表其墓，天立大雨。見漢書于定國傳，搜神記謂孝婦名周青。本文所指或此。

〔五三〕閩安鎮，在福建閩侯縣東四十里。鎮東今有炮臺，與南岸炮臺相對，爲閩江口内重鎮。

〔五四〕隆武，明唐王年號。王名聿鍵，太祖九世孫。性率直，喜文翰，灑灑千言，初封南陽，以父殀失愛於祖，兩叔謀奪嫡，未得請。及祖端王死，守道陳奇瑜，知府王之柱，始爲請嗣，遂襲位，後以統兵勤王擅離南陽，錮高牆，宏光立，赦出。避亂適浙，乃由鄭鴻逵、黄道周、張肯堂等奉入福州，推稱監國，旋正位，改元隆武。然扼於鄭芝龍、鄭彩，不得行其志，順治三年，清軍入閩，帝自延平走汀州，爲所獲，送至福州，不食死。

〔五五〕長樂，福建今縣，明清皆屬福州府。鄭以佳，未詳。

〔五六〕馬思理，魯王時爲通政使。清兵破汀州，入漳州，漳州道傅從龍、知府金麗澤以城降，不三日，鄉兵起，殺傅、金。思理與禮部尚書曹學佺俱自經。

〔五七〕票擬，按：明清之制，内閣於奏本先擬批答之詞，書寫票籤，以俟欽定，謂之票擬。

〔五八〕劉中藻，字薦叔，號洞山，福安人，由進士官行人，京師陷，南還事唐王，後奉魯王，攻降福寧，守之。移駐福安，拜東閣大學士兼兵部尚書，清兵破城，冠帶坐堂上，爲文自祭，吞金屑死。傳附見明史卷二七六錢肅樂傳。

〔五九〕福安，福建今縣，清屬福寧府。

〔六〇〕福寧，元置福寧州，屬福建省。明仍之，清升爲府，治霞浦，民國廢。

〔六一〕涂登華，或作徐登華，事迹未詳。

〔六二〕按：南宋末年，益王立於福州，衛王立於厓山，皆崎嶇海隅，與元兵相抗，其情勢頗與明季唐、魯二藩相類，故肅樂引以爲喻。

〔六三〕文陸，謂文天祥與陸秀夫也。天祥字宋瑞，又字履善，號文山，宋吉水人，理宗時進士，官至江西安撫使。

元兵入寇，天祥應詔勤王，受命使元軍被執，遁入真州。益王立，召至福州，進左丞相，都督江西，爲元兵所敗，走循州，衛王立，封信國公，進屯潮陽，又爲元將所敗，被執，拘燕三年，終不屈，遂被殺，臨刑作正氣歌以見志。元世祖稱爲真男子，著有文山集、詩集。秀夫，宋鹽城人，字君實，舉進士，累官禮部侍郎，衛王立，爲左丞相，與張世傑共秉政，駐軍厓山。及厓山破，負衛王蹈海死。宋史卷四一八、四五一各有傳。

〔六四〕黄蘗山，按：黄蘗山有三，此當指在福建省者而言。山在福清縣西南三十里，上多蘗木，故名。山有黄蘗寺，附近有飛瀑清潭。

〔六五〕會稽，舊縣，明清皆與山陰同爲浙江紹興府治，民國併二縣爲紹興縣。按：此言浙師潰後，魯王由紹興而航海也。

〔六六〕孫碩膚，名嘉績，浙江餘姚人，崇禎進士，官兵部郎中，以所管軍器浸毀，下獄，已而黄道周亦下獄，嘉績躬親事湯藥，因從受易。後得釋。福王時起九江兵備僉事，未赴。魯王監國，以兵部侍郎總視義師，累擢東閣大學士，從入舟山，遘疾卒，謚忠襄。傳附見明史卷二四〇孫如游傳。

〔六七〕沈彤庵，名宸荃，慈谿人，字友蓀，崇禎進士，福王立，擢御史，疏稱五事，皆切時病，已論群臣醜正黨邪，請王臥薪嘗膽，爲雪耻報仇之計。時朝政大亂，宸荃獨特正，爲要人所疾。後從魯王泛海，累擢至大學士，以與同官不恊，避居舟山附近僻島，後艤舟南日山，遭風沒於海。明史卷二六一有傳。

〔六八〕滃洲，亦曰翁山，在浙江定海縣東卅里。

〔六九〕南日山，又名南日澳，舊名南匿山，在福建福清縣南海中。明初曾置南日寨，清以縣丞駐焉。

〔七〇〕文謝，謂文天祥與謝枋得也，按：枋得，宋末弋陽人，字君直，號疊山，寶祐進士〔一〕，德祐初，知信州，忠義自任。元兵犯州，戰敗城陷，遁隱建寧唐石山，常麻衣東向哭。元至元中，訪求遺才得之，強之北行，不食死。門人私謚文節，世稱疊山先生。宋史卷四二五有傳。

〔七一〕空坑，宋史卷四百十八文天祥傳〔二〕：（景炎二年）江西宣慰使李恒遣兵援贛州，而自將兵攻天祥於興國，天祥不意恒兵猝至，乃引兵走。即鄒渢於永豐，渢兵先潰，恒窮追天祥方石嶺，（宋史紀事本末作萬石嶺）鞏信拒戰，箭被體死之。至空坑，軍士皆潰，天祥妻妾子女皆見執。按：方石嶺在江西吉安縣南，空坑當即在其附近也。

〔七二〕安仁，宋置縣，明清皆屬江西饒州府。民國改爲餘江。按：宋史謝枋得傳：『以江東提刑，江西招諭使知信州，明年（德祐元年）正月，（呂）師夔與武萬戶分定江東地，枋得以兵逆之，使前鋒呼曰：『謝提刑來！』呂軍馳至，射之，矢及馬前，枋得走入安仁。』

〔七三〕按：平國，謂平夷侯鄭芝龍、建國公鄭彩。

〔七四〕按：方王，謂方國安與王之仁。國安，貴陽人，崇禎時官總兵，魯王監國，封荆國公，掌兵柄，諸軍皆受節制，與王之仁自富陽渡江攻杭州，敗還，清兵南下，退走紹興，尋降清，以蠟丸書通閩，搜得被殺。明史無傳。國安在浙，所部最爲橫暴，文臣皆爲所制。

〔一〕『寶祐』原闕，今據宋史謝枋得傳補。
〔二〕『百十八』原闕，今據宋史文天祥傳補。

〔七五〕建國謂鄭彩，賜姓謂鄭成功，定西謂張名振。按：名振，江寧人，扈魯王走閩，封定西侯，後屢圖恢復，功雖不成，其亮節孤忠爲世所共見。此或當爲定虜或定清之誤，謂芝龍弟鄭鴻逵（芝彪）也。

〔七六〕一丘之貉，言同類無所差别也。漢書：『古與今，如一丘之貉。』

〔七七〕黄壚，文選曹植責躬詩：『嘗懼顛沛，抱罪黄壚。』又淮南子覽冥：『上際九天，下契黄壚。』注：『黄壚，黄泉下壚土也。』按：此謂朝若持異議，暮即使之入土也。

貞愍李先生傳

全祖望

貞愍先生李桐，字封若，鄞人也，學者稱爲侗菴先生。光禄監德繼之子。生三歲而孤，事其適母董孺人，生母王孺人，皆至孝，而於適母禮節更加隆。及適母卒，而所以事生母者亦如之。時人服其知禮。

讀書通大義，不屑數行墨。肆力於詩古文辭，尤思通當世之故，講明忠孝節行，諤諤難犯，一時多非笑之。而前輩董文敏公元宰〔一〕、曹文忠公石倉〔二〕暨徐興公、林六長、何無咎、陳仲醇諸名士〔三〕，深器重之。

甲申三月十九日之變〔四〕，先生於大臨所，抗言國恩不可不報，請發義旅，次於江干，以待撫臣勤王之舉。監司盧公牧舟是之〔五〕，未能應也。先生乃日號咷當事馬前，並詰責諸鄉老，遂遭嗔怒，且有欲除之者。尚書鄴仙馮公曰〔六〕：『諸公即自謂力薄，不能報國仇，奈何更殺義士？』乃邀先生至其邸，呵護之。牧舟亦慰勞之，以是得免。

南都昏濁，先生悒悒不得志，遁入白鷗莊〔七〕，呼天涕泗，作悲憤詩，遂成沉疾。逾年，而有五月十一日之變〔八〕，昕夕呼祝宗，有所請，疾遂篤。會浙東兵起，錢忠介公登壇〔九〕，歎曰：『宜急令侗菴主之。』遣使以告。先生病中霍然起，稍稍進食，乃遣長子文祖從軍。忠介疏授兵部主事。自江干立國，侗菴之病稍愈，已而事漸不支，侗菴復申前請，疾復篤。六月初一日之變〔一〇〕，侗菴曰：『吾今定死矣！』果以是月十九日卒，説者以爲祈死而得死。年四十九。忠介時在翁洲〔一一〕，哭之慟，門人私謚曰貞愍。

文祖哭謂其弟文昱曰：『汝知而父所以死乎？』葬畢，相與墨衰赴海上，崎嶇軍事。文昱亦授戶部主事。辛亥，翁洲失守，扈王而出。九月二十六日，兄弟同日覆舟，溺於海中。少子文暹曰：『吾今不可以妄出。』杜門養母，其純孝一秉先生家法云。

嗚呼！桑海之際〔一二〕，吾鄉號稱節義之區。顧所謂六狂生〔一三〕、五君子〔一四〕，多出自學校韋布之徒，其薦紳巨公出而同之者，錢、莊、沈、馮數人而已〔一五〕。年來文獻脱落，雖有奇節，不能自振於忌諱沉淪之下，遂與亳社聲靈同歸寂滅！予每爲梓里前輩罔羅散失，六狂生輩之行實，漸以表章，而溯厥前茅，先生爲首。又況文祖兄弟，以忠作孝，文暹屈節事親，皆先生之教也。而叩之諸李，莫有知者，其亦可痛也夫！

先生嘗與楊尚寶南仲、陳御史平若、陸舍人敬身詮次同里前輩，曰甬東詩括，又手輯先世詩文，曰衣德集。其自著曰侗菴集。嗣後先生族子鄞嗣，因詩括遂爲甬上耆舊詩，因衣德集遂爲砌里文獻録，則皆先河之力也。

先生三子，惟文昱有子允錫，撫於其叔，娶婦。然卒以無子絶祀。其所居長松館，自文昶兄弟死國，二婦入道，捨爲梵宇，即所謂薜蘿菴者也。余每過而傷之！

【作者傳略】全祖望，鄞縣人，字紹衣，學者稱謝山先生，乾隆進士，官知縣。其爲學以躬行實踐爲主，以歷史文獻爲用，原本性靈，重尚情感，奉奉於鄉邦喬木之思，表彰遺逸，不遺餘力，爲浙東史學承先啓後之人物。家富藏書，曰雙韭山房，與黄百家續修宋元學案，並校水經注，續選甬上耆舊詩，皆傳於世，其自著有丙辰公車徵士小録、漢書地理志稽疑、句餘土音及鮚埼亭集等。生康熙四十四年乙酉，卒乾隆二十年乙亥（一七五五），年五十一。清史稿卷四八一儒林有傳。

【注釋】

〔一〕董文敏，華亭人，名其昌，字元宰，號香光，萬曆進士，累官南京禮部尚書，卒贈太子太傅，謚文敏。書法初宗米芾，後自成一家，其畫集宋元諸家之長，行以己意，瀟灑生動，稱明末之冠。明史卷二八八文苑有傳。

〔二〕曹文忠，侯官人，名學佺，字能始，號石倉，萬曆進士，天啓間，官廣西參議。初，梃擊獄興，學佺著野史紀略，直書本末，劉廷元劾其私撰野史，遂削籍。崇禎初起副使，辭不就。唐王時，官至禮部尚書。福州陷，自縊死。著有易經通論、春秋闡義及石倉集等。明史卷二八八文苑有傳。

〔三〕徐興公等三人，事迹未詳。

〔四〕此指流寇陷京師，莊烈帝自縊事。別詳楊維嶽傳注〔六〕。

〔五〕盧牧舟，待考。

〔六〕鄴仙馮公，蓋指馮元飆，元颺字爾歧〔一〕，天啓進士，崇禎初由揭陽令徵授給事中，有直聲，多智數，尚權譎，累遷兵部尚書，流寇起，無所建樹，遂稱疾乞休，時論薄之，福王時卒。

〔七〕白鷗莊，未詳。

〔八〕按：弘光元年五月九日，清兵渡江，十日夜二更，弘光帝出奔，故此云十一日也。

〔九〕錢忠介，詳本書錢忠介公肅樂傳。

〔一〇〕按：此蓋指福王被清兵所執事。

〔一一〕翁洲，已見錢肅樂傳注六八。

〔一二〕桑海，按神仙傳：『麻姑謂王方平曰：接侍以來，已見東海三爲桑田；向到蓬萊水淺，淺於往者會時略半也，豈將復還爲陵陸乎？』今謂世事變遷曰滄海桑田，或曰滄桑、桑海。

〔一〕明史馮元颺傳：『馮元颺字爾弢』。

〔一三〕六狂生，已見錢肅樂傳注〔一四〕。

〔一四〕五君子，按：寧波董志寧等謀恢復，志寧與華夏、王家勤、屠獻宸、董德欽、楊文琦等議以李長祥師下紹興，以王翊師下寧波，而己爲内應，馮京第亦以舟山之師來會。時謝三賓已降清，事未行而爲其所諜知，四出搜捕，志寧走免，華、王、屠、董、楊皆被捕死，時稱五君子之禍。詳可看蘇雪林南明忠烈傳第八章。

〔一五〕錢謂肅樂，莊謂□□，沈謂宸荃，馮謂京第，錢、沈皆别詳。馮京第，字躋仲，慈谿人，魯監國時爲兵部右侍郎，浮海乞師日本不得，乃隨張煌言、張名振赴吳勝兆之約，遇風覆舟死。

楊維嶽傳

戴名世

楊維嶽，字五奠，一字伯峻，廬州巢縣人也〔一〕。生而孝謹，好讀書，毅然自守以正。嘗以文見知於郡守。一日，往謁，適富民有犯法者，郡守教維嶽爲之代請，可得金數百。維嶽謝曰：『犯罪自有公法。使此人不當罪，而維嶽受其金，則不祥；使此人當罪，以維嶽故貰之，是以私恩而撓公法也〔二〕。維嶽兢兢自守，懼無以報德，其敢以是爲公累。』郡守由是益敬重

〔一〕『恩』，中華書局本戴名世集作『愛』。

之。嘗讀書至忠孝大節，往往三復流涕。慕文文山之爲人也〔二〕，畫像以祀之。

崇禎中，陝西盜起〔三〕，都御史〔四〕史可法巡撫淮揚〔五〕，維嶽曰：『此當代偉人也，不可以不見。』乃徒步詣軍門往謁。可法故好士，一見奇之。居無何，寇益急，詔天下勤王，時可法已拜南京兵部尚書。尚書以府庫虛耗〔一〕，軍資竭，兵不得出，傳檄諭天下捐資救國。維嶽捧檄泣曰：『國事如此，吾何以家爲！』即毀家以爲士民倡，而人皆無應者。

崇禎十七年，上崩於煤山〔六〕，維嶽聞之，北向號痛，累晝夜不能寢食。時福王世子即位南京〔七〕，改明年爲弘光元年。維嶽條列時務十三事，上陳當事。未一歲，北兵渡江，京師潰，而史可法以大學士督師揚州，城破死之。維嶽泣曰：『國家養士三百年，以身殉國，奈何獨一史公？』於是設史公主，爲文祭之而哭於庭。家人進粥食，麾之去，平日好飲酒，亦卻之。曰：『踐土而思禹功，食粟而思稷德〔八〕。吾家世食膠庠之澤，今值國事如此〔二〕，飲食能下咽乎？』居三日，北兵至，下令薙髮〔九〕，維嶽不肯。人謂：『先生曷避諸？』維嶽曰：『避將何之？吾死耳，吾死耳！』其子對之泣，維嶽曰：『小子！吾生平讀書何事，一旦苟全倖生，吾義不爲，吾今得死所矣，小子何泣焉？』人有來勸慰，偃臥唯唯而已。搜先人遺文，

〔一〕『尚書』，原闕，今據中華書局本戴名世集補。

〔二〕『值』，原闕，今據中華書局本戴名世集補。

付其子曰：『當謹守之！』乃作不髡永訣之辭以見志。凡不食七日，整衣冠，詣先世神主前，再拜入室，氣息僅存。親屬人來觀者益衆，忽張目視其子曰：『前日見志之語，慎毋以示世也！』頃之，遂卒。是歲弘光元年七月二十一日也(一)。年五十有六。聞者莫不爲之流涕，私謚爲文烈云(二)。

贊曰：嗚呼！遭世亂亡，士之立志(三)，可不慎歟(四)？三代以下(五)，變故多矣，爲人臣者，往往身爲大官，不爲國死(六)，而布衣諸生，又以死非吾事，則是無一人死也。君臣之義，幾何而不絕也哉！自古死節之盛，莫如建義之時(七)，而姓字半且磨滅(八)，吾嘗惜之！迨甲申、乙酉間天下亂(九)，又非靖難比也(一〇)，故余所至，輒訪諸父老(一〇)，有死事者，爲紀次之，無使其無傳焉。而龍舒山中(一一)，余有門人曰余生，爲我道貢士楊維嶽事，余嗟異之。已而覩其子

(一)『二十一』，中華書局本戴名世集作『二十九』。
(二)『云』，中華書局本戴名世集作『公』。
(三)『立志』，中華書局本戴名世集作『自立』。
(四)『歟』，中華書局本戴名世集作『哉』。
(五)『下』，中華書局本戴名世集作『來』。
(六)『爲』上，中華書局本戴名世集有『能』。
(七)『義』，中華書局本戴名世集作『文』。
(八)『字』，中華書局本戴名世集作『名』。
(九)『亂』，中華書局本戴名世集無。
(一〇)『諸』，中華書局本戴名世集作『問』。

某抱所作家狀，良然，遂爲論次如此。

【作者傳略】戴名世，字田有，號褐夫，別號憂庵，桐城人，康熙進士，授編修，年少有文才，尤留心明代史事。後以其所著南山集，用永曆年號，爲都御史趙申喬劾爲狂妄，事下刑部，竟坐大逆被殺，株連獲譴者數十人，爲清代文字獄之一。詳可看清代文字獄檔。按：名世，生清順治十年癸巳（一六五三），卒康熙五十二年癸巳（一七一三），年六十一。其爲文條理密察，富組織力，而風神淡蕩，直接龍門，爲清代最出色史家，而竟以文字罹重辟，士林惜之。所著南山集，今所傳者共十四卷，爲康熙辛巳（四十年）其弟子尤雲鶚所編。一名潛虛先生文集。黎庶昌純齋續古文辭類纂，以名世所作諸傳記爲桐城宋潛虛作，或即緣此書名而誤也。

【注釋】

〔一〕廬州，清爲府，治合肥，屬安徽，民國廢。巢，今縣，屬安徽，清屬廬州府。

〔二〕文文山，宋文天祥號，已見錢肅樂傳注〔六三〕。

〔三〕按：此指張獻忠、李自成等流寇之亂。獻忠，明延安衛人，陰謀多智，黃面虎頷，人號爲黃虎，崇禎時爲流寇，嘗爲左良玉所敗，降而復叛，與李自成合，連寇晉、陝、豫等省，所過殺掠甚慘，其後據武昌，陷成都，僭稱大西國王，復謀出川，爲清軍所執伏誅。李自成，明米脂人，少鬥狠無賴，崇禎時爲流寇，自稱闖王，坐大後，蔓延晉、豫、湖廣、巴蜀等地，焚掠至慘。崇禎十七年，稱王於西安，僭號大順，東進陷京師，崇禎殉國。後吳三桂引清兵入，自成西遁，被村民困於九宮山，自殺，而清遂代明有天下。

〔四〕都御史，官名，爲都察院長官，專司察劾，其下有副都御史、僉都御史、監察御史等，本明制，清因之，稍有更張，清亡乃廢。史可法，明祥符人，字憲之，一字道鄰，崇禎進士，官右僉都御史，巡撫皖、豫各地，攻剿流賊，數有功績，拜南京兵部尚書。福王立，加武英殿大學士，開府揚州，後清兵乘勝南下，清攝政王多爾袞致書勸降，卻之。揚州破，遂被害。後人稱爲史閣部。清乾隆時追謚忠正，有史忠正集，明史卷二七四有傳。

〔五〕淮陽，今縣，在河南省，隋曰淮陽郡，宋爲淮寧府，清爲陳州府，治淮陽，即今地也。

〔六〕煤山，即景山，在河北北平市神武門外舊宮城之背，流寇李自成破京師，崇禎帝於此自縊殉國，故又稱萬歲山。

〔七〕福王，明神宗孫，名由崧，崇禎末襲爵。京師既陷，馬士英、史可法等迎入南京，推稱監國，旋稱帝，建元弘光。時馬士英弄權，左良玉舉兵迫之，而清兵亦至。帝奔蕪湖，被執北上，尋卒。本文所謂北兵渡江，即指清兵而言。其時爲弘光元年五月十日也。

〔八〕左傳昭七年：『封略之土，何非君土，食土之毛，誰非君臣。』按：毛謂土地所生穀蔬之屬，而稷爲初倡稷穡者也。踐土而思禹功，以禹有平水土之功，而爲天下之主也。古時君主家天下，臣民感戴君恩，每曰食毛踐土。此以禹泛比明帝也。

〔九〕按：自元世祖自朔漠而有天下，盡以胡俗變中華之制，士庶咸辮髮椎髻，深襜胡帽，無復中華衣冠之舊，至明太祖即位，始復舊衣冠，士民皆以髮束頂，一如唐制。滿清入關，於順治元年即下令全國投誠，官吏軍民薙髮易服，衣冠皆改遵清制。令至江南，士民大憤，群起反抗，遂迭遭清兵屠殺，然逃隱山林，抗志不屈者，仍先後相望。清廷乃收回成命，稍示和緩。至二年六月，又令全國盡行薙髮，不從者以軍法從事，以迄十年，漢人俱不能免此苛政矣。詳胡蘊玉《髮史》。

〔一〇〕甲申爲崇禎十七年、清順治元年；乙酉爲弘光元年、清順治二年。按：明建文帝用齊泰、黄子澄謀，欲削諸侯藩權，燕王棣起兵南下，指齊黄爲小人奸臣，入清君側，稱其兵曰靖難之師。結果，南京被破，建文帝焚死城中（一説出走），齊黄等皆被殺，而燕王繼承大統，是爲成祖。

〔一一〕龍舒山，在安徽舒城縣西南八十里，接桐城縣界，即龍眠山。

江天一傳

汪琬

江天一，字文石，徽州歙縣人〔一〕。少喪父，事其母，及撫弟天表，具有至性。嘗語人曰：『士不立品者，必無文章。』前明崇禎間，縣令傅巖奇其才〔二〕，每試輒拔置第一。年三十六，始得補諸生。家貧屋敗，躬畚土築垣以居。覆瓦不完，盛暑則暴酷日中。雨至，淋漓蛇伏，或張敝蓋自蔽。家人且怨且歎，而天一挾書吟誦自若也。

天一雖以文士知名，而深沉多智，尤爲同郡金僉事公聲所知〔三〕。當是時，徽人多盜，天一方佐僉事公用軍法團結鄉人子弟，爲守禦計。而會張獻忠破武昌〔四〕，總兵官左良玉東遁〔五〕，麾下狼兵譁於途，所過焚掠。將抵徽，徽人震恐，僉事公謀往拒之，以委天一。天一腰刀帓首，黑夜跨馬，率壯士馳數十里，與狼兵鏖戰祁門（六），斬馘大半，悉奪其馬牛器械。徽賴以安。

順治二年夏五月，江南大亂（一），州縣望風内附，而徽人猶爲明拒守。六月，唐藩自立於福州（七），聞天一名，授監紀推官。先是天一言於僉事公曰：『徽爲形勝之地，諸縣皆有阻隘可恃，而績谿一面當孔道（八），其地獨平迤，是宜築關於此，多用兵據之，以與他縣相犄角。』遂築叢山關（九）。已而清師攻績谿，天一日夜援兵登陴，不少怠。閒出逆戰，所殺傷略相當。於是清師以少騎綴天一於績谿，而別從新嶺入（一〇）。守嶺者先潰，城遂陷。

大帥購天一甚急。天一知事不可爲，遽歸，屬其母於天表，出門大呼：『我，江天一也！』遂被執。有知天一者，欲釋之。天一曰：『若以我畏死耶？我不死，禍且族矣。』遇僉事公於營門，公目之曰：『文石，汝有老母在，不可死！』笑謝曰：『焉有與人共事而逃其難者乎？公幸勿爲吾母慮也！』至江寧（一一），總督者欲不問。天一昂首曰：『我爲若計，若不如殺我；我不死，必復起兵！』遂牽詣通濟門，大呼高皇帝者三（二）（一二），南向再拜訖，坐而受刑。觀者無不歎息泣下。越數日，天表往收其屍瘞之，而僉事公亦於是日死矣。

當狼兵之被殺也，鳳陽督馬士英怒（一三），疏劾徽人殺官軍狀，將致僉事公於死。天一爲齎辨疏，

（一）『大亂』，文淵閣四庫全書本堯峰文鈔作『已破』。

（二）『大』上，文淵閣四庫全書本堯峰文鈔有『既至』。

詣闕上之，復作籲天說，流涕訴諸貴人，其事始得白。自兵興以來，先後治鄉兵三年，皆在僉事公幕。是時，幕中諸俠客號知兵者以百數，而公獨推重天一，凡內外機事，悉取決焉。其後竟與公同死，雖古義烈之士，無以尚也。予得其始末於翁君漢津，遂爲之傳〔一四〕。

汪琬曰：『方勝國之末，新安士大夫死忠者〔一五〕，有汪公偉、凌公駉〔一六〕，與僉事公三人，而天一獨以諸生殉國。予聞天一游淮安〔一七〕，淮安民婦馮氏者，刲肝活其姑，天一徵諸名士作詩文表章之，欲疏於朝，不果。蓋其人好奇尚氣類如此。天一，本名景，別號石嫁樵夫，翁君漢津云。

【作者傳略】汪琬，字苕文，江蘇長洲人，生明天啓四年甲子（一六二四），卒清康熙廿九年庚午（一六九〇），年六十七，詳本書宋犖國朝三家文抄小傳。

【注釋】

〔一〕徽州，清爲府，治歙縣，屬安徽省。今廢府存縣。

〔二〕傅巖，明義烏人，字野清，崇禎進士，官至監察御史，有事物考。

〔三〕金聲，明休寧人，字正希，好學，工舉子業，名傾一時，崇禎初進士，授庶吉士。乞面陳急務，帝召對平臺，不用，遂屢疏乞歸。久之，廷臣交薦，即命召用，未赴而京師陷。福王立於南京，超擢左僉都御史，聲堅不起，南都陷，糾集義勇，分兵扼大嶺，貴池吳應箕等多應之。乃遣使通表唐王，授右都御史，總督諸道軍，爲清兵所執，不屈死，謚文毅。明史卷二七七有傳。

〔四〕張獻忠，見本書楊維嶽傳注〔三〕。

〔五〕左良玉，另詳本書國朝三家文抄小傳注一四。按：此云東遁，係指良玉往來江楚，欲移兵九江事。

〔六〕祁門，今縣，屬安徽省，清屬安徽徽州府。

〔七〕唐藩，指唐王聿鍵立於福州事，已見錢肅樂傳注〔五四〕。

〔八〕績谿，安徽今縣，在歙縣北，清屬徽州府。

〔九〕叢山關，在績谿縣北三十里巃嵸山。地名永安鎮，接甯國縣界，最稱險要。

〔一〇〕新嶺，在安徽休寧縣南七十里，週二十里。西連婺源、芙蓉諸嶺，名五嶺，爲往來通道。嶺南有地名黄茅，可由小徑直達，爲防禦要地。

〔一一〕江寧，江蘇今縣，在南京市東南，明爲應天府治，清與上元縣同爲江寧府治。

〔一二〕高皇帝，乃指大明太祖高皇帝朱元璋，意不負此開國之主耳。

〔一三〕馬士英，明貴陽人，萬曆進士，天啓間，累官左僉都御史，坐事廢。崇禎間，起爲兵部侍郎。北京陷，士英等立福王於南京，陞東閣大學士，進太保，與阮大鋮深相結納，横暴貪婪，名器猥濫，清兵下南京，士英輾轉遁嚴州，卒被執殺。按：本文所指，乃其任鳳陽總督時事。

〔一四〕按：翁漢津，事迹未詳。

〔一五〕新安，郡名。按：隋初置歙州，尋改爲新安郡，治歙，即今安徽歙縣治也。

〔一六〕汪偉，明休寧人，字叔度，崇禎進士，擢檢討，充東宮講官，賊陷承天、荆襄，偉以留都根本可慮，上江防綢繆疏，前後所言，皆切時務。及賊犯都城，守兵乏餉，不得食，偉出貲市餅餌以餽，已而城陷。偉貽子觀書，勉以忠孝，自經死，謚文烈。淩駉，歙人，初名雲翔，字龍翰，又字井心，崇禎進士，福王時授監察御史，巡按河南，援歸德，城破，爲清軍所擒，自經死。

〔一七〕淮安，江蘇今縣，明清皆爲淮安府治。

閻典史傳

邵長蘅

閻典史者，名應元，字麗亨，其先浙紹興人也〔一〕。四世祖某，爲錦衣校尉〔二〕，始家北直隸之通州〔三〕，爲通州人。應元起掾史〔四〕，官京倉大使〔五〕。崇禎十四年，遷江陰縣典史〔六〕。始至，有江盜百艘，張幟乘潮闌入內地，將薄城。而會縣令攝篆旁邑，丞簿選愞怖急〔七〕，男女奔竄。應元帶刀韃出，躍馬大呼於市曰：『好男子，從我殺賊護家室！』一時從者千人。然苦無械，應元又馳竹行呼曰：『事急矣，人假一竿，直取諸我！』千人者，布列江岸，矛若林立，士若堵牆。應元往來馳射，發一矢，輒殪一賊。賊連艘者三，氣懾，揚帆去。巡撫狀聞，以欽依都司掌徼巡縣尉〔八〕，得張黃蓋擁纛，前驅清道而後行。非故事，邑人以爲榮。久之，僅循資遷廣東英德縣主簿〔九〕，而陳明選代爲尉〔一〇〕。應元以母病未行，亦會國變，挈家僑居邑東之砂山〔一一〕。是歲乙酉正月也〔一二〕。

當是時，本朝定鼎改元二年矣。豫王大軍渡江〔一三〕，金陵降〔一四〕，君臣出走。弘光帝尋被執。分遣貝勒及他將，略定東南郡縣。守土吏或降或走，或閉門旅拒，攻之輒拔；速者功在漏刻，遲不過旬日。自京口之南〔一五〕，一月間下名城大縣以百數；而江陰以彈丸下邑，死守八十餘日而後下，蓋應元之謀計居多。

初，薙髮令下〔一六〕。諸生許用德者〔一七〕，以閏六月朔，懸明太祖御容於明倫堂〔一八〕，率眾拜哭，士民蛾聚者萬人，欲奉新尉陳明選主城守。明選曰：『吾智勇不如閻君；此大事，須閻君來。』乃夜馳騎往迎應元。應元投袂起，率家丁四十人，夜馳入城。是時，城中兵不滿千，戶裁及萬，又饟無所出。應元至，則料尺籍，治樓櫓，令戶出一男子，乘城，餘丁傳餐。已乃發前兵備道曾化龍所製火藥火器貯堞樓〔一九〕；已乃勸輸巨室。令曰：『輸不必金，出粟、菽、帛、布及他物者聽。』國子上舍程璧首捐二萬五千金〔二〇〕。捐者麕集。於是圍城中有火藥三百罌，鉛丸、鐵子千石，大礮百，鳥機千張，錢千萬緡，粟、麥、豆萬石，他酒、酟、鹽、鐵、芻、藁稱是。

已乃分城而守：武舉黃略守東門，把總某守南門，陳明選守西門，應元自守北門，仍徼巡四門。

部署甫定，而外圍合。時大軍薄城下者已十萬，列營百數，四面圍數十重，引弓卬射，頗傷城上人。而城上礧礟、機弩乘高下，其所殺傷甚衆。乃架大礟擊城，城垣裂。應元命用鐵葉裹門板，貫鐵絙護之；取空棺，實以土，障隤處。又攻北城，北城穿。下令人運一大石塊，於城內更築堅壘。一夜成。會城中矢少，應元乘月黑，束藁爲人，人竿一燈，立陴陀間；匝城兵士伏垣內，擊鼓叫噪，若將縋城斫營者。大軍驚，矢發如雨；比曉，獲矢無算。又遣壯士夜縋城入營，順風縱火。軍亂，自蹂踐相殺死者數千。

大軍離城三里止營（一），帥劉良佐擁騎至城下（二），呼曰：『吾與閻君雅故，爲我語閻君，欲相見。』應元立城上與語。劉良佐者，故弘光四鎮之一，封廣昌伯，降本朝總兵者也。遙語應元：『弘光已走，江南無主，君早降，可保富貴。』應元曰：『某明朝一典史耳，尚知大義。將軍胙土分茅，爲國重鎮，不能保障江淮，乃爲敵前驅，何面目見吾義士民乎（三）？』良佐慚退。

應元偉軀幹，面蒼黑，微髭。性嚴毅，號令明肅，犯法者鞭笞貫耳，不稍貸。然輕財，賞賜無所恡。傷者手爲裹創，死者厚棺斂，酹醊而哭之。與壯士語，必稱好兄弟，不呼名。陳明選寬厚嘔煦，每巡城，拊循其士卒，相勞苦，或至流涕。故兩人皆能得士心，樂爲之死。

（一）『軍』下，光緒武進盛氏刻本邵青門全集有『卻』。

（二）『吾』下，光緒武進盛氏刻本邵青門全集有『邑』。

先是貝勒統兵略地蘇松者（二二），既連破大郡，濟師來攻。面縛兩降將（二三），跪城下說降，涕泗交頤。應元罵曰：『敗軍之將，被禽不速死，奚喋喋爲！』又遣人諭令：『斬四門首事各一人，即撤圍。』應元厲聲曰：『寧斬吾頭，奈何殺百姓？』叱之去。會中秋，給軍民賞月錢，分曹攜具，登城痛飲；而許用德製樂府五更轉曲（二四），令善謳者曼聲歌之；歌聲與刁斗、笳吹聲相應，竟三夜罷。

貝勒既覘知城中無降意，攻愈急；梯衝死士，鎧冑皆鑌鐵，刀斧及之，聲鏗然，鋒口爲缺。礮聲徹晝夜，百里内地爲之震。城中死傷日積，巷哭聲相聞。應元慷慨登陴，意義自若。旦日，大雨如注。至日中，有紅光一縷起土橋，直射城西。城崩，大軍從煙焰霧雨中，蜂擁而上。應元率死士百人，馳突巷戰者八，所當殺傷以千數。再奪門，門閉不得出。應元度不免，踴身投前湖，水不沒頂（二五）。而劉良佐令軍中，必欲生致應元，遂被縛。良佐箕踞乾明佛殿，見應元至，躍起持之哭。應元笑曰：『何哭？事至此，有一死耳！』見貝勒，挺立不屈。一卒持槍刺應元貫脛，脛折踣地。日暮，擁至栖霞禪院。院僧夜聞大呼『速斫我』不絕口。俄而寂然，應元死。

凡攻守八十一日，大軍圍城者二十四萬，死者六萬七千，巷戰死者又七千，凡損卒七萬五千有奇。城中死者，無慮五六萬，屍骸枕藉，街巷皆滿，然竟無一人降者。

城破時，陳明選下騎傳戰，至兵備道前被殺。身負重創，手握刀，僵立倚壁上不仆。或曰：闔門投火死。

論曰：『尚書序曰：「成周既成，遷殷頑民（二六）。」而後之論者，謂於周則頑民，殷則義士。夫跖犬吠堯（二七），鄰女詈人（二八），彼固各爲其主。予童時，則聞人嘖嘖談閻典史事，未能記憶也。後五十年，從友人家見黄晞所爲死守孤城狀（二九），乃摭其事而傳之。微夫應元，故明朝一典史也，顧其樹立，乃卓卓如是！嗚呼，可感也哉！』

【作者傳略】邵長蘅，字子湘，號青門山人，江蘇武進人。少稱奇童，十歲爲諸生，試必高等，應行省試輒不售，乃棄舉業潛心於學，工詩古文辭，與侯（方域）、魏（禧）齊名。康熙間游京師，友人強之入太學試，吏部宋德宜得其文，以爲今之震川，拔第一，例授州同不就，後客蘇撫宋犖幕最久。康熙四十三年甲申（一七〇四）卒，年六十八。長蘅性坦易，喜游山水，其爲文醇而肆，簡潔而雄深，詩亦卓然名家，格律在蘇（軾）黄（庭堅）范（成大）陸（游）間云。著有青門集。清史稿卷四八四文苑有傳。

【按】清兵下江南，當時江南各地如嘉定、崑山、常熟、松江、宜興、吳江、江陰及徽州、績谿諸州縣，皆以反抗薙髮令而起義兵，慷慨誓師，雖編氓賤隸，皆知取義成仁，捐軀報國。而江陰死事之烈，尤爲各城最。義膽忠肝，輝映日月。後韓菼作江陰城守紀，許重熙作後紀。沈濤作江上遺聞，皆詳述其始末，可謂發烈士之孤忠，足與張巡、許遠先後媲美矣。此傳似即取材於上列諸書，條理清而文字簡，讀之令人感興，固不盡因人而傳也。

【注釋】

〔一〕紹興，浙江今縣，在杭縣隔江之東南。明清山陰、會稽兩縣，同爲紹興府治。民國廢府，併兩縣置紹興。

〔二〕錦衣校尉，按：明代設錦衣衛，本掌侍衛儀仗，後轉爲主巡察緝捕理詔獄，以勛戚領之。爲明季弊政之一。錦衣校尉，當爲其屬官也。

〔三〕北直隸，明初置北平等處布政使司，成祖遷都北平，罷布政使司，以各州府直隸京師，時稱北直隸，約有今河北全省及察哈爾省南部萬全、懷來、宣化、延慶一帶地，同時以舊江南省轄境爲南直隸。通州，即今河北省通縣，世稱北通州，蓋對南通州而言。

〔四〕掾史，胥吏之屬，漢時郡太守、郡丞、縣長、縣令、縣丞、縣尉等，均各置諸曹掾史，皆佐治之員也。

〔五〕京倉大使，按：明置倉庫局大使，府從九品，州縣未入流。戶部軍儲倉有大使、副使各一人，隆慶時革。

〔六〕江陰，江蘇今縣，在無錫之北。明爲江陰州，尋改縣。清屬常州府，其地北瀕長江，爲江防要地。典史，官名。元置。明清仍之，典文移出納，如無縣丞或主簿，則分領其職。

〔七〕丞簿，縣丞與主簿也。縣丞正八品，主簿正九品，掌糧馬巡捕之事。

〔八〕按：都司在明爲總兵官，即都指揮使司，職位甚崇，應元則以巡撫論薦，特授都司劄軍前檄用，非實官也。

〔九〕英德，廣東今縣，明清俱屬韶州府。

〔一〇〕按：陳明選，別本作陳明遇，明季南略同。因手頭無青門集，兹依國朝文匯、國朝文録。

〔一一〕砂山，未詳。

〔一二〕按：乙酉爲明弘光元年，清順治二年，西曆一六四五年。

〔一三〕豫王，多鐸也，清太祖第十五子，封和碩豫親王，從太宗征朝鮮，累戰有功。世祖入關，率師平陝西，旋移師下江南，封輔政王。清史稿皇子有傳。

〔一四〕金陵，今南京市及江寧縣地，戰國楚時爲金陵邑，故後世沿稱金陵，唐武德及五代楊吳時，均曾一度改稱金陵。此云金陵降，指南都諸臣投降於清也。

〔一五〕京口，今江蘇鎮江縣治。三國時吳於此置京口縣，故云。

〔一六〕薙髮令，已見本書楊維嶽傳注〔九〕。

〔一七〕按：許用德，別本俱作許用，如韓菼江陰城守紀、計六奇明季南略皆是，當可從，此或誤記也。用，江陰人，江陰舉義，用其首倡人也。

〔一八〕明倫堂，按：孟子滕文公云：『夏曰校，殷曰序，周曰庠，學則三代共之，所以明人倫也。』後世學宮有明倫堂，本此。太祖，明太祖朱元璋也。

〔一九〕兵備道，官名，明置，分巡道之兼兵備者。按：明時於按察司之下，設按察分司，在按察使下，置副使、僉事分察府州縣，謂之分巡道，兵道之設，以武臣疎以文墨，初遣使往各總兵處整理文書，商榷機密，本未嘗領軍務，弘治中因慮武職不修，乃增副僉事一員，自是兵備之員滿天下。後守巡之員無所屬，則皆寄銜於鄰近省布按司官。曾化龍，未詳。

〔二〇〕程璧，或謂徽商，先後乞兵蘇皖，江陰破，爲僧於徐墅而死。國子上舍，國子監生也。按：宋制大學分外、內、上三舍，故清稱監生爲上舍。

〔二一一〕劉良佐，直隸人，明時爲總兵。福王立，封廣昌伯，扼潁壽，爲四鎮之一。多鐸下江南，率所部十萬降清，隸漢軍鑲黄旗，授二等子，隨征金聲桓、王得仁於江西，平之，累官直隸總督，改左都督，清史列傳、貳臣、清史稿卷二四八並有傳。

〔二一二〕按：此貝勒爲博洛，清太祖孫，順治初隨入關，破李自成。又從多鐸下江南，定松江，即統軍援江陰，又分兵略定杭州。後破魯王、唐王師，平浙閩，累封和碩端重親王。清史稿皇子有傳。按：貝勒，滿洲語，猶漢部長。大清會典：『郡王一子封郡王，餘子封貝勒。』蓋次郡王一級。

〔二一三〕按：此兩降將，黄蜚、吳志葵也。南都破時，志葵以總兵駐吳淞，旋移福山。黄蜚由蕪湖移太湖，江陰乞援，俱不應，旋降清。

〔二一四〕按：江陰城守紀載有當時歌云：『宜興人一把槍，無錫團團一股香，靖江人連忙跪在沙灘上，常州人獻了女兒又獻娘。江陰人打仗八十餘日寧死不投降。』據謂當時所歌，大約類此云。

〔二一五〕按：江陰城守紀云：『城遂陷……應元坐城東敵樓，索筆題門曰：「八十日帶髮效忠，表太祖十七朝人物；十萬人同心死義，留大明三百里江山。」題訖，引千人上馬格鬥，殺無算，奪門西走，不得出，勒馬巷戰者八，背被箭者三。顧謂從者曰：「爲我謝百姓，吾報國事畢矣！」自拔短刀刺胸，血出，即投前湖中……』其從容就義有如此。

〔二一六〕按：周武王克殷，有天下，成王即位，平管蔡，乃遷殷民之不服者於東，世稱殷頑，謂其頑強不化也。古訓以爲民之無知者。原文見尚書書序周書。

〔二七〕跖犬吠堯，按國策：『貂勃曰：跖之狗吠堯，非貴跖而賤堯也。狗固吠非其主。』跖，盜跖也。又鄒陽文：『桀之犬，可使吠堯，而跖之客，可使刺由。』亦言各爲其主，意並同。跖，亦大盜名。

〔二八〕鄰女詈人，按國策秦策一：陳軫對秦惠王曰：『楚人有兩妻者，人誂其長者，詈之。誂其少者，少者許之。居無幾何，有兩妻者死，客謂誂者曰：「汝取長者乎？少者乎？」取長者。客曰：「長者詈汝，少者和汝，汝何爲取長者？」曰：「居彼人之所，則欲其許我也。今爲我妻，則欲其爲我詈人也。」』本文所指殆此也。

〔二九〕黃晞之狀，余未見。

林旭傳

梁啓超

林君字暾谷，福建侯官縣人〔一〕，南海先生之弟子也。自童齔穎絕秀出，負意氣，天才特達，如竹箭標舉，干雲而上。冠歲鄉試，冠全省。讀其文，奧雅奇偉，莫不驚之。長老名宿，皆與折節爲忘年交，故所友皆一時聞人。其於詩、詞、駢、散文，皆天授，文如漢魏人，詩如宋人，波瀾老成，瓌奧深穠，流行京師，名動一時。

乙未，割遼臺〔二〕，君方應試春官〔三〕，乃發憤上書，請拒和議，蓋意志已倜儻矣。既而官内閣中書〔四〕，蓋聞南海之學〔五〕，慕之，謁南海，聞所論政教宗旨，大心折，遂受業焉。

先是，膠警初報〔六〕，事變綦急，南海先生以爲振厲士氣，乃保國之基礎，欲令各省志士，各爲學會，以相講求，則聲氣易通，講求易熟，於京師先倡粤學會、蜀學會〔一〕、閩學會、浙學會、陝學會等，而楊君鋭實爲蜀學會之領袖〔七〕。君徧謁諸先達鼓之，一日而成。以正月初十日，開大會於福建會館，閩中名士夫皆集，而君實爲閩學會之領袖焉。及開保國會〔八〕，君爲會中倡始董事，提倡最力。初榮禄嘗爲福州將軍〔九〕，雅好閩人，而君又沈文肅公之孫婿〔一〇〕，才名藉甚，故榮頗欲羅致之。五月，榮既至天津〔一一〕，乃招君爲幕府〔二〕，君入都，請命於南海，問可就否？南海曰：『就之何害，若能責以大義，怵以時變，從容開導其迷謬，暗中消遏其陰謀，亦大善事也。』於是君乃決就榮聘。

已而舉應經濟特科〔一二〕，會少詹王錫蕃薦君於朝〔一三〕，七月召見，上命將奏對之語，再謄出呈覽，蓋因君操閩語，上不盡解也。君退朝具摺奏上，摺中稱述師説甚詳。皇上既知爲康某之弟子，因信任之，遂與譚君等同授四品卿銜，入軍機〔一四〕，參預新政。十日之中，所陳奏甚

〔一〕『蜀學會』原闕，今據中華書局本飲冰室合集補。

〔二〕『爲』，中華書局本飲冰室合集作『入』。

多，上諭多由君所擬。初二日，皇上賜康先生密諭，令速出京，亦交君傳出，蓋深信之也。既奉密諭，譚君等距踴椎號，時袁世凱方在京（一五），謀出密詔示之，激其義憤，而君不謂然，作一小詩代簡致之譚等曰：『伏蒲泣血知何用，慷慨何曾報主恩。願爲公歌千里草（一六），本初健者莫輕言（一七）。』蓋指東漢何進之事也（一八）。及變起，同被捕。十三日，斬於市。臨刑呼監斬吏問罪名，吏不顧而去，君神色不稍變云。

著有晚翠軒詩集若干卷，長短句及雜文若干卷。妻沈靜儀，沈文肅公葆楨之孫女，得報痛哭不欲生，將親入都收遺骸，爲家人所勸禁，乃仰藥以殉。

論曰：暾谷少余一歲，余以弟畜之。暾谷故長於詩詞，喜吟詠。余規之曰：『詞章乃娛魂調性之具，偶一爲之可也。若以爲業，則玩物喪志，與聲色之累無異。方今世變日亟，以君之才，豈可溺於是。』君則幡然戒詩，盡割舍舊習，從南海治義理經世之學，豈所謂從善如不及邪？榮祿之愛暾谷，羅致暾谷，致敬盡禮，一旦則悍然不問其罪否，駢而戮之，彼豺狼者，豈復有愛根邪？翻手爲雲覆手雨，朝杯酒暮白刃，雖父母兄弟，猶且不顧，他又何怪！

【作者傳略】梁啓超，廣東新會人，字卓如，號任公。八歲學爲文，十二歲補博士弟子員，十七舉於鄉，受公羊學於康有爲。光緒甲午中日戰後，啓超提倡變法，並於上海主編時務報，著變法通議，刊於報端，啓發國人之革新思想。以徐致靖之薦，德宗召見之。與譚嗣同、楊深秀、康光仁等六人〔一〕，同參新政。爲保守黨所反對，遂失敗，楊等皆被殺，啓超走日本。民國三年，熊希齡組閣，啓超任司法總長。迨袁氏謀稱帝，乃與蔡鍔密籌倒袁之策，並赴兩粵佐陸榮廷宣告獨立。袁氏卒飲恨以死。晚年不談政治，專以著述講學爲務。又深研佛學，知人生雖幻，而精神決不與軀殼同死，故一生奮鬥，至死不倦。十八年（一九二九）一月卒，年五十六。其爲文氣機流暢，才華縱橫，意之所趨，筆無不達。而筆端常帶感情，故風行海內，一時無倫。著有墨子學案、墨經校釋、清代學術概論、中國近三百年學術史、先秦政治思想史、中國歷史研究法、續編及飲冰室文集等。今彙刊爲飲冰室全集。（中華）

【按】林旭爲戊戌六君子之一。啓超著有戊戌政變記，詳紀變法及死事始末，而以傳文爲殿。可參看。

【注釋】

〔一〕侯官，舊縣名。清時與閩縣同爲福建福州府治。民國併二縣曰閩侯。

〔二〕按：光緒甲午（廿年）中日戰起，乙未（廿一年）和約成，割遼東半島與臺灣與日。旋以法、德、俄三國出面干涉，我備價贖還遼東，而臺灣直至最近抗戰勝利，始得光復。

〔三〕春官，官名，周置。六官之一。周禮春官宗伯：『乃立春官宗伯，使帥其屬而掌邦禮，以佐王和邦國。』按：唐武后光宅元年，嘗改禮部爲春官。神龍元年復舊。但後世仍習稱之。此云試春官，乃應禮部試也。

〔四〕內閣中書，官名。按：明清兩代，凡內閣敕房、制敕房，俱設中書舍人，掌書寫機密文書。至宣統廢。

（一）『康光仁』當作『康廣仁』。

〔五〕南海，康有爲之號。有爲，南海人，原名祖詒，字廣夏，一字更生，號長素，別署西樵山人。學者稱南海先生。光緒十五年，以諸生伏闕上書，建議改革，不省。甲午戰後，再上書請變法，並設強學會於京師，聲名藉甚。後三年，列強侵淩，瓜分之禍漸迫，以翁同龢薦，爲德宗所信任，方見用，而爲保守派所排斥，遂失敗走歐美，組保皇黨攻擊西后，後歸國，民國十六年卒。有爲於學，始好周禮，繼研公羊，著書立言，富於創造力，而不免流於獨斷附會，著有新學僞經考、孔子改制考、孟子微、春秋筆削大義微言考、大同書等。對晚清思想界，影響極大。

〔六〕按：此指德租膠州灣事，光緒廿三年，德人藉口曹州教案，派兵艦來華，強租以爲軍港，租期九十九年。第一次歐戰，德失敗後，經太平洋會議決定，歸還我國。

〔七〕楊銳，字叔嶠，又字鈍叔，四川綿竹人。光緒十五年，以舉人授內閣中書。死於戊戌政變。清史稿卷四六四有傳。

〔八〕保國會，光緒中，康有爲、梁啓超初設強學會於京師，以提倡新學，力圖富強爲宗旨，尋復開保國會於北京，其宗旨有六：（一）保全國家之土地與政權。（二）保全民族民權之自主獨立。（三）保全聖教。（四）革新內政。（五）講求外交。（六）講經濟之學，助有司之治。光緒帝有志變法，故贊同其說，及變法失敗，此會亦遂歸消滅。

〔九〕榮祿，滿洲正白旗人，姓瓜爾佳氏，字仲華。德宗時，官大學士，直隸總督，進軍機大臣，立武衛軍。甚得孝欽后信任。戊戌政變，以兵力助孝欽復出聽政，捕戮維新黨譚嗣同等六人。義和團之役，隨幸西安。事平回京，任督辦大臣，改文華殿大學士，卒謚文忠。清史稿卷四三七有傳。按：清代各省駐防，設將軍統之。皆以滿人任之。

〔一〇〕沈文肅，沈葆楨謚。葆楨，侯官人，字瀚宇，一字幼丹，道光進士，授編修。咸豐間轉御史，出知九江府，調署廣信。太平軍興，以守廣信功擢江西巡撫。同治間總理福建船政。光緒初任兩江總督卒。清史稿卷四一三有傳。

〔一一〕天津，今天津市。清爲天津府治，直隸總督駐地也。按：榮禄時爲直督，故以林旭爲幕府也。

〔一二〕經濟特科，爲制舉之一種。清季自戊戌政變後，改科舉之論盈天下，均謂所習非所用，不足盡天下人才。乃仿康乾時博學鴻詞之例，由内外大臣保薦通曉時務者，試以策論，謂之經濟特科。

〔一三〕少詹，詹事府少詹事，官名。王錫蕃，事迹待考。

〔一四〕軍機處，官署名。清世宗因用兵西北，以内閣在太和門外，慮泄露事機，始設軍需房於隆宗門内，選内閣中書之謹密者，入直繕寫，後名軍機處。其後凡内外要事，悉綜於軍機。與漢之尚書省無異。所屬有軍機章京，亦猶漢之尚書郎也。清末併入内閣。按：林旭與譚嗣同等，時皆以軍機章京入直。

〔一五〕袁世凱，字慰亭，河南項城人。清季佐吴武壯公長慶幕，累擢山東巡撫。後繼李鴻章爲直隸總督兼北洋大臣。入民國當選第一任大總統，以謀行帝制失敗，憂憤死。按：世凱時在津典武衛軍。

〔一六〕千里草，歌謡名。按後漢書五行志：「獻帝踐祚之初，京都童謡曰：『千里草，何青青，十日卜，不得生。』」按：『千里草』爲『董』，『十日卜』爲『卓』，凡別字之體，皆從上起，左右離合，無有從下發端者也。今二字如此者，天意若曰，卓自下摩上，以臣陵君也。」言董卓將敗也。

〔一七〕本初，東漢袁紹字。紹靈帝時爲佐軍校尉，帝崩，與何進謀召董卓軍共誅宦官，卓未至而事泄，進被殺。紹乃勒兵捕宦官盡殺之。卓至議廢立，紹不從，奔冀州，起兵討卓，卓擁帝入長安，死於王允之手。後紹據河北，與曹操戰於官渡，大敗，疾作而死。詳見後漢書卷一四〇本傳。按：林旭此語以本初之姓影世凱，言其不可信也。

〔一八〕何進，字遂高，南陽宛人。靈帝崩，皇子辯即位，進以大將軍録尚書事，因謀誅宦官被殺。按：林旭詩以不能明言，故借此爲喻也。

孫徵君傳

方苞

孫奇逢，字啓泰，號鍾元，北直容城人也〔一〕。少倜儻好奇節，而内行篤修，負經世之略，常欲赫然著功烈，而不可強以仕。年十七，舉萬曆〔二〕二十八年順天鄉試。先是高攀龍、顧憲成講學東林〔三〕，海内士大夫立名義者多附焉。及天啓〔四〕初，逆奄魏忠賢得政〔五〕，叨穢者爭出其門，而目東林諸君子爲黨〔六〕，由是楊漣、左光斗、魏大中、周順昌、繆昌期次第死廠獄〔七〕，禍及親黨，而奇逢獨與定興鹿正、張果中傾身爲之，諸公卒賴以歸骨，世所傳范陽三烈士也〔八〕。

方是時，孫承宗以大學士兼兵部尚書經略薊遼〔九〕，奇逢之友歸安茅元儀〔一〇〕及鹿正之子善繼〔一一〕，皆在幕府，奇逢密上書承宗，承宗以軍事疏請入見〔一二〕。忠賢大懼，繞御床而泣，以嚴旨遏承宗於中途，而世以此益高奇逢之義。臺垣及巡撫交薦〔一三〕，屢徵不起，承宗欲疏請以職方〔一四〕起贊軍事，使元儀先之，奇逢亦不應也。

其後畿内盜賊數駭，容城危困，乃攜家入易州五公山〔一五〕，門生親故，從而相保者數百家，奇逢爲教條部署守禦，而絃歌不輟。入國朝，以國子祭酒徵〔一六〕，有司敦促〔一〕，卒固辭。移居新安〔一七〕，既而渡河止蘇門百泉〔一八〕，水部郎馬光裕奉以夏峰田廬〔一九〕，遂率子弟躬耕，四方來學願留者，亦授田使耕，所居遂成聚。奇逢始與鹿善繼講學，以象山陽明爲宗〔二〇〕，及晚年，乃更和通朱子之說〔二一〕。其治身務自刻砥，執親之喪，率兄弟廬墓側凡六年。人無賢愚，苟問學，必開以性之所近，使自力於庸行。其與人無町畦〔二二〕，雖武夫悍卒，工商隸圉，野夫牧豎，必以誠意接之。用此名在天下，而人無忌嫉者。方楊左在難，衆皆爲奇逢危，而忠賢左右皆近畿人，夙重奇逢質行，無不陰爲之地者。

鼎革後，諸公必欲強起奇逢，平涼胡廷佐〔二三〕曰：『人各有志，彼自樂處隱就閑，何故必令與吾儕一轍乎？』居夏峰二十有五年，卒，年九十有二。河南北學者歲時奉祀百泉書院〔二四〕，而容城與劉因、楊繼盛同祀〔二五〕，保定與孫文正承宗、鹿忠節善繼並祀學宮，天下無知與不知，皆稱曰夏峰先生。

贊曰：先兄百川〔二六〕，聞之夏峰之學者，徵君嘗語人曰：『吾始自分與楊左諸賢同命，及涉亂離，可以犯死者數矣，而終無恙，是以學貴知命而不惑也。』徵君論學之書甚具〔二七〕，其質行學者譜焉，茲故不論，而獨著其犖犖大者。方高陽孫少師〔二八〕以軍事相屬，先生力辭不就，

〔一〕『促』，文淵閣四庫全書本望溪集作『趣』。

衆皆惜之，而少師再用再黜，訖無成功，易所謂『介于石不終日』者〔二九〕，其殆庶幾邪？

【作者傳略】方苞，字靈皋，晚號望溪。安徽桐城人。年三十二，舉鄉試第一，逾七年，成進士，聞母病，未及廷試而歸。戴名世南山集獄起，被株連論死，清聖祖特免之，命隸籍漢軍，以白衣入值南書房，繼充武英殿修書總裁。世宗即位，赦還原籍，授侍讀學士，歷官至禮部侍郎。立朝性剛而言直，卒以此中蜚語罷職，仍在三禮館修書，凡兼領書局三十年。後以老病乞歸。乾隆十四年（一七四九）卒，年八十二。畢生致力於經學，於春秋、三禮尤精。其治經宗宋儒，以義理爲主，不詳名物訓詁，著書至一百六十卷，承修各書不與焉，治古文義法謹嚴，直繼韓歐正軌，與同邑劉大櫆、姚鼐並以文名海内，而苞實爲桐城文派初祖。有方望溪先生文集十八卷。

【注釋】

〔一〕容城，直隸保定府，在省之北，故曰北直。今屬河北省。

〔二〕萬曆，明神宗年號。

〔三〕高攀龍，字存之，號景逸。顧憲成，字叔時，號涇陽，俱江蘇無錫人，同講學於東林書院，世稱高顧。

〔四〕天啓，明熹宗年號。

〔五〕魏忠賢，原名進忠，熹宗時以宦官擅朝政，殘害忠良，思宗立，貶鳳陽，遂自縊。

〔六〕宋楊時建東林書院於無錫，明萬曆間，顧憲成等重行修葺，與高攀龍等講學其中，寖假諷議朝政，裁量人物，士大夫聞風嚮附，遂有東林黨之稱。詳陳鼎東林列傳。

〔七〕楊漣，字文儒，號大中，應山人。疏論魏忠賢廿四大罪，爲所害，死於獄。左光斗，字遺直，桐城人，與楊漣同排逆閹，扶沖主，同死於獄。可看本書左忠毅公逸事。楊、左，明史卷二四四有傳。魏大中，字孔時，嘉善人；周順昌，字景文，吳縣人，均以劾忤忠賢死獄中。繆昌期，字當時，江陰人，以代楊、左草劾疏，被逮死獄中。周繆，明史卷二四五有傳。明成祖置東廠，緝訪謀逆妖言等，使宦官領之，有監禁罪囚，名爲廠獄。東林自忠賢亂政，誅戮殆盡，及其伏誅，又復盛，與宦寺互相報復，迄明亡始已。

〔八〕定興，直隸縣。鹿正，善繼父，傾家急楊左之難，時稱鹿太公。張果中，直隸新城人。忠賢誣楊左受贓，奇逢與鹿張謀，設匭募金援救，得金數千，齎以入都，而楊、左皆先死獄。明年，周順昌被逮，奇逢復經募得金數百，而周復杖斃，乃皆以經紀其喪。范陽，三國魏置郡。容城、定興、新城皆屬之。故總稱三人爲范陽烈士也。

〔九〕孫承宗，字稚繩，高陽人，沈毅有智略，尤曉暢兵事。薊遼，今河北、遼寧等地，時滿洲崛起爲國患，天啓二年，承宗遂以大學士、兵部尚書經略薊遼。承宗，明史卷二五〇有傳。

〔一〇〕歸安，今吳興縣，清與烏程並爲浙江湖州府治。茅元儀，字止生，號石民。

〔一一〕善繼，字伯順，萬曆進士，官至太常寺卿，清兵攻定興，城破死之，謚忠節。明史卷二六七有傳。

〔一二〕按：承宗欲乘機劾魏忠賢，故請入見也。

〔一三〕臺垣，指諫官。巡撫，官名，明初有軍事，命京官巡撫地方，其後各省因事增置，遂爲定員。時御史黃宗昌，給事中王正志，巡撫張其平，皆上章薦奇逢。

〔一四〕職方，官名，明有職方清吏司。

〔一五〕易州，今河北易縣，清直隸直隸省。五公山在易縣西。

〔一六〕國子祭酒，爲國子監長官。國子監，即國學，猶今之國立大學。按：順治初，奇逢以此官被徵。

〔一七〕新安，元置縣，清廢，故城在今河北安新縣之新安鎮。

〔一八〕蘇門，山名，在今河南輝縣西北，一名百門山，爲太行支脈。百泉即百門泉，源出蘇門山，泉通百道。

〔一九〕水部郎，屬工部之官，掌天下山瀆陂池之政令。清末廢。馬光裕，字繩詒，安邑人，號止齋。夏峰，蘇門山之峰名。

〔二〇〕象山，宋陸九淵也，字子靜，講學於貴溪之象山，故稱象山先生。陽明，明王守仁也，字伯安，嘗築室陽明洞中，世稱陽明先生。按：二人皆宋明大儒。

〔二一〕朱子，即朱熹，字元晦，爲南宋大儒。其學說與陸、王稍有同異，故後理學家，有朱、王兩派。

〔二二〕町畦，按莊子人間世：『彼且爲無町畦。』猶界限也。

〔二三〕平涼，今縣，清爲甘肅平涼府治。胡廷佐，待考。

〔二四〕百泉書院在蘇門山麓。

〔二五〕劉因，元人，字夢吉，號靜修，以學行著。楊繼盛，字仲芳，號椒山。以劾嚴嵩被害，皆容城人。

〔二六〕百川，名舟，寄籍上元，以制舉文名天下。

〔二七〕按：奇逢著有四書近旨、讀易大旨、書經近旨、聖學錄、理學宗傳等。可參看近人謝國楨孫夏峰李二曲學譜。（商務）

〔二八〕孫少師，即承宗。

〔二九〕按：此爲易豫卦之辭，謂耿介如石也。承宗凡再起，爲逆閹所扼，皆無功而罷。

潘力田傳

戴笠

潘檉章，字聖木，一字力田。參政志伊之曾孫，父凱，邑諸生，高才績學。德清章日炌，其婦翁也，來知吳江縣〔一〕，凱深自晦匿，惟陰言民間利害，雪人冤抑，一無所私，人多其義。

檉章生有異稟，穎悟絶人，九歲從父受文，纔過目，燼於燈，責令覆寫，不差一字。年十五，補桐鄉弟子員〔二〕。亂後棄去，隱居韭溪，肆力於學，綜貫百家，天文、地理、皇極、太乙之學，無不通曉。已乃專精史事，謂諸史惟馬遷書最有條理〔三〕，後人多失其意，欲倣之作明史記，而友人吳炎所見略同〔四〕，遂與同事。檉章分撰本紀及諸志，炎分撰世家、列傳；其年表曆法，則屬諸王錫闡〔五〕，流寇志則笠任之。私家最難得者實録，檉章鬻產購得之。而崑山顧炎武、江陰李遜之、長洲陳濟生〔六〕，皆熟於典故，家多藏書，並出以相佐。檉章長於考核，炎長於叙事，互相討論。間出其稿，質之錢宗伯謙益〔七〕，謙益大善之，歎曰：『老夫耄矣，不圖今日復見二君！絳雲樓餘燼尚在〔八〕，當悉以相付。』連舟載其書歸。謙益有實録辨證，檉章作國史考異，頗加駁正，數貽書往復，謙益不能奪也。撰述數年，其書既成十之六七，而南潯莊氏史獄起（九），參閱有檉章、炎名，俱及於難。莊氏書以故閣臣朱國楨史概爲粉本，自與苕士共足成之。刻成，兩人未嘗寓目，徒以名重爲所摭引，遂罹慘禍！天下既惜兩人之才，更痛其書之不就，並已就者亦不傳也！

檉章被逮，神色揚揚如平時，在獄賦詩不輟。癸卯六月死於杭（一〇）。年三十有八。妻沈氏，中書自炳之女，坐北徙，以有身不即死，齎藥自隨。既免身，至廣甯，所生子又死，即日飲藥自殺。

檉章秀眉廣顙，目光炯炯射人，論事鬚髯戟張。事親孝，與人忠，疾惡如讎，赴義若渴。所著自史稿外有今樂府、國史考異、松陵文獻、杜詩博議、星名考、壬林、韭溪集，凡若干卷。

【作者傳略】戴笠，字耘野，吴江人。明諸生，國變後，入秀峰山爲僧，旋反初服，隱居朱家港教授生徒以終。著有流寇志、殉國彙編、骨香集、耆舊集、發潛録、聖安書法、文思紀略、魯春秋、行在陽秋、永陵傳信録等。李元度國朝先正事略卷四七遺逸有附傳。（附見芮巖尹事略）

【按】滿清入關後，爲防止漢人恢復，極力控制民族思想，文字之禁特嚴。故自康熙以迄乾隆，文字之獄，層出不窮，在上者既存心威脅，而在下者又希圖倖進，遂使無數學者文士，慘罹重辟。莊氏史獄及戴名世南山集獄，爲早期文字大禍，株連甚眾。其後則更變本而加厲，窺管知豹，讀者可於此文想見其慘禍也。又顧炎武有書吴潘二子事，亦紀此事始末，可參看。

【注釋】

〔一〕吳江，今縣，清屬江蘇蘇州府。

〔二〕桐鄉，今縣，清屬浙江嘉興府。弟子員，漢書儒林傳：『昭帝時，舉賢良文學，增博士弟子員滿百人。』後世稱生員爲博士弟子員本此。

〔三〕此指司馬遷史記。

〔四〕吳炎，字赤溟，又字如晦，號媿庵，後更號赤民，明諸生，亂後隱居教授生徒，既而遭莊氏史案，遂及於難。著有吳赤溟集。

〔五〕王錫闡，字寅旭，一字昭冥，號曉庵，江蘇吳江人，與張楊園講濂洛之學，兼精天算，有困亨齋集。清史稿卷二九三及阮元疇人傳等均有傳（一）。

〔六〕炎武詳後本傳。李遜之，明末江陰人，字膚公，明亡後，自號江上遺民。著有明亡野史。

〔七〕錢謙益，字受之，號牧齋，常熟人，明萬曆間官至禮部侍郎，福王立，晉尚書，清軍下江南，謙益逆降，授禮部侍郎，旋歸里。康熙三年卒，年八十三。謙益長文史學，以逆降故聲光黯然。清史稿卷四八四、清史列傳卷七九有傳。

（一）『二九三』，原闕，今據清史稿補。

〔八〕謙益家富藏書，構絳雲樓貯之，中多宋刻孤本。後失火，大半被毁，故謂餘燼也。

〔九〕莊名廷鑨，湖州人。雙目盲，不甚通曉古今，以太史公有『左丘失明，乃著國語』之説，奮欲著書自見，既於鄰家得故相烏程朱國楨（字文寧，卒謚文肅）所輯未成之明史料，乃召賓客草草編成之。廷鑨死，其父爲梓行之，慕吳、潘盛名，引以爲重，列諸參閲姓名中，其實吳、潘並未與聞，其書中列崇禎朝事，多觸犯忌諱，乃被控成大獄。廷鑨發墓焚骨，父弟皆死，牽連死者，達七十餘人，詳清代文字獄檔。

〔一〇〕杭，今杭縣，清屬浙江杭州府。

顧炎武傳

江藩

顧炎武，本名絳，乙酉，改名炎武〔一〕，字寧人，學者稱爲亭林先生〔二〕。顧氏爲江東望族，五代時，由吳郡徙徐州〔三〕，南宋時，遷海門〔四〕，已而復歸吳下，遂爲崑山人〔五〕。其先世在明正德間〔六〕，有工科給事中、廣東按察使司僉事溱〔七〕。溱之弟濟，刑科給事中〔八〕。濟生兵部侍郎廣志〔九〕。侍郎生左贊善紹芳〔一〇〕及國子生紹芾〔一一〕。紹芳生官蔭生同應〔一二〕。同應之仲子，即炎武也。紹芾生同吉，早卒，聘王氏〔一三〕，未婚守節，以炎武爲之後。

炎武生而雙瞳子，中白邊黑，見者異之。讀書，一目十行。性耿介，絶不與世人交，獨與里中歸莊（一四）善，同游復社（一五）。相傳有『歸奇顧怪』之目。母王養炎武於繈褓中，撫育守節，事姑孝，曾斷指療姑疾。崇禎九年，直指（一）王一鶚（一六）請旌於朝，報可。乙酉（一七）之夏，母王年六十，避兵常熟（一八），謂炎武曰：『我雖婦人，然受國恩矣，設有大故，必死。』是時炎武方應崑山令楊永言（一九）之辟，與嘉定諸生吳其沆（二〇）、歸莊共起兵，奉故鄖撫王永祚（二一）以從夏文忠公於吳江東（二二），授炎武兵部司務。事不克，永言遁去，其沆死之，炎武與莊脫走。母王氏，不食卒，遺言後人，勿事二姓。次年，閩中（二三）使至，以職方郎召，炎武念母氏未葬，辭不赴。次年，幾豫吳勝兆之禍（二四）。葬事畢，將之海上，道梗不前。庚寅（二五），有怨家欲陷之，僞作商賈，由嘉禾竄京口，遂之金陵（二六），謁孝陵（二七），變姓名爲蔣山傭。甲午，僑居神烈山下（二八），遍游沿江一帶，以觀山川之勝。有三世僕陸恩見炎武久不歸，投身里豪家。炎武四謁孝陵回，持之甚急。恩欲告炎武通海，乃亟禽之，數其罪，沉之水。恩之婿某復投里豪，謀報怨，以千金賄太守，告炎武通海，不繫之訟曹而繫之奴家，甚危急。有爲求救於錢謙益（二九），謙益欲炎武自稱門下而後許之。其人知不可，而恐失事機，乃私書一刺與之。炎武聞之，急索刺還，不得，列揭文於通衢以自白。謙益聞之，曰：『寧人何其下也？』時有路舍人澤溥者，故相文貞公振飛之子（三〇），寓洞庭東山（三一），

（一）『指』，原脫，今據中華書局本漢學師承記補。

識兵備使者，爲之愬冤，其事遂解〔三二〕。乃五謁孝陵，遂北行墾田於章丘長白山下〔三三〕。戊戌〔三四〕，遍游北都，謁長陵以下，圖而記之〔三五〕。次年，再謁十三陵〔三六〕。而念江南山水有未游者，復歸，六謁孝陵，東游至會稽〔三七〕。次年復北謁思陵攢宮〔三八〕，由太原、大同〔三九〕以入關，又北走至榆林〔四〇〕。康熙甲辰，與李因篤同謁攢宮，爲文以祭〔四一〕。往代州〔四二〕墾田，每言馬伏波、田疇皆從塞上立業〔四三〕，欲居代北，曰：『使吾澤中有牛羊千，則江南不足懷矣〔四四〕。』然又苦其地寒，但經其始，使門人掌之。丁未〔四五〕，之淮上。次年，取道山東，入京師。萊黄培之奴姜元衡〔一〕告其主詩詞悖逆，案多株連〔四六〕；又以吳人陳濟生所輯忠節録指爲炎武作〔四七〕。炎武聞之，馳赴山左，自請繫勘。李因篤爲告急於有力者，親往歷下解之〔四八〕。獄釋，復入京師，五謁思陵。從此策馬往來河北諸邊塞者十餘年。丁巳〔四九〕，六謁思陵。後始卜居華陰〔五〇〕，嘗謂人曰：『偏觀四方，惟秦人慕經學，重處士，持清議。而華陰綰轂關、河之口，雖足不出户，而能見天下之人，聞天下之事。一旦有警，入山守險，不十里之遥；若志在四方，一出關門，亦有建瓴之勢〔五一〕。』乃定居焉。王徵君山史築齋延之〔五二〕，炎武置田五十畝於華下，供晨夕。又餌沙苑〔五三〕蒺藜而甘之，曰：『啖此久，不肉不茗可也〔五四〕。』蓋以蒺藜苗佐餐，以子待茗，故有此語。

〔一〕『衡』，中華書局本漢學師承記作『銜』。

朝廷開明史館，大學士孝感熊公賜履主館事，以書召炎武（五五），答曰：『願以一死謝公。』戊午詞科詔下，諸公爭欲致之，炎武作書與門人之在京師者，曰：『刀繩具在，無速我死（五六）。』次年，大修明史，諸公又欲薦之，乃貽書葉學士訒庵（五七），請以身殉，得免。或曰：『先生盍亦聽人一薦？薦而不出，其名愈高矣。』笑曰：『此所謂釣名者也。今夫婦人之失所天也，從一而終，之死靡慝，其心豈欲見知於人？若曰「盍亦令人強委禽焉而力拒之，以明吾節」，則吾未之聞矣（五八）。』崑山相國元文弟兄（五九），炎武之甥也，尚書乾學未遇時，炎武振其困乏。至是，一門鼎貴，以書迎之南歸，爲買田置宅，拒而不往。或叩之，答曰：『昔歲孤生，飄搖風雨；今茲親串，崛起雲霄；思歸尼父之轅（六〇），恐近伯鸞之竈（六一）；且猶吾大夫（六二），未見君子（六三），徘徊渭川，以畢餘年，足矣（六四）。』庚申（六五），其妻沒於家，寄詩挽之而已。次年，卒於華陰，年六十有九（六六）。無子，自立從子衍生爲後。門人奉喪歸葬。高弟子吳江潘耒（六七）收其遺書（一）而傳之（六八）。

撰述之書，有左傳杜解補正三卷、音論三卷、詩本音十卷、易音三卷、唐韻正二十卷、古音表二卷（二）（六九）、吳韻補正一卷、營平二州地名記一卷（七〇）、求古錄一卷、金石文字記六卷、石

（一）『書』下，中華書局本漢學師承記有『序』。
（二）『韻』上，中華書局本漢學師承記有『吳』。

經考一卷、日知録三十卷〔七一〕，天下郡國利病書〔七二〕及肇域志二書未成〔七三〕。炎武留心經世之術，游歷所至，以二馬二騾載書自隨〔七四〕。至西北阨塞，東南海陬，必呼老兵退卒，詢其曲折，與平日所聞不合，即發書檢勘。其所著天下郡國利病書聚天下圖經、歷朝史籍以及小説、筆記、明十三朝實録、公移、邸報之類，有關於朝政民生者，酌古通今，旁推互證，不爲空談，期於致用〔七五〕。肇域志則專論山川要阨、邊防戰守之事。蓋炎武周流西北，垂三十年，邊塞亭障，皆經目擊，故能言之了了也〔七六〕。

晚年篤志六經，精研深究。居華陰，有請講學者，謝曰：『近日二曲以講學得名，遂招逼迫，幾致凶死〔七七〕。雖曰威武不屈，然而名之爲累則已甚矣。况東林〔七八〕覆轍有進於此者乎！』有求文者，告之曰：『文不關於經術政事者，不足爲也。韓文公起八代之衰〔七九〕，若但作原道、諫佛骨表、平淮西碑、張中丞傳後叙〔八〇〕，而一切諛墓之文〔八一〕不作，豈不誠山斗乎〔八二〕！』在關中論學曰：『諸君，關學〔八三〕之餘也。横渠、藍田〔八四〕之教，以禮爲先，孔子嘗言「博我以文，約之以禮〔八五〕」，而劉康公亦云：「民受天地之中以生，所謂命也，是以有動作禮義威儀之則以定命〔八六〕」，然則君子爲學，舍禮何由？近來講學之師，專以聚徒立幟爲心，而其教不肅，方將賦茅鴟〔八七〕之不暇，何問其餘哉〔八八〕！』

炎武生性兀傲，不諧於世。身本南人，好居北土，嘗謂人曰：『性不能舟行食稻，而喜餐麥跨鞍。』又謂：『北方之人，飽食終日，無所用心；南方之人，群居終日，言不及義，好行小慧〔八九〕。』時人謂其評論切中南北學者之病。嘗至京師，東海兩學士〔九〇〕延之夜飲，怒曰：『古人飲酒卜晝不卜夜，世間惟淫奔、納賄二者皆夜行之，豈有正人君子而夜行者乎！』其狷介嫉俗如此。於同時諸君子，雖以苦節推百泉〔九一〕、二曲，以經世之學推梨洲〔九二〕，至於論經評史，亦不苟同也。

【作者傳略】江藩，字子屏，號鄭堂，晚年又自號節甫老人。江蘇甘泉人，少受學於惠棟、余蕭客及江聲，博聞強記，心貫群經，治學一以漢儒家法爲斷，著國朝經師經義目録一卷，言不關乎經義，義不純乎漢儒古訓者，皆不著録。學海堂經解所本也。又著國朝漢學師承記，記述清一代經學源流，若綱之在網，有條不紊，上繼全祖望宋元學案、黄宗羲明儒學案，下開章炳麟檢論清儒篇、梁啓超清代學術概論及錢賓四先生中國近三百年學術史等，在學術史上爲一大創作，不以其壁壘森嚴，門戶之見而可一筆抹殺也。江氏著作，除上述二種外，尚有國朝宋學淵源記、周易述補、爾雅小箋、隸經文、經解入門、考公戴氏車制圖翼、儀禮補釋、石經原流考、經傳地理通釋、禮堂通義及炳燭室雜文、江湖載酒詞等多種。道光十一年辛卯（一八三一）卒，年七十一。清史稿儒林有傳。

【按】本文及以下三篇，均選自江藩漢學師承記。

【注釋】

〔一〕見張穆顧亭林先生年譜。乙酉，爲康熙四十四年。

〔二〕華亭東南有顧亭林湖，其南有顧亭林，陳顧野王嘗居此修輿地志，故名。亦見張輯年譜。

〔三〕吳郡，後漢置，隋改爲蘇州。徐州爲古九州之一，清爲府，屬江蘇省，今銅山縣。

〔四〕海門，五代周置，清康熙時廢，乾隆時，置海門直隸廳，屬江蘇省。民國改縣。

〔五〕崑山，今縣名，清屬江蘇蘇州府。

〔六〕正德，明武宗年號。

〔七〕顧溱，字梁卿，號小涇，正德進士。

〔八〕顧濟，字舟卿，正德進士。明史有傳（卷二〇八）。

〔九〕廣志，一作章志，字子行，號觀海，嘉靖進士。傳附見明史濟傳。

〔一〇〕紹芳，字實甫，萬曆進士。著有寶庵集。

〔一一〕紹芾，字德甫，號蠡源，國子監生。

〔一二〕同應，字仲從，又字賓瑤，萬曆乙卯戊午副榜，恩蔭入國子監。

〔一三〕王氏，崑山人。明史列女有傳（卷三〇三）。又詳見本書炎武先妣行狀。

〔一四〕歸莊，一名祚明，字元恭，號恒軒，崑山人，明諸生。工古文辭書畫，有恒軒集、懸弓集、山游詩等。清史稿□□及清史列傳卷七〇均有傳。

〔一五〕復社爲明季士大夫張溥等所創，取興復絕學之義，爲當時一大社黨。後阮大鋮爲報私怨，盡捕復社中人，遂爲明季黨禍之一。詳陸世儀復社紀略。

〔一六〕王一鶚，字九萬，號西園野夫。明松江華亭人，弘治間以貢生授泰順訓導，善畫。

〔一七〕清順治二年，公曆一六四五年。

〔一八〕今縣名，清屬江蘇蘇州府。

〔一九〕楊永言，字岑立，昆明人，崇禎進士，官崑山知縣，舉義不成，依吳勝兆。吳敗後，乃出家華亭天馬山，釋名懶雲，後入金華歸滇卒。

〔二〇〕其沆，字同初，詳本書炎武吳同初行狀。

〔二一〕鄖謂鄖陽府，清屬湖北省。

〔二二〕吳江，今縣名，清屬江蘇蘇州府。夏文忠名允彝，字彝仲，松江人，崇禎進士，官至吏部考功郎，與陳子龍等結幾社。南都破，投水死。明史卷二七七有傳。

〔二三〕按：是時唐王聿鍵立於福州，故曰閩中。

〔二四〕吳勝兆官蘇松提督，或教之反，乃陰遣人約舟山黄斌卿，令率師來攻，而已從中起事，謀泄。勝兆被逮死，同時死者有陳子龍等十數人，詳南疆逸史陳子龍傳。

〔二五〕清順治七年，公曆一六五〇年。

〔二六〕嘉禾，今浙江嘉興縣。京口，今江蘇丹徒縣。金陵，戰國時楚置邑，明稱南京。清爲江寧府治，今首都。

〔二七〕孝陵，爲明太祖陵，在鍾山之陽。

〔二八〕神烈山，即鍾山，一名蔣山。

〔二九〕錢謙益，已見潘力田傳注〔七〕。

〔三〇〕路振飛，字見白，號皓月，明曲州人，天啓進士。崇禎時歷官至淮陽巡撫。唐王立福州，拜太子太保，吏部尚書文淵閣大學士，汀州破，走居海島。明年，赴永明王召，卒於途。賜謚文貞。明史卷二七六有傳。

〔三一〕洞庭，山名，在江蘇無錫太湖中，有東、西二山，東山即古莫釐山。

〔三二〕事詳歸莊歸元恭文鈔送顧甯人北游序。其主使里豪爲太常寺卿葉重華子方恒，見吳映奎亭林年譜注。

〔三三〕章丘，縣名，清屬山東濟南府。長白山在山東長山縣，跨章丘縣界。

〔三四〕戊戌爲順治十五年，公曆一六五八年。

〔三五〕長陵，明成祖陵，在昌平州天壽山。顧著有十三陵圖志六卷。

〔三六〕十三陵爲成祖長陵、仁宗獻陵、宣宗景陵、英宗裕陵、憲宗茂陵、孝宗泰陵、正德康陵、世宗永陵、穆宗昭陵、神宗定陵、光宗慶陵、熹宗德陵、莊烈帝思陵。

〔三七〕今紹興縣，清爲浙江紹興府治。

〔三八〕古稱天子暫殯之所曰欑宮。

〔三九〕太原，今縣，清爲山西省治。大同，今縣，清爲府。

〔四〇〕榆林，今縣，屬陝西省，在內蒙古鄂爾多斯黃河北岸。

〔四一〕康熙三年，公曆一六六四年。李因篤，字天生，富平人。明季諸生。走塞上訪豪傑謀殺賊無應者，乃閉戶研學，有重名。康熙中舉博學鴻詞，召試授檢討，以母老辭。著有受祺堂集。清史稿卷四八〇、清史列傳卷六六有傳。謁文見亭林文集卷五。

〔四二〕代，清爲直隸州，屬山西，民國改縣。
〔四三〕馬伏波名援，字文淵，後漢茂陵人，歸光武，破隗囂於隴西，拜伏波將軍，平交阯，封新息侯。卒謚忠成。後漢書卷五四有傳。按：援初亡命隴西，處田牧，至有牛馬羊數千頭，穀數萬斛。田疇，三國魏無終人。董卓之亂，率家人從者入徐無山中，百姓歸之，數年間至五千餘家。曹操拜爲司空戶曹掾。
〔四四〕語見亭林文集卷六與潘次耕書。
〔四五〕康熙六年，公曆一六六七年。
〔四六〕萊，清爲萊州府，屬山東。黄培時官錦衣衛指揮使。姜元衡爲黄家奴黄寬之孫，本名黄元衡，字元璿，膠州人，官宏文院編修。其誣告稟見張穆年譜顧氏手迹。
〔四七〕陳濟生，名皇士，蘇州人，與父仁錫俱好刻書。濟生死後，有沈天甫、施明等舉發其所選啓禎詩選，羅列江南北名士巨室於其中，欲興大獄而未成。姜元衡所首之忠義録，亦即此書。詳張穆年譜。
〔四八〕歷下爲歷城舊稱，清爲濟南府治，亦省治所在。時朱彝尊客山東巡撫劉芳躅幕。顧氏之脱患難，朱當有力焉。
〔四九〕康熙十六年，公曆一六七七年。
〔五〇〕華陰，今縣，清屬陝西同州府。
〔五一〕語本顧氏與三姪書，見亭林文集卷四。
〔五二〕王宏撰，字無異，號山史，陝西華陰人，工書能文，精金石學。清史稿卷五〇一、清史列傳卷六六有傳。
按：山史構新齋曰讀易廬，顧氏至，借居之。顧卒，改署曰顧廬，示紀念云。

〔五三〕沙苑，在陝西大荔縣南。

〔五四〕語本顧氏與三姪書。

〔五五〕孝感，今縣，清屬湖北漢陽府。賜履，字敬修，順治進士，累官武英殿大學士，卒謚文端。清史稿卷二六二、清史列傳卷七有傳。其以書召炎武，在康熙十年，見亭林文集答潘次耕書。

〔五六〕戊午，乃康熙十七年，次年開明史館。

〔五七〕葉訒庵，名方藹，字子吉，順治進士，官至刑部侍郎。卒謚文敏。清史稿卷二六六、清史列傳卷九有傳。

〔五八〕語本亭林文集卷四與人書廿四。

〔五九〕徐元文，字公肅，號立齋，崑山人，順治進士，官至文華殿大學士。清史稿卷二五〇、清史列傳卷九有傳。兄乾學，字原一，號健庵，康熙進士，官至刑部尚書。清史稿卷二七一、清史列傳卷十六有傳。亭林文集卷三有答原一公肅兩甥書，即述其事。

〔六〇〕此指孔子周游列國而反乎魯而言，見史記孔子世家。

〔六一〕此指梁鴻之竈不因人而熱事而言。見劉義慶世說新語。鴻字伯鸞，後漢書卷一一三有傳。

〔六二〕論語公冶長篇：『崔子弑齊君，陳文子有馬十乘，棄而違之。至於他邦，則曰：猶吾大夫崔子也！違之。之一邦，則又曰：猶吾大夫崔子也！違之。』

〔六三〕詩周南汝墳篇：『未見君子，惄如調飢。』又召南草蟲篇：『未見君子，憂心忡忡。』按：此其諷世之辭，歎道之難行也。

〔六四〕見亭林文集卷六與楊雪臣書。

〔六五〕康熙十九年，公曆一六八〇年。

〔六六〕據張譜炎武年七十，卒於曲沃，時爲康熙廿一年，江說誤。

〔六七〕吳江，今縣，清屬江蘇蘇州府。潘耒，字次耕，號稼堂，以博學鴻詞徵，試授檢討，與修明史。著有遂初堂集等。清史列傳卷七一有傳。

〔六八〕潘刊亭林遺書凡十種：左傳杜解補正、九經誤字、韻補正、顧氏譜系考、昌平山水記、金石文字記、石經考、譎觚、亭林文集、詞集。

〔六九〕以上五書，合稱音學五書。

〔七〇〕原名營平二州史事，共六卷。今僅存地名記一卷。

〔七一〕黄汝成有日知録集釋，宜參看。

〔七二〕按：此書共一百卷，今有刻本及石印本。又以上諸書内容，可看四庫全書總目提要經部及史部。

〔七三〕肇域志亦一百卷，未刻，又炎武著書四庫未收及本傳未列者尚甚多，詳見周予同氏清朝漢學師承記選注。（商務學生國學叢書本，又收入萬有文庫第一集）

〔七四〕見亭林文集卷六與潘次耕書。

〔七五〕同志贈言楊彝等爲顧寧人徵天下書籍啓。

〔七六〕見同志贈言顧氏跋徵書啓後。

〔七七〕二曲，李顒號，字中孚，陝西盩厔人。其學無師自通，於經史百家，無不周覽，而大致主象山，爲當時關中大儒。入清矢志不仕，嘗主講關中書院，四方從學者頗衆，康熙時前後以隱逸真儒薦，至拔刀自刺乃免。炎武所指即此。清史稿卷四八〇有傳。

〔七八〕東林，見前孫徵君傳。

〔七九〕蘇軾韓文公廟碑：『文起八代之衰，道濟天下之溺。』按：八代謂東漢、魏、晉、宋、齊、梁、陳、隋也。

〔八〇〕各文均載韓昌黎集。

〔八一〕按：新唐書劉義傳：『聞愈接天下士，步歸之……以爭語不能下賓客，因持愈金數斤去，曰：此諛墓中人得耳，不若與劉君爲壽。愈不能止。』此謂韓愈爲得酬金而爲人作墓誌也。

〔八二〕語見亭林文集卷四與人書十七。

〔八三〕宋張載講學關中，傳其學者，稱爲關學。

〔八四〕横渠謂張載也。載陝西郿縣横渠鎮人，嘉祐進士，官至崇政院校書。著有正蒙、西銘、易説諸書，學者稱横渠先生。宋史卷四二七有傳。藍田謂宋呂大臨，字與叔，本汲郡人，徙藍田，從張載及二程游，與謝良佐、游酢、楊時稱程門四先生。宋史卷三四〇有傳。

〔八五〕語見論語雍也顔淵篇。

〔八六〕劉康公，周卿，引語見左傳成公十三年傳。

〔八七〕左傳襄公廿八年傳：『慶封汜祭，穆子不悦，使工爲之誦茅鴟。』杜預注：『茅鴟逸詩，刺不敬。』

〔八八〕原文見亭林文集卷六與毛錦銜書。

〔八九〕論語陽貨篇：『子曰：飽食終日，無所用心，難矣哉！不有博弈者乎？爲之，猶賢乎已。』又衛靈公篇：『子曰：群居終日，言不及義，好行小慧，難矣哉！』

〔九〇〕此指徐乾學兄弟，徐姓望出東海，故云。

〔九一〕百泉謂孫奇逢，見本書孫徵君傳。

〔九二〕梨洲即黃宗羲，見本書錢忠介公傳後作者傳略。

余古農先生傳

江藩

先生諱蕭客，字仲林，別字古農，吳縣〔一〕布衣也。

先生生五歲，父幕游粵西不歸；母顏，授以四子書五經〔二〕，夜則課以文選〔三〕及唐宋人詩、古文。年十五，通五經，即知氣理空言無補經術，思讀漢唐注疏。家貧，不能蓄書，有苕溪〔四〕書棚徐姓，識先生，一日詣書棚借左傳注疏〔五〕，匝月讀畢，歸其書。徐姓訝其速，曰：『子讀之熟矣乎？』曰：『然。』徐手翻一帙，使先生背誦，終卷無誤。徐大駭，曰：『子奇人也！』贈以十三經注疏〔六〕、十七史〔七〕、說文解字〔八〕、玉篇〔九〕、廣韻〔一〇〕。於是閉戶肄經史，博覽群書。

性癖古籍，聞有異書，必徒步往借，雖僕僕五六十里，不以爲勞也。以郭璞注爾雅[一一]，用舊注而掩其名，謂之攘善無恥，乃採注疏[一二]及太平御覽[一三]諸書中犍爲舍人[一四]、孫炎[一五]、李巡[一六]舊注，而爲之釋。書未成，先成注雅別鈔[一七]八卷，專攻陸佃新義、埤雅[一八]及羅願爾雅翼[一九]之誤，兼及蔡卞毛詩名物解[二〇]。沈宗伯德潛[二一]見其書，折節下交。年二十二，以注雅別鈔就正於松崖先生[二二]。先生曰：『陸佃、蔡卞，乃安石新學[二三]，人人知其非，不足辨。羅願非有宋大儒，亦不必辨。子讀書撰著，當務其大者遠者。』先生聞之矍然，遂執贄受業，稱弟子焉。

吳縣朱丈文游[二四]，藏書之富，甲於吳門，延先生教讀，館於滋蘭堂中，得偏讀四部之書。又嘗閱道藏於玄妙觀，閱佛藏於南禪寺。居恒手一編弗輟，日不足，則繼之以夜。於是目力虧損，不見一物。有人傳以坐暗室中，目蒙藍布，存想北斗七宿。一年之後，目雖能視，然讀書但能讀大字本而已。直隸總督方恪敏公觀承[二五]，聞其名，延至保定[二六]，修畿輔水利志[二七]。閒游京師，與朱學士筠河先生[二八]、紀文達公昀[二九]、胡文恪公高望[三〇]相友善，咸謂其學在深寧、亭林之間[三一]。因目疾復作，舉歙戴震以代[三二]。遂南歸，以經術教授鄉里，閉目口授，生徒極盛。是時江震滄孝廉名筠者[三三]，亦以目疾教讀，時人皆稱爲盲先生。

同郡以經義詩古文詞相論難者，薛家三先生（三四）、汪愛廬先生（三五）、彭進士紹升（三六）、汪孝廉元亮先生（三七），上下議論，風發泉湧。家三先生曰：『鬼谷子縱横家（三八），舌有鋒鍔，不可當也。』先生狀貌奇偉，頂有二肉角，疏眉大眼，口侈多髯，如軌革（三九）。家懸鬼谷子像，故同社中戲呼爲鬼谷子。

乾隆年間，詔開四庫館，徵四方名彦充校讎之任。有人以山陰童鈺（四〇）及先生名達於金壇，因一諸生，一布衣，格於例，不果薦。先生貧病交攻，再娶無子，卒年四十有七。其牢騷不平之氣，往往託之美人香草，形於歌詠，哀音微茫，有騷人之遺意焉。

生平著述甚多：爾雅釋、注雅別鈔，悔其少作，不以示人。文選音義（四一），亦悔少作，然久已刊行，乃別撰文選雜題三十卷（四二），又有選音樓詩拾（四三）若干卷。先生深於選學，因名其樓曰選音。疾革之時，以雜題詩集付弟子朱敬輿（四四），敬輿寶爲枕中秘，以是學者罕知之，惟古經解鈎沉已入四庫經部（四五）。當日戴震謂是書有鈎而未沉者，有沉而未鈎者。然沉而未鈎，誠如震言；若曰鈎而未沉，則震之妄言也。今核考其書，豈有是哉！惟皇侃論語義疏，其書出於著鈎沉之後，且爲足利贋鼎（四六），何得謂之鈎而未沉者乎！藩爲先生受業弟子，聞之先生曰：『鈎沉一書，漢、晉、唐三代經注之亡者，本欲盡採，因乾隆壬午（四七）四月得虛損症，危若朝露，急欲成書，乃取舊稿録成付梓，至今歉然。吾精力衰矣，汝能足成之，亦經籍之幸也。』藩自心喪之後（四八），遭家多故，奔走四方，雨雪載塗，飢寒切體，不能專志壹心，從事編輯。今年已五十，忽忽老矣！歎治生之難，蹈不習之罪，有負師訓，能不悲哉！

【作者傳略】見前。

【注釋】

〔一〕吳縣，清與元和、長洲同爲蘇州府治，即江蘇省會。民國併元、長二縣及太湖、靖湖二廳入吳縣。

〔二〕四子書即四書，爲論語、孟子、大學、中庸。宋儒合稱爲四子書。五經謂易、書、詩、禮、春秋。

〔三〕文選，梁昭明太子蕭統所選輯，凡六十卷，爲總集之最著名者，有李善注。

〔四〕苕溪，水名，一名苕水，源出天目山，凡二支，至吳興二支合流入太湖。按：此處係以水名爲地名者。

〔五〕左傳注疏，即春秋左傳正義，凡六十卷，爲晉杜預注，唐孔穎達疏。

〔六〕十三經注疏爲：（一）周易，晉王弼、韓康伯注，唐孔穎達疏。（二）尚書，僞孔安國傳，孔穎達疏。（三）毛詩，漢毛公傳，漢鄭玄箋，孔穎達疏。（四）周禮，漢鄭玄注，唐賈公彥疏。（五）儀禮，漢鄭玄注，唐賈公彥疏。（六）禮記，漢鄭玄著，孔穎達疏。（七）左傳，見注〔五〕。（八）公羊傳，漢何休注，唐徐彥疏。（九）穀梁傳，晉范甯注，唐楊士勛疏。（十）孝經，唐玄宗注，宋邢昺疏。（一一）論語，魏何晏注，宋邢昺疏。（一二）孟子，漢趙岐注，宋孫奭疏。（一三）爾雅，晉郭璞注，宋邢昺疏。按：十三經注疏合刊本，以清阮元刻本爲最佳。近國立編譯館又著手編十三經新疏，尚未殺青。

〔七〕十七史爲以下諸書合稱：（一）漢司馬遷史記，（二）班固漢書，（三）宋范曄後漢書，（四）晉陳壽三國志，〔五〕唐房喬等晉書，〔六〕梁沈約宋書，〔七〕梁蕭子顯南齊書，〔八〕唐姚思廉梁書，〔九〕同上陳書，〔一〇〕北齊魏收魏書，〔一一〕唐李百藥北齊書，〔一二〕唐令狐德棻周書，〔一三〕唐魏徵隋書，〔一四〕唐李延壽南史，〔一五〕同上北史，〔一六〕宋歐陽修、宋祁新唐書，〔一七〕歐陽修新五代史。

〔八〕說文解字，漢許慎撰，凡十四篇，合目録爲十五篇，分五百四十部，爲文九千三百五十三，爲我國文字學著作之權輿。清儒段玉裁有說文解字注。

〔九〕玉篇，梁顧野王撰，凡三十卷，五百四十二部。今所傳爲後人所增修，非其舊也。

〔一〇〕廣韻，宋陳彭年、邱雍等奉敕撰，共五卷。係本隋陸法言切韻，唐孫愐唐韻而重修者。

〔一一〕郭璞，字景純，晉河東聞喜人，善詞賦，又洞知五行天文卜筮之術，注有穆天子傳等書。晉書卷七二有傳。其爾雅注，凡十一卷，即十三經注疏中所採是也。

〔一二〕爾雅疏，已見注〔六〕（一三）。

〔一三〕太平御覽，宋李昉等奉敕撰，共一千卷，凡五十五門，徵引至爲浩博，爲考證學一大要籍。

〔一四〕犍爲，地名。舍人，官名，其真姓名已亡佚。文選或引爾雅郭舍人注，則其人或姓郭也。清馬國翰玉函山房輯佚書輯有爾雅犍爲文學注三卷，乃其注之可考見者。

〔一五〕孫炎，字叔然，三國魏樂安人，曾受學鄭玄之門，爲東州大儒，注書甚多，其爾雅注七卷，爾雅音二卷，均佚。馬國翰輯有爾雅孫氏注三卷，爾雅孫氏音一卷，黄奭亦有輯本，見黄氏逸書考。

〔一六〕李巡，後漢汝南人，其原注佚，馬國翰輯有爾雅李氏注三卷。黄奭亦有輯本。

〔一七〕注雅別鈔，未見傳本，蓋悔其少作，而未刻行示人也。

〔一八〕陸佃，字農師，宋越州山陰人，熙寧進士。精於禮家名數之學，著作甚多。宋史卷三四三有傳。其爾雅新義已佚，埤雅二十卷，今存，亦非完本。

〔一九〕羅願，字端良，宋歙縣人，乾道二年進士，傳附見宋史卷三八〇羅汝楫傳。其爾雅翼三十二卷，今存。

〔二〇〕蔡卞，字元度，宋興化仙游人，熙寧進士，傳見宋史卷四十二奸臣傳。毛詩名物解二十卷，今存。大旨多本王安石字說云。

〔二一〕沈德潛，字確士，號歸愚，清江蘇長洲人。工詩，七十成進士，爲高宗所賞，擢禮部侍郎，以原銜食俸告歸，卒謚文愨，著有五朝詩別裁、歸愚詩文鈔等。清史稿卷三〇五、清史列傳卷一九有傳。周禮春官有大宗伯，爲古六卿之一，後世因稱禮部尚書爲大宗伯，侍郎爲宗伯。

〔二二〕松崖，名惠棟，字定宇，吳縣人，士奇子，周惕孫，三世傳經，爲當時吳派漢學之領袖人物。其學尊古而信漢，尤精於易禮諸經，著有周易述、明堂大道録、古文尚書考、左傳補注、九經古義等。清史稿卷四八一有傳。漢學師承記亦有傳。

〔二三〕王安石，字介甫，宋臨川人，神宗時，爲相，有臨川集，宋史卷三二七有傳。按：安石於熙寧中置經義局，撰三經新義。三經：書、詩、周禮也。毛詩新義二十卷，尚書新義十三卷，周禮新義二十二卷，原書均佚。清初從永樂大典中輯出十六卷，附考工記解二卷，猶可考見其概略，其解經自創新說，不襲鄭義云。

〔二四〕朱文游，名奂。富藏書，曾建有滋蘭堂以儲庋名籍。詳可參看葉昌熾藏書紀事詩卷五。

〔二五〕方觀承，字遐穀，號問亭，安徽桐城人。累官至直隸總督，工詩及書，卒謚恪敏，著有問亭集等。清史稿卷三二四、清史列傳卷十七有傳。

〔二六〕保定，清爲直隸省治。今河北清苑縣其舊治也。

〔二七〕畿輔水利志，待考。

〔二八〕見本書朱竹君先生家傳。

〔二九〕紀文達昀，字曉嵐，獻縣人。乾隆進士，官至協辦大學士。貫澈儒書，旁通百家，主持風會，爲一時所宗，任四庫館總裁，作提要及簡明目録，爲近代目録學要籍。著有閱微草堂筆記等七種。清史稿卷三二〇、清史列傳卷二八有傳。

〔三〇〕胡高望，浙江仁和人，乾隆進士，官至都察院左都御史。

〔三一〕深寧，宋王應麟伯厚別號。應麟，慶元人，淳祐進士，官至禮部尚書。學問淹博，精考證。著有深寧集、玉堂類稿、通鑒地理考、困學紀聞等二十餘種。宋史卷四三八有傳。亭林，顧炎武號，見本書上篇顧炎武傳。按：清代考證學，淵源於應麟而闡揚於亭林，蕭客承惠棟之學，而究心於考證，故當時云云。

〔三二〕戴震，字東原，休寧人，少師事江永，中歲入都，秦蕙田延修五禮通考，與當時諸士大夫游。四十獲鄉薦，會屢試不第，應直督方觀承聘，修直隸河渠書，旋游山西至浙，主講浙東金華書院。乾隆三十八年，以舉人特詔充四庫館纂修官。四十年會試不第，賜同進士出身，授翰林院庶吉士，在館五年卒。東原精考證及文字音韻地理之學，與惠棟並稱大師，而其治學尤富科學精神，著有孟子字義疏證、方言疏證、原善、戴氏水經注等若干種。清史稿卷四八一、清史列傳卷六八（一）及漢學師承記均有傳。

〔三三〕江筠，字震滄，江蘇長洲人，乾隆舉人。博雅好古，尤長於三禮、三傳。晚年失明，以教授自給，著有儀禮私記。清史稿無傳，清史列傳卷六八有傳。

〔三四〕家三，名起鳳，一字皆三，江蘇吳縣人，乾隆舉人，著有香聞遺集。事迹詳江藩宋學淵源記附記。

〔三五〕愛廬，名縉，字大紳，江蘇吳縣人，乾隆貢生。工古文，其學出入儒佛，與彭紹升、羅有高相講貫。清史列傳卷七二有傳。

〔三六〕彭紹升，字允初，號尺木，又號知歸子，江蘇長洲人。乾隆進士。工古文，好陸王之學，後又肆力藏經，居深山習靜，素食持戒，欲以徹儒佛之樊，尋復家卒。著有二林居集。清史稿無傳，清史列傳卷七二有傳。

〔三七〕汪元亮，字明之，號竹香，江蘇元和人，乾隆舉人。少工詩古文，既究心經義及六書之學，從游者甚眾，隱居著述以終。漢學師承記有傳。

〔三八〕鬼谷子，戰國時人，相傳蘇秦、張儀皆師事之，故爲縱横家之祖。名見史記卷六九蘇秦傳及七〇張儀傳。

〔三九〕軌革爲占候術之一種，或稱軌甲。術以圖畫表示吉凶。宋史藝文志、軌革秘寶、軌革指迷、軌革照膽等書。

〔四〇〕童鈺，字璞巖，又字二如，號二樹，浙江山陰人。善畫山水，蘭竹木石皆工，尤善寫梅。復肆力於詩。著有二樹山人集。清史列傳卷七一有傳。

（一）『六八』原闕，今據清史列傳补。

〔四一〕文選音義八卷，今存，目見清史稿藝文志四，有陳彬華補輯本。

〔四二〕文選雜題卅卷，未見。碧琳瑯館叢書曾收刻蕭客文選紀聞卅卷，或即此書別稱也。

〔四三〕選音樓詩拾，待考。

〔四四〕朱敬輿，未詳。

〔四五〕古經解鉤沉卅卷，採録唐以前諸儒訓詁，首爲叙録一卷，次周易一卷，尚書三卷，毛詩二卷，周禮一卷，儀禮二卷，禮記四卷，左傳七卷，公羊傳一卷，穀梁傳一卷，孝經一卷，論語一卷，孟子二卷，爾雅三卷。爲蕭客生平最用力之作。

〔四六〕皇侃，梁書作皇偘。梁吳郡人。南史卷七一儒林有傳。所著論語義疏凡十卷，亡於南宋時，惟唐時舊本流傳於日本。康熙九年，日本山井鼎等作七經孟子考文，自稱其國足利學有皇侃論語義疏一通。乾隆間開四庫館，始有日本獲得此書。其書出於蕭客作鉤沉之後，良然，而謂其爲僞託，則非也。

〔四七〕爲乾隆廿七年，公曆一七六二年。

〔四八〕禮記檀弓：『事師無犯無隱，左右就養無方，服勤至死，心喪三年。』鄭玄注：『心喪，戚喪如父，而無服也。』按：師喪無服，故曰心喪。藩師事蕭客，諱言其死，故言心喪耳。

汪中傳

江藩

汪中，字容甫。先世居歙〔一〕之古唐里。曾祖鎬京〔二〕，始遷揚州，遂爲江都人〔三〕。父一元〔四〕，邑增生。君生七歲而孤。家夙貧，母鄒〔五〕，緝屨以繼饔餐。冬夜藉薪而臥，且供爨給以養親。力不能就外傅讀，母氏授以小學、四子書。及長，鬻書於市，與書賈處，得借閱經史百家。於是博綜典籍，諳究儒墨，經耳無遺，觸目成誦，遂爲通人焉。

年二十，李侍郎因培〔六〕督學江蘇，試射雁賦，第一入學，爲附生。時杭太史世駿主安定書院〔七〕，見君製述，深加禮異，所作詩文，必屬君視草。君僑寓真州〔八〕，沈按察廷芳主樂儀講席〔九〕，聞君議論，歎曰：『吾弗逮也。』年三十，客游於外，代州馮觀察廷丞〔一〇〕同郡沈太守業富〔一一〕、朱學使笥河先生，皆招至幕中，禮爲上客。同時，鄭贊善虎文〔一二〕、王侍郎蘭泉先生〔一三〕、錢少詹竹汀〔一四〕、盧學士紹弓〔一五〕，並爲延譽。然母老家貧，中年乏嗣，戚戚少歡，歎世人之不知，悼賦命之不偶，著弔黃祖文、狐父之盜頌〔一六〕，以寫懷自傷，而俗子以爲譏刺當世矣。

乾隆四十二年丁酉，謝侍郎墉〔一七〕督學江蘇，選拔貢生，每試，別置一榜，署名諸生前，謂所取士曰：『若能受學於容甫，學當益進也。』又曰：『予之先容甫，以爵也；以學，則北面事之矣。』容甫以勞心故，病怔忡，聞更鼓雞犬聲，心怦怦動，夜不成寐，是以不與朝考，絕意試進。乾隆五十一年丙午，朱文正〔一八〕以侍郎典試江南，思得君爲選首，不知君不與試也。君感知遇之恩，上書侍郎，請執弟子禮。侍郎旋奉命督學浙江，君往謁時，爲述揚州割據之迹，死節之人，作廣陵對〔一九〕三千餘言，博徵載籍，貫穿史事，天地間有數之文也。文多不載。後畢尚書沅〔二〇〕開府湖北，君往投之，命作琴臺銘〔二〇〕。甫脫稿，好事者爭寫傳誦。其文章爲人所重如此。

君治經宗漢學，謂國朝諸儒崛起，接二千餘年沉淪之緒，通儒如顧寧人、閻百詩、梅定九、胡朏明、惠定宇、戴東原〔二二〕，皆繼往開來者。亭林始闓其端；河洛圖書至胡氏而絀〔二三〕；中西推步至梅氏而精；力攻古文者，閻氏也〔二四〕；專治漢易者，惠氏也〔二五〕；及東原出而集大成焉。擬作六儒頌，未成，好金石碑版，嘗從射陽湖項氏墓得漢石闕孔子見老子畫像，因署其堂曰問禮〔二六〕。

君性情伉直，不信釋老、陰陽、神怪之說，又不喜宋儒性命之學。朱子〔二七〕之外，有舉其名者，必痛詆之。每謂人曰：『周禮天神、地示、人鬼〔二八〕，今合而爲一。如文昌，天神也〔二九〕；東嶽，地示也〔三〇〕；先聖、先師，人鬼也〔三一〕。天神、地示，世俗必求其人以實之，豈不大愚乎！』且言世多淫祀，尤爲惑人心，害政事。見人邀福祠禱者，輒罵不休，聆者掩耳疾走，而君益自喜。於時流不輕許可，有盛名於世者，必肆譏彈〔三二〕。人或規之，則曰：『吾所罵者，皆非不知古今者，惟恐莠亂苗爾。若方苞〔三三〕、袁枚〔三四〕輩，豈屑屑罵之哉！』然錢少詹事竹汀、程教授易疇〔三五〕、王觀察懷祖〔三六〕、孔檢討衆仲〔三七〕、劉訓導端臨〔三八〕、李進士孝臣〔三九〕諸君子，或以師事之，或以友事之，終身稱道弗衰焉。事母至孝，家無儋石儲，而參朮之進，滫瀡〔四〇〕之奉，嘗稱貸以供。母疾篤，侍疾晝夜不寢，滌牏之事，不任僕婢，無愁苦之容，有孺子之慕。吁！可謂孝矣！生平篤師友之誼，一飯之恩，終身不忘也。

君中年輯三代學制及文字、訓詁、制度、名物有係於學者，分別部居，爲述學一書。屬稿未成，後乃以撰著之文，分爲述學內、外篇刊行之〔四一〕。又采揚州故實，始春秋，至楊吳，作廣陵通典〔四二〕，藏於家。

君一生坎軻不遇，至晚年，有鹺使全德〔四三〕耳其名，延君鑒別書畫，爲君謀生計，藉此稍能自給，而鹺使素不以學問名。嗟夫！當世士大夫自命宏獎風流者，皆重君之學，而不能周其困乏，於以知世之好真龍〔四四〕者鮮矣！乾隆五十九年，因校勘文宗閣四庫全書〔四五〕，往浙江借書讎對，卒於西湖之葛嶺園僧舍。盧學士抱經、鮑丈以文〔四六〕、梁君玉繩〔四七〕經紀其喪以歸。卒年五十有一。子喜孫，字孟慈，嘉慶丁卯科舉人，能讀父書，長於考據，傳其學〔四八〕。

藩弱冠時即與君定交，日相過從，嘗謂藩曰：『予於學無所不窺，而獨不能明九章〔四九〕之術。近日患怔忡，一構思則君火動而頭目暈眩矣。子年富力強，何不爲此絕學？』以梅氏書〔五〇〕

見贈。藩知志位布策，皆君之教也。君少喜爲詩（五一），不爲徘徊光景之作。尤善屬文，土苴韓歐，以漢、魏、六朝爲則（五二）。藩最重君文，酷愛其自序一首，今録於左。

文曰：『昔劉孝標（五三）自序生平，以爲比迹敬通，三同四異（五四）；後世誦其言而悲之。嘗綜平原之遺軌，喻我生之哀樂（一），異同之故，猶可言焉。夫亮節慷慨，率性而行，博極群書，文藻秀出，斯惟天至，非由人力。雖情符曩哲，未足多矜。余玄髮未艾，野性難馴，麋鹿同游，不嫌擯斥，商瞿生子，一經可遺（五五），凡此四科，無勞舉例。孝標嬰年失怙（二），藐是流離，托足桑門（三），棲尋劉寶（五六）；余幼罹窮罰，多能鄙事，賃舂牧豕（五七），一飽無時：此一同也。孝標悍妻在室，家道轗軻；余受詐興公，勃谿累歲（五八），里煩言於乞火（五九），家構釁於蒸梨（六〇），蹀躞東西，終成溝水（六一）：此二同也。孝標自少至長，戚戚無歡；余久歷艱屯，生人道盡，春朝秋夕，登山臨水，極目傷心，非悲則恨：此三同也。孝標夙攖羸疾，慮損天年；余藥裹關心（六二），負薪永曠（六三），鰥魚嗟其不瞑（六四），桐枝惟餘半生（六五），鬼伯在門（六六），四序非我（六七）：此四同也。孝標生自將家，期功以上，參朝列者，十有餘人，兄典方州，餘光在壁（六八）；余衰宗零替，顧景無儔，白屋藜羹，饋而不祭（六九）：此一異也。孝標倦游梁楚，兩事英王（七〇），作賦章

（一）『哀』，中華書局本漢學師承記作『靡』。
（二）『怙』，中華書局本漢學師承記作『恃』。
（三）『桑』，中華書局本漢學師承記作『沙』。

華之宮（七一），置酒睢陽之苑（七二），白璧黃金，尊爲上客，雖車耳未生（七三），而長裾屢曳（七四）；余簪筆傭書（七五），倡優同畜（七六），百里之長（七七），再命之士（七八），苞苴禮絕（七九），問訊不通：此二異也。孝標高蹈東陽，端居遺世，鴻冥蟬蛻，物外天全（八〇）；余卑栖塵俗，降志辱身，乞食餓鴟之餘（八一），寄命東陵之上（八二），生重義輕，望實交隕：此三異也。孝標身淪道顯，籍甚當時，高齋學士之選（八三），安成類苑之編（八四），國門可縣（八五），都人爭寫（八六）；余著書五車（八七），數窮覆瓿（八八）。長卿恨不同時（八九），子雲見知後世（九〇）。昔聞其語，今無其事：此四異也。孝標履道貞吉（九一），不干世議；余天讒司命（九二），赤口燒城（九三），笑齒啼顏，盡成罪狀；跬步才蹈（九四），荊棘已生：此五異也。嗟夫！敬通窮矣，孝標比之，則加酷焉；余於孝標，抑又不逮。是知九淵之下，尚有天衢，秋荼之甘，或云如薺（九五）。我辰安在，實命不同（九六）。勞者自歌，非求傾聽，目瞑意倦，聊復書之。』

藩自遭家難後，十口之家，無一金之產，跡類浮屠，缽盂求食，睥睨紈袴，儒冠誤身（九七），門衰祚薄，養姪爲兒（九八），耳熱酒酣（一），長歌當哭。嗟乎！劉子之遇，酷於敬通；容甫之阨，甚於孝標。以藩較之，豈知九淵之下，尚有重泉；食荼之甘，勝於嘗膽者哉！

（一）『酣』原作『寒』，今據中華書局本漢學師承記改。

【作者傳略】見前。

【注釋】

〔一〕歙縣，清爲安徽徽州府治，今縣。

〔二〕汪鎬京，字快士，號西谷，工詩，善篆籀，著有文字原等，見徽州府志。

〔三〕今縣，屬江蘇，清屬揚州府治。揚爲古九州之一，歷來轄治頗不同。自隋置揚州於江都，至明清爲府，迄未更。

〔四〕汪一元，字兆初，精曆算，以父母喪哀毀卒，見甘泉縣志。

〔五〕按：述學補遺有先母鄒孺人靈表，可參看。

〔六〕李因培，字其材，晉寧人。乾隆進士，歷官至河南巡撫，以劾屬員虧空不實，降四川按察使。尋逮治，賜自盡。

〔七〕杭世駿，仁和人，別詳本書杭太宗逸事狀及按語。安定書院在揚州江都三元坊。康熙元年巡鹽御史胡文學始建以祀宋儒胡瑗，故名。

〔八〕真州，宋置，明廢，今江蘇儀徵縣。

〔九〕沈廷芳，字椒園，仁和人。乾隆初以監生召試鴻博，授庶吉士。累官河南按察使。著有十三經正字、隱拙齋詩文集等，清史列傳卷七一有傳。樂儀書院即在儀徵。

〔一〇〕代州，今縣，清爲直隸州，屬山西。馮廷丞，字均弼，歷官至湖北提刑按察使。

〔一一〕沈業富，字既堂，高郵人，官至河東轉運使。清史列傳卷七二有傳。

〔一二〕鄭虎文，字炳也，秀水人。乾隆進士，官至左贊善，著有吞松閣集。傳見同上注〔一一〕。

〔一三〕王昶，字蘭泉，號述庵，江蘇青浦人。乾隆進士，官至刑部右侍郎，著有青龍堂詩文集、金石萃編、湖海詩、文傳、明清詞綜等。清史稿卷三〇五、清史列傳卷二六及漢學師承記均有傳。

〔一四〕錢大昕，字曉徵，一字辛楣，又號竹汀。江蘇嘉定人。乾隆進士，官至詹事府少詹事。大昕精研古經義聲音訓詁之學，於易、春秋、詩毛傳，造詣尤深，著有潛研堂文集、二十二史考異（一）、十駕齋養新録、潛研堂金石文跋尾、元詩紀事及補元史藝文志等。清史稿卷四八一儒林，清史列傳卷六八及漢學師承記均有傳。

〔一五〕盧紹弓，名文弨，人稱抱經先生。浙江杭州人。乾隆壬申恩科進士，官至侍讀學士、湖廣學政，潛心漢學，精校讎，歸田後廿餘年，勤事丹鉛，垂老不衰。所校有群書拾補三十九卷，撰著有抱經堂文集卅四卷。清史稿卷四八一儒林，清史列傳卷六十八及漢學師承記均有傳。

〔一六〕二文均載述學補遺。弔黃祖文爲黃祖初賞禰衡，而後竟殺之而作。狐父之盜頌本列子說符篇所載狐父之盜見爰旌目餓於道下，壺餐以餔之一事而作。蓋深歎知音之難，即求如黃祖、狐父之盜尚且不得也。

〔一七〕謝墉，字昆城，號金圃，嘉善人，乾隆進士，官至吏部侍郎，先後凡九掌文衡。著有安雅堂詩文集等。清史稿卷三〇五、清史列傳卷二五有傳。

〔一八〕朱文正，名珪，字石君，大興人。另詳朱竹君先生家傳注。

〔一九〕原文載述學外篇。黎氏續古文辭類纂卷二六辭賦類曾選入。

（一）二十二史考異，又稱廿二史考異。

〔一〇〕畢沅，字纕衡，一字秋帆，乾隆進士。官至湖廣總督。清代漢學之盛，沅亦頗具提倡之功。著有經典辨正、關中勝跡圖記、靈巖山人詩文集等。清史稿卷三三二、清史列傳卷三〇有傳。

〔一一〕原文載述學外篇，附伯牙事迹考。

〔一二〕顧寧人，即炎武，詳見本書傳。閻百詩，名若璩，號潛邱，原籍太原，遷淮安。百詩專長在考證，其古文尚書疏證，辨古文尚書之僞，有條有據，祛千古之大疑，而立不敗之定讞，爲有清一代考證學之開山大師，並精地理，著有四書釋地六卷、釋地餘論一卷，他著尚有孟子生卒年月考等。清史稿卷四八一儒林，清史列傳卷六八及漢學師承記均有傳。梅定九，名文鼎，字勿菴，安徽宣城人，精曆算之學，著有古經歷法通考、回回曆補注、方圓冪集等數十種，皆發前人所未發。與王錫闡同爲清代曆算學之先驅。清史稿卷五〇六、清史列傳卷六八、阮元疇人傳均有傳。戴震、惠棟，俱見余古農傳注。胡渭，字朏明，一字東樵，浙江德清人，潛心經義，尤精輿地之學，與修一統志，所著禹貢錐指二十卷、易圖明辨十卷、洪範正論五卷〔一〕，均極有名，清史稿卷四八一、清史列傳卷六八及漢學師承記均有傳。

〔一三〕胡渭易圖明辨謂河圖之象，自古無傳，何從擬議；洛書之文，見於洪範五行，九宮初不爲易而設。詳原書。

〔一四〕閻著古文尚書疏證，辟僞古文尚書，已見上注。

〔一五〕惠著有周易述及易漢學。

〔一〕『五』原闕，今據中華書局本漢學師承記補。

〔二六〕射陽湖在今江蘇淮南縣東南七十里。孔子適周問禮見老子事，載史記孔子世家，漢石闕畫象詳兩漢金石志。王昶金石萃編卷廿一，載中寄所得孔子見老子象拓本，並貽書云：『寶應東七十里射陽聚，爲漢射陽古城，多古墓，曰雙敦者，有石門畫像，遂取以歸，拓之以公同好。』

〔二七〕即朱熹，字元晦，宋徽州婺源人，紹興進士。歷事高、孝、光、寧四朝，終寶文閣待制。卒謚文。宋史卷四二九有傳。著有近思録、通鑒綱目、宋名臣言行録、伊洛淵源録等書。

〔二八〕周禮大宗伯：『大宗伯之職，掌建邦之天神、人鬼、地示之禮，以佐王建保邦國。』

〔二九〕同上：『以槱燎祀司中、司命、飌師、雨師。』鄭玄注：『司中、司命，文昌第五、第四星。』

〔三〇〕同上：『以血祭：社稷、五祀、五嶽。』鄭注：『五嶽：東曰岱宗，南曰衡山，西曰華山，北曰恒山，中曰嵩高山。』

〔三一〕禮記文王世子：『凡學，春釋奠於其先師，秋、冬亦如之。』鄭注：周禮曰：『凡有道者、有德者使教焉，死則以爲樂祖，祭於瞽宗。』此之謂先師之類也。若漢禮有高堂生……書有伏生，億可爲之也。』又『凡始立學者，必釋奠於先聖先師，及行事必以幣。』鄭注：『先聖，若周公、孔子。』

〔三二〕詳可參看洪亮吉更生齋文集書三友人遺事。

〔三三〕方苞，注見前孫徵君傳。

〔三四〕袁枚，字子才，號簡齋，錢塘人，乾隆進士。工詩文，著有小倉山房集、隨園詩話等。清史稿卷四八五、清史列傳卷七二有傳。

〔三五〕程易疇，名瑶田，歙人，乾隆舉人，官嘉定教諭。著有通藝録十九種，附録七種。清史列傳卷六八有傳。

〔三六〕王懷祖，名念孫，學者稱石臞先生，高郵人。乾隆進士，官至永定河道。通聲音文字訓詁之學，又精校讎，著有廣雅疏證、讀書雜誌諸書，清史稿卷四八一、清史列傳卷六八有傳。

〔三七〕孔廣森，字衆仲，一字撝約，又字顨軒，曲阜人，乾隆進士，官至檢討。長於三禮及公羊春秋，擅駢體文，著有大戴禮記注十三卷、儀鄭堂文集二卷。清史稿卷四八一、清史列傳卷六八及漢學師承記有傳。

〔三八〕劉端臨，名台拱，寶應人，乾隆舉人，官丹徒訓導卒，著有論語駢枝、荀子補注、漢學拾遺、經傳小記等。清史列傳卷六八及漢學師承記有傳。

〔三九〕李孝臣，名惇，字成裕，高郵人，乾隆進士，著有歷代官制考、左傳通釋、群經識小録等。清史列傳卷六八及漢學師承記有傳。

〔四〇〕禮記内則：『滫瀡以滑之。』釋文：『滫者，淅米汁也。』按：此言『滫瀡之奉』，蓋泛指柔滑之食品也。

〔四一〕述學内篇三卷，補遺、外篇、别録各一卷。書凡數刻，除木刻本外，今商務四部叢刊及叢書集成均選有是書。

〔四二〕楊吳謂五代時吳王楊行密也。行密，字化源，合肥人。初爲盜，繼以兵起行間，唐昭宗拜淮南節度使，封吳王。後其子溥稱帝，追尊爲太祖武皇帝。唐書卷一八八、五代史卷六一有傳。廣陵通典十卷，有刻本，收於汪氏叢書及江都汪氏叢書中。

〔四三〕全德，姓戴氏，事迹未詳。

〔四四〕藝文類聚卷九六莊子佚文：『子張見魯哀公，哀公不禮焉，去之。曰：「君子好士也，有似葉公子高之好龍，雕文畫之，於是天龍聞而示之，窺頭於牖，拖尾於堂。葉公見之，失其魂魄，五色無主。是葉公非好龍也，好夫似龍非龍也，今君非好士也，好夫似士者。」』江語蓋本此。

〔四五〕四庫全書除内廷四閣外，另寫三份貯江浙三閣。文宗閣其一也。其址在鎮江，毁於太平軍火。餘詳朱竹君先生家傳注。

〔四六〕鮑以文，名廷博，歙人諸生，嘉慶中賜舉人。家富藏書，校刻有知不足齋叢書三十集，著有花韻軒詠物詩存。清史列傳卷七二有傳。

〔四七〕梁玉繩，字曜北，號諫庵，錢塘人。乾隆增貢生。爲學長於考訂，著有史記志疑、青白士集等。清史列傳卷六八有傳。按：抱經堂集卷三四有公祭汪容甫中文，即其時作也。

〔四八〕喜孫官至河南懷慶知府。著有清名臣言行録、經師言行録、尚友記、孤兒篇、從正路、且住庵詩文稿等。清史列傳卷六八有傳。

〔四九〕九章爲中國古算法，亦稱九數。後有九章算術、數學九章等，皆究此學。此云九章蓋泛指中國算學也。

〔五〇〕梅氏書，梅即梅文鼎，已注見前。按：梅氏所著書有七十種之多，此蓋指其九數存古等數種而言也。

〔五一〕按：汪容甫遺詩五卷，補遺一卷，除刻本外，四部叢刊亦收有此書。詳可參看卅五年五月廿八、廿九兩日成都中央日報副刊拙作汪容甫之詩文一文。

〔五二〕韓謂韓愈，歐謂歐陽修。按：容甫倡法漢魏，其文得力於范（曄）、任（昉）、沈（約），故能傑出一代。詳可參看上注拙作。

〔五三〕劉孝標，名峻，梁平原人。天監初，典校秘書。安成王秀引爲戶曹參軍，以疾去，居東陽紫巖山。武帝引見，占對失旨，不見用，著辨命論以寄懷。普通中卒，門人謚曰玄靖先生。著有劉賓客集、世說新語注等。梁書卷五〇、南史卷四九有傳。

〔五四〕按：孝標自序見劉戶曹集（漢魏百三名家集及全梁文卷五七），文長不録。敬通，東漢馮衍字。衍，杜陵人，王莽遺廉丹征山東，辟爲掾。後從更始，領狼孟長，及歸光武，怨衍不時至，黜之。尋爲陽曲令，遷司隸從事，以事被廢，坎坷以卒。後漢書卷五八有傳。按：孝標此序，蓋自傷不遇，且甚於馮衍也。

〔五五〕商瞿，字子木，魯人，孔子弟子。孔子家語七十二弟子解：『商瞿謂梁鱣曰：吾年三十八無子，吾母爲吾更取室，夫子使吾之齊，母欲請留吾。夫子曰：無憂也。瞿年四十，當有五丈夫子。今果然。』又漢書韋賢傳：『遺子黃金滿籯，不如一經。』所謂生子、遺經本此。按：汪喜孫孤兒編卷三禮堂授經圖自序：『喜孫年六歲，先君寫定皇象本急就篇、管子弟子職，教授於禮堂。明年，更寫鄭康成易注，衛包未改本尚書、顧炎武詩本音、儀禮喪服子夏傳，以次授讀。……先君自序以爲商瞿生子，一經可遺。』

〔五六〕孝標生期月而父璿之卒。宋泰始初，魏尅青州，爲人所略爲奴，至中山。中山富人劉寶愍之，以東帛代贖，教以書學。魏人聞其江南有戚屬，更徙之代都。居貧不自立，與母並出家爲尼僧，既而還俗。

〔五七〕後漢書梁鴻傳：『至吳，依大家皋伯通，居廡下，爲人任舂。』史記公孫弘傳：『家貧牧豕海上。』

〔五八〕興公，晉孫綽字。詳晉書卷五六本傳。世說新語假譎篇：『王文度弟阿智惡乃不翅，當年長而無人與婚。孫興公有一女亦僻錯，又無嫁娶理，因詣文度求見阿智。既見，便揚言此定可，殊不如人所傳，那得至今未有婚處？

我有一女乃不惡，但吾寒士，不宜與卿計，欲令阿智娶之。文度欣然而告藍田云：興公向來，忽然欲與阿智婚。藍田驚喜。既成婚，女之頑嚚欲過阿智，方知興公之詐。』莊子 外物篇：『世無空虛，則婦姑勃谿。』釋文引司馬云：『勃谿，反戾也。』

〔五九〕漢書 蒯通傳：『里婦與里之諸母相善也。里婦夜亡肉，姑以爲盜，怒而逐之。婦晨起，過所善諸母，語以事而謝之。里母曰：女安行，我今令而家追女矣。即束縕請火於亡肉家，曰：昨暮夜犬得肉，爭鬭相殺，請火治之。亡肉家遽追呼其婦。』

〔六〇〕孔子家語 七十二弟子解：『曾參後母遇之無恩，而供養不衰。及其妻，以藜烝不熟，因出之。』

〔六一〕卓文君 白頭吟：『今日斗酒會，明日溝水頭，躞蹀御溝上，溝水東西流。』蓋諷司馬相如將別有所戀之作。

按：汪喜孫 孤兒編卷一汪氏母行記：『先君子容甫先生初娶於孫，好詩，不事家人生計，鄒太宜人獨任井爨，有二姑相助爲理，于歸後，弗能同親操作，遂歸老母氏之黨。』

〔六二〕杜甫 酬郭十五判官詩：『藥裹關心詩總廢。』

〔六三〕禮記 曲禮下：『君使士射，不能，則辭以疾，言曰：某有負薪之憂。』

〔六四〕釋名 釋親屬：『無妻曰鰥，昆也；昆，明也；愁悒不寐，目恒鰥鰥然也。故其字從魚，魚目恒不閉者也。』

〔六五〕枚乘 七發：『龍門之桐，高百尺而無枝，其根半死半生。』

〔六六〕古蒿里歌：『蒿里誰家地，聚斂魂魄無賢愚。鬼伯一何相催促，人命不得少踟躕。』

〔六七〕漢書 禮樂志：『日出入九，春非我春，夏非我夏，秋非我秋，冬非我冬。』

〔六八〕按：據南史劉懷珍傳：懷珍，齊左衛將軍，其伯父奉伯，宋世官陳、南頓二郡太守，而子靈哲，齊兗州刺史；孝標兄孝慶，齊末爲兗州刺史，舉兵應梁武，封餘干縣男。懷珍從子懷慰，齊齊郡太守；懷慰父乘之，冀州刺史；子霽，西昌相尚書主客侍郎；杳，尚書左丞；懷珍從孫訏之祖承宗，宋太宰參軍；訏父靈真，齊鎮西諮議，武昌太守。懷珍爲孝標從父兄〔一〕，其一門鼎貴如此。

〔六九〕孔子家語賢君篇：『周公居冢宰之尊，而下白屋之士。』王肅注：『草屋也。』呂氏春秋任數篇：『孔子窮乎陳蔡之間，藜羹不斟，七日不嘗粒。晝寢，顏回索米得而爨之。……孔子起曰：「今者夢見先君，食潔而後饋。」』按：進食於尊者曰饋。

〔七〇〕按：孝標求爲竟陵王子良國職，尚書徐孝嗣抑而不許。後用爲南海王侍郎，不就。荆州刺史安成王秀引爲戶曹參軍，使撰類苑。實祇一事英王，此云兩事，蓋連未就者並言也。

〔七一〕後漢書邊讓傳：『少辯博，能屬文，作章華賦，雖多淫麗之辭，而終之以正，亦如相如之微諷也。』

〔七二〕史記梁孝王世家：『孝王築東苑，方三百餘里，廣睢陽城七十里。』又謝惠連雪賦：『梁王不悅，游於兔園，乃置旨酒，命賓友，召鄒生，延枚叟，相如末至，居客之右。』按：此以孝標之修類苑，方諸邊讓之作賦。鄒□、枚（叔）承飲爲尚能得主知也。

〔七三〕太玄經積次曰：『君子積善，至於車耳。』測曰：君子積善，至於蕃也。范望注：積善成名，故車生耳。蕃，

〔一〕『從父兄』原缺，今據《南史·劉懷珍傳》補。

車耳也。車服有章，以顯賢也。』

〔七四〕文選 鄒陽 上書吳王：『飾固陋之心，則何王之門不可曳長裾乎？』按：此謂寄食王侯之門也。

〔七五〕漢書 趙充國傳：『張安世本持橐簪筆，書孝武帝。』顏注：『簪筆者，插筆於首。』又後漢書 班超傳：『家貧嘗爲官傭書以供養。』

〔七六〕文選 太史公 報任安書：『文史星曆，近乎卜祝之間，固主上所戲弄，倡優畜之，流俗所輕也。』又漢書 嚴助傳：『上尤親幸者，東方朔、枚皋、嚴助……相如常稱疾避事。朔、皋不根持論，上頗俳優蓄之。』按：此言爲人所不重也。

〔七七〕三國志 龐統傳：『龐士元非百里才也。』按：百里，言小邑也。

〔七八〕周禮大宗伯職：『再命受服。』鄭注引鄭司農云：『受服，受祭衣服爲上士。』按：此言有功名之士也。

〔七九〕禮記 曲禮上：『凡以弓劍苞苴簞笥問人者。』鄭注：『苞苴，裹魚肉者也，或以葦，或以茅。』按：容甫此節言無人與之往來也。

〔八〇〕梁書 劉峻傳：『游東陽紫巖山，築室居焉，爲山棲志，其文甚美。』按：劉戶曹集有東陽金華山棲志，可參看。

〔八一〕莊子 秋水篇：『夫鵷鶵發於南海而飛於北海，非梧桐不止，非楝食不食，非醴泉不飲。於是鴟得腐鼠，鵷鶵過之，仰而視之曰：嚇。』按：容甫此言不得其食也。

〔八二〕莊子 駢拇篇：『盜跖死利於東陵之上。』按：此容甫自慨猶盜跖之寄命東陵也。

〔八三〕南史 庾肩吾傳：『初爲晉安王國常侍，每徙鎮，肩吾常隨府。在雍州，被命與劉孝威、江伯搖等十人，抄撰衆籍，豐其果饌，號高齋學士。』按：此喻孝標如肩如等之膺清選也。

〔八四〕安成，謂梁武帝子蕭秀，字彦達，天監中，封安成郡王。王好孝標之學，及遷荆州，引爲戶曹參軍，給其書籍，使抄録事類，名曰類苑。按：其書共一百二十卷，今不傳。

〔八五〕史記 呂不韋傳：『呂不韋乃使其客，人人著所聞……號曰呂氏春秋，布咸陽市門，縣千金其上，延諸侯、游士、賓客有能增損一字者，予千金。』按：後世以著書所論不磨，爲可縣國門。

〔八六〕晉書 左思傳：『思賦三都，豪貴之家，競相傳寫，洛陽爲之紙貴。』按：此以類苑方諸三都也。

〔八七〕莊子 天下篇：『惠施多方，其書五車。』言著書之多也。

〔八八〕按：揚雄著太玄，劉歆見之，以謂恐爲後人覆醬瓿。蓋言無人識其價值也。獨桓譚以爲必傳於後世。見漢書揚雄傳贊。

〔八九〕漢書 司馬相如傳：『蜀人楊得意爲狗監，侍上，上讀子虛賦而善之。曰：朕獨不得與此人同時哉！得意曰：臣邑人司馬相如自言爲此賦。上驚，乃召問相如。』按：長卿，相如之字，漢 蜀郡 成都人，以通西南夷有功，拜孝文園令，旋病免。工文詞，爲漢辭賦名家。子虛賦見文選。

〔九〇〕子雲，揚雄字，亦漢 成都人，少好學，不爲章句訓詁，博覽無所不見。後仕王莽。著有太玄、法言、方言等書，多深湛之思。漢書卷八七有傳。按：韓愈與馮宿論文書：『昔揚子雲著太玄，人皆笑之。子雲之言曰：世不我知，無害也。後世復有揚子雲，必好人矣。』蓋太玄果爲後世見重也。

〔九一〕周易履卦九二：『履道坦坦，幽人貞吉。』

〔九二〕天讒，星名，晉書天文志：『卷舌中一星，曰天讒，主巫醫。』

〔九三〕太玄經干次八：『赤舌燒城，吐水於瓶。』范望注：『兑爲口舌，八爲木，木生火，火中之舌故赤也。赤舌所敗，若火燒城。』蓋謂以言辜禍也。

〔九四〕司馬法：『凡人一舉足曰跬，跬，三尺也。兩舉足曰步，步，六尺也。』按：此言舉足爲難也。

〔九五〕詩邶風谷風篇：『誰謂荼苦，其甘如薺。』毛傳：『荼，苦菜也。』鄭箋：『荼誠苦矣，而君子於己之苦毒又甚於荼，比方之，荼則甘如薺。』

〔九六〕詩小雅小弁篇：『天之生我，我辰安在？』鄭箋：『此言我生所值之辰，安所在乎？謂六物之吉凶。』又召南小星篇：『夙夜在公，寔命不同。』按：此言生不逢辰也。

〔九七〕按：江藩終身不遇，以監生終。素好聚書，以好客漸致貧困。乾隆五十一年，歲饑，每日僅啜饘粥，遂盡以書換米，作書窠圖以志感傷。自此南北奔走，均不如意。此謂家難，殆即指斯而言。詳可參看乙丙集自序、石研齋書目序（載炳燭室雜文）。又杜甫贈張員外詩〔一〕：『紈袴不餓死，儒冠多誤身。』

〔九八〕按：江藩無子，立侄鈞爲嗣。江氏國朝經師經義目録有江鈞跋，自稱爲男者是也。

〔一〕『贈張員外詩』，依杜詩詳注當爲『奉贈韋左丞丈二十二韻』。

武億傳

江藩

武億，字虛谷，先世由懷慶軍籍遷偃師〔一〕。父紹周，雍正癸卯進士〔二〕，官至吏部郎中〔三〕。少喜讀書，年十七，喪父；十九，母孟、生母郭皆逝。時伊、洛溢〔四〕，廬舍毀圮，架蓆處洿泥中，誦讀不輟。斯朽木，焚火以禦寒，斧傷指及足，流血殷地，終不廢讀也。

年二十二入學，乾隆庚寅舉鄉試〔五〕，庚子會試中式〔六〕，賜同進士出身〔七〕，以知縣用。辛亥〔八〕，選山東博山縣〔九〕，訟無留牘，禱雨即降。有人賄以二千金者，曰：『汝不聞雷聲乎？我懼雷擊我也！』暇日，召耆老，問土俗利病，革除民供煤炭，及饋里馬草豆諸秕政。博山民煮糯米汁爲土玻璃，作釵珥、瓶盎、燈毬，鬻於市，及婦孺嬉戲之物，不足以供玩好之式。乾隆中葉，有好事者爲山東巡撫〔一〇〕，取以入土貢，遂爲例，每歲按額徵之，民苦其擾。乃爲民請於大吏，力白其害，遂不入貢。剏范泉書院，立課程教諸生，親往講學，勵以讀書、立品、爲善士。君承笥河先生之學〔一一〕，痛詆二氏，乃檄合邑僧尼至署，諭以佛爲異端，害人心，壞風俗，演傅奕、韓愈之言〔一二〕，反覆譬喻。僧尼雖不解其說，然感其誠，皆蓄髮還俗，於是入其境者，第聞絃歌之聲，不聞梵唄之音矣。

乾隆壬子（一三），大學士和珅兼步軍統領（一四），聞妄人言山東反賊王倫未死（一五），密遣番役四出蹤迹之，於是副頭目杜成德、曹君錫等十一人，横行州縣，至博山，宿逆旅，飲博，手持鐵尺，指揮如意，莫敢誰何。君率役往收之，成德等持器械拒捕，役不敢前，君手撲之，仆，縛以歸。成德尚倔強不服，出牌，擲於堂上，瞋目大呼曰：『吾等奉提督府牌，緝要犯，汝何官，敢問我邪？』立而不跪，命役撾其脛，始伏地，乃杖之，曰：『牌役二名，此十一人爲誰？且牌文明言所至報有司協緝，汝來三日，不謁見，是不奉法。吾通揭汝等騷擾狀，奈我何？』成德等始懼，咸叩首求去。其事喧傳省中，小人皆謂武鹵莽，禍叵測，將累上官。時山東巡撫吉慶畏勢闒茸（一六），聞此言，即委員絡繹於道（一），訪問虛實。有府佐劉大經者，與君不相能，駕說於大府前。吉慶以濫責無罪，直書其事劾之，和珅笑曰：『是暴吾役之不謹，而陰爲武令地也。』封還其疏。吉慶望風承旨，易以任性行杖，空言入奏，報罷。縣民聞令去，扶老攜幼，數千人走省中，見大府，叩首，乞留我好官，吉慶曰：『歸無譁，還汝好知縣。』吉慶知不容於輿論，而忸於權勢，會將入覲，乃挈君至都下，爲謀捐復（一七），和珅總吏部事，駁之，其事遂寢。乃請主東昌啓文書院講席（一八），以塞衆口也。後故人秀水王復爲偃師令（一九），遂歸，與復商榷政事，暇時考校古書，相得甚歡，不復作出山之計。嘉慶四年，

（一）『委』，中華書局本漢學師承記作『發』。

天子親政，和珅伏辜〔二〇〕，詔各舉所知廢員可起用者。有以博山事聞，敕吏部將原任山東博山縣知縣武億，行文豫省巡撫，咨部引見，並將革職原案查奏。十一月二十九日事也，而君先一月死矣！得年五十有五。

君生而狀貌魁梧，有兼人之力，兼人之量。生平深於經史，七經注疏、三史、涑水通鑑〔二一〕，皆能闇誦。所著書有經讀考異義證〔二二〕、偃師金石記〔二三〕、校定五經異義駁異義補遺、箴膏肓、起廢疾、發墨守、鄭志等書〔二四〕，與童君二樹名鈺者，同修偃師縣志〔二五〕，童君好收藏碑版，君考訂秦漢以來金石文字，童君服其精審。於是酷嗜翠墨，游歷所至，如嵩山、泰岱〔二六〕，遇有石刻，捫苔剔蘚，盡心摸拓；或不能施氈椎者，必手録一本〔二七〕。偃師杏園莊去所居四十餘里，民家掘井，得晉劉韜墓誌〔二八〕，長二尺有餘，重幾百斤，君肩之以歸。

性善哭，館笥河師家，除夕，師謂君曰：『客中度歲，何以破岑寂？』君曰：『但求醉飽而已。』乃遺以二彘肩、一雞、一鶩、蒙古酒一斗，及湯餅、餢飳諸物。君閉戶恣啖，食盡酒傾。至晚，師曰：『醉飽矣，更有他求乎？』對曰：『哭。』師亦曰：『哭！』乃放聲大慟。比鄰驚問，笥河師大笑而去。庚子年，陽湖洪亮吉稚存、黃景仁仲則〔二九〕，流寓日下，貧不能歸，偕飲於天橋酒樓，遇君，招之入席，盡數盞後，忽左右顧盼，哭聲大作，樓中飲酒者駭而散去。藩嘗叩之曰：『何爲如此？』曰：『予幸叨一第，而稚存仲則，寥落不偶，一動念，不覺涕泣隨之矣！』藩戲之曰：『君乃今日之唐衢也〔三〇〕。』藩與君交垂二十年，核君行事，不愧循吏。古人云『以經術飾吏事』，不通經術而能爲循吏者，蓋有之矣，我未之見也。

【作者傳略】見前。

【按】朱珪有博山知縣武君億墓誌銘，法式善及孫星衍並有武億傳。詳略各有不同，可參看。

【注釋】

〔一〕懷慶，明清爲府，治河内，屬河南省。民國廢。偃師，今縣，屬河南省。明清皆屬河南府。軍籍，軍人記名之冊籍也。清代所編屯衛之兵丁及充配爲軍者，皆稱軍戶。軍戶即編爲軍籍，亦稱衛籍。

〔二〕癸卯爲雍正元年，公曆一七二三年。

〔三〕郎中，官名，本秦置，主更值宿衛，唐於各部皆置郎中，其後歷代因之，皆爲諸司之長，清末廢。

〔四〕伊，即伊水，源出河南盧氏縣熊耳山，東北流經嵩縣、伊陽、洛陽、偃師，南入於洛。今稱伊河，又曰伊川。洛即洛水，源出陝西雒南縣冢嶺山，東南流入河南。經盧氏、洛寧、宜陽，納澗水，至洛陽，納瀍水，經偃師，納伊水，再經鞏縣入黃河。

〔五〕庚寅爲乾隆三十五年，公曆一七七〇年。

〔六〕庚子爲乾隆四十五年，公曆一七八〇年。按：清代科舉制，每屆三年，集諸生於各省城，朝廷特派試官，試以四書經義及詩策問等，謂之鄉試，中式曰舉人。鄉試之次年，會集各省舉人試於吏部，曰會試，中式曰貢生。再經殿試賜出身，曰進士。

〔七〕按：殿試列一甲者，曰進士及第，二甲者曰賜進士出身，三甲賜同進士出身。通稱皆曰進士。

〔八〕辛亥爲乾隆五十六年，公曆一七九一年。

〔九〕博山，今縣，屬山東，清屬山東青州府。膠濟鐵路之支綫自張店達此。以縣境有造玻璃原料之白沙及煤礦，便於運輸故也。

〔一〇〕按：此或指李清時，待考。

〔一一〕笥河，朱筠號。詳本書朱竹君先生家傳。

〔一二〕傅奕，唐鄴人，武德中爲太史令，上疏極詆佛法。貞觀中卒。注有老子，並集魏晉以與佛議駁者爲高識篇。韓愈，唐昌黎人，工古文。憲宗時曾上諫迎佛骨表，闢佛法。原文今載韓昌黎集。

〔一三〕壬子爲乾隆五十七年，公曆一七九二。

〔一四〕和珅見本書廣東嘉應州知州劉君事狀注。步軍統領，官名，清置提督九門巡捕五營步軍統領，以儆巡京師，詰禁奸宄，平易道路，肅清輦轂，並掌京城内外之門禁及九門之鎖鑰，簡稱步軍統領，亦稱九門提督。以滿洲親信大臣兼任之。按：和珅時以文華殿大學士兼此任〔一〕。

〔一五〕王倫，清兖州人，乾隆間以清水邪教，運氣治病，教奉勇徒黨甚眾。壽張知縣沈齊義捕之。遂入城戕吏，連陷堂邑、陽穀、趨臨清，圖阻運道。舒赫德督兵平之。

（一）『文華殿』，原闕，今據清史稿和珅傳補。

〔一六〕吉慶，詳嘉應州知州劉君事狀及注一二。

〔一七〕按：清中葉以後，捐納之風盛行，凡京官自郎中以下，外官自道府以下，皆可捐納而得，政府亦視此爲正項收入，訂有捐例。故吉慶欲設法爲之捐復也。

〔一八〕東昌，清爲府，治聊城，民國廢。啓文書院，待考。

〔一九〕秀水，清爲嘉興府治，以境内秀水得名，民國併入嘉興縣。王復，字敦初，號秋塍，以太學生官偃師知縣，游龍門砥柱，極山水之勝，時稱仙吏。有樹蘐堂詩。

〔二〇〕按：嘉慶親政，王念孫劾和坤不法，賜死。

〔二一〕按：七經各説不一，清康熙時御纂七經，以易、書、詩、春秋、周禮、儀禮、禮記、論語爲七經。以上諸書注疏，詳余古農先生傳注。三史指史記、漢書、後漢書，亦參看余古農先生傳注。涑水通鑑，即司馬光資治通鑑，可參看杭大宗逸事狀注。

〔二二〕按：武億授堂全集有經讀考異八卷：易、書、詩、周禮、儀禮、禮記、春秋左氏傳、春秋公羊、穀梁傳、爾雅、論語、孟子各一卷。又補經讀考異若干頁，群經義證八卷：計左氏上、中、下三卷，公穀、論語、孟子、書、詩各一卷。

〔二三〕按：偃師金石記，授堂全集未收，其有關金石文字，有授堂金石文字一、二、三及續跋。

〔二四〕按：以上校定諸書，全集亦未收，箴膏肓、起廢疾、發墨守三書各一卷，漢鄭玄撰，係對何休左氏膏肓、穀梁廢疾、公羊墨守三書而發者。鄭志意指鄭樵通志，詳可參看本書杭大宗逸事狀注。又授堂著述，除本文所述者外，其已收入全集者，有三禮義證十二卷，四書考異一卷，句讀叙述二卷，授堂文鈔八卷授堂文鈔續集二卷，讀書山房文鈔二卷，授堂詩鈔八卷。其全集未收者，尚有讀史金石集目、錢譜及授堂箚記等若干卷。又與修魯山、郟、寶豐、安陽四縣縣志，行於世。

〔二五〕童鈺，清浙江山陰人，字璞巖，又字二如，號二樹。善畫山水，蘭竹木石皆工，尤善寫梅，生平所作，不下萬本，肆力於詩，然詩名爲畫所掩。乾隆四十七年卒於揚州，有二樹山人集。按：偃師縣志刊本頗有流傳，乃斐然可列著著作之林者，非一般官修書可比也。

〔二六〕嵩山，在河南省登封縣北，古曰外方，又名嵩高。爲五嶽中之中嶽。泰岱，即泰山，起於山東省膠州灣西南，西行，横亘省之中部，盡於運河東岸，稱泰山脈。主峰在泰安縣北，世以爲五嶽中之東嶽，亦曰岱宗、岱山。

〔二七〕按：俱見全集授堂金石文字跋。

〔二八〕劉韜，待考。原志或載偃師金石記。

〔二九〕陽湖縣，清置，與武進並爲江蘇省常州府治。民國併入武進縣。洪亮吉，陽湖人，字君直，一字稚存，號北江，乾隆進士。由編修出督貴州學政，教士以道經學古爲先。嘉慶時上書論事，語過激烈，論死，改戍伊犂，到僅百日，即賜還，因號更生居士。亮吉性至孝，篤仁義，沉研經史，兼精地理，有洪北江詩文集、十六國疆域志等。清史稿三五六有傳。黄景仁，武進人，乾隆諸生，字漢鏞，一字仲則，天才奔放，以詩名當時，初宗韓、杜，後近李白。家貧，漫游四方，客死山西解州，洪亮吉以其喪歸葬之，有兩當軒集。清史稿文苑有傳。

〔三〇〕唐衢，唐時人，桂苑叢談：『唐周鄭客唐衢，有文，老而無成，善哭，音調哀切，聞者泣下。』又聞見後録：

『元和中，處士唐衢，聞白樂天謫，大哭，後衢死，樂天有詩云：「何當向墳前，還君一掬淚。」』

顧棟高傳

錢林

顧棟高，字復初，一字震滄，又自號左畬。無錫人〔一〕。康熙六十年成進士，補中書〔二〕，坐公事免職歸。

少治春秋，篤好左氏學〔三〕，晝夜研誦。每懷忿懥，家人以左傳一卷，置其几上，怡然誦之，不復問他事矣。晚遂博洽六藝。雍正十三年，江蘇巡撫顧琮舉應博學鴻詞〔四〕。乾隆十五年，詔天下有經明行修之士，具以聞。公卿舉者數十人，敕取其所著書，審測其學之實。書既奏，於是棟高與常熟陳祖范〔五〕、金匱吳鼎〔六〕、介休梁錫璵〔七〕，同授司業〔八〕。召見，問治道之要，棟高曰：『當以俭德示天下。』棟高辭禄，詔以年老許之。即家繫六品銜，朝野以爲榮。

尋常教淮陰〔九〕，雅歌談經，生徒甚盛。皇太后萬壽詣闕祝釐，數被引對，曲加恩禮。既辭去，將發，製七言詩二章美之。高宗幸江南，又賜御書，加二秩爲祭酒〔一〇〕。世稱包咸、桓榮〔一一〕以經學取進，今茲遭遇，殆復過之。儒生稽古之殊榮，實聖朝崇化之盛德也！

棟高自壯至老，懃懃訂述，抽翰授牘，常若不及。夏月閉戶，不見一客，卸衣解襪，據案而坐，執卷玩索，膝搖動不止。每仰視列屋而笑，人知其所著一通畢矣。其標致如此。然所著最善，惟春秋大事表百三十一篇。又有毛詩類釋及續編二十四卷。棟高不信晉梅賾古文尚書〔一二〕，作尚書質疑二卷。又有大儒粹語二十八卷，震滄集若干卷〔一三〕。年八十一，卒於家〔一四〕。

乾隆三十年，諭曰：『儒林亦史傳所必及，果經明學粹，不遺韋布，豈以品位拘，如近日顧棟高輩，終使淹沒無聞邪？』史官推本上意，立儒林傳焉。

【作者傳略】錢林，仁和人，原名福林，字東生，號金粟，嘉慶進士，官至侍讀學士。學問淹博，於書無所不讀。生乾隆廿七年壬午，卒道光八年戊子（一八二八），年六十七。所著除文獻徵存録外，尚有玉山草堂集。傳附見清史稿文苑宋大樽傳。汪熹孫有錢學士墓表，紀述較詳，見碑傳集補。

【按】本篇及以下三篇，均選自文獻徵存録卷五，卷十。

【注釋】

〔一〕無錫，今縣，屬江蘇。

〔二〕中書，明時廢中書省，別置內閣中書及中書科中書，凡內閣敕房、制敕房，俱設中書舍人，掌書寫機密文書。清因之。至清末始廢。按：棟高所補，即內閣中書舍人也。

〔三〕此謂春秋左氏傳，相傳爲左丘明作。

〔四〕顧琮，滿洲鑲黃旗人，姓伊爾根覺羅氏。文端，顧八代孫，字用方，聖祖開算學館，議叙得吏部員外郎。累官東河河道總督。剛正孤寡，百折不回，有顧鐵牛之稱，有靜廉堂詩文集。

〔五〕陳祖范，清常熟人，字亦韓，號見復，雍正舉人。會試中式，以病不與殿試。乾隆中薦經學，即家授國子監司業銜，卒於家。於學務求心得，詩學白居易，亦理趣獨標，著有經咫一卷，掌録二卷，司業詩文集八卷。

〔六〕吳鼎，字尊彝，與兄鼐並通三禮，鼎又治周易，乾隆九年舉人，十六年以經學薦，授司業。累遷侍講學士，因事降侍講。著有十家易象說，易例舉要、東莞學案等。

〔七〕梁錫璵，字確軒，雍正二年舉人，以薦舉經學與吳鼎等同授司業，食俸任職，不爲定員。遷祭酒，又擢少詹事。著有易經揆一。

〔八〕司業，官名。禮文王世子：『樂正司業。』按：樂正掌國學之政，故世子之學業，樂正主之。隋以來置國子監司業，清因之，至清末廢。

〔九〕淮陰，今縣，屬江蘇省。

〔一〇〕祭酒，國子監長官，參看司成公家傳注。

〔一一〕包咸，後漢會稽人，字子良，少爲諸生，受業長安。師事博士右師細君。習魯詩、論語。王莽末，客於東海，爲赤眉所得，長夜誦經自若，賊異而遣之。建武初舉孝廉，除郎中，入授太子論語。累遷大鴻臚。明帝即位，以咸有師傅恩，特加賜俸禄，咸皆散於諸生之貧者。後漢書儒林有傳。桓榮，後漢龍亢人，字春卿，少習歐陽尚書，家貧，以傭自給。後授徒九江。建武中拜議郎，授太子經。復拜博士。帝幸太學，會諸博士論難於前，榮辯明經義，每以禮讓相服。遷少傅，賜輜車乘馬。榮大會諸生，陳其車馬印綬曰：『今日所蒙，稽古之力也。』後遷太常。

明帝即位，尊以師禮，拜爲五更，封關内侯卒。同上有傳。

〔一一〕梅賾，一作梅頤，字仲真，晉汝南人，官豫章内史。漢武帝時，魯恭王壞孔子宅，於壁中得古文尚書，孔安國以今文校之，多得十六篇，將獻於朝，會遭巫蠱事，未列於學官。其後遂佚。至東晉梅賾，自謂得安國之書及傳，奏之，遂列於學官。至南宋，吴棫、朱熹對此頗抱懷疑。清閻若璩作古文尚書疏證，惠棟作古文尚書考，始斷定其僞。

〔一三〕棟高著作，據注者所知，尚有毛詩訂詁八卷，陶人心語五卷，續選九卷，司馬溫公年譜八卷（附卷後遺事），王荊公年譜三卷（附卷後遺事）。

〔一四〕按：棟高生康熙十八年己未（一六七九），卒乾隆廿四年己卯（一七五九）。

鄭燮傳

錢林

鄭燮，字克柔，號板橋，興化人〔一〕。乾隆元年進士。官知縣，以歲饑爲民請賑，忤大吏，罷歸〔二〕。有板橋詩鈔〔三〕。

燮少失恃，賴乳母費撫養成人〔四〕。初，歲饑，乳母晨負入市，以一錢易一餅，置其手，始治他事。數年，貧益不支，其夫謀去他所，乳母不敢言，常帶戚容，汲水盈甕，爲置薪數日而去。

燮入室，見竈上猶有飯一器，菜一盂，輒持以泣，益自厲也。未幾，費復來，其子俊已得提塘官，屢迎養，不肯去。大令詩云：『平生所負恩，不獨一乳母！』又云：『食祿千萬鍾，不如餅在手。』〔五〕讀之令人流涕！

大令工畫蘭竹，書法楷、隸、行三體相參，古秀獨絕。時人謂大令有三絕，曰畫、書、詩。三絕之中三真，曰真氣、真意、真趣也〔六〕。

性疎曠灑脫，然見地極高，命意極厚。嘗攜一囊，阿堵物、塊銀雜果食之類，皆置於內。遇故人子或鄉鄰之貧乏者，隨所取贈之。

詩不拘體格，興至則成，頗近香山、放翁〔七〕。嘗有詩云：『四十科名，五十旂旌，妻孥綺縠，童僕鼎羹，何功何德，以安以榮。』其家書云：『凡人於文章學問，輒自謂己長，科名唾手而得，不知俱是僥倖。設我至今不第，又將何處叫屈來？世人能誦此言，庶幾不忘本來面目。』大令生平，詞勝於詩，弔古攄懷，淋漓慷慨，與集中家書數篇，皆世間不可磨滅文字。又有句云：『官差分所應，吏擾竟何極，最畏朱標籤，請君慎點筆！』凡百有司，敬而聽之。

【作者傳略】見前。

【注釋】

〔一〕興化，今縣，屬江蘇省。清屬江蘇揚州府。

〔二〕按：法坤宏書濰縣知縣鄭燮事：『丙寅、丁卯間歲連歉，人相食，斗粟價錢千百。』丙寅爲乾隆十一年，丁卯爲十二年。是板橋罷官乃在乾隆十二年。揚州府志謂：『官東省先後十二年。』則板橋成進士後即外放知縣，與書事年限適合。

〔三〕按：今刊本又有板橋全集，與文詩、詞、家書合刻。

〔四〕按：費氏爲板橋祖母蔡太孺人之侍婢，詳板橋詩鈔乳母詩序。板橋失恃時僅三歲，詩鈔七歌有云：『我生三歲我母無，叮嚀難割襁中孤。登牀索乳抱母臥，不知母歿還相呼！』

〔五〕全可看詩鈔乳母詩，此截取其中最動人之句也。

〔六〕按：此語本張維屏松軒隨筆。又板橋自題聯云：『三絕詩書畫，一官歸去來。』一時以爲工切。

〔七〕香山，唐白居易號。居易，字樂天，太原人，元和進士，累官至刑部尚書，其詩平易近人，與元稹齊名，時稱元白。著有白氏長慶集。放翁，宋陸游號。游，山陰人，字務觀，孝宗時賜進士出身，遷樞密院編修官。范成大帥蜀，以爲參議。紹熙間進寶章閣待制，致仕。游才氣超逸，尤長於詩，清新圓潤，自成一家。以愛蜀中風土，名其詩曰劍南詩稿。他著有入蜀記、老學庵筆記、放翁詞等。

沈廷芳傳

錢林

沈廷芳，字畹叔，浙江仁和人。本徐姓（一），父爲舅氏嗣，遂承之。幼入塾，讀楊忠愍傳，慕其爲人。外祖查昇奇之（一）。父宰文昌（二），坐譴戍寧夏（三），母留居嘉善（四）。每歲南北省覲，極行路之苦。嘗有詩云：『秋生紅豆辭南國，春到青銅赴朔方（五）。』青銅，塞上山也。又：『雲影有心隨望眼，淚痕和綫上征衣。』甚爲同里厲鶚所賞（六）。大學士高斌，總督南河（七），參其幕事。斌熟宋儒書，廷芳習聞之，因有志勵學。至京師，以國子生補一統志校録（八）。乾隆元年，兵侍楊汝穀薦舉博學鴻詞（九），試中程，用庶吉士，散館授職編修。十年，考選山東道監察御史，疏請免米豆稅，戶部議行。故尚書彭維新起爲侍郎（一〇），劾罷之。俄坐言事不當，免，高宗命陳舊職補江南道，巡東漕，駐濟寧（一一），江陰翁照贈詩云：『午夜疏燈焚諫草，春風小驛見常花（一二）。』在兖州。兖州，故隋任城地（一三），南池水木尤勝（一四），暇日游焉。因營建祠宇，祀唐杜甫，自爲文刻石紀之，其詞甚美。再督

（一）『徐姓』，咸豐八年有嘉樹軒藏版文獻徵存録作『徐姓』。

山東賑卹事。尋轉登、萊、青道〔一五〕，以萊州老儒高鳳起、法坤厚、毛贊〔一六〕，晦名樂道，有加禮焉。暇則屏騶從，入村舍巡視稼穡，問民疾苦。人識其所乘白馬，見其馬來，曰：『我使君也！』遷河南按察使〔一七〕，入覲奏言母氏年九十，高宗賜御書旌之。性沖淡，不樂仕宦，既以養母去，再補山東按察使，遂以老乞歸。其歸也，數千人送至崮山驛〔一八〕，皆曰：『使君前者去不數歲復來，今當以何時至邪？』慰之曰：『荷父老意甚厚，其各訓其子弟，勉爲善良，奉上法度，毋爲繫念矣！』日暮，流涕散去。年七十一，終於家。

廷芳少受詩法於查慎行〔一九〕，有秋夜詩云：『薄病閒身坐小庭，鄉心三度見流螢。水雲凉到庭前樹，一夜秋聲帶雨聽。』極賞之。後事方苞學爲古文〔二〇〕，所作皆中繩墨，少顛躓之累。既爲外吏，雖極鞅掌，不廢撰述。學徒稱之。著理學淵源十卷，十三經注疏正字八十卷，續經義考四十卷，鑒古録十六卷，盥蒙雜著四卷，古文指授四卷，隱拙齋詩集三十卷，文集二十卷。

【作者傳略】見前。

【注釋】

〔一〕查昇，海寧人，爲慎行族子，字仲韋，號聲山，康熙進士，累官至少詹事。詩詞清麗，尤工書法。有澹遠堂集。

〔二〕文昌，今縣，屬廣東，清屬廣東瓊州府。

〔三〕寧夏，今省，清爲府，屬甘肅，治寧夏、寧朔兩縣。轄四縣、一州、一廳。

〔四〕嘉善，今縣，清屬浙江嘉興府。

〔五〕青銅，即青銅峽，一名峽口山，在今寧夏靈武縣西，以兩山相挾，而河經其中，故稱曰峽。朔方，漢置縣，今綏遠境内黄河以南鄂爾多斯全部地。漢時兼爲郡治。故城在今鄂爾多斯右翼後旗境。

〔六〕厲鶚，清錢塘人，字太鴻，號樊榭，康熙舉人。乾隆時試鴻博不第歸。熟於宋元叢書稗説，五言詩尤幽新雋妙，著有宋詩紀事、樊榭山房集等。清史稿文苑有傳。

〔七〕高斌，滿洲鑲黄旗人，姓高佳氏，字石文，號東軒。好讀書，於經史外，博通先儒諸集。雍正間，由内河曹郎累擢江南河道總督，治河十餘年，疏奏最多，大都可爲依據。官至文淵閣大學士。卒於工次，謚文定，有固哉草堂集。清史稿卷三一〇有傳。

〔八〕一統志，紀載全國輿地之書。清一統志，乾隆廿九年和珅等奉敕撰，嘉慶時重修，曰嘉慶重修一統志，凡三百四十二卷。

〔九〕楊汝穀，懷寧人，字令詒，號石湖，康熙進士，官至左都御史。以老病乞歸。平生立朝，初終一轍。官御史時，疏凡數十上。贊中樞，位副相，遇事必言。卒謚勤恪。傳附見清史稿卷三〇四劉吴龍傳。

〔一〇〕彭維新，待考。

〔一一〕巡東漕，巡察東河漕運也。濟寧，今山東省縣，清爲直隸州。

〔一二〕江陰，今縣，屬江蘇。翁照，未詳。

〔一三〕兖州，今縣，清爲府，屬山東。任城，晉魯郡，北齊改任城郡。隋省郡存縣，明省縣入濟寧州，今山東濟寧縣治。

〔一四〕南池，在濟寧縣南，池水清碧，其上杜工部祠猶在。

〔一五〕登州、萊州、青州，三府也。其上置道轄之，清俱屬山東省。

〔一六〕三人均待考。

〔一七〕按察使，官名，唐時始置。元並置提刑按察使，後改爲肅政廉訪使。明清俱以提刑按察使司按察使，爲一省司法長官，清末改爲提法使。

〔一八〕崮山驛，清康熙間置，在今山東長清縣東南三十里。介沙河、玉水之間，近歷城，今津浦鐵路經此。

〔一九〕查慎行，海寧人，字夏重，一字悔餘，號初白。治經精於易，尤工詩。好游山水，康熙間成進士，授編修。聖祖幸海子，捕魚群臣賦詩，初白得句云：『笠簷蓑袂平生夢，臣本煙波一釣徒。』聖祖稱善，内史宣召，稱煙波釣徒翰林，旋告歸，有敬業堂集。清史稿文苑有傳。

〔二〇〕方苞，詳孫徵君傳作者傳略。

黄景仁傳

錢林

黄景仁，字仲則，武進人〔一〕。祖大樂，歲貢生，高淳縣訓導〔二〕。父之掞，禱於學宫神祠，生景仁，故小名高生〔三〕。八歲爲制舉文，即工。稍長，補博士弟子員，未學詩也。與陽湖洪亮吉志氣相得，見其所誦漢魏樂府，援筆試爲之，亮吉大稱賞焉。謂人曰：『詩定自不關學，滄浪之言，吾信之矣〔四〕！』編修邵齊燾〔五〕主講陽湖，景仁與亮吉皆受業門下，齊燾爲文辭，有名理雅致。景仁覃思精力，文采遂勝。

家既素窶，不屑授徒，乃游四方，以資餬口。遇雲木佳勝，輒竟日流連〔六〕。一日，經宣歙山中〔七〕，避雨坐崖樹下，吟詠清發，樵夫牧豎，見者以爲異人。一登匡廬〔八〕，又泛彭蠡洞庭〔九〕，其詩益牢戾悽惋，含意不測。翁方綱〔一〇〕稱其詩凌厲奇矯，不主故常。大興朱筠爲安徽提學〔一一〕，引致幕府。三月上巳〔一二〕，登采石太白樓〔一三〕，張飲賦詩，賓客甚盛。景仁年最少〔一四〕，著白袷衣，立日景中，頃刻成數百言，一往奔詣，座上輟筆。當塗應試文士，聞使者高會，畢集樓下，莫不從奚童乞白袷少年詩，競相鈔寫。景仁由是乃自負爲詩人也。

乾隆四十一年，高宗幸山東，景仁應召試，入乙等，書籤武英殿〔一五〕，序官例得主簿〔一六〕，入資加一秩爲縣丞〔一七〕。中丞畢沅欲識景仁〔一八〕，景仁亦知沅名，故免吏部注銓，往關中詣之。景仁蕭屑經時，素抱疴瘵，方策蹇出雁門塞〔一九〕，疾動，力疾行次解州卒〔二〇〕。年僅三十五。

景仁著作甚富，七言古詩尤工。既死，多散佚。沅採其詩，入吳會英才集〔二一〕。其後詹事翁方綱復撰録，爲顓集行於世〔二二〕。

【作者傳略】見前。

【注釋】

〔一〕武進，今縣，屬江蘇。

〔二〕高淳，今縣，清屬江蘇江寧府。

〔三〕之掞，字端衡，縣學生。按：景仁於乾隆十四年（一七四九）〔一〕正月四日生於高淳學署。

〔四〕漢書禮樂志：『武帝定郊祀之禮，乃立樂府，以李延年爲協律都尉。』樂府之名蓋始此。其職在採詩歌被管絃以入樂。後世因以樂府官署所採之詩歌爲樂府。其後更以爲一切詩歌之叫樂者及詞曲之總稱。

〔五〕邵齊燾，字荀慈，常熟人。乾隆進士，選庶吉士。罷官歸，即主講常州龍城書院。工詩及駢文，精心孤詣，語必己出，有東京六朝之風，以雋雅稱。著有玉芝堂集。清史稿卷四八五文苑有傳〔二〕。

〔六〕按：乾隆卅三年，齊燾卒，景仁時年二十。次年即開始浪游，由武林而四明，觀海溯錢塘，登黃山，復經豫章，泛湘水，登衡嶽，觀日出，浮洞庭，由大江以歸，凡三年。當其將游湘也，友人仇麗亭以湖湘道遠，且憐其病，

〔一〕『一七四九』原作『一九四九』，今改。

〔二〕『四八五』，原闕，今據清史稿補。

勸勿往。景仁爲詞謝之曰：『一事與君說，君莫苦羈留，百年過隙耳，行矣復何求。且耐殘羹冷炙，還受曉風殘月，博得十年游。若待嫁娶畢，白髮待人否？』又述懷：『我本江海客，風水性所諳。』其性爰丘壑有如此。

〔七〕宣指宣城，歙指歙州，蓋泛指安徽名山而言。

〔八〕即廬山，在江西九江縣南，爲避暑勝地。

〔九〕洞庭，湖名。在湖南省。面積約五千平方公里。中多小山，以君山最著。

〔一〇〕翁方綱，大興人，字正三，號覃溪。乾隆進士，官至内閣學士，精心汲古，好奬掖後進。長金石、譜録、書畫、詞章之學，書法尤冠絶一時，有兩漢金石記、復初齋全集等。清史稿卷四八五有傳（一）。

〔一一〕朱筠，詳朱竹君先生家傳。按：筠以乾隆卅六年督安徽學政。

〔一二〕按：時爲乾隆卅七年三月。

〔一三〕安徽當塗縣采石磯，相傳爲唐李白落水處，上有太白樓。

〔一四〕按：兩當軒集載笥河先生偕宴太白樓醉中作歌云：『紅霞一片海上來，照我樓上華筵開。傾觴緑酒忽復盡，樓中謫仙安在哉。謫仙之樓樓百尺，笥河夫子文章伯。風流髣髴樓中人，千一百年來此客。是日江上彤雲開，天門淡掃雙娥眉。江從慈姆磯邊轉，潮到然犀亭下回。青山對面客起舞，彼此青蓮一抔土。若論七尺歸蓬蒿，此樓作客山是主；若論醉月來江濱，此樓作主山是賓。長星動摇若無色，未必常作人間魂。身後蒼涼盡如此，俯仰悲歌亦徒

（一）『四八五』，原闕，今據清史稿補。

爾。杯底空餘今古愁，眼前忽盡東南美。高會題詩最上頭，姓名未死重山丘。請將詩卷擲江水，定不與江東向流。」即白袷少年詩也。是詩梁同書曾爲刻石。按：是年景仁方廿四歲。

〔一五〕武英殿，清宫三殿之一，在北京紫禁城内太和殿西。

〔一六〕主簿，官名。宋以後與丞尉同爲縣佐。

〔一七〕縣丞，秦漢於諸縣置丞，以貳令長。至明始曰縣丞。

〔一八〕畢沅，見汪中傳注，時畢爲陝西巡撫。

〔一九〕雁門塞，指今山西雁門關。

〔二〇〕按：景仁於乾隆四十八年三月爲債家所迫，力疾出都，逾太行，出雁門，將往西安，次解州（今山西解縣），病亟。四月廿五日卒於河南鹽運使沈業富運城官署。洪亮吉得畢沅、王昶及業富資助，以其喪歸葬，世因有巨卿之目。

〔二一〕吴會英才集，畢沅輯。余未見。

〔二二〕按：方綱選刊景仁詩，題曰悔存詩鈔，都八卷。嘉慶元年，劉大觀得方綱鈔本，又爲重刊。四年，趙希璜盡刻景仁遺集於安陽，曰兩當軒詩鈔。廿二年，鄭炳文重修趙本，增詞鈔，共十六卷，刊行之。道光四年，吴修重刊兩當軒集，甫雕及半而卒。其後多有傳刊。光緒二年，景仁冢孫婦志述之室吴夫人重刊志述手定兩當軒集。景仁遺著，至此大體備焉。

李因傳

黃宗羲

李因，字今生，號是菴，錢塘人〔一〕。生而韶秀，父母使之習詩畫，便臻其妙。年及笄，已知名於時，有傳其詠梅詩者：『一枝留得晚香開』〔一〕。海昌葛光禄見之曰〔二〕：『吾當爲渠驗此詩讖』，迎爲副室。

崇禎初，光祿官京師，是菴同行。禁邸清嚴，周旋硯匣，夫婦自爲師友。奇書名畫，古器唐碑，相對摩玩舒卷，固疑前身之爲淸照〔三〕。暇即發墨作山水，或花鳥寫生，是菴雅自珍惜，然脫手即便流傳。癸未出京〔四〕，至宿遷〔五〕，猝遇兵譁，是菴身幛光祿，兵子驚其明麗，不敢加害。光禄自是無仕宦意，琴臺花塢，風軒月榭，絲竹管絃之聲不絕，是菴以翰墨潤色其間。當是時，虞山有柳如是〔六〕，雲間有王修微〔七〕，皆以唱隨風雅，聞於天下，是菴爲之鼎足，傖父擔板，亦豔爲玉臺佳話。

亡何，海運而徙，鋒鏑遷播，光禄捐館，家道喪失，而是菴煢然一身，酸心折骨，其發之爲詩，

〔一〕『得』，中華書局本黃梨洲文集作『待』。

尚有三世相韓之痛〔八〕！三十年以來，求是菴之畫者愈衆，遂爲海昌土宜饋遺中所不可缺之物。是菴亦資之以度朝夕，而假其畫者，同邑遂有四十餘人。是菴聞之，第此四十餘人之高下，不在高第者，毋使敗我門庭，其殘膏剩馥，尚能沾溉如此。吾友朱人遠以管夫人比之〔九〕，其宦游京師同，其易代同，其工辭章同，其翰墨流傳同，差不同者，晚景之牢落耳。余讀文敏魏國夫人之誌〔一〇〕，誇其遭逢之盛，入謁興聖宮〔一一〕，皇太后命坐賜食，天子命書千文，勑玉工磨玉軸，送秘書監裝池收藏。而是菴方抱故國黍離之感〔一二〕，悽楚蘊結，長夜佛燈，老尼酬對，亡國之音，與鼓吹之曲，共留天壤，聲無哀樂，要皆靈秀之氣所結集耳。

人遠傳是菴，欲余作傳，以兩詩壽老母爲贄，有『不惜淋漓供筆墨，恭隨天女散花來』之句〔一三〕。老母嘗夢注名玉札，爲第四天女（一），降謫人世，故讀是菴之詩而契焉。余之爲此者，所以代老母之答也。

【作者傳略】見前錢忠介公傳後。

【注釋】

〔一〕錢塘，舊縣，明清皆與仁和縣並爲杭州府治。民國廢府，併二縣爲杭縣。

（一）『四』下，中華書局本黃梨洲文集有『位』。

〔二〕海昌，三國吳置海昌都尉。尋改爲鹽官縣，明爲海寧縣，清復爲州，屬浙江省。民國仍改爲縣。葛光禄，名無奇，字介龕，餘未詳。光禄卿，唐以後爲司膳之官。

〔三〕李清照，宋濟南人，號易安居士。禮部郎格非之女，湖州守趙明誠之妻，工詩文，尤以詞擅名，卓然爲宋代大家。明誠好搜集金石碑版及古書善本，與清照摩玩校訂，極閨房之樂。明誠死，清照守志終老，晚景頗牢落，著有漱玉詞一卷。

〔四〕按：癸未爲明崇禎十六年，西曆一六四三年。

〔五〕宿遷，江蘇今縣。清屬徐州府。按：此所謂兵譁，指甲申江南大亂。

〔六〕虞山，在江蘇常熟縣西北，爲縣主山。周虞仲治此，故名。以地居海隅，又名隅山。按：錢謙益爲常熟人，此云虞山，或即指常熟而言也。柳如是，錢謙益妾，初爲妓，名楊愛，後改名。色藝冠一時，工詞翰，後歸謙益，相得甚歡。酬唱無虚日，謙益死，以身殉焉。

〔七〕雲間，江蘇松江縣之古稱。王修微，待考。

〔八〕按：此蓋用漢張良五世相韓故事。良字子房，韓國人。秦滅六國，良悉以家財求客爲韓報仇，得力士，狙擊於博浪沙，誤中副車，乃亡命下邳。後佐高帝成帝業，封留侯。謚文成。是菴身當國變，殆亦以不能興復故國爲痛也。

〔九〕朱人遠，未詳。管夫人，即管道昇，宋吳興人，字仲姬，趙孟頫之室，封魏國夫人。世稱管夫人。畫梅竹蘭，筆意清絕，亦工山水佛像，翰墨詞章，不學而善；書牘行楷，殆與其夫不辨，衛夫人之後，無與儔者。

〔一〇〕按：文敏，元趙孟頫謚。孟頫，字子昂，湖州人。本宋宗室裔，世祖時以遺逸被召，官集賢直學士，甚見親重；仁宗時，官翰林學士承旨，優禮有加。卒贈魏國公，謚文敏。孟頫文章經濟，冠絕時流，旁通佛老之學。其詩清邃奇逸，書畫尤爲擅名。著有松雪齋集等。此所謂誌，孟頫爲夫人所作墓誌也。

〔一一〕興聖宮，元時宮名。

〔一二〕按：黍離三章，詩王風篇名。小序謂『周大夫行役，至於宗周，過故宗廟宮室，盡爲禾黍，閔周室之顛覆，彷徨不忍去，而作是詩。』時周已東遷，宗周謂西周也。詩長不録。

〔一三〕天女散花，維摩經問疾品：『會中有一天女，以天花散諸菩薩，悉皆墮落。至大弟子，便著不墜。天女曰：「結習未盡，故花著身。」』俗謂天女散花，蓋本於此。

李姬傳

侯方域

李姬者，名香。母曰貞麗。貞麗有俠氣，嘗一夜博，輸千金立盡。所交接皆當世豪傑，尤與陽羨陳貞慧善也〔一〕。姬爲其養女，亦俠而慧。略知書，能辨別士大夫賢否。張學士溥、夏吏部允彝〔二〕，急稱之。少風調皎爽不群。十三歲，從吳人周如松受歌玉茗堂四傳奇〔三〕，皆能盡其音節。尤工琵琶詞〔四〕，然不輕發也。

雪苑侯生，己卯來金陵，與相識。姬嘗邀侯生爲詩，而自歌以償之。

初，皖人阮大鋮者〔五〕，以阿附魏忠賢論城旦〔六〕，屏居金陵，爲清議所斥。陽羨陳貞慧、貴池吳應箕〔七〕，實首其事，持之力。大鋮不得已，欲侯生爲解之。乃假所善王將軍，日載酒食與侯生游。姬曰：『王將軍貧，非結客者，公子盍叩之！』侯生三問，將軍乃屏人述大鋮意。姬私語侯生曰：『妾少從假母識陽羨君，其人有高義，聞吳君尤錚錚。今皆與公子善，奈何以阮公負至交乎？且以公子之世望，安事阮公！公子讀萬卷書，所見豈後於賤妾耶？』侯生大呼稱善，醉而臥。王將軍者殊怏怏，因辭去，不復通。

未幾，侯生下第，姬置酒桃葉渡〔八〕，歌琵琶詞以送之。曰：『公子才名文藻，雅不減中郎〔九〕，中郎學不補行。今琵琶所傳詞固妄，然嘗昵董卓〔一〇〕，不可掩也。公子豪邁不羈，又失意，此去相見未可期，願終自愛，無忘妾所歌琵琶詞也！妾亦不復歌矣！』

侯生去後，而故開府田仰者〔一一〕，以金三百鍰邀姬一見。姬固卻之。開府慚且怒，且有以中傷姬。姬歎曰：『田公豈異於阮公乎？吾向之所贊於侯公子者謂何？今乃利其金而赴之，是妾賣公子矣！』卒不往。

【作者傳略】侯方域，明末商丘人，字朝宗，號雪苑。文法韓、歐，詩學杜甫，並知名於世。著有壯悔堂集、回憶棠詩集，生明萬曆四六戊午（一六一六），卒清順治十一甲午（一六五四），年三十七。清史稿文苑有傳。別又詳本書國朝三家文鈔小傳。

【注釋】

〔一〕已詳上國朝三家文鈔小傳注五。

〔二〕張溥，字天如，太倉人。崇禎進士，官至庶吉士。溥少時肆力經史，聲名藉甚，與同邑張采同創復社，時稱『婁東二張』。溫體仁謀傾陷復社，而溥以前卒，故未與禍。著有春秋三書、詩經著述大全合纂及宋元史紀事本末、七録齋集等。明史卷二八八文苑有傳。夏允彝已見上顧炎武傳注。

〔三〕玉茗堂四傳奇爲紫釵、還魂、南柯、邯鄲四記。明臨川湯顯祖著。顯祖，字義仍，號若士，精研詞曲，名重一時。著有玉茗堂集。周如松，未詳。

〔四〕即琵琶記，爲南曲之祖，明高則誠撰。則誠，名明，溫州瑞安人。

〔五〕阮大鋮，已詳國朝三家文鈔小傳注六。

〔六〕城旦，秦漢時徒刑，罰作苦工也。晝伺寇，夜築城，故名。

〔七〕詳同注五。

〔八〕桃葉渡，秦淮、青溪合流處。晉王獻之有愛妾名桃葉，獻之嘗臨渡作詩以送之，詩曰：『桃葉渡桃葉，渡江不用楫，但渡無所苦，苦我自迎接。』後人因以名渡曰桃葉渡。

〔九〕中郎，謂東漢蔡邕。邕字伯喈，陳留人。董卓嘗辟爲祭酒，累遷中郎將，故稱蔡中郎。後漢書卷九〇有傳。

〔一〇〕董卓，東漢臨洮人，廢少帝，立獻帝，弑何太后，自爲太師，聞蔡邕名，強辟爲祭酒，補侍御史，又轉侍書御史，遷尚書。一日之間，周歷三臺。李謂嘗昵董卓，即指此。卓後漢書一〇二及三國志魏志卷六有傳。

〔一一〕田仰，魯王時曾爲大學士，其時則方爲巡撫，故稱開府。壯悔堂集有答田中丞書可參看。按：李姬許身方域，田仰謀奪之，李堅拒，血濺扇面，楊文驄因血點畫成桃花一枝。清孔尚任遂爲作桃花扇傳奇，極有名。

大鐵椎傳

魏禧

庚戌十一月，予自廣陵歸〔一〕，與陳子燦同舟。子燦年二十八，好武事，予授以左氏兵謀兵法〔二〕，因問數游南北，逢異人乎？子燦爲述大鐵椎，作大鐵椎傳。

大鐵椎，不知何許人。北平陳子燦省兄河南，與遇宋將軍家。宋，懷慶青華鎮人〔三〕，工技擊，七省好事者〔四〕，皆來學。人以其雄健，呼宋將軍云。宋弟子高信之，亦懷慶人，多力善射，長子燦七歲，少同學，故嘗與過宋將軍。

時座上有健啖客，貌甚寢；右脅夾大鐵椎，重四五十斤，飲食拱揖，不暫去。柄鐵摺疊環複，如鎖上練，引之長丈許。與人罕言語，語類楚聲，扣其鄉及姓字，皆不答。

既同寢，夜半，客曰：『吾去矣！』言訖不見。子燦見窗戶皆閉，驚問信之。信之曰：『客初至，不冠不襪，以藍手巾裹頭，足纏白布，大鐵椎外，一物無所持，而腰多白金，吾與將軍俱不敢問也。』子燦寐而醒，客則鼾睡炕上矣。

一日，辭宋將軍曰：『吾始聞汝名，以爲豪，然皆不足用。吾去矣！』將軍彊留之，乃曰：『吾嘗奪取諸響馬（五）物，不順者，輒擊殺之。衆魁請長其群，吾又不許，是以讎我，久居此，禍必及汝。今夜半，方期我決鬬於某所（一）。』宋將軍欣然曰：『吾騎馬挾矢以助戰！』客曰：『止！賊能且衆，吾欲護汝，則不快吾意。』宋將軍故自負，且欲觀客所爲，力請客。客不得已，與偕行。將至鬬處，送將軍登空堡上曰：『但觀之，慎弗聲，令賊知汝也！』時鷄鳴月落，星光照曠野，百步見人。客馳下，吹觱篥（六）數聲。頃之，賊二十餘騎，四面集，步行負弓矢從者，百許人。一賊提刀縱馬奔客曰：『奈何殺我兄？』言未畢，客呼曰：『椎！』賊應聲落馬，馬首盡裂。衆賊環而進，客從容揮椎，人馬四面仆地下，殺三十許人。宋將軍屏息觀之，股栗欲墮。忽聞客大呼曰：『吾去矣！』但見地塵起（二），黑煙滾滾，東向馳去。後遂不復至。

魏禧論曰：子房得滄海君力士（三），椎秦皇帝博浪沙中（七），大鐵椎其人與？天生異人，必有所用之。予讀陳同甫中興遺傳（八），豪俊俠烈，魁奇之士，泯泯然不見功名於世者，又何多

（一）『於』，中華書局本魏叔子文集無。
（二）『但見』，中華書局本魏叔子文集無。
（三）『滄海君』，中華書局本魏叔子文集無。

也！豈天之生才，不必爲人用與？抑用之自有時與？子燦遇大鐵椎爲壬寅歲〔九〕，視其貌，當年三十，然則大鐵椎今四十耳。子燦又嘗見其寫市物帖子，甚工楷書也。

【作者傳略】魏禧，字叔子，一字冰叔，號勺庭，江西寧都人。與兄祥（伯子），弟禮（季子）〔一〕，並以文知名海内，稱寧都三魏，而叔子尤有名。生明天啓四年甲子，卒清康熙十九年庚申（一六八〇），年五十七。著有魏叔子文集内外篇各若干卷。詳參看本書宋犖國朝三家文鈔小傳。

【按】記述隱俠之作，前此有宋濂秦士録，其出處或不盡相侔，而遭際略同，文亦虎虎有生氣。可參看。

【注釋】

〔一〕廣陵，東漢置郡，清爲揚州府。即今江蘇省江都縣。

〔二〕此指春秋左氏傳所載古兵法、兵謀而言。

〔三〕今河南河内縣。清爲懷慶府，治河内，民國廢。青華鎮，今稱清化鎮，在河内縣北，即道清鐵路起點。

〔四〕按：七省當指直隸（今河北）、山東、河南、山西、江南（今江蘇、安徽）、湖北、湖南而言。

〔五〕響馬，盜名，燕齊之間，走馬劫人者曰響馬。

〔六〕觱篥，笳管也，捲蘆葉爲頭，截竹爲管，相傳爲胡樂之傳入中國者。

〔一〕『季』，原闕，今據本書國朝三家文鈔小傳注〔一二三〕補。

〔七〕子房，漢張良字。良嘗學禮淮陽，東見倉海君，得力士，爲鐵椎重百二十斤。秦皇東游，良與客狙擊之博浪沙中，誤中副車。秦皇怒，大索天下不得，博浪沙故城，在今河南陽武縣南，以其爲河濱沙地，故名。

〔八〕陳同甫，名亮，南宋永康人。所著中興遺傳，據集載凡收南渡前後忠臣名將，下至游俠、劇盜、倖臣等各列傳，共十二卷。

〔九〕壬寅，按：此當指清康熙元年（一六六二）。

秦淮健兒傳

李漁

嘉靖中〔一〕，秦淮〔二〕民間有一兒，貌魁梧，色黝黑。生數月，便不乳，與大人同飲啜。周歲，怙恃交失〔三〕，鞠於外氏。長有膂力，善拳擊。嘗以一掌斃一犬，人遂呼爲健兒。健兒與群兒鬬，莫不辟易。群兒結數十輩攻之，健兒縱拳四揮，或啼或號，各抱頭歸愬其父兄。父兄來，叱曰：『誰家豚犬，敢與老子相觸耶？』健兒曰：『焉敢相觸？爲長者服步武之勞則可耳。』乃至父兄前，以兩手擎父兄兩脛，去地二尺許，且行且止；或昂之使高，或抑之使下，父兄恐顛仆，莫敢如何，但咭咭笑，鄉人鬨焉。

健兒性喜動，不喜讀書。外氏命就外傅，不率教。師夏楚之，則奪撲裂眦曰：『功名應赤手致，焉用璅璅章句爲？』師出，即與同塾諸兒鬭，諸兒無完膚。又時盜其外氏簪珥衣物，向酒家飲；醉即猖狂生事。外氏苦之，逐於外，爲人牧羊，每竊羊換飲，詐言多歧亡。主人怒，復見擯。時已弱冠矣，聞倭入寇〔四〕，乃大快曰：『是我得意時也！』即去海上從軍。從小校擢功至裨將。與僚友飲，酒酣鬥力，斃之。罪當死，遂棄官逃之泗〔五〕，易姓名，隱於庖丁。民家有犢，寅夜往盜之，牽出，必劇呼曰：『君家牛，我騎去矣！』呼竟，倒騎牛背，以斧砍牛臀。牛畏痛，迅奔若風，追之莫及。次日，亡牛者適市物色之。健兒曰：『昨過君家取牛者，我也。告而後取，道也。奚其盜？』索之，則牛已脯矣，無可憑。市中惡少推爲盟主。晝縱六博，夜游狹邪〔六〕，自恃日甚。嘗歎曰：『世人皆不足敵。但恨生千載後，不得與拔山舉鼎之雄一較勝負耳。』〔七〕

邑使者禁屠牛。健兒無所事事，取向所屠牛皮及骨角，往瓜、揚間售之〔八〕，得三十金。將歸，飲於館中，解金置案頭。酒家翁見之，謂曰：『前途多豪客，此物宜善藏之。』健兒擲杯砍案曰：『吾縱橫天下三十年，未逢敵手。有能取得腰間物者，當叩首降之。』時有少年數人，醵於左席，聞之，錯愕。起問姓名里居。健兒曰：『某姓名不傳。向嘗豎功於邊陲，今掛冠微服，牛耳於泗上諸英雄。』少年問能敵幾何輩。健兒曰：『遇萬，萬敵；遇千，千敵；計人而數，斯下矣。』諸少年益錯愕。

健兒飲畢，束裝上馬，不二三里，一騎追之甚迅。健兒自度曰：『殆所云豪客耶？』比至，則一後生。健兒遂不介意。後生問：『何之？』健兒曰：『歸泗。』後生曰：『予少子亦泗人，歸途迷失，望長者指南之。』於是健兒前驅，馬上談笑頗相得。健兒謂後生曰：『子服弓矢，善決拾乎？』後生曰：『習矣而未閑。』健兒援弓試之，力盡而弓不及彀，棄之曰：『此物無用，佩之奚爲？』後生曰：『物自有用，用物者無用耳！』乃引自試。時有鶖唳空，後生一發飲羽，鶖墜馬前。健兒異之。後生曰：『君腰短刀，必善擊刺。』健兒曰：『然！我所長，不在彼，在此。』脫以相示。後生視而噱曰：『此割雞屠狗物，將焉用之？』以兩手一折，刀曲如鉤；復以兩手伸之，刀直如故。健兒失色，籌腰間物非復我有矣。雖與偕行，而股栗之狀，漸不自持。後生轉以溫言慰之。復前數里，四顧無人。後生縱聲一喝，健兒墜馬。後生先斬其馬曰：『今日之事，有不唯吾命者，如此馬！』健兒匍伏請所欲。後生曰：『無用物，盍解腰纏來獻。』健兒解囊輸之，頓首乞命。後生曰：『吾得一囊金，差可十日醉。子猶草萊，何足誅鋤！』撥馬尋故道去。健兒神氣沮喪，足循循不前。自思：『三十金非長物，但半世英雄，敗於乳臭兒之手，何顏復見諸弟兄！』遂不歸泗。向一村墅，結廬賣酒聊生。每思往事，輒悒悒欲死。

一日，春風淡蕩，有數少年索飲，裘馬甚都，似五陵公子〔九〕，而意氣豪縱，又似長安游俠兒〔一〇〕，擊案狂歌，旁若無人。且曰：『滌器翁似不俗，當偕之。』遂拉健兒入座。健兒視九人皆弱冠，唯一總角者，貌白皙若處子，等閑不發一言。一言，則九人傾聽；坐則右之，飲則先之。健兒不解其故。而末坐一冠者，似嘗謀面。睇視之，則向斬馬劫財之人也。謂健兒曰：『東君尚識故人耶？』健兒不敢應。後生曰：『疇昔途中解囊纏贈我者，非子而誰？我儕豈攘攫者流？特於郵旁肆中，聞子大言恐世，故來與子雌雄。不意竟輸我一籌。今來歸趙璧耳〔一一〕。』遂出左袖三十金置案頭，曰：『此母也，於今一年，子當肖之。』又探右袖，出三十金，共予之。健兒不敢受，旁一後生投劍怒目曰：『物爲人攫而不能復，還之又不敢取，安用此懦夫爲！』健兒懼，急内袖中，乃治雞黍爲懽。後生不肯留。歸金者曰：『翁亦可憐矣！峻拒之，則難堪。』衆乃止。時爨下薪窮，健兒欲乞諸鄰。後生指屋旁枯株謂之曰：『盍載斧斤？』健兒曰：『正苦無斧斤耳。』後生躊躇久之，曰：『此事須讓十弟，我九人無能爲也。』總角者以兩手抱株，左右數撓，株已臥矣。遂拔劍砍旁柯燃之。酒至無算，乃辭去。竟不知其何許之。

健兒自是絕不與人較力，人毆之，則袖手不報。或曰：『曩昔英雄安在？』健兒則以衰朽謝之。後得以天年終，不可謂非後生力也。

【作者傳略】李漁，字笠翁，浙江蘭溪人。康熙時流寓金陵，著笠翁一家言。能爲唐人小說，尤精曲譜，時稱李十郎。著有十二樓小說，事迹多奇詭可喜，叙寫亦横恣活潑。又著劇曲十六種，其中以奈何天、比目魚、蜃中樓、美人香、風誤箏、慎鸞交、凰求鳳、巧團圓、玉搔頭、意中緣等十種，爲尤著名，稱爲李氏十種曲。

【按】明凌濛初拍案驚奇有劉東山事一篇，所叙事頗與此相類，而二者描繪卻不盡同，讀者可比較觀之。大抵小説與傳記之最大異點，爲前者不甚分主賓，而後者則必須以傳主爲重心，他人俱屬陪襯。笠翁此篇，乃客金陵時作，雖富小説氣氛，然全篇描寫乃以健兒爲主腦，固是傳記正格，又與小説有異也。

【注釋】

〔一〕嘉靖爲明世宗年號，當公元一五二二至一五六六年。

〔二〕秦淮，水名，出江蘇溧水縣，流貫今南京城内。此所謂秦淮間，即指南京而言也。

〔三〕詩小雅蓼莪篇：『無父何怙，無母何恃！』後因謂父母爲怙恃。

〔四〕明時稱日本人爲倭奴。嘉靖卅三年，倭寇江浙；四十二年，復陷平海。此處所指事，當就此二次爲言。

〔五〕泗，今縣，屬安徽省。舊爲泗州地，民國改縣。

〔六〕古樂府相逢狹路間行有『堂上置樽酒，作使邯鄲倡』句，後遂謂狎妓飲酒曰游狹邪。

〔七〕按：此指項羽。史記項羽本紀：『羽……力能扛鼎。』又垓下歌有『力拔山兮氣蓋世』之語，故云。

〔八〕瓜，謂瓜洲，揚謂揚州，今江蘇丹徒、江都兩縣也。

〔九〕漢書原涉傳：『郡國諸豪及長安五陵諸爲氣節者皆歸慕之。』顔師古注：『五陵，謂長陵、安陵、陽陵、茂陵、平陵。』此謂居長安附近之豪族子弟也。

〔一〇〕長安，古都名，漢、魏、晉、前趙、前秦、後秦俱都此，故城在今長安縣西北，隋唐建都，縣治東南遷，即今治也。明清與咸寧縣並爲西安府治。民國析置西京市。按：此處以長安爲國都之通稱，非實指。游俠兒，謂喜交游急人難之少年。

〔一二〕此用戰國時趙藺相如完璧歸趙事，謂還物於人也。

一壺先生傳

戴名世

一壺先生者，不知其姓名，亦不知何許人。衣破衣，戴角巾，佯狂自放。嘗往來登萊之間〔一〕，愛勞山水〔二〕，輒居數載去。久之復來，其蹤跡皆不可得而知也。好飲酒，每行，以酒一壺自隨，故人稱之曰一壺先生。知之者飲以酒，即留宿其家。間一讀書，歔欷流涕而罷，往往不能竟讀也。

與即墨〔三〕黄生、萊陽〔四〕李生者善，兩人知其非常人〔一〕，皆敬事之。或就先生宿，或延先生至其家，然先生對此兩生，每瞠目無情〔二〕，輒曰：『行酒來，余爲生痛飲！』兩生度其胸中有不平之思，而好自放於酒〔三〕，嘗從容叩之，不答。一日，李生乘馬山行，望見桃花數十株盛

〔一〕『人』，中華書局本戴名世集作『生』。
〔二〕『情』，中華書局本戴名世集作『語』。
〔三〕『好』，中華書局本戴名世集作『外』。

開，臨深溪，一人獨坐樹下，心度之曰：『其一壺先生乎？』比至，果先生也。方提壺飲酒，下馬與先生同飲，醉而別去。

先生蹤跡既無定，或留久之乃去，去不知所之，已而又來。康熙二十一年，去即墨久矣，忽又來，居一僧舍。其素與往來者視之，見其容貌憔悴，神氣惝恍。問其所自來，不答。每夜半，即放聲哭，哭竟夜。閱數日，竟自縊也〔一〕。

贊曰：『一壺先生，其補鍋匠〔五〕雪菴和尚之流亞歟〔二〕〔六〕？吾聞其雖行遁，當酒酣大呼，俯仰天地，其氣猶壯也。久之忽悲憤死，一瞑而萬世不視，其故何哉？』李生曰：『先生卒時，年已垂七十。』

【作者傳略】見前。

【注釋】

〔一〕登謂登州，今山東蓬萊縣；萊謂萊州，清山東萊州府，今廢。

〔二〕勞山，亦作嶗山，又作牢山，在山東膠州灣東岸，位即墨縣東南。有大勞山、小勞山之分。風景甚美。

〔一〕『也』，中華書局本戴名世集作『死』。

〔二〕『其』下，中華書局本戴名世集有『殆』。

〔三〕今縣，清屬山東萊州府，古爲戰國齊邑。

〔四〕今河南葉縣，清屬南陽府。

〔五〕補鍋匠，即黄直。直，明武進人，建文時累官侍中。從亡後，往來夔、慶間，爲人補鍋。人有學其藝者，教之不索謝。故一時夔、慶間人，皆呼之爲老補鍋云。按：有補履先生傳，可合觀。

〔六〕雪菴和尚，待考。

家傳

司成公家傳

侯方域

叔父司成公〔一〕，諱恪，字若木。年二十四，登第，不肯仕，更讀書爲詩賦。三歲而方相國從哲賢之〔二〕，以爲翰林院庶吉士，然立朝論議，終不肯苟同方相國。

公性寬厚長者，嗜飲酒，不事生産。常家居，其門下生董嗣諶爲郡太守，宋玫、林一柱之徒〔三〕，各宰其旁邑，迭請間，願有以爲公壽，公固閉閤，不與通。日召其故人飲酒，故人稍稍有言及者，益拒卻之，更飲以酒，數歲以爲常。以故歷從官通顯矣，而析産不輒豐。

公爲詩推杜甫〔四〕，而洛陽人王鐸者〔五〕，後公舉進士，能爲詩，既第，家貧甚，公更推薦之，鐸以此得入館，後卒以詩名當世。自唐杜甫沒，大雅不作，至明乃復振，雖李夢陽、何景明倡之〔六〕，得鐸益顯，公之力也。

天啓間，公爲編修〔七〕，而宦者魏忠賢竊政，日殺僇士大夫不附己者。公心重楊漣〔八〕，而與繆昌期友，漣指忠賢二十四罪，條上之，天子不能用，反爲忠賢所害，昌期亦坐死。尋有言忠賢二十四罪章者，故昌期傳趣公代具藁，忠賢大怒，坐曲室中，深念欲殺公。而其假子金吾將軍田爾耕〔九〕，顧素知公，進曰：『是人頗以詩賦謬名公卿間，而能書米芾〔一〇〕書，翁必無意曲赦之耶？』忠賢仰視罘罳，日影移晷，不語良久，乃顧謂爾耕：『兒試爲我召之！』爾耕退，詣公話故舊，因佯言：『我之游魏翁者，欲爲士大夫地也，非得已者。』公大悦，呼酒與飲，輒慷慨指當世事，爾耕默不得語。居數日，又詣公，則益爲款言。伺公嬉笑飲酒酣，乃促膝附公耳言：『公且以楊、繆故重得罪，我爲公畫計，某月日乃爲吾魏翁誕辰，公自爲詩書之。』言未得竟，公大怒，推案起，酒羹覆爾耕衣上淋漓，爾耕低頭慚恧，已而乃大發怒去。適南樂魏廣微者〔一一〕，亦忠賢之假子也，以大學士掌貢舉〔一二〕，而公爲其下校官〔一三〕，廣微心嗛公，公所薦取士鄭友玄〔一四〕、宋玫，輒有意摧抑之，以語挾公。公力與爭曰：『人生貴識大義，恪豈戀旦夕一官，負天下賢才哉！』語侵廣微。而忠賢里人子御史智鋌廉知之〔一五〕，乃力劾公，罷官。忠賢積前恨，更矯傳上旨，奪所賜誥，而令公養馬〔一六〕。公即日脱朝冠，自杖策出長安南門〔一七〕，而其門下生二十三人者，追止於盧溝橋〔一八〕，共置酒觴公。公飲酣，遍顧二十三人者曰：『吾歸矣，幸無靦顔以羞諸生。諸生第識之！異日有言諸生爲好人者，乃吾弟子也，誠不願諸生爲好官！』二十三人者皆泣下。而宋玫終工部侍郎，仗節死；友玄以御史直諫謫，當世名公爲知人。

公既歸，則益召其生平故人者與痛飲，不事事。而里人鄧生者，妄人也，構小釁詬公，謂：『若乃養馬！而我職弟子員，冠儒冠。』公門下奴客忿，欲毆鄧生，公大笑，悉召之與飲，皆醉，鄧生乃免。當是時，忠賢實欲殺公不已，會誅死，而公復起爲庶子〔一九〕，鄧生大懼，更詣公，汗浹背，前匍匐謝，公又大笑，掖起之，徐飲以酒，一無所問，鄧生亦醉。

公爲人和易有容，不修苛節，見人無貴賤皆與飲酒。然遇有所不韙者，輒義形於色，屹不可奪。以庶子遷爲南雍祭酒〔二〇〕，太學諸生聞之曰：『是故與南樂相爭鄭友玄、宋玫者耶？』願入成均近萬人〔二一〕，明興三百年未之有也。滿歲，以病請歸。公生平善爲詩，每賦詩輒飲，而前後慮天下事，有不當意，則又感憤，日夜縱飲。久之積病，竟以卒，年四十三。天下皆以公有宰相器，深痛惜之。

當崇禎二年，公之爲庶子也，職記注，有浙人溫體仁者〔二二〕，揣天子意，自爲書，訟言羣臣朋黨，得召對。對時，體仁鉤挑詬誶，數睨望顔色，伏叩頭，爲側媚曲謹狀，天子大悅，趣立以爲相，公跪墀下，纖悉疏其醜，而出颺言於朝。體仁病之，數曲嫛公，願稍得改易，公固不肯，而謂人曰：『體仁之奸過李林甫〔二三〕，而僞強介若盧杞〔二四〕，果執政，天下且亂，吾所以颺言者，冀天子神明，一聞而感悟耳。』體仁聞，恐遂言之，乃出公於南京云。初，文相國震孟爲吳門孝廉（二五），年五十餘，老矣，以書謁公於史館，公一見稱之曰：『子愼自愛，終當輔天子，子必勉之！』其後十餘歲，震孟與體仁同執政，以爭諫臣許譽卿事，不勝去（二六）。而體仁終相位者八年，卒亂天下焉。

公著遂園詩二十卷，李自成破宋，子方岳從賊中搜得之，負以過河。公六子：方鎮、方岳、方巖、方聞、方隆、方新，而方鎮城破死，有才名，別傳。

【作者傳略】見前李姬傳後。

【解題】古者非史官不能爲人立傳，其後人叙述父祖生平事迹，藏之家中，以傳示後人者，謂之家傳，蓋別於史官而言。大抵家傳之作，於事迹外，尤重先德，以垂訓子孫，謝靈運所謂『家傳以申世模』，庾信所謂『潘岳之文采，始述家風；陸機之辭賦，先陳世德。』及劉知幾所謂『高門華胄，奕世載德；才子承家，思顯父母，由是紀其先烈，貽厥後來』是也。若原其始，則揚雄家譜，殷敬殷氏家傳等其濫觴也。斯傳本屬後嗣自撰，後世不能文者多，乃請人爲之。

【注釋】

〔一〕司成，官名，周官司徒之屬，掌以美詔王，教國子以三德三行者也。禮文王世子：『大司成論說在東序。』又引語曰：『樂正司業，父師司成。』父師即大司成，周禮地官之屬師氏也，大司成，言其主成國子之教，父師司成，言主太子，成就其德行也。按：唐龍朔二年，改國子監爲司成館，改祭酒爲大司成。至咸亨初又復舊。侯恪嘗官祭酒，故方域依古制稱司成也。

〔二〕方從哲，字中涵，其先德清人，家京師，萬曆進士，累官至禮部尚書，兼東閣大學士，獨相七年，無所匡正。光宗命從哲封鄭貴妃爲皇太后，從哲遽以命吏部；又舉李可灼進紅丸，帝服之崩。中外皆恨可灼甚，而從哲擬遺旨賚可灼銀幣。熹宗立，廷臣連疏劾之，進中極殿大學士，遣行人護歸。卒謚文端。

〔三〕董嗣諶，未詳。太守，郡官，秦漢時置，宋以後久廢，惟俗稱知府爲太守。宋玫，字文玉，萊陽人，天啓進士，累官兵部侍郎。清兵攻登州，玫與邑人趙士驥等悉心守城，城破，死之。明史卷二六七有傳。林一柱，未詳。

〔四〕杜甫，字子美，唐襄陽人〔一〕，居杜陵，自稱杜陵布衣，又稱少陵野老。肅宗時拜右拾遺，出爲華州司功參軍，尋棄官入蜀依嚴武，表爲檢校工部員外郎，後人因稱杜工部。其詩雄渾奔放，與當時李白齊名，所作多即事憂時之詩，世號詩史，有杜工部集。

〔五〕洛陽，今縣〔二〕，屬河南，明清皆爲河南府治。王鐸，孟津人，字覺斯，天啓進士，累擢禮部尚書，福王時爲東閣大學士，順治間降清，官至禮部尚書，博學好古，擅書畫，兼工詩文。

〔六〕李夢陽，字天賜，更字獻吉，慶陽人，弘治癸丑進士，自號空同子，工詩古文，有空同子集。何景明，字仲默，

〔一〕此處有誤，應爲『洛陽人』。

〔二〕『洛陽』，原衍『王鐸』二字，今據正文及注文删。

信陽人，弘治進士，工詩古文。著有何大復集。夢陽、景明，明史文苑俱無傳。

〔七〕編修，官名，明時屬翰林院，與修撰、檢討同謂之史官，掌修國史。

〔八〕楊漣、繆昌期事已見孫徵君傳注。

〔九〕田爾耕，任邱人，以祖蔭積官至左都督。天啓中，忠賢斥逐東林黨人，數興大獄，爾耕廣布偵卒，羅織平人，入獄者率不得出。忠賢敗，爲言官交劾，誅死。金吾將軍，即執金吾，漢官，掌徼循京師，猶今之首都衛戍總司令。按：爾耕，明史卷三六〇閹黨有傳。

〔一〇〕米芾，字元章，號海嶽外史，宋襄陽人，故又稱米襄陽，特妙於翰墨，沉著飛翥，自名一家，爲後世習書者所宗。

〔一一〕魏廣微，南樂人，萬曆進士，忠賢用事，廣微以同鄉同姓潛結之，遂召拜禮部尚書，兼東閣大學士。以札通忠賢，簽其丞曰『内閣家報』，人稱外魏公。明史卷三〇六閹黨有傳。

〔一二〕古時諸侯歲貢士於天子，又有鄉舉里選之制，後世取士之法，合貢與舉之名而渾稱之曰貢舉。此謂掌貢舉爲會試總考官也。

〔一三〕校官，爲典會試時主校試之事者。

〔一四〕鄭友玄，待考。

〔一五〕智鋌爲忠賢逆黨，元氏人，舉鄉試，受業趙南星門，授知縣，由魏廣微通忠賢，得擢御史，遂疏詆南星爲元惡，先後劾罷禮部侍郎徐光啓等。欲得忠賢歡，搏擊彌銳，忠賢大喜，加太僕寺少卿。崇禎時入逆案，論徙。

〔一六〕養馬，馬監也。按：漢時以太僕掌輿馬，屬官有太廄、未央、家馬、三令等。於北邊、西邊置苑養馬，以郎爲苑監。明時馬政亦統於太僕寺，而在山、陝、遼東等處設行太僕寺及苑馬寺。

〔一七〕長安，爲漢唐帝都，故後世多稱天子所都曰長安，此指明都燕京也。

〔一八〕盧溝橋，俗稱蘆溝橋，爲燕京八景之一，在廣安門外西南，跨盧溝河上，故名。按：盧溝，即桑乾河，今名永定河。橋在今河北宛平縣境，即七七抗戰爆發處也。

〔一九〕庶子，官名，周天子有庶子官，亦稱諸子，秦漢置中庶子、庶子員，主官中並諸吏之適子及支庶版籍，晉以後仍之，爲太子官屬，隋分爲左右庶子，唐因之，分掌左右春坊事，左擬侍中，右擬中書令，明清皆因唐制。

〔二〇〕明南京國子監，亦稱南雍，言其爲南京之辟雍也。祭酒，官名，古時多以功高德著者爲之，凡大饗宴，舉其以酒祭天，後因以爲官名，晉以後始置國子祭酒，掌國子監事，至清始廢。國子監，即國學，清時徒有其名。不施教育，惟司法試。

〔二一〕成均，漢五大學之一，此言願入大學者近萬人。

〔二二〕溫體仁，字長卿，烏程人，萬曆進士，改庶吉士，授編修，累官禮部侍郎。崇禎初，遷尚書，協理詹事府事，爲人外曲謹而中猛鷙，機深刺骨，忌周延儒入閣，傾陷之，遂爲首輔，以小廉曲謹自顯於上，後帝悟其奸，放歸。明史卷三〇八奸臣有傳。

〔二三〕李林甫，唐宗室。工書善畫，玄宗時，累拜兵部尚書，兼中書令，爲相十九年，厚結中人，固寵市權，天下皆爲仇敵。不久，寇亂紛起，以憂卒。

〔二一四〕盧杞，唐滑州人，字子良，性陰貌陋，有口才，藉蔭爲兵曹參軍，遷刺虢州，德宗重其才，超擢爲相，專權恣肆，毒害忠良，創間架除陌之法以斂財，敲剥中飽，恨誹之聲滿天下。朱泚之亂，李懷光破賊有功，而杞阻不使見帝，懷光暴宣其惡，貶死。

〔二一五〕文震孟，字文起，吳縣人，弱冠以春秋舉於鄉，天啓二年，殿試第一，授修撰，尋忤魏忠賢調外，崇禎初，召置講筵，賊犯皇陵，震孟上疏，痛陳致亂之源，擢禮部侍郎，兼東閣大學士。明史卷二五一有傳。吳門，即江蘇吳縣。

〔二一六〕許譽卿，字公實，松江人，萬曆進士。天啓中爲吏科給事中，劾魏忠賢有聲，以救趙南星鐫秩，崇禎時起官，溫體仁忌其伉直，諷禮部尚書謝陞劾其與福建布政使申紹芳營求美官，斥爲民，文震孟時爲東閣大學士，爭之不得，咈然曰：『科道爲民，是天下極榮事，賴公玉成之！』體仁遽以聞。帝怒，震孟遂落職。按：譽卿明史卷二五八有傳。

朱竹君先生家傳

姚鼐

朱竹君先生，名筠，大興人〔一〕，字美叔，又字竹君。與其弟石君珪〔二〕，少皆以能文有名。先生中乾隆十九年進士，授編修，進至日講起居注官，翰林院侍讀學士，督安徽學政，以過降級，復爲編修〔三〕。

先生初爲諸城劉文正公所知〔四〕，以爲疏儁奇士。及在安徽，會上下詔求遺書，先生奏言：『翰林院貯有永樂大典〔五〕，内多有古書，世未見者，請開局使尋閲。』且言搜輯之道甚備。時文正在軍機處，顧不喜，謂『非政之要，而徒爲煩』，欲議寢之。而金壇于文襄公〔六〕，獨善先生奏，與文正固爭執，卒用先生説上之。四庫全書館自是啓矣〔七〕。

先生入京師，居館中，纂修日下舊聞〔八〕。未幾，文正卒，文襄總裁館事，尤重先生。先生顧不造謁，又時以持館中事與意迕，文襄大憾。一日，見上，語及先生。上遽稱許『朱筠學問文章殊過人』，文襄默不得發。先生以是獲安。

其後督福建學政。逾年，上使其弟珪代之。歸數月遂卒。

先生爲人，内友於兄弟，而外好交游。稱述人善，惟恐不至；即有過，輒覆掩之。後進之士，多因以得名。室中自晨至夕，未嘗無客，與客飲酒談笑窮日夜，而博學强識不衰。時於其間屬文。其文才氣奇縱，於義理事物情態，無不備，所欲言者無不盡。尤喜小學，爲學政時，遇諸生賢者，與言論若同輩。勸人爲學先識字，語意諄勤，去而人愛思之。所欲著書皆未就，有詩文集，合若干卷。

姚鼐曰：『余始識竹君先生，因昌平陳伯思〔九〕。是時皆年二十餘，相聚慷慨論事，摩厲講學，其志誠偉矣。豈第欲爲文士已哉！先生與伯思皆高才耽酒，伯思中年致酒疾，不能極其才；

先生以文名海內，豪逸過伯思，而伯思持論稍中焉。先生暮年賓客轉盛，入其門者皆與交密，然亦勞矣。余南歸數年，聞伯思亦衰病，而先生沒年才逾五十，惜哉！當其使安徽、福建，每攜賓客飲酒賦詩，游山水，幽險皆至。余間至山中崖谷，輒遇先生題名，爲想見之焉。』

【作者傳略】姚鼐，桐城人，字姬傳，嘗銘其軒曰『惜抱』，故學者稱惜抱先生。乾隆二十八年進士，選庶常，改禮部主事，歷官至刑部郎中，充四庫館纂修官，書竣，告歸，主講鍾山、紫陽諸書院者四十年，及門成就者甚眾。生雍正九年辛亥（一七三一），卒嘉慶二十年乙亥（一八一五），年八十五。鼐少傳其世父範之業，復受文法於劉大櫆、海峰，而海峰則受業方望溪，傳其古文之學者也。於是以古文名天下，世因有桐城之目。其所編古文辭類纂，別裁僞體，爲文章正軌，學者至今宗之。其論學主集義理、考據、辭章之長，不拘漢宋門戶，所著九經說，即兼義理考證以通漢宋之郵者也。著有惜抱軒文集十六卷，文後集十二卷，詩集十卷。

【按】此傳頗簡略，筠門下士紀述其生平者甚眾。如孫星衍朱先生筠行狀、章學誠朱先生墓誌銘、江藩朱笥河先生傳（見漢學師承記）、汪中朱先生學政記及李威從游記諸篇，追摹其學行甚詳，而文字亦淵雅茂美，可參看。

【注釋】

〔一〕大興，今縣，清爲直隸順天府治。

〔二〕珪，字石君，號南厓。爲清仁宗師傅，官至體仁閣大學士，卒謚文正。有知足齋集。清史稿卷三四〇有傳。

〔三〕編修，掌修國史，屬翰林院。日講起居注官，亦史職，清以翰林兼之。翰林院，官署名，掌秘書著作之職，有掌院學士、侍讀、侍講、修撰等官，稱清要。侍讀學士，内閣、翰林院皆有之，此則屬於翰林院者。

〔四〕諸城，今縣，屬山東。劉文正，名統勛，字延清，號爾純，康熙進士，累官東閣大學士。劉爲當時宋學家，故不喜筠説也。清史稿卷三〇二有傳。

〔五〕永樂大典，書名，明成祖永樂元年，敕解縉、姚廣孝等類聚經史子集、天文、地志、陰陽、醫卜、僧道、技藝之言爲此一書，用韻字編之，凡二萬二千八百七十七卷，計一萬一千九百九十五册。後多散亡，今存者僅六十册云。

〔六〕于文襄，名敏中，江蘇金壇人。康熙進士，累官至文華殿大學士。清史稿卷三一九有傳。

〔七〕四庫全書館，乾隆三十七年，開四庫全書館，徵求天下書籍，復盡發内府秘藏，命館臣選擇而繕録之，歷十年而成，凡三千四百六十種，計七萬九千三百三十九卷。分經、史、子、集四部，故名四庫。分藏清宫文淵閣，奉天文溯閣，圓明園文源閣，熱河文津閣，稱内廷四閣。後又繕録三部，分貯揚州文匯閣，鎮江文宗閣，及杭州文瀾閣。迭經兵火，今所存者，僅文淵、文溯、文瀾、文津四部。

〔八〕日下舊聞，書名，朱彝尊撰，搜集故書及金石文字之關於燕京者，千六百餘種，分十三門，都四十二卷。書成於康熙時，乾隆時，高宗復命詞臣編纂，踵朱氏之籍，增爲十五門，都一百六十卷。

〔九〕昌平，清爲州，屬順天府，今河北省縣。陳伯思，未詳。惜抱軒文集卷八有贈陳伯思序，其人蓋淡於榮利而未仕者。

總兵劉公家傳

梅曾亮

公諱清，字天一，貴州廣順人〔一〕。以拔貢生〔二〕歷官布政使，終總兵。然人皆呼爲劉青天，從其官四川縣令時民所稱也。

嘉慶元年，達州〔三〕王三槐〔四〕，以教匪倡亂，時公以縣丞遷知縣，數以鄉兵破賊於南充、廣元間〔五〕。公撫民及士卒，皆以兒子畜之，人樂爲死。賊自爲民時，知公名，戰，人莫爲用〔一〕，故遇公輒逃。睿皇帝〔六〕知之，由南充縣驟遷至建昌道〔七〕，賞戴花翎，後屢起屢躓。先是上以賊久未平，有進招撫之説者，試行之。經略大臣〔八〕念撫賊莫如公，宜隻身入賊營，數返，三槐遂降，而冒功者詭言生得之。三槐誅，他賊首疑憚不出，故功不時就。而官兵執剿撫兩端〔二〕，戰不力。然賊卒深信公，前後降黨與二萬人。及行堅壁清野議，上命經略大臣一委公，賊卒由是破散。捕餘匪，裁撤鄉勇，公功爲多。

〔一〕『人』，咸豐六年刻柏梘山房詩文集無。

〔二〕『執』，咸豐六年刻柏梘山房詩文集作『持』。

八年，大功告成。入覲，賜詩取民所呼青天者以爲句。由四川按察使，改山西，遷布政使。以屬吏事，責授刑部員外郎（九），轉山東鹽運使（一〇），時嘉慶十七年矣。

逾年而教匪朱成良，陷曹縣、定陶（一一），公自請從戎，以官兵五百，敗賊於髣山（一二），復定陶；又敗之於韓家廟（一三），殺賊二千餘。時賊保扈家集（一）（一四），於曹縣樹土牆，荊棘四周，公自定陶攻其東，縱火拔柵，賊突出多死。稍逸者，南北官兵至，合擊之，誅賊首朱成良、王奇山，賊在山東者皆盡。而河南賊自滑縣（一五）奔定陶者，亦殲於公。十一月，賊平。

公之破扈家集也（二），上諭曰：『劉清年逾六旬，且係文職，能身率士卒，取賊巢，勇敢可嘉！』賞布政使銜，及玉韘大小荷包（三）（一六）。至是遂授雲南布政使。旋以二品頂戴，留山東鹽運使任。二十一年八月，改登州鎮（一七）總兵，復改曹州鎮（一八）總兵。今上即位二年，以疾乞休，在籍食全俸。七年，終於家。上深惜之！子廷榛，先候選知縣，乃官其孫熾昌兵部主事（一九）；瑩，舉人。尋賜祭葬。

（一）『時』，咸豐六年刻柏梘山房詩文集作『餘』。
（二）『破』，咸豐六年刻柏梘山房詩文集作『平』。
（三）『及』至『包』，咸豐六年刻柏梘山房詩文集無。

論曰（一）：國朝漢總督以武起家者二人（二）：岳公鍾琪、楊公遇春也（三）〔二〇〕。布政使改總兵，惟公一人（四）。公軍中久，坦率厭苛禮，改是官，未必非意所便也。然復定陶時，專將有功，亦不能無中於上官之忌云。

【作者傳略】梅曾亮，字伯言，江南上元人，道光二年進士，以知縣用，改捐郎中，咸豐五年（一八五六）卒，年七十一。曾亮治古文，宗桐城義法，與管同（異之）、方東樹（植之）及姚瑩（石甫），同稱姚鼐高弟，而曾亮名尤重。著有柏梘山房詩文集十六卷。

【按】劉清，清史稿卷三六一有傳，另蔣湘南有劉青天傳及劉松齋先生軼事二文，見繆荃孫續碑傳集卷四十八武臣一，較梅傳爲尤詳，可參看。

【注釋】

〔一〕廣順，舊爲州，屬貴州貴陽府，民國改縣。

〔二〕拔貢生，清制，每十二年，學政選拔在學各生中文藝之優者，貢諸京師，曰拔貢。

（一）『論』，咸豐六年刻柏梘山房詩文集作『梅曾亮』。

（二）『二人』，咸豐六年刻柏梘山房詩文集無。

（三）『也』上，咸豐六年刻柏梘山房詩文集有『皆是』。

（四）『布』至『人』，咸豐六年刻柏梘山房詩文集作『公以布政使官總兵，遇尤奇矣』。

〔三〕達州，舊爲四川綏定府治，今改達縣。

〔四〕王三槐，四川人，爲白蓮教之魁，嘉慶間爲亂於四川，勇悍善戰，經略勒保不能平，遣清往說之。三槐留清爲質，而自詣大軍，勒保遂以生擒入奏，被誅。

〔五〕南充，今縣，清屬四川順慶府。廣元，今縣，清屬四川保寧府。

〔六〕睿皇帝，清仁宗謚〔一〕號。

〔七〕建昌屬四川舊寧遠、雅州二府轄地。清設道員，駐雅安；設建昌鎮總兵，駐西昌。

〔八〕經略大臣，明清用兵時特置之官，位在總督上，轄區督、撫、提、鎮，皆受節制。時任經略者爲勒保。

〔九〕員外郎，官名。明清二代，各部均置員外郎，位郎中之次。

〔一〇〕鹽運使，清代鹽政長官，清設鹽運使司於兩淮及兩浙、山東等地。

〔一一〕曹縣、定陶，俱今縣，清屬山東曹州府。

〔一二〕髣山，在定陶縣境。

〔一三〕韓家廟，在山東單縣境。

〔一四〕按：保扈家集，在嘉慶十八年十月。

〔一五〕滑縣，今縣，清屬河南衛輝府。

（一）『謚』，原作『廟』，今據《清史稿·仁宗本紀》改。

〔一六〕玉韘，即玉扳指。

〔一七〕登州，清爲府治，屬山東，民國廢，今蓬萊縣其舊治也。

〔一八〕曹州，清爲府治，屬山東，民國廢，即菏澤縣其舊治也。

〔一九〕主事，部屬官。

〔二〇〕岳鍾琪，號容齋，蘭州人，康雍時征青海、西藏有功。乾隆時又招降金川。官至川陝總督，封威信公，卒謚襄勤。清史稿卷二九六有傳。楊遇春，四川崇慶人，嘉慶時平定川楚教匪有功，官至陝甘總督，封昭勇侯，卒謚忠武。清史稿卷三四七有傳。

小傳

國朝三家文鈔小傳

宋犖

侯方域，字朝宗，商丘人〔一〕。祖執蒲〔二〕，官太常卿。父恂〔三〕，崇禎間官戶部尚書。叔父恪〔四〕，官祭酒。

方域既世家子，負才氣，幼從其父宦京師，習知朝中事，而於君子小人門戶始終之故尤熟悉。喜納約名士，與貴池吳應箕，宜興陳貞慧最善〔五〕。阮大鋮者，故魏閹義兒〔六〕，屏居金陵，謀復用。諸名士共爲檄檄〔七〕大鋮罪，應箕、貞慧實主之。大鋮愧且恚，然度無可如何。詗知方域與二人者相厚善也，私念得結交侯生，因侯生以交於二人，事當已。乃屬其客陽交懽方域〔八〕。

方域覺之，謝客不與通。而大鋮家故有伶一部，以聲技擅名，能歌所演劇號燕子箋者〔九〕。會諸名士以試事集金陵，朝宗置酒高會，趣徵阮伶。大鋮心竊喜，立遣伶往；而令他奴詗之。方度曲，四座互稱善。奴走告，大鋮心益喜。已而抗聲論天下事，箕踞叫呶，語稍及大鋮，遂戟手罵詈不絕口。大鋮聞之，乃大怒，而恨三人尤次骨。後數年，南都擁立〔一〇〕，大鋮驟柄用，興大獄，將盡殺黨人。捕貞慧入獄，應箕亡命，方域夜出走，渡揚子，依鎮帥高傑得免〔一一〕。

方域儻蕩，任俠使氣，好大言，頗以經濟自詡。遇人不肯平面視。然一語合，輒吐出肝肺，譽之不容口，振友之厄，能不恡千金。然亦喜睚眦報復，時扞文綱。

崇禎末，劇寇李自成圍汴急〔一二〕，詔侯恂出督師援汴。方域進曰：『大人受命討賊，廟堂議論牽制，奏請不時應，徵調難集。願破文法，以賜劍首誅一甲科令守。而晉帥某師譟〔一三〕，當斬以徇軍。軍事，威立，疾驅渡河，就左良玉於襄陽〔一四〕，約陝督孫公傳庭〔一五〕犄角於秦，賊乃可圖也。』恂叱曰：『是跋扈也。小子多言！』遂遣歸。

國初，河南巡撫某公，廉知方域豪橫狀，將案治。先太保文康公方家居〔一六〕，從容語撫軍曰：『公知唐有李太白，宋有蘇東坡乎〔一七〕？侯生，今之李、蘇也。』撫軍笑而止。後有書與犖曰：『方域叨受太保公深知，常援其難。』指此事也。

方域爲舉業，有盛名。崇禎己卯〔一八〕，舉南雍第三人，以策語觸諱斥。入本朝順治辛卯舉豫省第一〔一九〕。有忌之者，又斥。尋鬱鬱死，年僅三十有七。

明季古文辭，自嘉隆諸子貌爲秦漢（二〇），稍不厭衆望，後乃爭矯之，而矯之者變逾下。明文極敝，以迄於亡。方域始倡韓歐之學於舉世不爲之日（二一），遂以古文雄一時。末年，游吳下，將刻集，集中文未脫稿者，一夕補綴立就，人益奇之。既沒，而文章乃大行，學士大夫，幾於家有其書。於戲，盛已！

初，陳貞慧就逮入詔獄，鍛鍊久之。會大鋮敗，得脫歸。後十餘年，卒於家。方域所著壯悔堂集，文十卷，詩二卷，又遺稿一卷，皆板行。

今海内能文章家往往稱魏叔子。叔子，名禧，一字冰叔，贛之寧都人（二二）。兄祥，弟禮（二三），並能文章，而禧尤知名，故又往往稱三魏云。

禧年十一，補邑弟子員，試輒冠其曹。後十年，會甲申之變，愍帝死社稷（二四）。禧聞，號慟，從博士後，日哭臨縣廷，居則憤惋叱咤，如不欲生。已乃謝棄諸生服，隱居教授。

禧負才略，善擘畫理勢，對客議論，目光奕奕射人。事前決成敗，縣策而後驗者，十常七八。初，流賊之方熾也，承平久，人不知亂，且謂寇遠猝難及。禧獨憂甚，移家翠微峰居焉。翠微峰距寧都西十里，四面削起百餘丈。中徑坼，自山根至頂，若斧劈然，緣坼鑿磴，道梯而登。出其上，穴如甕口，因寘牐爲守望。士友稍稍依之，而彭士望、林時益亦至（二五）。士望，南昌人，遭亂，喜結客，立義聲於時。與禧立談定友，遂偕林挈妻子來家翠微。林，字確齋，與士望皆工文章，世所稱易堂諸子也（二六）。其後數年，寧都中寇被屠掠，而翠微獨完。

禧既謝諸生，益肆力爲古文辭，授徒窮山，弟子著籍者數十人。喜讀史，尤師左氏傳及蘇洵（二七）。其爲文主識議，綜練世務，而淩厲雄健，不屑屑規撫形肖，如世之貌似大家者。遇忠孝節烈事，則益感慨激昂，摹畫淋漓。故其所爲新樂侯劉文炳及姜埰江天一諸傳尤工（二八）。

年四十餘，乃出游，涉江，逾淮，數游吳越間，思益交天下士，聞隱逸道德之儒，不憚數百里造訪。於吳門交徐枋、金俊明（二九）；西陵交汪渢（三〇）；乍浦交李天植（三一）；常熟交顧祖禹（三二）；方外交藥地、槁木（三三），皆遺民也。康熙十七年，詔中外舉博學鴻詞士，徵詣闕。禧亦在舉中，以疾辭。郡縣督趣就道，乃舁疾至南昌（三四）。醫藥屢月，稱病篤罷歸。

後二年，赴維揚故人約（三五），舟至儀徵（三六），忽暴心氣病，一夕卒，年五十七。著有文集二十二卷，詩集八卷，日録三卷，左傳經世若干卷，皆行世。

先是以博學鴻詞徵者凡百餘人，獨禧與李顒不至。顒，字中孚，盩厔人，以道學著關中（三七）。

汪琬，字苕文，別自號鈍翁，晚居堯峰（三八），學者稱堯峰先生。

幼孤，奉母讀書，能自刻苦。順治乙未成進士（三九），除戶部主事，遷員外，改刑部，遷郎中，會江南奏銷案起（四〇），例奪二官，謫北城兵馬指揮（四一）。北城於京兆尤劇（四二），號難治。琬當官，不畏強禦，多惠政，大著聲迹；滿漢大臣，有斂手避之者。簿書雜冗，裁決如流。朝士知之者曰：『汪某文士，不意其長吏事如此。』時設左右餉司，琬官左司（四三）。堂官命兼攝十四司兵餉，尚書王宏祚雅器重之（四四）。用才能出視西新倉，得羨金，上之朝。使竣，以疾請告歸。

琬力學，於書無所不窺，而尤邃於六經。其爲文，出入廬陵、震川間（四五）；務疏通經傳，闡身心性命之旨。海内以文章大家推之；而碑版之文，尤見重於世。

既歸，屏居堯峰麓，益讀書，事著述。晝夜手一編，咿哦如諸生時。自從游弟子外，即方面大吏，躬造請，罕見其面。以是望逾起。

今上十七年，詔舉博學鴻詞。大臣交章薦，徵詣闕，御試體仁閣下（四六），上親署名甲等，改翰林院編修，命纂修明史。琬入史館僅六十日，撰史一百七十餘篇，遽以疾請。總裁者難之，琬力請不已。後年餘，竟予告歸。歸時，年未六十。自是迄其歿且十年，終不復言出矣。

甲子冬，聖駕東巡至蘇（四七）。吳門在籍諸臣，恭迎河干，上獨顧問琬良久，徹御前餅餌二盤以賜。還次無錫（四八），駐蹕惠山（四九）。召撫臣湯斌（五〇）諭曰：『汪琬久在翰苑，文名甚著。近又聞其居鄉不與聞外事，可嘉。』特賜御書一軸。乙巳，再巡幸蘇，命鴻臚寺（五一）召見行在，又賜御廚供饌及果品。時論榮之。其明年冬，遘疾卒，年六十有七。

琬性弁急，不能容人過。意所不可，輒面批折人。對客議論，大聲頰發赤，目光炯炯。雖詩文小得失，不肯稍徇。以是人多嫉之，士友相傳汪鈍翁喜謾罵人。然坦率，胸無城府，遇其服善處，不惜首俛至地。喜獎借後進，片語之佳，稱揚不容口。家居，弟子日進。常教之曰：『學問不可無師承，議論不可無根據，出處不可無本末。』其大指如此。通籍三十餘年，家食幾二十年，杜請謁，絕苞苴，敦儉素。其難進易退，亦近日薦紳先生所難者。所著鈍翁前後類稿凡若干卷，殁之前三月，合諸稿手自删定，益以晚年所作，曰堯峰文鈔五十卷行世。嘉興計孝廉東序其文〔五二〕，以謂儒林道學，史家分而爲二，惟先生能貫經與道爲一，而著之於文。世以爲知言云。

【作者傳略】宋犖，字牧仲，號漫堂，又號西陂，河南商丘人。博學多識，喜畫水墨蘭竹，疏遠絕倫；兼長山水樹石，精賞鑒。詩與王士禎齊名。康熙間歷官至江西巡撫，累擢吏部尚書，加太子少師。生明崇禎七年甲戌（一六三四），卒康熙五十二年癸巳（一七一三），年八十。著有西陂類稿、筠郭偶筆、滄浪小志、漫堂墨品、綿津山人詩稿等。清史稿卷二七四有傳。又顧棟高有宋漫堂別傳。

【解題】按：小傳爲略記其人事迹之一種文體，其大別有二：一彰忠孝才德之士，如李商隱李賀小傳，陸平仲姚平仲小傳，錢謙益吳文學小傳，鄭方坤錢謙益小傳、李必恒小傳、查爲仁小傳及鄭燮小傳之類是也。一簡略介紹其生平及詩文，如杭世駿詞科掌録、王昶湖海詩傳各篇首所列作者小傳及近人文章選本所附作者傳略之類皆是也。本篇自形式言，屬於後者，然揆其內容，實較一般爲詳審，仍於前者爲近。以上所述，均屬單篇零章，其采輯衆人之軼事分配諸目而總爲一帙者，則有明江盈科之明十六種小傳及近人沃丘仲子近代名人小傳，富軼聞，有剪裁，足補史傳之闕，不僅感興讀者志趣已也。

又本篇同時採同傳例，蓋三家同爲一時文章鉅擘，而性行志趣又略同故也。同傳之體，其例甚古，如史記伯夷列傳、管晏列傳、老子韓非列傳、孟子荀卿列傳及廉頗藺相如列傳，漢書李廣蘇建傳、張禹孔光傳皆是也。或取其性行節概相類，或取其事業學術相成，或取其生平遭際相同，總之皆須與有關連，若隨意拼凑，則不倫不類，非史家之所尚矣。

【注釋】

〔一〕商丘，今縣，屬河南省。清屬河南歸德府。按：朝宗先世籍開封，後遷商丘。

〔二〕侯執蒲，字以康，明萬曆廿六年進士，累官至太僕卿，以忤閹党左遷太常卿。旋又以劾魏忠賢，致政歸。明史有傳。

〔三〕侯恂，字若谷，萬曆進士，天啓初授山西道御史。四年，魏閹興東林黨人獄，削籍歸。崇禎間再起，歷官御史、兵部侍郎、戶部尚書，溫體仁嗾言官劾罷之，下獄論死。會李自成圍汴，乃起恂督師救汴，尋解任，復逮下獄，明亡脫歸，不入城市十餘年卒。

〔四〕詳本書司成公家傳。

〔五〕貴池，今縣，屬安徽。吳應箕，字次尾，與張溥等倡立復社於吳中，言論風旨，士爭趨之，公卿以下，視其臧否以爲榮辱。阮大鋮在南都，應箕率諸名士草留都防亂揭謀而逐之。大鋮憤甚，欲甘心焉。弘光立，大鋮用事，應箕亡命他鄉。乙酉秋，起兵攻池州，復建德、東流，及十月而兵潰，外逃婺源縣界，被執不屈死。著有樓山堂遺集。義興，今縣，屬江蘇。陳貞慧，字定生，明萬曆廪生，與冒襄、方以智及侯方域同稱『四公子』。大鋮謀復用，貞慧與應箕等共攻之。及大鋮爲兵部尚書，乃下貞慧於獄，旋得釋。明亡不仕。著有皇明語林、山陽録等。

〔六〕阮大鋮，明懷寧人，字集之，號圓海。崇禎時以附魏閹，名列逆案，失職居南京。弘光立，以馬士英薦爲兵部尚書，專務報復。清兵至，大鋮乞降。從攻仙霞嶺，僵仆石上死。明史卷三〇八奸臣有傳〔一〕。

〔七〕按：此檄文即指留都防亂揭，當時列名者數百人，而方域、貞慧、應箕實主之。

〔八〕按：其客曰王將軍，見方域癸未去金陵日與阮光禄書，事迹未詳。

〔九〕燕子箋，劇曲名，阮大鋮撰。演唐代霍都梁與妓女華行雲及酈學士女飛雲遇合事，以燕子銜箋爲關目，故名。按：此曲雖演古事而實有所影射。曲海總目提要云：『劇中霍都梁，大鋮自寓；妓女華行雲，以比崔承秀；貴家女酈飛雲比東林，意謂朱門與青樓同，暗詆東林，而己未嘗偏著一黨也。以燕子銜箋比楊維垣代奏己疏而獲罪，都梁入節度使賈公幕，改名卞無忌，大鋮自比一入馬士英幕，便可無忌憚矣。』或云刺倪鴻寶，似未確。

〔一〇〕按：崇禎帝崩後，南都議立君，史可法言：『以倫序，福王當立，然其爲人不孝虐下，干預有司，不讀書，貪淫酗酒，不如立潞王。』而鳳陽總督馬士英用阮大鋮計，欲立君，圖擁戴功，時福王在安慶，乃以兵送入都。可法勸其稱監國，待崇禎帝太子，不聽。夏五月即位，改元弘光。可參看楊維嶽傳注〔七〕。

〔一一〕高傑，明米脂人，初從李自成，降明累功官至總兵。福王時封興平伯。爭鎮揚州，州民不納，史可法移其衆於瓜洲，與黄得功、劉良佐、劉澤清號『四鎮』。傑驍勇善戰，常爲軍鋒。可法頗倚重之。後引兵北上，至睢州，爲總兵許定國所誘殺。明史卷二七三有傳。

〔一〕『三〇八』，原作『三八〇』，今據明史改。

〔一二〕李自成，詳楊維嶽傳注〔三〕。

〔一三〕按：此蓋指總兵許定國。賊圍開封久，先召定國以山西兵援之，兵潰於懷慶。

〔一四〕左良玉，字崑山，臨清人。少起軍校，以斬級功爲遼東都司。以誤劫錦州軍裝，坐法當斬，以同犯邱磊者獨任其罪，得免死，走昌平，事督師侯恂，拔爲副將，戰大淩河、松山、杏山，功第一，擢昌平總兵。陝西盜起，拜平賊將軍，戰懷慶，與督師楊嗣昌意不合，乃縱賊去。侯恂起督師，良玉以兵來會，與李自成戰朱仙鎮，不利，敗走襄陽。恂坐罷官。崇禎十七年，封良玉甯南伯，福王立，晉甯南侯。馬士英亂政，良玉起兵清君側。欲廢弘光而立楚世子。至九江，病死。其子夢庚以軍降清。良玉明史卷二七三有傳。

〔一五〕孫傳庭，字百雅，一字白谷，代州人，萬曆進士，天啓中爲吏部主事。魏忠賢亂政，崇禎九年，擢右僉都御史，巡撫陝西，擒斬流賊，累建大功，乞歸。以忤楊嗣昌下獄，十五年，再起兵部侍郎，總督陝西，明年，加兵部尚書，督師出關剿賊。師潰，轉入潼關，賊破關，陷陣死。有鑒勞録、白谷集。明史卷二六二有傳。

〔一六〕按：此河南巡撫係指羅繡錦或吳景道。文康，名權，字平公，號雨恭，爲牧仲之父。明天啓進士，崇禎末爲順天巡撫，視事三日，而京師爲李自成所陷，權率所部降清，仍巡撫順天，在鎮二年，京畿肅清，擊降解散者凡數萬，拜内翰林國史院大學士，居相位六年，致仕歸。自號歸德老農。卒謚文康，贈少保，兼太子太保。故牧仲稱先太保也。

〔一七〕太白，唐李白字。爲唐代最著詩人，與杜甫齊名，著有李太白集。東坡，宋蘇軾號。軾字子瞻，眉山人，嘉祐進士。累官至端明殿侍讀學士，卒謚文忠。爲文渾涵奔放，詩亦清疏雋逸。有東坡全集。

〔一八〕按：己卯爲崇禎十二年，公曆一六三九。

〔一九〕按：辛卯爲順治八年，公曆一六五一。方域應河南鄉試，蓋出當道逼迫，非本意。

〔二〇〕按：嘉指嘉靖，爲明世宗年號；隆即隆慶，爲明穆宗年號。諸子乃指李攀龍、王世貞、徐中行、宗臣、梁有譽、謝榛、吳國倫等而言。時稱嘉靖七子。提倡復古，以艱深鈎棘爲秦漢之法，流弊所及，摹擬剽竊，日就窠臼。於是公安袁宗道輩，變以清新輕俊，號公安體，然戲謔嘲笑，流於卑陋。竟陵鍾惺等又變以幽怪詭異，號竟陵體，文體愈變而愈下矣。

〔二一〕韓即韓愈，注見江藩武億注〔一二〕(一)。歐爲歐陽修，字永叔，宋廬陵人。慶曆初，召知諫院，因上疏極諫，出知滁州。旋還爲翰林學士。嘉祐間，拜參知政事，與韓琦同心輔政。熙寧初，與王安石不合，以太子少師致仕。修博極群書，擅文章。晚自號六一居士。卒謚文忠。著有集古録、歸田録、文忠集、居士集、六一詩話等。

〔二二〕寧都，今縣，屬江西省。清爲直隸州。

〔二三〕魏祥，後更名際瑞，字善伯，號伯子。明諸生。性敏強記，於兵刑、禮制、律法，皆窮析原委。入清客浙撫范承謨幕，旋死劉大任之難。有伯子文集及雜俎。禮字和公，號季子。性慷慨，工詩文。棄諸生遠游，足迹幾遍天下，晚居翠微峰頂，榜曰吾廬。有季子文集。清史稿文苑俱有傳。

〔二四〕按：崇禎殉國，清廷以帝禮改葬，謚曰莊烈愍皇帝。

（一）『江藩武億注〔一二〕』，今據本書前注補。

〔二五〕彭士望，南昌人，本姓危，字躬庵，一字樹廬。少究心經世之學，喜結客立義聲，崇禎間父晳病革，閲邸抄見黄道周平臺召對語，歎曰：『鐵漢也！』顧謂士望師事之。道周下詔獄，士望傾身營救。尋參揚州幕，未久辭歸，明亡徙寧都，與叔子兄弟隱翠微峰，其學以躬行爲本，有耻躬堂詩文集。林時益本明宗室，名儀霧。清初變姓名，寄籍寧都，結廬冠石，傭田而耕，工書，喜爲詩，晚好禪説。有冠石詩集。

〔二六〕按：叔子兄弟與士望、時益及寧都李騰蛟、邱維屏、彭任、曾燦稱易堂九子。

〔二七〕蘇洵，宋眉山人。字明允，號老泉，年廿七，始發憤爲學，通六經百家之説，爲文古勁簡質，議論尤縱横奔放，與子軾、轍並以古文名世。

〔二八〕諸文俱載叔子文集。

〔二九〕徐枋，長洲人，字昭法，自號秦餘山人。明崇禎舉人，父汧殉國難，遂隱居不出，鬻畫自給。守約固窮，四十年如一日。工草書，善畫山水，詩尤名重江左，有居易堂集、俟齋集。金俊明，蘇州人，初冒姓朱氏，名衮，後復姓，又號不寐道人，好録異書，靡間寒暑。工詩能書，長於畫梅。卒，門人私謚貞孝先生。有闡幽録、康濟譜、春草閒房詩集。

〔三〇〕按：西泠橋一名西陵，在杭州西湖孤山下。汪渢，錢塘人，錢塘、仁和，清皆爲杭州府治，故云西陵。渢，字魏美，少孤貧力學，與人落落寡語，人號曰汪泠，明崇禎舉人。國亡，奉母入山。後返錢塘，僑寓郭外，有湖上高士之目。終於寶石僧舍。魏叔子有高士汪渢傳，毛際可有西陵五君子傳，以渢爲首。

〔三一〕乍浦，今港名，在浙江平湖東南。李天植，平湖人，字因仲。崇禎舉人。性蕭散，絶意仕進。國變後，賞文織筐屨以佐食，卒以羸餓死，所著有蜃園集，已佚。惟續修乍浦縣志，有傳本。

〔三二〕常熟，今縣，屬江蘇。清屬蘇州府。顧祖禹，無錫人，遷常熟，字復初，學者稱宛溪先生。性沉敏，有大略，精史地之學。明亡，隱居山中，殫心著述。所著讀史方輿紀要百二十卷，詳於山川險要，及古今戰守之迹，爲地理之學者，莫之能先焉。清史稿儒林有傳。

〔三三〕二人均未詳，待考。

〔三四〕南昌，今縣，屬江西省。清與新建縣同爲南昌府治。

〔三五〕維揚即揚州，以禹貢『淮海惟揚州』一語，故後世稱爲維揚。維乃惟之變也。按：揚州，今江蘇江都縣。

〔三六〕儀徵，今縣，屬江蘇，清屬揚州府。

〔三七〕李顒，詳顧炎武傳注。

〔三八〕堯峰，爲江蘇吳縣西南堯峰山之最高峰，相傳古時吳人避洪水於此。

〔三九〕乙未爲順治十二年，公曆一六五五。

〔四〇〕舊制各省於每年底，將錢糧等徵收起解支撥之實數造冊報部奏聞，謂之奏銷。順治十五年詔蠲十、十一年錢糧，戶部以江蘇嘉定紳衿歷年積欠，題請嚴追，紳衿多被羈管，旋奉旨解放。十七年終報銷。蘇撫朱國治將蘇、松、常、鎮四府併溧陽一縣抗糧紳衿，造冊題參。共一萬三千五百十七人，俱斥革，欠分釐者亦不免。是案被牽連士大夫，往往發本處枷責，鞭撲紛紛，衣冠掃地。爲清初江南一大浩劫。後稱奏銷案。

〔四一〕兵馬司，明時置五城兵馬司，司各設正副指揮，維京師治安。清仍之。

〔四二〕按：京兆爲漢置三輔之一。後世遂亦稱畿輔爲京兆。民國曾以清順天府爲京兆，置京兆尹。此指當時京師而言也。

〔四三〕餉司，按餉司後來從省削，所有民賦、八旗廩禄、軍士餉糈及協餉等，均由户部十四清吏司分掌或兼稽。

〔四四〕王宏祚，永昌人，字懋自，號玉銘，一號思齋。明崇禎間舉於鄉，入清累遷户部尚書，釐正宿弊，纂賦役全書，頒行天下，尋調兵部尚書，乞休，卒謚端簡。清史稿卷二六三有傳。

〔四五〕廬陵，謂歐陽修。震川，明歸有光號，有光字熙甫，崑山人。嘉靖進士，隆慶間被薦爲南京太僕寺丞，卒於官。工古文，原本經術，好史記，得其神理，爲明代名儒，嘗居嘉定安亭江上，學者稱震川先生。有震川文集。

〔四六〕舊清宫太和殿之東，爲體仁閣，爲清宫三閣之一。

〔四七〕按：此指蘇州，今江蘇吴縣。甲子爲康熙廿三年，公曆一六八四。

〔四八〕無錫，今縣，屬江蘇，清屬常州府。

〔四九〕惠山，原名慧山，在無錫縣城西。以西域僧慧照曾居此，故名。亦名西神山，上有九峰，下有九澗，有泉曰慧山泉，風景勝地。

〔五〇〕湯斌，睢州人，字孔伯，號潛庵，順治進士。康熙特舉鴻博，出爲江蘇巡撫，賑卹災民，頗有政績。内召禮部尚書，輔導皇太子，調工部尚書。卒謚文正。斌嘗從學孫奇逢於蘇門十年，爲學兼綜程朱、陸王之長，大旨主於刻厲實行，以講求實用。著有洛學編、睢州志、湯子遺書等。清史稿卷二六五有傳。

〔五一〕鴻臚，漢官名，掌朝賀慶弔之贊導相禮。北齊時置鴻臚寺，有卿、少卿各一人。清末廢。

〔五二〕嘉興，今縣，屬浙江。清與秀水同爲嘉興府治。計東，吳江人，明諸生。以材略自負。入清應順天鄉試，旋以奏銷案被黜，浪游四方，所至結交賢士大夫，對客議論風發，時或憤激怒罵，人目爲狂。詩文縱橫跌宕。有改亭集。

李梅岑小傳

全祖望

李國標，字君龍，別號梅岑，浙之奉化縣人也〔一〕。高材博學，顧耿介絕俗，雖前輩薦紳先生，非深知之者，不往見。嘗客天臺，陳公寒山見其文〔二〕，極賞之。及晤其人，喜曰：『李生胸中有奇氣，其足重者，非徒以文，累試布政司不售，晚以明經入太學。改步之際，始以鄉貢進士入官，而事遽去，累遭挫折，然終不屈。自此益不肯妄見一人。鄞都御史林公璽庵嘗訪之〔三〕，麥飯葱湯，相對話故國事。次日，與共游山，賦詩感慨。已而鄞高公宇泰倣汐社例〔四〕，舉南湖耆舊之會，慎選遺民，稍有可議者，輒弗得入，共得九人，故戶部徐公振庸最長，太常王公玉書次之〔五〕，然皆曰：『安得梅岑來社中，吾輩當讓之爲祭酒。』乃相與迎之，以病辭不至。時往來六詔三石山中〔六〕，樵子牧豎，皆知爲李先生也。以壽終，所著集，李鄴嗣爲之序〔七〕。

論曰：先大父贈公〔八〕，論剡源人物〔九〕，陳工部純來〔一〇〕，有綿上之節〔一一〕，汪參軍涵〔一二〕，有田島之義〔一三〕，梅岑有柴桑之風〔一四〕。今知之者稀矣！是爲傳。

【作者傳略】全祖望，見貞愍李先生傳後。

【注釋】

〔一〕奉化，浙江今縣。明、清皆屬寧波府。

〔二〕陳寒山，未詳。

〔三〕林蠒庵，名時對，字殿颺，寧波府人。崇禎進士，授行人。福王立，授吏科給事中。南都破，從戎海上，累遷都察院右副都御史，事去，歸隱以終。

〔四〕高宇泰，斗樞子，初字元發，改字虞尊。京師陷，起兵於鄞。魯王授爲兵部侍郎。旋爲清吏所捕，及事解，隱居以終。著有雪交亭集等。汐社，蓋鄞之士大夫避兵童嶴時所組織者，其詳待考。

〔五〕徐振庸、王玉書，均未詳。

〔六〕六詔山，在雲南文山縣西北。三石山，未詳。

〔七〕李鄰嗣，未詳。

〔八〕按：贈公名書，字吟園，以經術詩詞教授里中。

〔九〕按：剡源當作剡溪，水名，曹娥江之上游也。下流曰奉化江，至鄞縣，合於甬江，此蓋泛指寧波府所屬而言。

〔一〇〕陳純來，字孝標，奉化人，以監生起，官督理興陵工部員外郎。桂林失，削髮爲僧，居陵下，護視唯謹。桂王入緬，猶居陵下不去，後不知所終。

〔一一〕綿上，古地名，在綿山下，即今山西沁源、靈石、介休交界處介山，春秋時，介之推從晉文公出奔，歷十九年，文公返國爲君，禄賜不及之推，之推偕母隱於綿山，文公求之不得，焚山，之推竟死，此即喻其事也。

〔一二〕汪涵，未詳。

〔一三〕田島之義，係喻田横島五百義士自殺事，別詳移史館熊公雨殷行狀注〔四一〕。

〔一四〕柴桑爲諸葛亮會孫權説吳蜀聯兵拒曹處，本文所指似與此非一事。

謝南岡小傳

惲敬

謝南岡，名枝崙，瑞金縣學生〔一〕。貧甚，不能治生。又喜與人忤，人亦避去，常非笑之。性獨善詩，所居老屋數間，上垣皆頹倚。時閉門，過者聞苦吟聲而已。會督學使者按部，斥其詩，置四等，非笑者益大嘩。南岡遂盲，盲三十餘年而卒，年八十三。

論曰：敬於嘉慶十一年，自南昌回縣〔二〕，十二月甲戌朔，大風寒，越一日乙亥早起，自埽除蠹書，一冊墮於架，取視之，則南岡詩也。有郎官爲之序，序言穢腐，已擲去，既念詩未知如何，復取視之，高邃古澀，包孕深遠。詢其居，則近在城南，而南岡已於朔日死矣！南岡遇之窮，不待言，顧以余之好事，爲卑官於南岡所籍已二年，南岡不能自通以死，必死後而始知之，何以責居廟堂、擁麾節者，不知天下士耶？古之人居下則自修，而不求有聞，居上則切切然恐士之失所，有以也夫！

【作者傳略】惲敬，江蘇陽湖人，字子居，號簡堂，乾隆舉人，嘉慶間累官至同知。與同里張惠言皋文友善。皋文卒，敬慨然曰：『古文自元明以來，漸失其傳，吾向不多作者，以有皋文在也。今皋文死矣，當併力爲之。』其治古文，早年雖從王悔生、吳仲倫、錢魯斯輩習聞桐城遺緒，而得力於韓非、李斯，與蘇洵相上下，近法家言。敘事則似班固、陳壽，嘗自稱其文自司馬子長而外，無北面。蓋其自負如此，世以陽湖文派領袖目之。生乾隆廿二年丁丑（一七五七），卒嘉慶廿二年丁丑（一八一七），年六十一歲。著有大雲山房文稿。清史稿文苑有傳。

【注釋】

〔一〕瑞金，江西今縣，清屬寧都州。

〔二〕南昌，今縣，清時與新建同爲江西省治，時惲敬爲瑞金知縣，蓋赴省城述職歸來也。

別傳

楊勇慤公別傳

朱孔彰

楊公岳斌，初名載福，字厚盦，湖南善化人也〔一〕。咸豐三年，以外委帶湘鄉練勇。曾文正公治水軍，拔爲營官〔二〕。岳州之敗〔三〕，水陸潰退，獨公一營拒戰，始得收眾。湘潭陸軍克捷〔四〕，公率二營助戰，焚寇舟數百，寇溺死以千計，湘潭城遂復。當是時，水軍別攻賊靖港〔五〕，敗還，省城大震。得湘潭捷書至，乃大定。

曾文正重整水軍。四年六月甲午，渡湖，公與彭公玉麟爲前鋒〔六〕。彭公伏船君山〔七〕，公伏船雷公湖鈔寇，連戰皆勝，焚賊舟百數十，奪舟三十四，大礮十三。進屯南津〔八〕，寇來攻，敗之，追奔七十五里，奪寇大舟七十六，自是寇不復上。復攻雷鼓臺，賊依崖自保，進攻多傷。會莫，軍士懼，公曰：『今退，我船不滿百，寇十倍我，敗矣！非冒死出奇，不得免。』躬乘三版衝寇屯（九），直下竟燒寇後舟，寇爭還救，乃大亂。因縱擊，沉賊舟無算，公自此以勇略名。會總兵陳輝龍將後隊至南津（一〇），聞公戰勝，以爲寇不足破，因順風攻城陵磯（一一）。公謂不可行，順風難收軍，不從。遇賊伏舟，竟敗没。知府褚汝航、同知夏鑾、游擊沙鎮邦皆戰死（一二）。水師損失大半，而公軍獨完。七月，城陵磯寇將遁，公要擊，悉平兩岸礮臺。搜螺山到口，入黄蓋湖（一三），還收嘉魚，復蒲圻（一四），遂會湖北軍進屯金口（一五）。公復衝寇屯攻塘角，至於青山（一六）。寇礮轟擊三版，人皆露立，櫂船徐進。有俯首避鉛丸者，衆目笑之，以爲大耻。寇從城上望見，相顧失色，縋而逃者日殺百數不能止。明日，武昌、漢陽皆復（一七）。下江屯寇，聞之兇懼，以水軍不可與爭鋒，則據江險，悉衆屯田家鎮（一八）。十月，大破賊於田家鎮，公直進至鄔穴（一九），與彭公縱火焚賊舟，適東南風大作，敵船四千餘皆盡（一），伏屍數萬，於是湘軍水師名天下。文宗採其戰法，手詔宣示江南北諸水軍。公先克岳州，擢游擊，克武昌，擢常德協鎮（二〇），至是擢總兵。然水師太鋭，既屯九江城外（二一），前隊三版，逐利入鄱湖（二二），賊柵湖口（二三），不得出。外江軍無小艇，爲賊所襲。

（一）『敵』，四部備要本中興將帥別傳作『賊』。

時公養病鄔穴，聞敗，馳救莫及。群賊上犯，武昌、漢陽復陷。曾文正令外江水師悉回援武漢，胡公林翼重整軍實〔二四〕。公回岳州增募，共十營。五年五月，會屯金口，屢敗賊。彭公已赴南昌〔二五〕，文正奏令統內湖水軍，公統外江水軍。六年，詔補鄖陽鎮總兵〔二六〕。公進屯沙口，沙口者，距武昌下游三十里。公念寇舟來則依岸，而其上下皆乘風，船礮制法同官軍。與我共長江，恒避戰，終不可勝，宜深入襲燒之。則募壯士駕千石大船，實硝黃、蘆荻，施火藥綫，約曰：待賊近而發，發則登三版以自救，且急歸。應募者三百人，其夜，公設酒，具五俎之食，饗三百人，躬自行酒，勉之曰：『成功，歸者人犒百金，有官者超兩階，白丁拔六品實職。』三百人〔一〕櫂颿遂行，逼寇舟南岸觜屯，火發，皆自躍登三版，或傷火及墮水死者四十餘人，皆鼓棹還。公親迎勞頒賞，自是寇舟能戰者皆燼，火藥衝寇空中，墮江水及岸相積。於是前軍游擊，直至黃州〔二七〕，寇不復上。旬日間，轉戰千里，擊毀賊舟六百餘，奪賊糧火藥，以資軍用。巡哨船掠巴河、蘄州〔二八〕，揚兵九江城下，寇震駭，援絕，武昌、漢陽坐困矣！十一月，二城同日復。又復武昌縣及黃鄿，焚鄔穴、龍坪、小池諸寇舟〔二九〕，奪大小船五十八。捷聞，詔擢湖北提督。

七年八月，拔小池。九月，會彭公克湖口，於是內湖水軍復合於外江〔三〇〕，乘勝奪小孤山〔三一〕，

〔一〕『躬自』至『三百人』，原闕，今據四部備要本中興將帥別傳補。

攻彭澤（三二），克之。公率前鋒至望江（三三），望江寇遁，遂復東流（三四）。過安慶（三五），捨城不攻，攻樅陽壘（三六），破之。又破大通壘（三七），復銅陵（三八）。下至峽口，見船檣林立，偵者言此紅單船，定海總兵李德麟所將也（三九）。公往見，紅單船上人皆聚觀，詫此軍從天而降。其將因言方攻泥汊（四〇），懸賞萬六千金，攻七月，堅不下。明日，公令部將季成謀攻之（四一），不半日，平其壘，燬其舟，於是自九江至銅陵，江面肅清。詔授水師提督。

明年，會陸軍克九江，要逃寇盡殲之，賞黃馬褂。無何，克東流、建德（四二），賊酋韋志俊率眾萬人，以池州降（四三）。公簡精壯三千餘，遣歸籍。十年六月，公奏令江南水軍李德麟等還守鎮江（四四），分軍屯大通。徽、甯之陷也（四五），總兵周天受死甯國（四六），甯國餘民保南陵。南陵總兵陳大富血書求援（四七），曾文正令水師赴其急，謀拔出城中軍民，棄城不守。公念孤軍深入，必俱危。會秋雨，江漲，躬率四營，揚言攻蕪湖（四八）。時寇方於南陵作壘，斷北港，以困城中。蕪湖久無備，偵水軍出，度南陵不通舟，即夜俱下蕪湖（一）。公宿魯港（四九），半夜，令曰：『視吾船所向而進，先者斬！』旦，令兩營屯港口，已登三版，令舵師曰：『往救南陵！』諸將皆驚疑，以統帥先，則繼進，港左右寇小屯三四處，愕出不意，走保城下大壘，壘寇大半赴蕪湖，我擲火，則皆出走。公叩城門呼大富曰：『今奉令拔城中居民，可急裝入船！』

（一）『蕪』上，四部備要本中興將帥別傳有『赴』。

令戰船軍士，皆步循堤退，民老弱先，壯者後，戰船軍後，公殿。半日悉發，逃寇走報蕪湖，蕪湖衆還，已莫矣。寇呼噪來追，公獨持矛立隄上，衆不敢逼，比出港而蕪湖寇將舟至，方與留防軍楊占鼇等相持，見大隊船浮港下，亦退走。於是拔出軍民萬餘人，遷於東流。

安慶之圍（五〇），曾公國荃將萬人（五一），濬前後濠，引江水浮戰船，互相倚。賊酋陳玉成患之（五二），乃於菱湖北作屯，以通集賢關（五三），且作浮橋通城。公率舟師破其屯，遂克安慶，賞雲騎尉世職。同治元年，攻克西梁山（五四），渡江克魯港。時彭公屯濡須（五五），公屯蕪湖，日奪東壩寇來舟（五六）。明年夏，與彭公合陸軍攻九洑洲（五七），收江浦（五八），克浦口賊屯（五九）。九洑洲者，爲江寧對岸重鎮，寇築堅城以遏長江，集戰艦巨礮數百護之。自寇據城，向公榮（六〇）、和春公師至，洲寇以全力走江北及甯國以誤我，及曾公國荃欲合圍，而都興阿公（六一）、馮公子材（六二），日言九洑險（一），朝議憂疑。含山之再陷也（六三），降人李世忠負敢戰名（六四），以三萬衆扼九洑不勝，故洲上寇壘愈高堅，賊以爲官軍不能攻。於是彭公陳船上流，分二隊：南從秦淮向下關（六五）；北繞永安洲向草溪夾（六六）。更列軍爲南北後應。公自督戰，以枯荻灌油燒屯舟，因燒旁壘，八襲燕子磯，破之（六七）。總兵胡俊友礮死（二）（六八），洲

（一）『險』上，四部備要本中興將帥別傳有『危』。
（二）『礮』上，四部備要本中興將帥別傳有『中』。

寇不出。公遣軍伏叢莽中，掘洲埂，分船夾洲上下，更列軍向城中關拒援寇。乃散遣三版繞洲，伺隙則登，寇分三隊發火槍，傷死者數百人。至夜，公令曰：『洲破乃還師，不者傳餐而戰。』部將喻俊明（六九）、成發翔（七〇）、王吉（七一）、任星元（七二），更番夜攻。或有乘暗得登洲者，衆譟而登，皆冒礮爭上，踐屍而進，人忘其死。九洑洲竟破，萬餘寇無一脫死者。獲馬三百餘匹。捷未上，江北爭飛書相慶。詔問狀，且訝其速克焉。會安徽巡撫奏調淮、揚軍，詔令公往，曾文正以長江事重大，留公。旋克滄溪鎮（七三），逼高淳（七四）降寇守將。遂收固城鎮（七五），克東壩，降建平、溧水寇將（七六），解散萬計。

三年四月，曾文正奏令彭公駐九江以上，控湖北；公駐金陵，控江南北。浙江巡撫左公宗棠密薦公才任封疆（七七）。當是時，浙江寇竄江西，朝廷命公督師江西，兼防皖南。未幾，拜陝甘總督之命。江寧平，加太子少保（七八），一等輕車都尉世職（七九）。公乃督陸軍之任。時陝甘糜爛，公掃蕩而前，未清後路，先入蘭州（八〇），奏曰：『臣抵甘後，因兵餉兩絀，原欲就現有兵力，以圖進取，自陶茂林軍潰於前（八一），而兵不足；雷正綰勇變於後（八二），而兵愈不足，是以不得已而有增兵之請。乃周達武因進剿番匪而不克來（八三）；蕭慶高因防守陝邊而不果來（八四）。而鮑超則調赴江西矣（八五）；李鶴章則奏留江南矣（八六）；蔣凝學則請假回籍矣（八七）；金國琛則因事留皖（八八），一時未能赴任矣。鄰省既乏援師，而東南各軍之準調赴甘者，又復不能應手。現在河、狄之賊擾於南（八九），平、固之賊擾於東（九〇），寧、靈之賊擾於北（九一），凉、肅之賊擾於西（九二），幾於剿不勝剿，防不勝防。臣若株守省城，則飢軍終成坐困；若出省剿辦，則根本時虞動搖。』後至慶陽討回，留其幕府（九三），即節署旁設糈臺，調軍食。值兵荒，耕作久廢，轉饋道塞，蘭州斗糧百緡，市無可糴，民飢相食。督標兵因飢而變，幕府及壯士死者百數十人。公聞變馳歸，盡殺叛兵而事定。在任二年，稍稍補救，竭力撑持，而未奏大效，乃引疾歸（九四）。上命左公接統軍務。六年，家居養疴。八年春，至蜀訪鮑公超（九五），猶悔隴事黯黮，思更一奮澠池之翼（九六），然已老矣！後詔公與彭公共巡長江，因病不復出，事專於彭公。

光緒十年，法越肇釁（九七），詔起公幫辦軍務。公率師入閩（九八），由泉州附漁艇渡臺灣（九九），與巡撫劉銘傳籌戰守（一〇〇），和議成，還湘。後八年，卒於家。湖南巡撫以聞，賜卹如例，予謚勇慤。子三：長正儀，襲輕車都尉，官福建糧儲道。

公貌樸氣沈，臨敵以無懼爲主，在江南大小數百戰，未嘗少挫。初造戰艦，試避鉛丸法，用魚網籐牌，編髮爲甲，皆不驗。公乃盡屏弗用，露立三版，披袷當礮石。賞罰明而號令嚴，故公與彭公督陳，軍士皆惴惴，莫不用命，時稱楊彭。胡公嘗歎曰：『楊公年三十九，而有衰老之容！』蓋多年血戰，精采消亡故也。至其病不言勞，功不言賞，誠今世所罕覯云（一〇一）。

【作者傳略】朱孔彰，江蘇長洲人。光緒壬午舉人，少時曾入曾國藩幕，故於湘淮軍將帥軼聞雜事，頗多聞見。因本之作中興將帥別傳三十卷。咸同兩朝勛臣，事迹略備。入民國曾應聘與修清史稿。民國八年己未（一九一九）卒，年七十七。

【解題】別傳亦別於正式傳記而言，大抵均采輯賢人貞士軼事，以補傳之所未及，所謂甄録貞范，能補史之缺遺者也。前人之作，若劉向列女，梁鴻逸民，趙采忠臣，徐廣孝子，劉知幾以爲別傳之嚆矢，然已不可詳考。有清一代，以朱氏及李元度二家，尤爲褒然成帙。是選僅及朱氏，李氏諸作，讀者可自瀏覽。惟別傳本只別舉一二事，以補其迹者，其間或不免備叙生平，則爲變體。如朱氏所傳，即多近此也。

【注釋】

〔一〕善化，舊縣名，明清皆屬湖南長沙府。清與長沙縣並爲長沙府治。民國併入長沙縣。

〔二〕按：咸豐三年，曾國藩東征，有炮船二百四十，募水師五千人，分十營。衡州六營，以成名標、諸殿元、楊載福、彭玉麟、鄒漢章、龍獻琛統之，湘潭四營，以褚汝航、夏鑾、胡嘉垣、胡作霖統之，是爲湘軍水師十分統。而載福拔之外委，係由曾國藩季弟國葆也。

〔三〕岳州，明清均爲府，屬湖南省。民國廢府，改縣曰岳陽，地當洞庭入長江之口，南綰三湘，北控荆溪，爲全省水道之咽喉。詳可參看怒潮月刊四期拙著湘軍水上將星彭玉麟與楊岳斌一文。

〔四〕按：湘潭之捷，詳本書塔忠武公事略。湘潭，今縣，清屬湖南長沙府。地當湘水之曲，利於泊舟。

〔五〕靖港，在長沙西北，上承烏江、乾江、溈江三水，而東北入湘，扼湘江之咽喉，形勢甚爲重要。咸豐四年四月，湘軍水陸東征，時靖港爲太平軍所據，國藩親率水師攻之，水急風駛，水師潰退，國藩憤而投水，被救免。

〔六〕彭玉麟，衡陽人，字雪琴。太平軍興，從曾國藩率水師，轉戰湘、鄂、贛、皖、蘇諸省，所向有功，與岳斌並爲水師名將，官至兵部尚書，卒謚剛直。清史稿卷四一〇有傳。可參看拙著彭玉麟與楊岳斌。

〔七〕君山，亦名湘山，又名洞庭山，在洞庭湖中。

〔八〕南津，爲岳陽縣南五里之港口，西通洞庭，爲泊舟之所。

〔九〕按：『三版』或作『三板』，通作舢舨，小船也。湘軍水師結營，小船依洲，大舟横流，以避暴風撞損；風起則三板保於大舟，接戰則三板爭先。大舟有失，則人皆登三板歸，在水師中最爲重要。

〔一〇〕陈輝龍，广东吴州人。清軍總兵。清史稿卷一二有傳。

〔一一〕城陵磯在岳陽東北，位於洞庭湖口與長江合流之點，爲湘鄂間之重要門戶。

〔一二〕褚汝航，字一帆，廣東人。曾國藩治水師，以知府應徵爲教練，戰岳州有功，擢道員，加按察使銜，後援城陵磯，戰死，清史稿忠義有傳。夏鑾，字鳴之，江蘇上元人，工詩善畫，道光辛亥，以諸生從軍粵西，論功以訓導用，後奉檄赴湘創辦水師，礮船及營制等，多出手定，克岳州，保同知，賞花翎，加運同銜。城陵磯之敗，以赴援死。沙鎮邦，時官游擊，餘未詳。

〔一三〕黄蓋湖，在湖北嘉魚縣西南八十里，分屬蒲圻及湖南臨湘縣，由石頭、清江二口入江。相傳孫權論赤壁戰功，以此湖賜黄蓋，故名。洪武初，賜武臣汪清，一名黄崗湖。

〔一四〕嘉魚，今縣，清屬湖北武昌府。在武昌西南。蒲圻，今縣，清屬武昌府。

〔一五〕金口，鎮名，在武昌縣西南，當金水入長江之口，金水本古塗水，故亦稱塗口，爲湖北重鎮。

〔一六〕青山，在武昌東北，爲濱江重鎮。

〔一七〕武昌，今縣，清爲武昌府治。地當江漢之交，與漢口、漢陽成鼎足之勢，爲兵家必爭之地。漢陽，今縣，東與武昌隔江相望，北與漢口隔漢水相望，地勢扼要，爲軍事重鎮。清爲漢陽府治，民國廢府存縣。

〔一八〕田家鎮，在湖北蘄春縣東南，接廣濟縣界，位長江北岸，當鄂、贛、皖三省之要衝，扼全楚之咽喉，夙爲兵家必爭之地。可參看本書羅忠節公事略。

〔一九〕鄔穴即武穴，鎮名，在廣濟縣南，外江內湖，形勢險要，爲長江下游鉅鎮。

〔二〇〕常德，今縣，清爲府，治武陵，屬湖南。民國廢府，改武陵爲常德。按：緑營兵制，副將所統轄者謂之協。此謂岳斌時已擢副將也。

〔二一〕九江，今縣，屬江西省。清爲九江府治。民國廢府，改德化縣爲九江。地當長江中流，爲本省門戶。有鐵路達南昌。

〔二二〕鄱湖，即鄱陽湖，古名彭澤湖。位江西省北境，長江以南。其周圍沿岸，爲南昌、進賢、餘干、鄱陽、都昌、星子、德安、永修諸縣，湖身中爲細腰，因有北湖、南湖之分。星子縣所瀕之處，古稱瞿子口，爲南湖與北湖之中心點。湖受仙霞、黟山二山脈以南之水，及贛江、鄱江、修水等，北流經湖口入長江，爲我國五大湖之一。

〔二三〕湖口，今縣，屬江西省，在九江隔江之東，以在鄱陽湖之口，故名。清屬九江府。地當江、湖之衝，負山面湖而城，西控楚、蜀，東扼吳、皖，石鐘山及大姑山列峙其旁，險要地，亦名勝所在也。

〔二四〕胡林翼，益陽人，字貺生，號潤芝，道光進士。太平軍起，以克武昌功，授湖北巡撫，破敵籌策，爲當時有名兵略家，而坐鎮武漢，調和諸將，貢獻尤多，並創釐金，通鹽運，改漕章，剔積弊，政績甚著。洪楊未平而先以積勞卒，謚文忠，著有讀史兵略、胡文忠公全集。清史稿卷四〇六有傳。

〔二五〕南昌，今縣，屬江西，清與新建縣同爲南昌府治。民國十八年，又析縣置市，地當鄱陽西南，贛江東岸，水陸四通，商業甚盛。

〔二六〕鄖陽，清爲府，屬湖北省。民國廢。今鄖縣即其治所在也。按：岳斌已擢總兵，至此乃補鄖陽鎮實缺，舊稱總兵所統轄地曰鎮。

〔二七〕黄州，清爲府，屬湖北省，治黄岡，今廢。

〔二八〕巴河即巴水，源出湖北羅田縣北，南流入蘄水縣界入江。蘄州，清爲州，屬湖北黄州府。民國改州爲蘄春縣。

〔二九〕龍坪，鎮名。在廣濟縣南一百十里，路通江西九江縣。小池口，在九江縣北大江北岸，接黄梅，界清江鎮。隔江與九江遥值，爲長江津要地。

〔三〇〕按：內湖、外江水師分合事，詳可看曾國藩湖口水師昭忠祠記。

〔三一〕小孤山，亦訛爲小姑山，在江西彭澤縣北，安徽宿松縣長江中，屹立不倚，故曰孤山，以别於鄱湖中之大孤山，故曰小孤。山形似髻，俗稱髻山。江側有磯曰彭郎，世俗既轉『孤』爲『姑』，故以彭郎爲小姑壻。彭玉麟詩：「十萬軍聲齊喝采，彭郎奪得小姑回。」即本此也。

〔三二〕彭澤，今縣，清屬江西九江府，縣因山爲城，位長江東南岸，縣北小孤山與九江北之澎浪磯，互扼長江之險。

〔三三〕望江，今縣，南臨長江。清屬安徽安慶府。

〔三四〕東流，今縣，清屬安徽池州府，在至德縣西北。

〔三五〕安慶，清爲府，治懷寧，屬安徽。民國廢。

〔三六〕樅陽，今鎮，在安徽桐城縣東南百廿里，有上、下二鎮，南瀕大江，明清皆置馬踏石巡司，駐下鎮，即古樅陽縣治也。

〔三七〕大通，鎮名，在安徽銅陵縣西南，接貴池、桐城二縣界，面臨長江，商貨上下甚繁，爲本省名鎮。

〔三八〕銅陵，今縣，清屬安徽池州府，位長江東南岸。

〔三九〕定海，今縣名，屬浙江，治舟山，在鄞縣東北臨海處。李德麟，事迹待考。

〔四〇〕泥汊，鎮名。在無爲縣東南四十里，隔江與繁昌、銅陵二縣境相望。明置巡檢於此。

〔四一〕季成謀，湘鄉人，字與吾。咸豐初，曾國藩創水師，應募隸載福麾下，轉戰湘、鄂、潯陽，擢副將。連克沿江要隘，自湖口以下七十餘縣，江面肅清，功稱最，官至長江水師提督。卒謚勇愨。清史稿卷四一五有傳。

〔四二〕建德，舊縣名，清屬安徽池州府，民國改爲秋浦縣。

〔四三〕韋志俊，太平軍驍將，轉戰贛、鄂，凡三攻武漢，以功加右軍主將。後以陳玉成殺其愛將，憤而降清。池州，清爲府，屬安徽。民國廢，今貴池縣其舊治也。

〔四四〕鎮江，今縣，江蘇省省會也。清爲鎮江府，屬江蘇，治丹徒。

〔四五〕徽即安徽徽州府，甯即甯國府。民國皆廢。今歙縣及宣城其舊治也。

〔四六〕周天受，新都人，字百禄，咸豐間由把總從向榮征廣西，轉戰兩湖、江南、安徽、浙閩，官至湖南提督，督辦甯國軍事，甯國陷，戰死。

〔四七〕陳大富，武陵人。字餘庵，咸豐間以行伍從征，轉戰桂、湘、鄂、蘇、皖、浙等省，積功至皖南鎮總兵，以授江西景德鎮，中伏戰死，謚威肅。清史稿忠義有傳。

〔四八〕蕪湖，今縣，清屬安徽太平府，地當魯港與長江會口。清光緒二年，中英煙臺條約開爲商埠，商業甚盛，茶米均於此輸出。

〔四九〕魯港，水名，在蕪湖西南，上源即宣城之小淮水，下流入江。今有鎮。

〔五〇〕按：咸豐八年，都興阿初圍安慶，岳斌率水師與焉，後以三河之敗撤圍，至十年，曾國荃乃再圍之，本文所指，即此次也。

〔五一〕曾國荃，湘鄉人，國藩弟，字沅甫，道光優貢，咸豐間洪楊軍起，爲國藩畫卅二策，無不效。國藩困於南昌，國荃募勇援之，戰屢捷，肅清江西，復安慶，進攻江寧，克之，擒李秀成，盡滅洪楊軍，以功封一等威毅伯，官至兩江總督，太子太保，卒謚忠襄。清史稿卷四一三有傳。

〔五二〕陳玉成，太平名將，粵西人，本名丕成，兩目下有黑瘢，軍中號爲四眼狗。從洪秀全起兵，率部攻拔武漢，連陷黃梅、廣德、九江等地，封英王。後戰蘇、皖屢敗，爲苗沛霖所誘執，送勝保營殺之。

〔五三〕集賢關，在安徽懷寧縣北十八里之集賢嶺上，地形險狹，扼舒、廬之要。咸豐三年，太平軍將秦日綱，自安慶乘雨撲集賢關，遂連陷桐城、舒城，爲軍事重鎮，一名脊現關。

〔五四〕西梁山，在安徽和縣北八十里。其下有西梁山鎮，清設游擊守備駐守。與當塗縣西南三十里之東梁山，隔江相對。上均築有炮臺。西梁山原名梁山，東梁山原名博望山。

〔五五〕濡須，水名，在巢縣南，源出巢湖，東南流經七寶、濡須兩山間，至無爲縣東入江。一名石梁河。三國時孫權夾水立塢以扼魏，謂之濡須塢，又稱南關，或曰東興堤。

〔五六〕東壩，一名廣通壩。在江蘇高淳縣東五十里廣通鎮。遏中江之水，使不入太湖也。初僅一壩，明永樂時築，謂之上壩，嘉靖間於壩東十里，更作小壩。自是兩壩相隔，湖水絕不復通。道光末，二壩並決，合附近四郡力以修復之。

〔五七〕九洑洲，爲江寧附近要塞，太平軍於洲上築堅城，列巨炮，以城艦護之。竭湘軍水陸師之力，始克之。按：此役經過，可看王定安湘軍記卷九圍攻金陵下篇及曾國藩金陵楚軍水師昭忠祠記。

〔五八〕江浦，今縣，清屬江蘇江寧府。與南京市隔江相望。

〔五九〕浦口，舊稱浦子口，在江浦縣東，隔江與下關相對，爲南北津要。津浦鐵路終點也。

〔六〇〕向榮，四川大寧人，字欣然，以軍功累官至提督。太平軍起，由廣西尾追至江寧城下安營，當時號江南大營，榮以欽差大臣督師，久無功，卒於軍，謚忠武。清史稿卷四〇一有傳。

〔六一〕都興阿，滿洲人，字直夫，咸豐初爲參領，轉戰鄂、蘇、皖各省，肅清江北，功頗著。同治間，平西捻張總愚，累官至盛京將軍，卒謚清愨。清史稿卷四一七有傳。

〔六二〕馮子材，欽州人，字粹亭，初聚徒博白縣，後附提督向榮，從討太平軍，累擢廣西提督。光緒初，法越之戰，朝命子材幫辦關外軍務，大敗法軍於諒山。晉太子少保銜，歷雲南提督，會辦廣西軍務大臣，卒謚勇毅。清史稿卷四五九有傳。

〔六三〕含山，在安徽含山縣西三十里，群山列峙，勢若吞含，唐因以名縣，又名橫山。按：含山縣，清屬安徽安慶道。

〔六四〕李世忠，固始人，本名兆受，爲捻首。初降何桂珍。未幾，戕桂珍附李秀成，後復以滁州投誠於勝保，更名世忠。以功累擢江南提督，幫辦袁甲三軍務，敗太平軍，克天長、六合、江浦，又率所部削平苗圩，收復懷遠，招撫捻匪李允等。後因事革職，復以兇暴恣肆被誅。

〔六五〕秦淮，水名，在江蘇江寧縣，源出溧水縣東北，西北流合諸水經江寧縣東南，入通濟水門，橫貫城中，城内之水，皆匯於此，西出三山水門，西北入大江。河爲秦時所鑿，故曰秦淮。舊時游舫甚盛，爲江寧名勝，今水已臭，已不如前。下關，在今南京市西北部，瀕臨大江，爲滬、漢汽船停泊大埠，亦爲津浦鐵路之終點，隔江與浦口相對，商業甚盛。

〔六六〕永安洲，待查。草溪夾當作草鞋夾，在江寧縣北，爲長江之南支，亦稱南京河。因江水自大勝關以下，分二支，中隔大洲，故南支曰草鞋夾，至黄天蕩洲盡江合。

〔六七〕燕子磯，江寧縣北觀音山，北濱大江，西引幕府諸山，東連臨沂、衡陽諸山共捍大江，最爲天險。有石俯瞰江水，形如飛燕，曰燕子磯。絕頂有亭，爲今首都名勝之地。

〔六八〕胡俊友，湖南清泉人，起水勇，以功累擢儘先副將，賞花翎。下關破，移師向中關，以水急舟阻，捨舟登陸，中炮子洞腹死，贈總兵銜。按：湘軍記作羅俊友，誤。

〔六九〕喻俊明，水師驍將，官至浙江定海鎮總兵。

〔七〇〕成發翔，一作成發祥，咸豐間投水師從征，累功擢江南京口協副將，克巢縣，推首功，攻九洑洲，先登，官至總兵。

〔七一〕王吉，衡陽人，由行伍從討新甯匪李沅發，咸豐間，從征廣西，回防湖南，後充水師嚮導官，轉戰贛、皖、蘇三省，所向有功，累官至狼山鎮總兵，賞猛勇巴圖魯。光緒初，卒於官。

〔七二〕任星元，字松樓，武生。累功叙記名提督，賞達勇巴圖魯號，補陽江鎮總兵，改署廣東水師提督，以憂歸卒。

〔七三〕滄溪鎮，在安徽太平縣西北，南距龍門鎮十里。

〔七四〕高淳，今縣，屬江蘇省。清屬江寧府。在江寧縣南，位石臼湖與固城湖之間，縣南與安徽省接界。

〔七五〕固城鎮，在高淳縣南三十里。

〔七六〕建平，舊縣名，清屬安徽廣德州。民國改爲郎溪。溧水，今縣，屬江蘇省，在江寧縣南，位淮河東岸，清屬江寧府。

〔七七〕左宗棠，湖南湘陰人，字季高，道光舉人。咸同間以四品京堂幫辦軍務，定洪楊，剿捻匪，所向有功。歷浙江巡撫，晉總督。回部反清，移督陝甘，肅清秦隴，復進兵平天山南北路，定新疆。封恪靖侯。卒謚文襄。有盾筆餘瀋及奏議等。清史稿卷四一二有傳。

〔七八〕按：舊以太師、太傅、太保爲三公，少師、少傅、少保爲三孤。

〔七九〕輕車都尉，本漢官。自唐以來爲勛官。清爲世職，分三等。

〔八〇〕蘭州，今甘肅省蘭州市，亦即省會所在，清爲蘭州府。

〔八一〕按：同治四年三月，陶茂林丁憂乞終喪，所部七營，同時在甘譁潰，掠隴州入陝，爲劉蓉所擊散。茂林奉旨改署任，擊回安定，失利，部卒復潰，所領馬步十七營，至此僅存其五。茂林，長沙人，官至古州鎮總兵。清史稿卷四三〇與正綰並有傳。

〔八二〕按：陶營亂甫靖，雷正綰部將雷恒與回酋赫明堂通，煽全營謀叛，正綰涕泣勸阻不能止，自刎又不殊，乃自率步隊四營，馬隊二起退固原，再退平涼。正綰字偉堂，中江人，官至陝西提督。

〔八三〕周達武，湖南寧鄉人，由把總擢游擊，隨駱秉章入蜀，論擒石達開功，遷總兵，又以功授貴州提督，達武矯捷悍銳，行軍常爲士卒先，然所部無紀律，黔人惡之。後調陝西提督卒。按：岳斌駐蘭時，達武方在階州。

〔八四〕蕭慶高時還軍潼關禦捻匪。慶高，湘鄉人，官至漢中鎮總兵，謚武毅。按：茂林、正綰、達武，清史稿四三〇均有傳，慶高傳附。

〔八五〕鮑超，四川奉節人，字春霆，初從塔齊步，後以哨官從曾國藩，轉戰湖北、江西、安徽各省，戰無不克，世號霆軍。宿松、太湖之戰，與多隆阿齊名。領兵十餘年，大小七百餘戰，斬首卅餘級，降廿餘萬衆，官至提督。封一等子，卒謚忠壯。清史稿卷四〇九有傳。

〔八六〕李鶴章，字季荃，鴻章弟。以諸生從治團練，轉戰皖、蘇，以功累擢甘肅甘涼道。按：其時以陝甘亂亟，奉調赴本任，以傷發未行，曾國藩奏開缺留襄營務，旋告歸。清史稿卷四三三有傳。

〔八七〕蔣凝學，字之純，湘鄉人，從羅（澤南）、李（續賓）轉戰湘、鄂、皖、贛諸省，官至布政使，其時奉調赴陝甘，行次樊城，所部以欠餉不靖，當分別資遣，而自請回籍，次年始募勇赴陝。清史稿卷四三二有傳。

〔八八〕金國琛，字逸亭，江蘇陽湖人，咸豐間從李續賓轉戰鄂、皖，累有功。三河敗歸，復從李續宜援寶慶，旋入皖，戰灊山、太湖，解鮑超圍，後援鄂防邊，調徽州，並有功。江寧平，撤軍歸里。光緒五年卒，官至廣東按察使。按：岳斌在蘭時，國琛方調駐徽州。

〔八九〕河即河州，清屬蘭州府。民國初改爲導河縣，十七年，改曰臨夏。其地在臯蘭縣西南，城臨大夏河北岸，故名。狄爲狄道州，清屬蘭州府。民國初改爲狄道縣，十七年，改曰臨洮，以其地臨洮河故也。

〔九〇〕平即平涼府，民國廢府存縣。地居涇水南岸，六盤山綿亘於西北，隴山雄峙於西南，形勢險要，爲省東門戶。固爲固原，清爲州，直隸甘肅省。民國改州爲縣，其地當平涼縣西北，瀕清水河源，東扼隴坻、蕭關，南據六盤山，爲秦、隴兩省之門戶。清設提督駐焉。

〔九一〕寧爲今寧夏，清爲府，屬甘肅省。靈爲靈州，清屬寧夏府。民國初改爲靈武縣，十七年，劃屬寧夏省。

〔九二〕涼即涼州府，清屬甘肅省，治武威，民國廢。肅爲肅州，清直隸甘肅省。民國改爲酒泉縣。按：涼、肅均河西地。

〔九三〕慶陽府，清屬甘肅省，治安化，民國廢府改縣曰慶陽。位本省東隅，城瀕環江。按：岳斌赴慶陽，與陝西布政使林壽圖籌防守，而蘭州標兵王占鼇等飲血插盟，約回兵入城，中軍羅宏裕，參將王金楷，游擊李玉安等俱受創，幕客委員等均被戕，逼署布政使林之望飾詞入奏，於是兵回相聯，遠近剽掠，民多餓死，岳斌聞變，馳回涇州，檄曹克忠自鞏昌移駐蘭州，岳斌誅首事百廿三人，餘皆寬宥，以安反側，亂遂定。

〔九四〕按：岳斌於同治三年八月被命爲陝甘總督。次年四月，抵西安，五月，全軍自陝度隴，五年十一月乞養，且陳兵狀，詔給假一月，而以左宗棠代其任，遂歸。

〔九五〕按：鮑超爲岳斌舊部，岳斌雖官至封疆，然居官寒素，行李蕭然，故當其入蜀，超以萬金贈之云。

〔九六〕澠池，今縣，屬河南省。按：此用戰國秦、趙二王會澠池，秦欲侮趙王並強其割地，以藺相如之折衝，秦終不得逞故事。蓋岳斌一督陝甘，用違其長，事勢又殊，無功而歸，猶思立功如相如之當年，一雪前恥也。澠池之會事詳史記卷八十一藺相如列傳。

〔九七〕清季法人侵略安南，以其爲保護國，而否認中國宗主權，清廷乃遣軍出鎮南關助安南黑旗軍，以驅逐法人，特起岳斌、彭玉麟協左宗棠督師，我軍雖大勝於諒山，而清廷懼戰，故結和約，安南遂屬於法。

〔九八〕福建爲古七閩之地，故後稱福建省曰閩。

〔九九〕泉州，清爲府，屬福建省。今晉江縣其舊治也。按：泉州府之東有泉州灣，爲晉江入東海之口。岳斌即由此搭舟渡臺也。臺灣，島名，在福建省之東，中隔臺灣海峽，屬島廿九，爲我國海防重地，甲午戰後，割與日本，此次抗戰勝利，始收回，置臺灣省，設長官駐之。

〔一〇〇〕劉銘傳，安徽合肥人。咸豐間太平軍起，棄舉子業倡團練以自衛，李鴻章創立淮軍，拔爲將，復江蘇，功僅次於程學啓，其後平東、西捻，功冠諸軍，晉封一等男爵。光緒十年，再起以巡撫銜督臺灣軍務，敗法軍於基隆，凡三犯不得逞，卒保危疆，授福建巡撫，臺灣立行省，乃改撫之，上疏請築鐵路、開礦務爲強國計，不納，遂請歸。甲午戰起，詔召不出，卒於家，謚壯肅。著有奏議廿四卷，大潛山房詩鈔一卷。清史稿卷四一六有傳。

〔一〇一〕按：朱著每卷之後有論評，今併刪。

劉武烈公別傳

朱孔彰

劉公騰鴻，字峙衡，湘鄉人〔一〕。少讀書，應童子試，不遇，遂服賈浪跡江湖間。咸豐三年秋，鄂軍潰於田家鎮，公夜泊湘江〔二〕，有戎裝數十輩來掠舟，公察其語音，潮勇也〔三〕。舟有巨礮十數，公好言慰之，與俱至湘潭，告邑令擒鞫之，具得其潰逃擄掠狀，寘諸法，公繇是知名。

五年夏，巡撫駱公命率湘勇五百人，剿巴陵〔四〕土匪李日逢於毛田，平其黨數千，遂駐岳州。九月，敗粵賊於通城〔五〕之莊田。十月，再敗之羊樓峝〔六〕，乘勝復蒲圻。以功敘從九品，賞戴藍翎。未幾，復咸寧〔七〕，敗賊於紙坊〔八〕，遂抵武昌。會攻望山門，敗賊鮎魚套〔九〕。當是時，羅公澤南攻武昌〔一〇〕，一見公，知爲將才，命增募五百人，遂師事羅公。六年正月，進壁城下，會大雪，公策賊且出刦營，漏三下，率壯士伏營外，約諸營以火箭爲號。亡何，賊果至，皆衣白衣，火箭發，諸營夾擊之，無脫者。越日，又敗賊於青山〔一一〕，得旨以知縣用，時羅軍壁洪山〔一二〕，公移屯窯灣〔一三〕，攻漢陽門，苦戰十數次，皆捷。

公所將曰湘後營，樹黑幟，賊望見輒走，以爲不可當。嘗獨立城下，呼賊以礮擊之，賊發十餘礮不中，堅坐良久，乃還。見者咋舌！及羅公率於軍，李公續賓代領其眾（一四）。僞翼王石達開（一五）自通城竄江西，連陷瑞、臨、袁諸郡（一六），曾文正公駐南昌，江楚道梗，軍報數月不通。鄂撫胡公林翼，檄公及同知曾國華（一七）、吳坤修（一八）、參將普承堯（一九），帥師援江西，命再增募五百人。四月，克咸寧，敗賊於通山（二〇），會江公忠濟敗沒通城（二一），乃繇蒲圻、崇陽（二二），轉戰至通，皆復其城，追賊毛田及湘陰之長樂，賊遂繇瀏陽竄江西（二三）。六月，師抵萬載（二四），復新昌（二五）上高（二六），進攻瑞州。郡有南、北二城：南曰民城，北曰官城，聯以石橋，跨蜀水。七月朔，公率將領察形勢，猝與城外賊遇，敗之。越日，進壁西門外，僞北王韋昌輝自臨江來援（二七），比至，我軍已拔南城。月既望，六戰皆捷。時知縣羅萱帥江軍會戰（二八），賊窺江軍新至，壘未堅，乃分黨犯公軍，而以全力撲江軍新壘，鏖鬥竟日，江軍壘垂破矣，公率鋭卒數十人，大呼出，橫貫賊陳，賊大奔，追殺至城濠，礮斃公坐騎，公攻益力，盡殄濠外賊，始從容步歸。後賊悉鋭截我餉道，又大創之。於是曾公及江撫文俊公合疏上公功（二九），得旨以直隸州知州留江西補用。賜號衝勇巴圖魯。八月朔，逆渠黃酋悉悍黨來援（三〇），眾四萬，列陳山岡，我軍靜以俟之。相持一時許，別賊自東北馳至，截我後路，山岡賊乃下撲，呼聲震屋瓦。公俟其逼近，發劈山礮擊之，退而復進，再擊，再敗之，乃崩奔。追擊三十里，賊方分路逃，而石逆適自九江勾黨來（三一），勒敗賊還瑞，築五壘於東北路，與城賊犄角，號稱十萬。公與諸將議曰：『石逆新至，不急剿之，使壘成，禍無底矣！』遂令楚軍防城賊（三二），江軍進剿，公率死士三百人督戰，行未數里，賊大至，繞出我軍之後，瞰公兵少，先犯之。三百人植立如塑，寂無聲，待賊近，始發劈山礮殪之，賊卻，三百人植立如故。再進，再殪之，凡六七次，賊氣沮。各營併力猛攻，遂大捷。賊數返鬥，數敗之。公大呼破其一壘，乃回軍復擊，敗城賊之出犯者。尋分軍克上高，敗傅家墟援賊（三三）。方官軍之拔南城也，賊黨盡萃北城，路通臨江，大小數十戰，莫能斷其接濟。公議於南岸築壘，斷外援，又於北岸石鼓嶺築新城，視舊城尤險固，至是賊惟株守舊北城耳。十二月，公移屯南岸。七年正月，闕長濠以困之，先後遏賊於馬鞍嶺、陰岡嶺，皆大破之。四月，西安將軍福公來視師（三四），歎曰：『吾行軍八年，未見有結營平地扼賊，而外不能援，內不能突如此者！』會李公續賓進攻九江，胡公疏調公回鄂（三五），公以功在垂成，先遣一軍應之，而攻城益力。賊夜竄出，公追殪之於灰埠（三六）。六月，奪賊南門礮臺。七月，攻東門，毀其城樓。十一日，破南岸礮臺。明日公親督戰，中鎗子五，臥勿能起，坐肩輿督戰，破卡三，奪礮臺一（一），遂攻橋北礮臺，城且破，忽巨礮中公脅仆。弟騰鶴扶之強視（三七），語曰：『城不下，無殮我！』軍中皆泣。冒礮登城，斬殺強寇大半，除道開門，迎公屍入治喪。聞者莫不悲壯其志（二），以爲公能用衆也。

（一）『明日』至『礮臺』原闕，今據四部備要本中興將帥別傳補。

（二）『聞』下，四部備要本中興將帥別傳有『見』。

公於諸將，位最卑，名最重，臨死一言，而使士卒忘身殉己，若報私忿，以成其志，雖塔齊布多隆阿公莫能逮〔三八〕。公死而所部稱精兵，至今聞其名。其圍瑞州，將卒千五百人，所役作濠壘，如數萬人之功。待士有恩信，請告必允，亦如期輒至。而紀律極嚴，卒取民間一鴨，立斬以徇。屯瑞經年，民安其業，鄉民助餉至二十萬緡。其卒也，民哀思之，作紀恩録，臚陳十四事，立祠數十處，祈禱輒應，屯軍處一祠，尤著靈異云。

公平生見善若驚，疾惡若讐，見同列攘功委過，輒憤憤不平。父象觀嘗戒之。殉節時，父書偶語弔之曰：『不死於賊必死於小人今而後吾知免矣，未能事君焉能事父母已焉哉天實爲之！』其言沉痛若此！

卒年三十有八，詔視道員例從優議䘏，贈光禄寺卿〔三九〕，敕建專祠，予世職。同治三年，江寧復，優詔追録前勛，賜謚武烈。子一，曰青甸。

【作者傳略】同上。

【按】本文多採李元度劉勝鴻別傳，而詳略不同，可參看李著。（續碑傳集收有原文）

【注釋】

〔一〕湘鄉，今縣，清屬湖南長沙府。

〔二〕湘江，一名湘水，源出廣西省興安縣陽海山，與灕水同源合流，是爲灕湘；至縣東，二水分離，灕水西南流，直下爲西江。而湘水東北流，入湖南省境，至零陵縣西合瀟水，是爲瀟湘；再經衡陽縣北，合蒸水，是爲蒸湘。北流經長沙，入洞庭湖，長約二千餘里，爲本省巨川。

〔三〕潮勇，廣東潮州勇丁，猶湘鄉勇丁之稱湘勇，寶慶勇丁之稱寶勇也。按：咸豐三年九月，湖廣總督張亮基，遣前武昌府同知勞光泰率礮船駛至田家鎮，會糧道等防堵，而太平軍先已佔半壁山，師遂潰，光泰所部，即潮勇也。

〔四〕巴陵，舊縣名，清爲湖南省岳州府治。民國改爲岳陽縣。

〔五〕通城，今縣，清屬湖北武昌府。

〔六〕羊樓峝，鎮名，在湖北蒲圻縣西南六十里，亦稱羊樓司。北瀕黄蓋湖，西接湖南臨湘縣，爲湘鄂交界要害。

〔七〕咸寧，今縣，清屬湖北武昌府。在武昌縣南，城瀕斧頭湖，粤漢鐵路經此。

〔八〕紙坊市，在武昌縣南五十里紙坊湖西南濱，爲往來要衝。

〔九〕鯰魚套，又名鮎魚口鎮，在武昌西南五里裏河入江處。

〔一〇〕羅澤南，詳本書羅忠節公事略。

〔一一〕青山磯，在武昌東北廿五里大江濱，爲軍事要地。

〔一二〕洪山，在武昌縣東十里，舊名東山，爲攻守武漢要地。

〔一三〕窯灣，在漢陽縣西南大江西濱。

〔一四〕李續賓，湘鄉人，字克惠，號迪庵，少受學於羅澤南，洪楊軍起，從澤南轉戰湘、鄂、贛等省，克武漢，破田家鎮，功尤偉，澤南卒，代領其軍，再克武昌，平九江，入皖，與陳玉成戰三河，以衆寡不敵，陷陣死。官至浙江布政使，贈總督，謚忠武。清史稿卷四〇八有傳。

〔一五〕石達開，廣西貴縣人，從洪秀全起事，封翼王。後爲韋昌輝所迫，由江西入湖南，遣軍分擾滇、黔，皆不得志。復渡金沙江，擬由邊地入川，至大渡河，爲川軍所敗，被執送成都死。

〔一六〕瑞州府，清屬江西省，治高安，民國廢。臨江府，清屬江西，治清江，民國廢。袁州府，治宜春，民國廢。

〔一七〕曾國華，國藩弟，字溫甫，咸豐間，國藩久困南昌，江楚不通，國華乞師於胡林翼，轉戰以抵瑞州，始得通問，以功擢同知。後襄辦李續賓軍務。三河鎮之敗，從續賓力戰死。謚愍烈。傳附見清史稿卷四〇八李續賓傳。

〔一八〕吳坤修，江西新建人，字竹莊，咸豐間從戎，積功官至安徽布政使，署巡撫，敦尚氣節，所居之室，輒榜曰『結歲寒緣館』。酷嗜書籍，刊半畝園叢書卅種，多有關吏治民生者。自著有三恥齋集。清史稿卷四三三有傳。

〔一九〕普承堯，字欽堂。按：是役援軍五千人，騰鴻、坤修、承堯爲分統，而以國華統領軍事。可參看曾國藩母弟溫甫哀詞。

〔二〇〕通山，今縣，清屬湖北武昌府，在咸寧縣南。

〔二一〕江忠濟，忠源弟，字汝舟，咸豐間從忠源轉戰湘、桂、鄂等省，屢有功。累官至道員，戰通城，以衆寡不敵，力戰死，所部三千人俱殉，謚壯節。通城，湖北今縣，清屬武昌府。

〔二二〕今縣，清屬湖北武昌府。

〔二三〕瀏陽，今縣，清屬湖南長沙府。

〔二四〕萬載，今縣，清屬江西袁州府，以產夏布著名。

〔二五〕新昌，舊縣，清屬江西瑞州府，民國改爲宜豐縣。

〔二六〕上高，今縣，清屬江西瑞州府。

〔二七〕韋昌輝，廣西桂平人，從洪秀全起兵，封北王。楊秀清在金陵欲自立，昌輝奉密令殺之，而秀清黨又殺昌輝。

〔二八〕羅萱，字伯宜，湖南湘潭人，爲汝懷子，初從曾國藩轉戰贛、鄂，後領威震軍援黔，戰死黄平。著有儀鄭堂文箋注二卷，粤游日記一卷，蓼花齋詩詞四卷。清史稿忠義有傳。

〔二九〕文俊，時任江西巡撫，旋以無功罷，事迹待考。

〔三〇〕按：據杜文瀾平定粤匪紀略，黄某時官指揮，餘無考。

〔三一〕石逆指石達開，注見前。

〔三二〕此楚軍指騰鴻所部湘後營。按：當時湖南勇營，統稱楚軍。

〔三三〕傅家墟，在江西高安縣西南四十里，道通分宜縣。

〔三四〕福將軍即福興，滿洲正白旗人，姓穆爾察氏。太平軍起，以高州鎮總兵轉戰湘、鄂、贛、蘇，功甚著，調江西時，官西安將軍。後爲綏遠將軍，卒謚莊慤。清史稿無傳。

〔三五〕胡公即鄂巡撫胡林翼。

〔三六〕灰埠，在江西高安西南卅里，瀕臨錦江，爲萬載、上高兩縣入省之孔道。

〔三七〕劉騰鶴，字傑人，從騰鴻攻瑞州，騰鴻中炮卒，接統其軍，下瑞州，進援臨江、吉安，調防九江，戰牯牛領，積功累官至知府，進規建德，力戰死。傳附見清史稿卷四〇八劉騰鴻傳。

〔三八〕塔齊布，詳本書塔忠武公事略，爲當時湘軍名將。多隆阿，蒙古正白旗人，字禮堂，初屬僧格林沁，後從都興阿援湖北，克武漢，破小池口，並有功。李續賓死三河，繼專皖省軍事，湘軍大將如李續宜、鮑超、曾國荃等，均歸節制。宿松、太湖之戰，功尤著，以智勇名一時。累官至將軍，封一等男。同治間移師征回，入秦肅清關輔。藍大順陷盩厔，馳軍圍之，飛炮傷目，卒於軍，贈太子太保，謚忠武。清史稿卷四〇九有傳。按：騰鴻在湘軍，與王珍、李續賓並爲名將，治軍刁斗森嚴，凜不可犯，臨陣則埋根行首，竪立如山，所在有聲，然剛毅太過，終以此殉難，論者惜之。

〔三九〕光禄卿，漢官，掌宮殿掖門戶，北齊時置光禄寺，有卿及少卿各一，兼司諸膳食帳幕，唐以後始爲專司膳之官，清因之。

郭提督松林別傳

朱孔彰

郭公松林，字子美，湖南湘潭人〔一〕。初爲木工〔二〕。入湘軍〔三〕，戰湖北、江西、江南，積功叙都司〔四〕，隸曾公國荃戲下〔五〕。

同治元年，李公鴻章募淮勇八千人赴上海〔六〕，曾文正公令李公在湘軍中選健將，公以湘軍之良，教練淮勇〔七〕。從李公與蘇州踞賊僞忠王李秀成〔八〕，僞慕王譚紹洸〔九〕，大戰於滬西，破賊衆數十萬。三次肅清滬防，與程公學啓〔一〇〕、劉公銘傳齊名〔一一〕。是時公已擢副將。十二月，公會攻太倉〔一二〕，常勝軍以炸礮擊城，城裂，軍士猛進，渡浮橋，橋斷，爲賊所乘，死數百人，公力禦之，乃得收兵。明年三月，克太倉。公復敗茜涇、支塘之賊〔一三〕。四月，會克崑山、新陽〔一四〕，詔加二品封典。五月，僞章王〔一五〕、護王〔一六〕、普王〔一七〕、潮王〔一八〕、侍王〔一九〕自無錫城至江陰顧山〔二〇〕，連營聚賊出犯。僞忠王李秀成，已渡江至無錫，合五僞王水陸數十萬，冀援江陰，竄常熟〔二一〕。黃公翼升〔二二〕、劉公銘傳，謀宜乘賊未定擊之，賊北自北漍〔二三〕，南至張涇橋〔二四〕；東自陳市〔二五〕，西至長壽〔二六〕，縱横六七十里，爲壘百數十，咸憑河扼險，毁橋梁，泊礮船，勢大熾。於是劉公銘傳進北漍，攻其左；公進南漍，攻其右；周公盛波等進麥市橋〔二七〕，爲中路；黃公水師助之。丙寅，公敗賊陳市；丁卯，越南漍趨長涇〔二八〕，賊大驚。諸軍四面縱擊，公持彭排，揮刀盪决，血染衣盡赤，賊乃大潰，追至祝塘〔二九〕。劉公銘傳軍，破北漍賊營三十二；周公盛波等軍，破麥市橋賊營二十三；公破南漍賊營三十五；共殺賊數萬，擒僞王宗朝將以下百餘酋〔三〇〕，獲賊馬五百匹，船三十艘，僞印二百顆，軍械無算。自顧山以西賊盡，論功擢總兵，加提督銜。七月，克江陰，詔交軍機處記名，以提督簡放。八月，軍至緱山〔三一〕，大破賊於新塘橋〔三二〕，公揮刀斬黃衣賊數人，刀及僞潮王肩，幾就擒。公亦受矛傷。九月，公敗賊梅郈麻塘橋〔三三〕。十月，復蘇州。十一月，克無錫，賞頭品頂戴。三年正月，克宜興、荆溪〔三四〕，敗賊於建渚〔三五〕，毁賊十營。二月，收溧陽〔三六〕，又解常熟圍，授福山鎮總兵〔三七〕。三月，大破三河口賊營〔三八〕，賊爭道，六浮橋盡斷，屍積，河水不流。四月，拔常州，五月，克長興〔三九〕，七月，復湖州〔四〇〕，公功皆最。

賊走廣德、徽州（四一），合江寧、杭州賊竄江西，由江西竄閩，當是時，閩兵少名將，張運蘭、林文察皆戰死（四二），省城岌岌。李公鴻章令公將五千人，航海援閩（四三），克漳州，復漳浦、雲霄、詔安（四四），賊竄嘉應州（四五），遂破滅。

五年十月，公督軍征撚（四六），破東捻於德安（四七）。克應城、雲夢（四八），覆敗之皂河、楊澤（四九），無何，追捻臼口（五〇），深入，中伏軍敗，公傷足，臥地不起曰：『吾死於此矣！』眾不見公，因回鬬，乃負而出，弟芳鈖戰死（五一）。公假歸，創愈復出，李公鴻章畀萬人統之，號武毅軍。是時東捻走壽光（五二），公要擊於杞城（五三），大破之。公與劉公銘傳盡棄輜重，裹糧與捻相逐，捻將沿海南走，阻彌河不能遁（五四）。牛喜子率白旗賊犯劉公軍（五五），賴汶光率藍旗賊犯公軍（五六），公與劉公縱擊，軍士無不一當十，捻大潰。壽光民圩皆從壁上觀，見官軍勝，開圩助殺，捻多死於彌河，浮屍二萬餘，俘一萬餘人，奪獲騾馬二萬匹。僞烈王徐昌先、僞首王范汝增、任柱兄任定皆伏誅（五七）。賴汶光鳧水南奔，公疾馳六百里，追至清江（五八），汶光爲揚州官軍所獲，東捻平。於是諸將方請解兵歸農，而西捻自宜川乘冰橋渡黄河（五九）。七年正月，犯畿輔，經官軍擊敗，走安平（六〇），公又敗之，納降數百人。三月，要擊於茌平（六一），大破之。五月，捻自陽信還奔海豐（六二），公與唐仁廉等擊敗之（六三）。捻出寧津、吳橋間（六四），西南馳百五十里，至德州（六五），左文襄自連鎮親督軍追之（六六），與公馬步相繼，捻不得喘息。諸軍進剿，歷十六晝夜，斬馘無算，捻益不支。六月，公與潘公鼎新大破捻於沙河（六七），俘斬四千。後諸軍圍捻於黃、運、徒駭河之間〔六八〕，公與劉公銘傳馬隊五六千，縱橫要擊，賊黨解散，張總愚赴水死〔六九〕，西捻平。詔賞黃馬褂〔七〇〕，旋授直隸古北口提督〔七一〕。光緒三年，卒於官。賜卹如例，詔建專祠，予謚□□〔七二〕。有妾某氏，習禮明詩，曉大義，公生時極寵愛之，及死，妾竟服鉛粉殉焉。李公鴻章爲請旌於朝。

公爲人勇而多智，能望塵以知敵數，故北方之戰，多奇捷。喜讀兵書，陳說古今大義。愛文士。當時劉公銘傳稱名將，有詩名，公亦知詩，聲名與埒。黟程君伯旉迎靄草堂筆記〔七三〕載公題黃鶴樓詩云：『高聳江城百尺樓，無邊光景望中收。鄂雲來去千層合，湘水回環萬里流。漫道文章堪報國，古來名將幾封侯？平苗不羨圖麟閣，願壽萱堂八百秋。』是時李公鴻章奉征黔苗之命〔七四〕，後以殘捻未盡，還軍剿北山，以清左文襄討甘回之師後路，公亦未赴黔。然讀公詩，可以知公忠孝大節矣。

又公生日，道州何編修子貞言有聯句〔七五〕，可相贈，必索酬。公乃以千金爲壽，編修書十字云：『古今雙子美，前後兩汾陽。』時稱三絕〔七六〕。

【作者传略】同前。

【注释】

〔一〕湘潭，見楊勇慤公別傳注〔四〕。

〔二〕按：據郭嵩燾郭武壯公家傳（養知書屋文集，又續碑傳集卷五二）松林之父本業儒，自其家世言，則不得爲木工，朱說或未諦。

〔三〕湘軍，咸豐二年，曾國藩治軍長沙，招募湘鄉勇丁三營，仿戚繼光成法，立營制，嚴訓練，以別於楚軍，故稱曰湘軍，湘軍之興自此始，其後屢增至五萬人，克金陵，平捻、回，征伐幾遍全國，爲當時第一勁旅。可參看曾國藩湘鄉昭忠祠記，又王闓運湘軍志、王定安湘軍記及羅爾綱湘軍新志，皆紀其戰績制度之專著，本人有湘軍志與湘軍記一文，刊文史雜誌近代史專號。

〔四〕都司，爲清代武職，官四品，位次游擊，而居守備上，爲緑營中級軍官。

〔五〕曾國荃，見楊勇慤公別傳注〔五一〕。

〔六〕李鴻章，字少荃，安徽合肥人，道光進士，太平軍起，佐曾國藩幕府。後以國藩薦，在皖募勇，倣湘軍法，自爲一軍，號淮軍，定江蘇，剿捻匪，並有大功。後坐鎮北洋，主軍事與外交，垂二十年。甲午戰敗，爲衆矢之的，聲威頓減，然庚子和約，仍賴其盡瘁斡旋，其苦心孤詣，世多諒之。累官太子太傅，文華殿大學士，封肅毅伯。卒謚文忠。清史稿卷四一一有傳。按：鴻章赴上海，時方署江蘇巡撫，上海正在太平軍圍困中。

〔七〕按：鴻章淮軍營制餉章，悉法湘軍，並特拔湘將程學啓及松林以爲表率，其淵源本相同，惟淮軍兼用西洋炮火，爲湘軍所少有，而精神亦與湘軍畧異。故其本末，未盡與湘軍同趣。可參看羅爾綱湘軍新志，又淮軍戰績及營制，可看周世澄淮軍平捻記。

〔八〕李秀成，廣西人，從洪秀全起兵，驍勇善戰，太平軍後半期軍事，幾全賴其一人撐持，在蘇皖與湘、淮軍相持最久，爲太平軍名將，封忠王，曾國荃克金陵，被執見殺。

〔九〕譚紹洸，從洪秀全起兵，封慕王，後守蘇州，爲部將所殺，以其首降。參看本書書桐城程忠烈公遺事。

〔一〇〕程學啓，桐城人，字方忠，初陷於太平軍，後自拔歸清，淮軍立，拔爲將，克蘇州，功稱最。後攻嘉興，中礮卒，謚忠烈。清史稿卷四一六有傳。詳看書桐城程忠烈公遺事。

〔一一〕劉銘傳，已詳前楊勇慤公别傳注〔一〇〇〕。

〔一二〕太倉，今縣。清爲江蘇太倉州。民國廢州爲縣，並廢鎮洋縣地入之。

〔一三〕茜涇，在太倉縣東北三十里，爲濱江要地。舊有游擊、守備駐防。支塘鎮，在常熟東南卅五里，當白茆浦入七浦之口，爲東鄉往來孔道。清有把總駐守。

〔一四〕崑山，今縣。新陽本崑山地，清析置爲縣。民國仍併入崑山。

〔一五〕章王爲林紹璋，時領軍援蘇、常。後守天京，城破，投河死。

〔一六〕護王爲陳坤書，本秀成部將，後以賄通陳玉成得封王，鎮蘇州，以貪暴爲民所惡。後走常州，城破被俘死。

〔一七〕普王姓氏待考。

〔一八〕潮王爲黄子澄。後守無錫，城破，爲劉銘傳所俘死。

〔一九〕侍王爲李世賢，秀成弟，亦驍勇善戰。時方從秀成援蘇、常，天京破，保幼主洪福走浙江，中途相失，乃獨入福建，至鎮平，爲康王汪海洋所刺殺。

〔二〇〕江陰，今縣，屬江蘇。顧山，在無錫東北六十五里，一名東顧山，與常熟、江陰二縣接界，故又名三界山。

山麓有鎮，清時有巡檢駐此。

〔一一〕常熟，今縣，清屬江蘇蘇州府。

〔一二〕黄翼升，湖南湘鄉人。字昌岐，咸豐間從曾國藩創練水師，監造戰船，後領偏師從彭玉麟與楊載福，轉戰湘、鄂，克九江、安慶，並有功，淮揚增設水師，被命爲總統，援江蘇，克蘇州、江寧，擢長江水師提督，每戰必身先士卒而寸膚不傷，時稱福將，卒謚武靖。清史稿卷四一五有傳。

〔一三〕北漍，鎮名，在江陰東南，接常熟界，一作北角。

〔一四〕張涇橋，鎮名，在無錫縣東北卅六里。橋跨北河上，交通便利，商業發達。

〔一五〕陳市，鎮名，在江陰縣東南，接無錫縣界，一作陳墅鎮。

〔一六〕長壽，鎮名，在江陰縣東南應天河南岸。

〔一七〕周盛波，安徽合肥人，字海舲，同治間以守備從李鴻章，與弟盛傳俱爲淮軍將領，肅清蘇、浙、贛、皖之交，平東、西捻，累擢凉州鎮總兵，乞假歸。光緒間，法越之役，詔起募兵防津沽，官至湖南提督，仍統軍衛畿輔。卒謚剛敏。清史稿卷四一六有傳。麥市橋，待查。

〔一八〕長涇，鎮名，在江陰縣東南祝塘鎮東，南近無錫之張繆舍鎮。

〔一九〕祝塘，鎮名，在江陰東祝塘浜北，浜北通應天河。西南流爲直塘河、西暘河、百丈河，以會於漕河。

〔二〇〕按：平定粤匪紀略卷十五於此云：『生擒僞王宗、僞朝將、僞主將及義、安、福、燕、豫五等之逆百餘名。』其姓氏待考。

〔三一〕繖山，位置未詳，其地望當在江陰、太倉、無錫三縣境内。

〔三二〕新塘橋，在太倉縣東三十里新塘港。港旁有市。

〔三三〕梅邨，市名，在無錫縣東南三十里，濱百瀆港，有橋跨港上。

〔三四〕宜興，今縣，清屬江蘇常州府。民國併荆溪縣入之。在武進南，東瀕太湖，荆溪本宜興縣地，清析置荆溪縣，民國仍併入宜興。

〔三五〕按：建渚據平定粤匪紀略及湘軍記謀蘇篇，均作張渚，朱云建渚，實誤。張渚，鎮名，在宜興縣六十里。

按：是役松林右時爲槍彈所穿，裹創力戰，卒復兩城。

〔三六〕溧陽，今縣，清屬江蘇鎮江府，在宜興縣西，以在溧水之陽，故名。

〔三七〕福山鎮，在常熟縣北，福山南麓，濱臨大江，與南通縣之狼山，隔江對峙，自古爲江防重地。

〔三八〕三河口，鎮名，在武進縣東北，東北焦店鎮通江陰縣。其地三河交叉，爲水路孔道，舊有汛。

〔三九〕長興，今縣，屬浙江省，在吳興西北，位太湖西岸，清屬湖州府。

〔四〇〕湖州，清爲府，治烏程、歸安二縣，屬浙江省。民國廢。

〔四一〕廣德，清爲州，屬安徽省。民國改州爲縣。徽州，清爲府，治歙縣。屬安徽省，民國廢。

〔四二〕張運蘭，湖南湘鄉人，字凱章，咸豐初從王珍轉戰衡、永、郴、桂間，以功擢同知，後從援江西，會王珍卒，與王開化代領其衆，以復江西各縣，積功官至福建按察使。太平軍侍王李世賢等自廣德走廣信，爲席寶田所追擊，乃偕康王汪海洋入閩，襲汀州之武平、永定，運蘭往援，敗於汀州，被執支解死。太平軍遂下龍巖，據漳州，運蘭死事聞，贈巡撫，謚忠毅。清史稿卷四三二有傳。林文察，臺灣人，字子明。咸豐末，以總兵領臺勇駐衢州，連戰有功，同治間轉戰浙江，官至福建提督，臺灣林晟之亂，移師平之。汪海洋等入閩，急内渡，攻漳州，歿於陣。謚剛愍。清史稿卷四二九有傳。

〔四三〕按：福建警急，左宗棠由浙督師分三路赴援，而同時李鴻章遣軍乘輪船入閩，合圍漳州，以松林爲主將。

〔四四〕漳州，清爲府，治龍溪。屬福建省。民國廢。漳浦，今縣，在龍溪縣南，清屬漳州府。雲霄，今縣，屬福建，城臨漳江，在漳浦縣西南，清置廳，屬漳州府。詔安，今縣，屬福建，在雲霄西南，清屬漳州府。

〔四五〕嘉應州，清置，直隸廣東省。民國廢州，改稱梅縣。按：汪海洋退入廣東，挾霆軍叛卒欲反攻江西，不逞，乃殺李世賢由江西再入廣東，至嘉應州，爲左宗棠部所擊斃，餘眾皆潰。降者十餘萬人。

〔四六〕撚或作捻，其患不知其所始，或謂淮、徐之間，鄉民行儺逐疫，裹紙燃膏爲龍戲，謂之撚，其後浸淫爲盜，或數人爲一撚，或數十百人爲一撚。嘉慶中，蘇、皖、魯三省交界處，多有捻集結爲盜。及太平天國亂起，乃乘機攻城掠地，蔓延於魯、皖、蘇、鄂、豫等省，飄忽無定，其魁張洛行，並與太平軍通聲氣，勢張甚，清廷命僧格林沁督討，敗死曹州，代以曾國藩，始定堅壁清野之策，旋李鴻章代國藩督淮軍討之。捻分爲二股：東捻由河北擾山東，西捻竄陝西，爲鴻章及左宗棠等所平，戰事前後亘十八年之久，詳可看周世澄淮軍平捻記。

〔四七〕德安，清爲府，屬湖北，民國廢，今安陸縣其舊治也。按：是年以鄂事棘，清廷特起曾國荃爲湖北巡撫，國荃乃率舊部赴鄂，而以松林及彭毓橘爲大將，出屯武勝岡，遣軍迎擊，捻陷雲夢、應城，突攻德安，爲松林所破。

〔四八〕應城、雲夢，均湖北今縣，清屬德安府。

〔四九〕皂河，待查。

〔五〇〕臼口，鎮名，在湖北鍾祥縣南六十里漢水東岸，地當水陸之衝。昔時白水於此入漢。

〔五一〕郭芳鈐，事迹未詳。

〔五二〕壽光，今縣，清屬山東青州府。

〔五三〕杞城，今河南杞縣。按：捻首賴文光由海州、諸城、昌邑、北蒙折走濰縣，劉銘傳先至，追及壽光。松林要之於杞城，捻敗走。

〔五四〕彌河，即山東巨洋水，發源臨朐，經益都、壽光，由彌河口入海。

〔五五〕牛喜子，籍貫未詳。

〔五六〕賴汶光，本從太平軍，封遵王，後與任柱同爲東捻之魁。走濰縣、壽光，既屢爲清軍所敗，乃凫彌河竄揚州，爲吴毓蘭所擒，誅死。東捻平。文光善謀，任柱善戰，其兇悍一時無倫。

〔五七〕徐昌先、范汝增，事迹待考。任柱，原名化邦，亳縣人。同治間爲捻匪各股總頭目，洪秀全封爲魯王，兇猛善戰，剽掠十餘年，荼毒數省，後由濰縣走贛榆，爲劉銘傳所敗，其黨潘貴升自後殺柱以降，一時稱快，任定爲柱之兄，亦捻首。

〔五八〕清江即清江浦，今江蘇清河縣，運河由此出清口，爲水陸孔道。

〔五九〕宜川，今陝西縣，清屬延安府。按：湘軍大將劉松山追西捻至洛川，遇回匪，李祥和戰死，捻勢大張，乃自宜川渡河入山西，進擾直隸，保定戒嚴，李鴻章、左宗棠以下，皆受嚴譴。

〔六〇〕安平，今縣，屬河北。清屬直隸深州。按：捻犯畿輔不逞，走深州、博野，爲劉松山、郭寶昌所敗，走安平，又爲松林所擊敗，納降數百人。

〔六一〕茌平，今縣，屬山東，清屬山東東昌府。按：茌平之役，捻並未受大創，松林僅俘數十人。

〔六二〕陽信，今縣。清屬山東武定府。本治今海豐縣。海豐，舊縣，清屬山東武定府，民國改爲無棣縣。

〔六三〕唐仁廉，字沅圃，咸同間以武童從軍，隨彭玉麟、楊載福、鮑超等與太平軍及捻匪戰，迭有功，累官廣東陸路提督。甲午中日之戰，守遼陽，力阻日軍，尋卒。按：其時捻凡三掠海豐，首由陳國瑞所擊走，次由劉松山擊敗之，最後由陽信還奔海豐，乃由松林及唐仁廉、春壽等追擊敗之。

〔六四〕寧津，今縣，屬河北省，清屬直隸河間府。吳橋，今縣，清屬直隸河間府。

〔六五〕德州，清爲州，屬山東濟南府。民國改爲德縣。

〔六六〕文襄，左宗棠謚。連鎮，在直隸吳橋縣西北四十里運河渡口。

〔六七〕潘鼎新，安徽廬江人，字琴軒。道光舉人，同治間從李鴻章領淮軍，轉戰蘇浙，平東、西捻，功稱最，累官至廣西巡撫。法越之役，以失鎮南關褫職。旋開復，受代歸。清史稿卷四一六有傳。沙河，在直隸沙河縣，古湡水，源出太行山，合山西遼縣諸山之水，分二支而東流，會於直隸沙河縣，從此又分二支：一支爲澧河，一支名普通河，俱入大陸澤。

〔六八〕黄爲黄河，運爲運河。按：運河向爲漕運之河，至清猶然，南起浙江杭縣，通經江蘇、山東至直隸天津縣，長二千二百餘里，此處係指山東、河北一段而言。徒駭河有二，此指今之徒駭河而言，自山東聊城分運河之水，東出爲徒駭河，一曰土河，東北至禹城，納漯河，又東北至濱縣，納夾馬河，又東北由霑化之大洋口入於海。按：其時捻圖撲運防，而東昌、臨清、張秋閘河水深，馬頰河黄水漫入，各營嚴守，捻不得近，乃由博平向東昌迤南，犯河牆，守軍卻之，於是劉銘傳等乃議守徒駭河，銘傳由姚橋守至南鎮，松林由姚橋守至博平，袁保恒、張曜、宋慶，由博平守至東昌，圍捻於黄、運、徒駭河之間，捻無所掠食，其黨遂多散。

〔六九〕張總愚，捻首張洛行從子，洛行被誅，繼領其眾，爲捻黨魁，稱小閻王，與賴汶光相結，敗僧格林沁，後分爲東、西二股，總愚爲西捻之首，自豫竄秦、晉入直隸、山東，至此爲劉、郭、潘、張、周（盛波）等所破，乃投水死，其部眾俱被殲，西捻平。

〔七〇〕黄馬褂，清代之官服，凡領侍衛内大臣，前引十大臣，護軍統領，侍衛班領皆服之，其御前乾清門大臣，侍衛及文武諸臣，或以大射中侯，或以宣勞中外，亦特賜之，以爲光寵。自經洪楊之役，文武勛臣，得賜者益眾。

〔七一〕古北口，關名，亦曰虎北口，在今河北省密雲縣東北，關門鑿山而過，寬僅容車，爲交通要道，清設提督駐之。

〔七二〕按：據郭嵩燾郭武壯公家傳，則松林謚爲武壯。清史稿同。

〔七三〕程伯旉，待考。

〔七四〕按：同治八年四月，詔李鴻章討貴東，會有天津事不果行。而貴州苗亂，終由劉嶽昭、席寶田、王文韶等平之。苗亂始咸豐四年，終同治十一年，亦爲時十有九年，與捻亂相呼應。

〔七五〕何子貞，名紹基，號東洲，一號猿叟，道州人，道光進士，官編修。博涉群書，精小學，旁及金石碑版文字，論詩喜宗蘇軾、黄庭堅，書法具體平原，上溯周、秦、兩漢古篆籀，下至六朝南北碑，皆心摹手追，卓然自成一家。草書尤爲一代之冠。有惜道味齋經説、説文段注駁正及詩文鈔等。清史稿文苑有傳。

〔七六〕按：松林字子美，唐杜甫亦字子美，故謂雙子美，以松林亦能詩也。唐郭子儀以平安史之亂，封汾陽王，世因稱郭汾陽。按：松林與汾陽同姓，且亦以平亂有功，故子貞以汾陽擬之也。

法爾第福別傳

朱孔彰

法爾第福，又名達爾地福，又名買忒勒。攻紹興西郭門〔一〕，用車輪大礮，轟塌城垣十餘丈，法爾第福揮軍登城，賊眾死拒，有黑夷五六十人助賊〔二〕，環放洋鎗。法爾第福立橋上，腦左中鎗亡。左公宗棠疏言達耳地福自十年八月到寧〔三〕，管帶花頭、黃頭兩隊〔四〕，練勇訓習洋鎗，防守餘姚〔五〕，剿退各鄉股賊。上虞之捷〔六〕，亦與有力。此次抵營，未及一月，忠義奮發，身先士卒，遽爾捐軀。請照副將從優議卹。詔曰可。

初，買忒勒在上海，頗讀華書。吳君春泉〔七〕，冬日訪之，會北風大作，買執吳手曰：『北風其涼，雨雪其雱，惠而好我，攜手同行〔八〕。』洋將也，而有中土儒將風流，異哉！

【作者傳略】同前。

【按】咸豐之末，太平天國忠王李秀成經略江、浙，馳騁千里，以蘇、常爲根本，連克松江、太倉，軍聲振動一時，惟上海以有外力，得不破，蘇、浙紳民之避難者，恃西洋火器，多徙居之。蘇松太道吳煦負能吏名，權布政使，糧餉軍械，皆倚以辦，月獲江海關稅銀三十萬兩，關道素習英、法諸領事，乃以重金募印度兵，用美人華爾（Huaer）領之，已而印度兵罷，募華人練洋槍，號『常勝軍』，常勝軍初衹千人，後增至四千五百，其教練皆西人，勇丁食糧，視官軍且倍，轉戰吳越間，破福山，援常熟，攻太倉，克崑山，所向輒捷。華爾先於攻慈谿之役，中炮陣亡，代以白齊文(Burgervin)，旋以索餉攫銀被解職，改投太平軍，而常勝軍由奧倫領之，未幾，以奧倫闒冗，易以英人戈登（Charles George Gordon），而以參將李恒嵩副之。蘇、常克後，乃撤常勝軍三千人，戈登歸國，留炮隊六百人，以副將羅光榮領之，移駐滸墅，槍隊三百人，隨總兵李恒嵩駐崑山，常勝軍始末大致如此，其間以客將領兵援浙者，有法人勒伯勒東，以攻紹興炮裂死，繼其任者，即法爾第福，亦以攻城殞於陣，李鴻章乃令德克碑(Daigwebell) 統之，德克碑未至前，曾由英人（呿）樂德克（Roderick Dew）一度權理，此軍入浙似始終兼用初募外兵，故有花頭、綠頭之稱，蓋常勝軍之別支，所謂洋槍隊者也。以上數人，朱孔彰爲立合傳，茲節録法爾第福一傳，亦當時客將之可傳者，惟其原名，一般有關著述，均不載，一時無從查考，讀者取其文可也。

【注釋】

〔一〕紹興，浙江今縣，清爲府，山陰、會稽兩縣，爲其府治，民國併兩縣爲紹興。

〔二〕按：當時太平軍中，亦時有洋兵作戰，此謂黑夷，或亦係印度兵也。

〔三〕寧即浙江寧波府，治鄞縣。民國廢。按：時左宗棠督浙江軍事，故由其奏報也。

〔四〕『花頭』、『黄頭』、『緑頭』各隊，蓋外兵之以服飾爲分别者，湘軍記或稱『花頭』爲『花勇』，猶湘人之以地域稱『湘勇』也。

〔五〕餘姚，浙江今縣，清屬紹興府。

〔六〕上虞，浙江今縣，在餘姚西南，清屬紹興府。按：寧波軍克上虞，時同治元年十一月。

〔七〕吴春泉，意即上海道吴煦，待查。

〔八〕按：此爲詩邶風北風三章之一。

自傳

青門老圃傳

邵長蘅

青門老圃者，邵姓而逸其名。家有秔百畝，秫半之；有圃一區，雜植薤韭、瓜壺（一）、薯蕷、蹲鴟之屬千本。臧獲執耕爨者十餘人（二）。老圃力不任耕，時時抱甕灌畦圃中，欣然自適。又數稱慕其先世種瓜青門者（三），即自號青門老圃云。

（一）『壺』，原闕，今據清光緒武進盛氏刻邵青門全集補。

老圃常業儒。兒時日誦秦漢數千言〔三〕。十歲，補弟子員〔四〕，試每高等〔一〕。已累舉於鄉，輒報罷。會絓新令，黜其籍〔五〕。則歎曰：『吾固知富貴有命，百年旦暮耳！而顧敝形勞神爲？』去，杖馬箠，北游燕，西浮漢沔，吊屈賈遺蹤〔六〕。時木落江清，中流倚舷放歌，爲之欷歔泣下。久之，歸。則構小室，環列卉石清池游魚，室中貯几硯，經史諸家書數千卷，題曰『東軒』，居之。

老圃豐而髯，恬淡無他嗜好，顧好爲詩，又好攻古文辭。時有所賦撰，獨坐一室中，冥思遐搜，兩頰發赤如火，喉間至咯咯有聲〔二〕，屬稿不積日不出也。方構思時，類有大苦者。既成，則大喜！牽衣繞牀狂呼。遇得意處，輒詫不讓古人。人往往非笑之，或至大罵，則益喜自負。對客奮髯高談，竟日夜不倦。遇功名士，則搤掔談當世務。遇田夫野老，則談農桑。遇方外人，則又談玄虛，以及干支、卜筮、種植諸書。其言率縷縷可聽，然實無所得也。性不能飲，飲數合輒醉。顧喜人飲。當東軒花時，邀客泥飲，懽笑竟日。客或扣石浩歌，老圃則擊竹如意和之，以爲樂。尤嗜佳山水。常曰：『吾不能如向長待婚嫁畢方斷家事〔七〕。年過四十〔三〕，便欲具一舫，載筆牀茶竈，爲浮家吴越間。游不問地，宿不問主，往返不問期，死便埋骨青山佳處，吾願足

〔一〕『每』，清光緒武進盛氏刻邵青門全集作『再』。
〔二〕『有』，清光緒武進盛氏刻邵青門全集作『作』。
〔三〕『四十』，清光緒武進盛氏刻邵青門全集作『五十』。

矣。』其曠達如此。

贊曰：青門老圃者，莫測其何如人也。或曰：『老圃隱居灌畦，有以自樂，古鹿門漢陰之儔非耶？』或曰：『彼方鋭意功名，壯無所遇，是激而逃名焉者耶？』或曰：『老圃外聲利，頽然自放，顧獨刻苦爲文詞，殆有慕於古之立言者歟？』

【作者傳略】見前閻典史傳後。

【解題】自傳淵源甚古，蓋文人學士自述生平或某一特點事件之作。劉知幾謂屈原離騷，上陳氏族，下列祖考；先述厥生，次顯名字，自叙發迹，實基於此。此蓋賦體自叙，而爲後世自傳文學之濫觴者也。厥後司馬相如，揚雄之徒，始以自叙爲傳。而司馬遷史記太史公自叙，班固漢書自叙，歷述先世，而叙體乃備。後世作者，殆皆以此爲權輿，惟自傳之作，雖較官書列傳爲真切詳備，然矜持誇張，時所不免；而前人持論，尤忌美惡兼載，短長並蓄，殊爲斯體一大缺憾。然如司馬相如不諱竊妻，王充直供父祖不肖，雖近世異邦作者，亦未能過，其於傳真一事，良無愧矣。至斯體名稱，古今未盡一律。或稱自叙，如魏曹髦（文見全三國文卷十一），梁蕭綱（全梁文卷十二）、江總（全隋文卷十），唐劉知幾（史通卷十）及本書所選彭績之作皆是也；或稱自序，如漢司馬遷（史記列傳第七十）、齊江淹（江文通集卷十）、梁劉峻（劉戶曹集卷一）及清汪中（述學補遺）之作皆是也；或稱自述，如清汪士鐸（汪梅村先生集卷十二）及梁啓超（飲冰室文集卷四十四）之作皆是也；或稱自紀，如漢王充（論衡卷三十）及清譚嗣同（廖天一閣文集卷二）之作皆是也；至如隋劉炫則曰自狀（隋書本傳）；宋劉恕、清方苞則曰自訟。（劉文見宋文鑑卷一二七，方文見望溪先生集外文卷八）其間惟班固稱叙傳（漢書），名雖互異，而體實無更。然如晉陶潛之自祭（陶淵明集卷七），明張岱、清李塨之自爲墓誌（分見琅環文集卷一二，恕谷後集卷十三），雖亦自叙，於傳爲變體矣。外此有作，則多尚托傳，自晉陶潛五柳先生傳（陶淵明集卷六）、唐王績無心子傳（全唐文卷一三三），下迄白居易醉吟先生傳（白香山集卷六十一）、歐陽修六一居士傳等，俱本斯體。而清代作者，尤多此製，如應撝謙無悶先生傳（國朝文滙甲前集）、王錫闡天同一生傳（同上）、王韜弢園老民自傳（弢園文録外編卷十一）、徐珂白眼居士小傳（國朝文徵卷五十四）及易順鼎哭盦傳（虞初近志卷五）等，較之前人，更加甚焉。本書以篇幅所限，祇録較短小者三篇，而備舉其著者於此，讀者可自參閲也。

【注釋】

〔一〕臧獲，謂奴婢也。男壻婢謂之臧，女歸奴謂之獲。

〔二〕按：三輔黄圖：『長安城東出南頭一門曰霸城門，民見門色青，名曰青城門，或曰青門。門外舊出佳瓜，廣陵人邵平爲秦東陵侯，秦破，爲布衣，種瓜青門外，瓜美，故時人謂之東陵瓜。』

〔三〕此指秦漢之文而言。

〔四〕按：漢書儒林傳：『昭帝時，舉賢良文學，增博士弟子員滿百人。』後世稱生員爲博士弟子員本此。科舉時代，凡在學肄業者，稱生員，始於唐時。

〔五〕按：陳玉璂邵山人長蘅傳：『十五，試省闈，文已入彀，五策横放，多觸忌諱語，被黜，時論惜之！是歲順治辛卯也。』

〔六〕燕指當時直隸，漢沔指陝漢中沔縣一帶，吊屈賈遺蹤，則指湖南，蓋汨羅爲屈原自沉處，長沙則賈生貶謫地也。

〔七〕東漢向長，字子平，隱居不仕，建武中，男女嫁娶既畢，即游五嶽名山，不知所終。俗謂男女婚嫁事畢曰向平願了，本此。

自叙

彭績

績，蘇州人也〔一〕。字秋士。形貌絶瘦小。寡諧。冬手足瘃裂。夏畏雷，見雲起則憂；非此時，意甚得也。又畏犬；親友家有犬，則不重至焉。

幼學，隨父入館舍，慕母不肯行，笞乃肯行也。讀書遇母字，輒思以啼。失誦憶，無日不笞罵，無日不啼。年十六，授里中子弟論語。簡出，至鄰人不識之。二十餘以能詩稱，親舊迎爲師。宿外，而妻膽薄〔二〕，夜獨臥，鼠來則驚。由此每夜還，不宿於外。立性清廉，志施與。然葬父、娶妻，皆族人金也。於是平居默默不自得，吝到親友家。

贊曰：飽喫豬肉，童心來復，不尤隻翼，不怨偏轂〔三〕。囊無豪餘，鉼無撮粟。光潔一身，浩然萬足。

【作者傳略】彭績，字其凝，更字秋士，號梺蠶，江蘇長洲人，布衣。生乾隆七年（一七四二），卒五十年

（一七八五），年四十四。著有秋士先生遺集六卷。

【注釋】

〔一〕今江蘇吳縣，清爲蘇州府治，轄吳、長洲、元和、崑山、常熟等九縣，民國廢。

〔二〕按：秋士集有亡妻龔氏壙銘，頗志其賢，年三十卒。

〔三〕按：隻翼偏轂，喻形單無助，難以成事也。

冷紅生傳

林紓

冷紅生居閩之瓊水〔一〕，自言系出金陵某氏，顧不詳其族望。家貧而貌寢，且木強多怒。少時見婦人，輒踧踖隅匿。嘗力拒奔女，嚴關自捍，嗣相見，奔者恒恨之。

迨長，以文章名於時。讀書蒼霞洲上。洲左右皆妓寮，有莊氏者，色技絕一時，夤緣求見，生卒不許。鄰妓謝氏笑之，偵生他出，潛投珍餌，館僮聚食之盡，生漠然不聞知。一日，群飲江樓，座客皆謝昵，謝亦自以爲生既受餌矣，或當有情，逼而見之，生逡巡遁去。客咸駭笑，以爲詭僻不可近。生聞而歎曰：『吾非反情爲仇也，顧吾褊狹善妒，一有所狎，至死不易志，人又未必能諒之，故寧早自脫也。』

所居多楓樹，因取『楓落吳江冷』詩意〔二〕，自號曰冷紅生，亦用志其癖也。

生好著書，所譯巴黎茶花女遺事〔三〕，尤淒惋有情致。嘗自讀而笑曰：『吾能狀物態至此，寧謂木強之人，果與情爲仇也耶？』

【作者傳略】林紓，原名群玉，字琴南，號畏廬，自署曰冷紅生，福建閩侯人。光緒壬午舉人，大挑以教諭任用。入京師，吳汝綸見其文，頗加激賞，聲名由是日隆。後任北大教授，以反對白話，頗爲當時所詬病。民國十三年（一九二四）卒，年七十三。紓善畫，能駢體文及古今體詩，尤長於古文辭，爲桐城派後勁。其用文言譯西洋小說，一遵古文義法，所譯多至一百廿餘種，爲早期翻譯鉅子，與嚴復之譯西洋社會科學名著，同見稱於世。而茶花女遺事一書，尤風行海內，他著尚有畏廬文集、續集、詩存、筆記、春覺齋論文及韓柳文研究法等。

【注釋】

〔一〕按：紓爲福建侯官人，即今閩縣也。此云瓊水，蓋託言之，以本傳同時爲託傳體也。

〔二〕按：此爲唐人詩句，待查。

〔三〕巴黎（Paris），法蘭西（France）國都。茶花女遺事，法小仲馬（Alexandre Dumas Fils）作，爲法之名小說戲劇家，其父 Alexandre Dumas Pese，亦爲名劇作家，世稱大仲馬。按：茶花女遺事，除林氏譯本外，坊間尚多白話譯本。其劇本，亦有劉半農先生譯本。

合傳

楊劉二王合傳

戴名世

楊畏知，字介夫，陝西臨潼人〔一〕。劉庭傑〔二〕，字霞起，福建上杭人〔三〕。而王運開、王運閎，所謂『夾江二王兄弟』者也〔三〕。崇禎庚午〔四〕，畏知舉於鄉，庚辰召試，授戶部主事，累遷洱海道副使〔五〕；庭傑以貢士通判永昌〔六〕，皆滇屬云〔七〕。當是時，永昌推官爲王運開〔八〕。運開以進士起家，而其弟曰運閎，崇禎壬午舉人也〔九〕。運閎以蜀亂，亦攜其家從兄居永昌。

〔一〕『庭』，中華書局本戴名世集作『廷』，下同。

崇禎中，陝西群盜起（一〇），天下大亂，而滇以僻遠得脫，承平且三百年，其富麗擬於中原矣。黔公世守滇南（一一），十餘傳而至沐天波（一二）。天波自年少，政出多門，諸土司時時欲叛（一三），天波不知也。乙酉秋七月，吳必奎反（一四）。冬十二月朔，沙定州反（一五），襲破滇，天波走楚雄（一六）。明年，沙定州自將兵，圍天波於楚雄，當是時，洱海道楊畏知駐楚雄，永昌推官王運開，亦適以他事至，相與嬰城守，定州不能破。而使其將李曰芳攻大理（一七），王朔攻蒙化（一八），皆陷之。天波懼，又走永昌。明年，張獻忠死於蜀（一九），其平東將軍孫可望（二〇），安西將軍李定國（二一），率其餘黨，收潰卒，由蜀入貴州，聞滇亂，遂引兵襲滇，破之，沙定州敗走。明年，孫可望西略地，且及楚雄，畏知奮曰：『可望國賊，罪大惡極，豈可坐而待其至乎？』率兵千餘人，迎戰於祿豐縣之啓明橋（二二），兵敗自投水中。可望素聞畏知名，使人救之起，再三說畏知使降，畏知不肯，痛哭求死甚哀。可望曰：『公無自苦，公志在尊明，吾亦且歸正，興復明室，公盍留此身，與吾濟大事，奈何死也？』可望因折箭爲誓。畏知乃喜曰：『爾既與吾翼輔王室，則自今請勿殺人，勿焚廬舍，勿淫人子女。』可望遂下令軍中如其言。以故迤西諸郡雖不守，而皆無屠殺淫掠之慘者，畏知之力也。

可望尋至大理，使人招天波於永昌，天波欲降，索諸司印與俱。而是時通判劉庭傑署郡守（二三），推官王運開署參議（二四），兩人正色告天波曰：『吾曹之官，皆權攝也，其印何敢與公爭，然印在吾而與公以降賊，是吾兩人亦降賊矣，吾兩人受先帝命，守此土，自分死久矣，豈能復向賊求活？且吾兩人書生，猶義不爲賊屈，公世臣，奈何賊未至輒降，他日何面目見祖宗於地下？吾兩人在，印不可得，必欲印，請待吾兩人死，而後惟公之所爲。』天波不能答，而陰告永昌人曰：『不降，城且屠！』永昌人洶洶。兩人因悉遣其家人，西走騰越（二五），運開謂其弟曰：『爾未仕，義不可死（一），其將吾妻妾俱西，勿令此輩在，徒亂人意耳！』衆日集參議門，哭且譁曰：『明公固效死，奈滿城生靈何？』參議慰之使退，乃又趨府署，譁如前。庭傑從容坐堂上，召之曰：『來！吾語汝，逆賊詭譎，他州縣之降而屠者多矣，處亂世，生死有命，若何恐之甚耶？』衆或前曰：『人誰不畏死？』庭傑笑曰：『汝以吾爲畏死耶？吾欲死久矣！』乃命取卮酒（二），開篋投酖，將飲，衆大驚皆走。一夕，運開過庭傑，相與語，臨別，運開舉手曰：『吾熟思之，惟此一路宜走也。』庭傑曰：『諾。』衆有竊聽者，私相告且賀曰：『兩人走，我輩生矣！』旦日集參議門視之，而見有老僕哭而出，往告庭傑曰：『吾主人夜半自縊死矣！』庭傑喟然歎曰：『嗟乎，君子哉！遂先我而死耶？』乃沐浴焚香，撰上列皇帝表（二六），又賦詩四章以見志。既畢，以素練懸梁上。既縊，練忽絕，復甦，有客

（一）『不可』，中華書局本戴名世集作『可不』。
（二）『乃』，中華書局本戴名世集無。

持之泣，庭傑叱曰：『去！』復整衣冠，更以帛自縊死。王運閎在騰越聞之，與劉氏子弟來治喪，既殯，復走騰越。兩人既死，沐天波使人攜印往降可望，可望陰遣將劉文秀引兵襲永昌（二七），執天波以歸，可望既降天波，取永昌，聞兩人死節事，驚歎良久，將求其後官之，或言運開有弟曰運閎，今在騰越，可試召之，乃發使召運閎，行至潞江中流（二八），出手書一行，付其僕曰：『志之！』遂躍入江死。僕視其書云：『得我屍，同吾兄合葬。』題曰：『夾江二王兄弟之墓。』數日，得其屍沙上，面如生，遂合葬之。

可望還滇，自稱平東王（一），鑄錢曰『興朝通寶』，營宮室，造印敕，設部寺臺省侍從官，浸尋自帝矣。而其黨故等夷不相下，每扼腕怒目相爭曰：『爾自王，誰實王之？』先是烈皇帝之崩也，弘光帝南京，未幾而敗；隆武復帝閩越（二九），又敗；而粵間乃立桂王子永明王於肇慶（三〇），改元永曆。楊畏知聞之，告可望曰：『君自王滇南，眾且不服。今明天子新立廣東，君能束身歸命，當得爵土之封，眾無不服者。』可望曰：『善。』即使畏知朝行在（三一），請王封。廷臣議不決，畏知再往返，而帝拜畏知爲學士（三二）。已而可望黨賀九義至行在，以封事與廷臣爭辨，擅殺宰相嚴起恒（三三）。畏知深自悔恨，痛哭上書，論九義罪。可望怒，使其黨鄭國執畏知至（三四），數之曰：『何負我？』畏知曰：『爾負我，我負爾耶？吾兩人始約尊明，今明室秋毫未得爾力；始

（一）『稱』下，中華書局本戴名世集有『爲』。

約勿殺人，今且殺大臣矣，盜賊終不可與有爲如此！』奮起搏可望不得，乃取頭上幘，擲可望面，可望益大怒，遂殺畏知。於是召九義等還，而訟言背叛，益驕蹇無忌矣。已而李定國卒破走可望，可望部卒多降明，本畏知始謀云（三五）。

贊曰：吾聞永曆帝之崩也，其骨煆，且棄之於墟中，滇人相向悲泣，乃相率提筐於墟中拾取之。軍中見之，感其意，各給以金錢。頃之，錢滿筐，遂以葬其骨云。吾歎滇人之義勇如此，而先是已有此四人者。嗚呼，烈矣！顧楊公所爲尤極難耳，其志遂不成，而國家之祭號，猶延於諸賊之手者，且十餘載焉，而畏知已前死久矣！吾又於奏封一事，深歎永曆諸臣之不能用諸賊也！

【作者傳略】戴名世，見前楊維嶽傳後。

【解題】按：傳記多因事立名，合傳亦其一也。太史公史記，如伯夷、張耳陳餘、衛將軍驃騎列傳諸篇，皆綜叙二人事迹，以其或與共死節，或與共起事，或與共勛業，故合而爲之傳，是爲傳記合體之祖。劉知幾以謂『陳餘張耳，合體成篇，陳勝吳廣相參並録』者是也。其與同傳之政事先後輝映（如史記管晏列傳），武功之先後彪炳（如白起王翦列傳），學術之異趣同工（如孟子荀卿列傳），遭際之古今同慨者（如屈原賈生列傳）又微不同，蓋一則一傳兼書，一則同篇分述也。後世或以同傳名合傳，名實不符，乖其體矣。就清代而論，如邵長蘅三忠合傳，彭而述井丁二君合傳，張九鉞偃師三孝子合傳，李元度陳萬勝郭鵬程王紹義合傳等，實皆同傳例，非一傳兼書也。惟如吳公肅五人傳、彭孫貽秀水張氏雙節傳、程可則張氏五烈傳及戴氏此篇，猶守史公矩矱。而戴作以楊畏知等四人爲骨幹，寥寥二千餘言，而晚明滇、蜀形勢，若指諸掌，其獨擅組織鎔冶，尤屬曠代史才，非一般文士之率而秉筆者，可與同日而論也。

【注釋】

〔一〕臨潼，陝西今縣，本唐會昌縣，後改昭應，宋更名臨潼，明清皆屬陝西西安府。

〔二〕上杭，福建今縣，明清皆屬汀州府。

〔三〕夾江，四川今縣，清屬四川嘉定府。按：楊、劉二王，明史俱有傳。

〔四〕庚午，爲明崇禎三年，西曆一六三〇年。

〔五〕洱海，即古葉榆水，亦曰西洱河。又名昆明池，在雲南大理縣城東，其形如月抱珥，故又名珥海。上源出罷谷，下流入漾鼻，週二百餘里，中有三島四洲之勝，一名昆彌川。明設洱海道，治大理。副使，按察副使，次按察使。

〔六〕永昌，明清俱爲永昌府，治保山，屬雲南，民國廢府，改保山爲永昌縣，尋復爲保山。通判，官名，宋初欲削藩鎮之權，命朝臣通判府州軍事，與知府知州共治政事，後遂爲例。元不設通判，明復設之。清沿明制，稱府通判曰通判，州通判曰州判。

〔七〕按：雲南省因有滇池（一名滇南澤，亦曰昆明池，在雲南省城南），故亦簡稱爲滇省。

〔八〕推官，官名，唐置，爲節度觀察等使僚屬。宋沿其制，有節度推官、觀察推官等名，而實爲郡佐。元明於各府皆置推官，掌理刑獄，清初猶仍其制，後廢。

〔九〕壬午，崇禎十五年，西曆一六四二年。

〔一〇〕按：此指明季流寇之亂。可參看楊維嶽傳注〔三〕。

〔一一〕黔公，黔國公之簡稱。詳下注。

〔一二〕沐天波，明沐朝弼玄孫。崇禎間襲封黔國公，鎮雲南。土司沙定洲作亂，天波奔永昌，母陳氏、妻焦氏均自焚死。亂定，天波復歸滇。永明王由榔入滇，天波任職如故，已從奔緬甸，緬人欲劫之，不屈死。按：天波之先自沐英於明初鎮雲南，經春、晟、昂、斌、琮、璘、瓚、崑、紹勛、朝弼、朝輔等，皆世鎮雲南，凡十餘傳。

〔一三〕土司，官名。元於邊遠之處，設宣撫、安撫、招討等司，以撫輯諸蠻，明因之，其職由土人世襲者，謂之土司，或稱土官，如土知府、土知縣等是。

〔一四〕乙酉，弘光元年。吳必奎，待考。

〔一五〕沙定洲，明雲南蒙自土司，時阿迷普明聲妻萬氏者，狡而淫，夫死贅定洲，定洲遂兼有蒙自、阿迷二司，以萬氏爲謀主，叛襲沐天波，據雲南省城。天波走永昌，孫可望、李定國、劉文秀、艾能奇等以兵突擊，定洲兵大敗，遁歸。後李定國益師進攻，執定洲與萬氏至省，磔之。

〔一六〕楚雄，府名，唐南詔蒙氏時地，明置楚雄府，清仍之，治楚雄。民國廢府存縣。

〔一七〕李曰芳，未詳。大理，明清爲大理府，屬雲南省，治太和，民國廢府，改縣名曰大理。

〔一八〕工朔，未詳。蒙化，雲南今縣。明爲蒙化府，清改直隸廳，民國改縣。

〔一九〕張獻忠，見本書楊維嶽傳注〔三〕。

〔二一〇〕孫可望，延長人，張獻忠養子，順治間，豪格征四川，獻忠敗死，可望遂襲踞川南，由貴州入雲南，尋降桂王，乞封秦王，與李定國共拒清兵，後與定國絕，叛桂王自立，爲定國所敗，窮蹙降清，授爵義王。卒謚恪順。清史稿卷二四八及清史列傳貳臣有傳。

〔二一一〕李定國，延安人，或謂綏德人。字一人，又字寧宇，初名如靖，少從張獻忠爲賊，獻忠收爲養子，與孫可望、劉文秀、艾能奇號四將軍，獻忠死，四人分其兵，而推可望爲首，後與可望同歸永明王由榔，封晉王，旋與可望有隙，遂奉永明王入滇，敗可望。清兵入雲南，定國拒戰屢敗。永明王走緬甸，緬酋劫之，定國與力戰，索其主，終不得。後緬人以王父子獻清軍，死於滇，定國聞耗，憂憤卒。清史稿卷二四八有傳。

〔二一二〕禄豐，雲南今縣。明清皆屬雲南府，其地四周皆山，惟濱禄汁河處，有一小平原，城西門外有星宿橋，亦名永豐橋，甚有名。或即啓明橋舊址也。

〔二一三〕按：郡守秦官名，漢改太守，爲一郡長官。明清俗稱知府爲太守，蓋庭傑時署理府事也。

〔二一四〕參議，官名，明布政使於參政之下置參議。清廢。另於各部設參議，猶今之參事也。

〔二一五〕騰越，明時爲騰越府，尋改爲州，清改州爲廳。民國改爲騰衝縣，屬雲南省。

〔二一六〕按：烈皇帝即崇禎帝，此表乃殉國告廟之作也。

〔二一七〕劉文秀，張獻忠養子。獻忠入蜀僭號，文秀爲撫南將軍，及獻忠敗死，從孫可望降於永明王，封撫南公。清兵南下，可望使文秀入川拒之，復成都，圍保寧，爲吳三桂所敗，罷職歸滇，後可望與李定國構惡，詔文秀和解之，文秀刺血書告可望，不聽，文秀遂飲酖死。

〔二八〕潞江，即怒江，發源於西藏拉薩北之布克池，經西康而南，行怒山脈與高黎貢山脈之間，縱貫雲南省西境，至龍陵縣南，經緬甸入印度洋。

〔二九〕隆武帝，見錢忠介公傳注〔五四〕。

〔三〇〕永明王，明神宗孫，名由榔，封永明王，崇禎末襲父爵，故亦稱桂王。唐王既敗，丁魁楚、瞿式耜等立之於肇慶，建元永曆，清兵至，奔南寧，爲孫可望所劫，走安隆所，復由李定國奉以投緬甸，清兵入緬，緬人懼禍，獻之，被害於雲南，在位十七年。按：此所云桂王，係指永明王父常瀛，神宗第七子，封桂王，國衡州。崇禎末，衡州陷，走廣西，居梧州，清兵平江南，福王被執，在籍尚書陳子壯等將奉常瀛監國，會唐王立於福建，遂寢。卒謚端。肇慶，明清均爲肇慶府，屬廣東省，治高要。民國廢。

〔三一〕行在，天子巡幸所在之地曰行在。亦猶今國府主席行轅也。

〔三二〕按：明時内閣有大學士，翰林院有學士及侍讀學士、侍講學士之官，此所指當爲王拜畏知爲東閣大學士事。

〔三三〕嚴起恒，浙江山陰人，字秋野，崇禎進士，除刑部主事，歷廣州知府，衡、永兵備副使，所至民懷其德。唐王時擢戶部左侍郎，督湖南錢法。永明王拜爲文淵閣大學士，從奔南寧。以阻孫可望封，爲其將賀九義所殺，投屍於江，流十餘里，泊沙渚間，虎負之登崖，葬於山麓。明史卷二七九有傳〔一〕。賀九義，一作賀九儀，時爲禪督云。後封廣國公。

（一）『二七九』，原闕，今據明史補。

〔三四〕鄭國，時官指揮，餘未詳。

〔三五〕按：李定國、劉文秀、白文選既敗可望，其將馮雙禮、馬進忠、馬維興、賀九儀、馬寶、狄三品、王會等，俱降明從定國。

行狀

移史館熊公雨殷行狀

黃宗羲

熊公諱汝霖，字雨殷。世居餘姚之天花街〔一〕。祖某，父某。公登崇禎辛未進士第〔二〕，授同安知縣〔三〕，爲政不避强禦，直行己意。紅毛入寇〔四〕，公渡海敗之於下門〔五〕，考選戶科給事中〔六〕。辛巳，江南荒疫，人死且半，米價四兩有餘，轉運不至。命給事中七人催督漕糧，公當江南上江，黽勉從事，不使病民。遼、練正耗二百四十一萬石，如期而集。沿途見聞，無不入告。上以朝臣不足任使，所用文武，踰繩越契，而左官外附之徒，競張空虛，以邀榮路。公以爲破格不如循常，聽聲不如採實。武臣只用甲科行伍，凡叙功御覽名色，一切報罷。會推大將，亦須保舉，事敗連坐舉主，庶杜僨帥之門。又言：『時值艱難，安危省括，懸於督撫，以臣裁量，多不可以備倉卒也。關督范志完（七），事口舌而習調欺，順撫潘永圖（八），何所優長，況當軍旅；宣督江禹緒（九），陽和兵譟，風裁掃地；宣撫李鑒（一〇），忸憂小利（一），不持士節；保督侯恂（一一），凡偶近器；鳳督馬士英（一二），嫗㛄名勢；秦撫蔡官治（一三），威恩淺薄；襄藩陷而楚撫晏然（一四），南陽破而鄖撫無恙（一五）；皖撫黃配元（一六），僅百里之才；保撫楊進（一七），非鎖鑰之選。臣非敢薄待天下士，謂方今督撫，盡皆非人，大聲疾呼，欲使其內手捫心，量力自陳耳。』力言孫傳庭不宜急戰（一八），不聽而敗。京師戒嚴，公分守齊化門。隨時條陳，四月之間，三十餘疏，皆切中機宜，多所彈治。上亦佳其敢言，召對咨輒，公言：『行間諸臣，去彼數百里而軍，不敢一望顏行，大約南去則我隨其後，北返則我出其前，如廝隸之於貴官，負弩前驅，望塵靡及耳。兵士一聞督戰，便洶洶欲叛。如此則將不能御兵，何名爲將？督師不能用將，何名督師？興言及此，督將之肉，其足食乎？』巡按陳昌言奏淄川鄉官孫之獬（一九），夢關壯繆語之（二〇）：『爾等安心守城，我以神兵出戰。』暹明瞻像，汗下如雨。公言：『山東州縣，十去七八，而獨效靈一緇川；壯繆正神，而獨降夢一之獬，此何爲者乎？之獬逆案中人，士論棄之，豈神偏鑒之乎？爲此言者，不過欲借神異之說，

（一）『憂』，中華書局本黃梨洲文集作『忧』。

達其姓名於御前，以爲異日燃灰之地。縣官從而和之奇矣；按臣不加駁正，而據以入告，何異夢中說夢也？竊謂淄川之夢，涿城之守〔二一〕，同一機關，遠法王欽若之閉門誦經〔二二〕，近類楊嗣昌之華嚴退蝗〔二三〕，可怪也！』公於朝廷，舉動失當，知無不言，言無不痛。熊開元、姜埰兩給事之獄〔二四〕；蕺山、全椒之去〔二五〕，斷斷廷諍，不肯但已。當時號爲能諫者，亦必揣摩宛轉，以納其說；而公之發言靡梗，有敵以下所不堪受者，有犯無隱，蓋其天性然也。止以降謫而去，烈皇可謂之能容諫臣矣〔二六〕。

公言：『楊嗣昌負國，尚未處分，誰爲嗣昌畫練餉之策〔二七〕，驅中原百姓爲盜者？沈迅也〔二八〕；誰爲嗣昌運籌，以三千守襄，而賊以十七騎入城，遂出逃者？余爵也〔二九〕；誰爲嗣昌援引乙榜，開府受事即敗者？宋一鶴也〔三〇〕。情面賄賂，斷送封疆，二祖列宗之靈，能無飲泣地下乎？』執政既苦其誚讓，上以飲泣一語致怒，降福建按察司照磨〔三一〕。南渡起補原官，轉吏科。公言：『諸臣爭誇定策，罔計復讐。處堂未已，且爲鬭穴，始之武與文爭，繼而文與文爭，殿廷之上，無人臣禮。』其言起阮大鋮也〔三二〕：『陰陽消長，間不容髮，寧博採廣搜，求奇材於草澤，胡執私違眾，翻鐵案於丹書。閣臣此舉，無乃負先帝、負皇上乎？』其言四鎮也〔三三〕：『一鎮之餉，至六十萬，勢必不供，即倣古藩鎮法，亦當在大河以北，開屯設府，永此帶礪；曾堂奧之內，而遽亦藩籬視之。』其言復廠衛也〔三四〕：『廠衛之害，橫者藉以樹威，黠者因而牟利。人人可爲叛逆，事事可作營求。縉紳慘禍，所不必言；小民雞犬，亦無寧日。先帝十七年憂勤，曾無失德，止有廠衛一節，未免府怨臣民。』

新建每事持正（三五），其待同官，嘗乏溫潤之色。馬士英恨之，使其門客朱統鑛，造作飛條，跳梁大叫。公言：『么麿小臣，爲誰驅除，聽誰指使？上章不由通政，内外交通，神叢互借，飛章告密，墨敕斜封，端自此始，可不嚴行詰究，用杜將來。』又言：『先帝篤念宗藩，而聞寇先逃，誰死社稷？先帝隆重武臣，而叛降跋扈，肩背相踵；先帝委任勛臣，而京營鋭卒，徒爲寇藉；先帝旁寄内臣，而開門延敵，反在禁旅；先帝不次用人，而邊材督撫，首鼠兩端，超遷宰執，羅拜賊庭。思先朝之何以失，即知今日之何以得。』九月出差，陛辭，言：『朝端之上，議論日新；宮府之間，揣摩日熟。自少宰樞貳，悉廢廷推。四品監司，竟晉詹端之席；追贓定罪，無煩司寇之章。雖然睿斷之無私，未免群情之共駭！況乎蹊徑疊出，謡諑繁興，一人未用，便目滿朝爲黨人；一官外遷，輒訾當事爲可殺。市井狡獪，眈眈得官。呈身應募，以備推刃上變之用者，環伺而待發。逐客之令時聞，翩翩之鄰未已。假然而隻手足戡禍亂，群小可致太平，即使驅除異己，別用同心，吾輩自然退聽，其奈緦緦報復，切切更張，置國卹於罔聞，遑私圖而得志。黄白充庭，青紫塞路，打成一片富貴世界。六朝佳麗，復見今時，昧卻晉、宋、梁、陳，後來一段公案也（三六）。』其時黄耳鼎、陸朗（三七），方以例轉，傾側孽臣，讙曉冢宰。朗出餞公，適邸抄傳至，朗讀公疏，一字一擊節。及至『一官外遷』一語，聲忽中止，相對默然。

會稽之守，畫江而營（三八）。公之意欲令諸師畢渡，沉舟破釜（三九），爲不返之計。如其不濟，則亦八千子弟（四〇），豈復東還；五百島人（四一），不脫劍鋩而已。身提孤旅，不滿千人，從小亹渡江（一）（四二），札喬司倡率群帥（四三），而皆契需觀望，無一應者。公進至海寧（四四），集其父老豪傑，激揚忠義，辭酸淚血，聞者莫不感動。旅拜轅門者，且萬人，別營伍，分汛地，以本邑進士俞元良司餉，指揮姜國臣主兵（四五），浙西塵起，沿海烽燃，一時號之爲熊兵。公大小數十戰，親臨矢石，累經覆沒，志氣不爲之少衰。加兵部右侍郎，兼左副都御史，總督義師。亡何，而閩使劉中藻至（四六），欲以江上之師，受其約束，行朝洶洶，且議開讀之禮，魯王亦將近就藩服。獨公持不可。言主上原無利天下之意，唐藩亦無坐登大寶之理，有功者王，定論不磨。若我兵能復杭城，便是中興一半根脚，此時主上早正大號，已是有名，較之閩中，乘時擁戴，奄有閩越者，規局更難例論。千秋萬世，公道猶存。若其不能，而使閩兵克伐武林（二）（四七），直趨建業（四八），功之所在，誰當與爭？此時方議迎詔，亦未爲晚。自公此議出，人心始定，閩使始返。

丙戌六月朔（四九），浙河兵潰，公扈監國由海道至閩，而隆武走死（五〇），郡縣皆已降附（三）。王以公爲東閣大學士，會兵於長垣（五一），分道攻取，先後得三府一州二十七縣。戊子，王在

（一）『亹』，中華書局本黃梨洲文集作『疊』。

（二）『伐』，中華書局本黃梨洲文集作『復』。

（三）『皆已』，中華書局本黃梨洲文集作『已皆』。

閩安鎮（五二），時國事皆專於鄭彩（五三）。彩暴橫，公每折之以禮。彩與定遠伯周瑞交惡（五四），公票擬恒右瑞，彩積恨之。既而彩與義興伯鄭遵謙爭商舶（五五），嘗恐謙之襲己。公自閩安至琅琦休沐（五六），守琅琦者，彩之裨將李茂也，與公奴子爭口。元夕，熊、鄭兩家，同郡相問遺，茂即以合謀告彩，公遂爲彩所害，並其幼子投海中。

公報國之心，九裂不恨，然吳鈎枉矢，飛火狂濤，皆鑒公之忠。全軀橫海之鯨，而受制於螻蟻，謂之何哉！夫神器流離（五七），草創未有成緒，公何不引閩師爲助，而分唐分魯，自開瑕隙？議者以公爲闇。昔梁元帝以簡文制於賊臣（五八），太寶改元，卒不遵用。逮侯景授首，而後焚柴頒瑞。隆武之制於鄭氏，猶侯景也。公而奉詔，亦豈能轉其斗粟，發其一甲乎？徒使江上離心，行間之精神，徒爲福京之媚悅耳。此舉固與元帝無異也。然則公何不勸監國即真，以繫波蕩之人心？議者以公爲迂。昔光武既貳更始（五九），遲之一年，河北既平，而後受命，事之無成，天也？天若假其始願，焉知即非白水（六〇）？嗟乎，踵百王之末，當陽九之會（六一），帝昰、帝昺（六二），何益於運數，監國不稱位號，涉川龕暴，力絕而亡。留此無利天下之心，皎然千古，其視受終如敝蹝也。公之所慮，不亦遠乎？

公子茂鼎，介余族叔應蛟求序公事。公魄不返，公魂無廟，幽銘陽碣，無地可施。爰撰行狀一通，移之史官，以爲列傳之張本也。

【作者傳略】見前錢忠介公肅樂傳後。

【解題】劉勰文心雕龍書記篇云：『狀者，貌也。體貌本原，取其事實。』此狀之本意也。以文狀人，蓋始於漢時，如胡幹楊原伯狀，是其嚆矢也。後世本之，門生故舊，多叙述死者之世系、名字、爵里、行誼、年壽等，爲上史官或求傳志於作者之辭。六朝以還，始稱行狀，如任昉齊竟陵王行狀之類皆是。行狀大抵以述其行誼言論丰采爲主，其假手子弟，則亦稱行述，如王箴聽先府君行述之類皆是。若標舉事功，詳列政績，又或稱爲事狀，如方望溪明禹州兵備道李公城守死事狀，全祖望明禮部尚書仍兼通政使武進吳公事狀，俱爲其顯見之例。然此僅就大較而言，二者非截然可劃分也。嘗綜行狀之體，因事立名，大別凡四：一曰行狀，韓愈贈太傅董公行狀，柳宗元柳常侍行狀，蘇軾司馬文公行狀，歸有光魏誠甫行狀之類是也；一曰事狀，如前所列舉諸篇及曾國藩廣東嘉應州知州劉君事狀、吳敏樹亡弟雲松事狀之類是也；一曰合狀，猶傳之有合體，如全祖望華氏忠烈合狀、屠董二君子合狀之類是也；一曰逸事狀，如柳宗元段太尉逸事狀，龔自珍杭大宗逸事狀之類是也。至宋代諸家如王安石、蘇軾文集所見諸狀，則皆奏議之別稱，與行狀非一體。清代行狀之什，頗多可傳，如孫奇逢高陽孫文正公行狀，劉大櫆少宰尹公行狀，杭世駿刑部右侍郎王公行狀等之於名臣，沈彤徵仕郎翰林院檢討潘先生行狀、翰林院編修贈侍讀學士義門何先生行狀，洪榜戴東原先生行狀，張符驤呂晚村先生事狀，陳用光姚惜抱先生事狀等之於名儒，皆能洞其大體，傳其真像，殆不可與一般酬應之作並論也。

【注釋】

〔一〕餘姚，浙江今縣，位姚江北岸，滬杭甬鐵路南段經之。古爲虞舜支庶之封地，舜姓姚，故曰餘姚。明清均屬紹興府。

〔二〕辛未，明崇禎四年，西元一六三一年。

〔三〕同安，福建今縣，明清皆屬泉州府。

〔四〕紅毛，指荷蘭。明時稱荷蘭爲紅毛番。按：明史外國傳荷蘭：『和蘭又名紅毛番，其人深目長鼻，鬚眉髮皆赤，頎偉異常。』又廣東通志：『紅毛國，萬曆二十九年冬，二三大舶頓至濠鏡之口，其人衣紅，眉髮連鬚皆赤。』此其稱紅毛之由來也。又按：崇禎□□年，紅毛掠沿海，當與此爲一事。

〔五〕下門，按：此謂下門，即廈門之音轉，今爲市，在同安縣南海中，本名鷺嶼，又名嘉禾嶼。明時築城，始曰廈門。民國初改爲思明縣，後廢縣，改置爲廈門市。

〔六〕給事中，官名。秦置，爲加官，漢因之，所加或大夫、博士、議郎，掌顧問應對。日上朝謁，平尚書奏事；分爲左右曹；以有事殿中，故曰給事中。其後隸屬，各代較爲不同。明初屬通政司，後遂自爲一曹，分禮、戶、吏、兵、刑、工六科，掌侍從規諫，補闕拾遺，稽查六部百司之職。清改屬都察院，與御史同爲諫官，亦稱給諫。

〔七〕范志完，明虞城人，崇禎進士，擢兵部右侍郎，總督薊州、永平、山海、通州、天津諸鎮軍務，既而命兼制關內，會清軍由牆子嶺入薊州，分兵南下，志完素無謀略，畏怯不敢戰，畿輔州縣相繼失，惟尾而呵噪，所至剽掠，論下獄，棄市。

〔八〕潘永圖，江南金壇人。

〔九〕江禹緒，河南杞縣人，崇禎進士，十一年任順天巡撫，十六年任宣大總督。

〔一〇〕李鑒，明安縣人，崇禎進士，累官宣化巡撫。順治初歸清，授原官，捕斬李自成餘黨，嚴劾貪酷，執法無私。官至寧夏巡撫，加右副都御史。

〔一一〕侯恂，已見國朝三家文鈔小傳注〔三〕。

〔一二〕馬士英，已見本書江天一傳注〔一三〕。

〔一三〕蔡官治，待考。

〔一四〕按：襄藩，謂襄王，崇禎十四年，張獻忠破襄陽，焚襄王府，執襄王殺之，投屍火中。楚撫謂宋一鶴，一鶴，明宛平人。崇禎舉人，累官汝南兵備僉事。以討流賊功，擢右僉都御史巡撫湖廣，張獻忠、李自成連陷襄陽、德安、荊州，一鶴趨承天，護獻陵，賊犯陵攻承天，城陷死之。明史卷二六三有傳。

〔一五〕按：鄖撫謂袁繼咸，宜春人，字季通，號臨侯，天啓進士，累擢兵部右侍郎兼右僉都御史。崇禎十三年，巡撫鄖陽，後總督湖廣、應天、江西、安慶軍務，駐九江，南都僞太子事起，左良玉以兵反，至九江，繼咸詣其舟，正色折之，良玉約不破城，駐軍候旨，會良玉死。其子夢庚串通繼咸舊部郝效忠降清，執繼咸北去，不屈見殺，明史卷二七七有傳。又按：崇禎十四年十一月，李自成破南陽。所謂『南陽破而鄖撫無恙』指此。

〔一六〕黃配元，江西樂安人，字位兩，崇禎進士，令懷寧，流寇焚掠江北，擊卻之，後以都御史巡撫安慶，厲兵馬，飭守禦。以内艱去。

〔一七〕楊進，山西蒲州人，崇禎進士，時爲保定巡撫。旋逮治，後竟釋歸。

〔一八〕孫傳庭，已見國朝三家文鈔小傳注〔一五〕。

〔一九〕陳昌言，未詳。淄川，或即今山東臨淄縣，明屬青州府。孫之獬，淄川人，天啓二年進士，歷官翰林院檢討侍講。魏忠賢敗，廷臣請毀三朝要典，之獬獨痛哭力爭，遂入逆案，削籍歸。順治元年，侍郎王鼇永招撫山東，之獬率士歸順，授禮部右侍郎，後加尚書銜，招撫江西，無功革職，遇賊被殺。

〔二〇〕關壯繆，後漢關羽之謚。按：後世多封羽爲神，至明清而加甚。萬曆時，神宗封爲三界伏魔大帝神威遠震天尊關神帝君。清順治初又加封爲忠義神武關聖大帝。而關聖顯靈之事，在明清之際，傳説尤盛。詳拙著清太祖與關羽、明清間奉祀關公考略二文。（將在文訊月刊發表）

〔二一〕涿城，即今河北省涿縣，明清皆爲涿州，屬直隸順天府。

〔二二〕王欽若，宋新喻人，字定國登進士甲科，真宗時爲相，性巧佞，善逢迎，與丁謂等黨同伐異，招權納賄，中外爲之側目。卒謚文穆。宋史卷二八三有傳。按：自澶淵之役後，欽若窺真宗厭兵，乃言封禪泰山，可以鎮服四海，誇示夷狄。於是倡言符瑞，僞造天書，終行封禪之禮，所謂閉門誦經，蓋指此。

〔二三〕楊嗣昌，字文弱，萬曆進士，崇禎時累拜兵部右侍郎，總督宣大、山西軍務，時中原群盜蜂起，上十面張網之計，而寇勢已蔓延不可制。及命督師，又以遥制失機宜。襄陽陷，襄王被害，上疏請死，及聞福王又遇害洛陽，遂不食死。明史卷二五二有傳。按：彭遵泗蜀碧卷一云：『嗣昌虚恢自用，又煩瑣無大略，軍行必自裁進止，千里待報，動失機宜，其駐彝陵也，偕幕士飲酒賦詩，一月不進，取華嚴第四卷，謂可咀蝗已旱，公然下教郡邑，且以上聞。』所謂華嚴退蝗，即指此。

〔二四〕熊開元，嘉魚人，字魚山，天啓進士，由吴江令行取給事中，坐事貶，久之，復起，遷行人司副。時首輔周延儒奸貪，開元極論之，廷杖遣戍。唐王立，起爲大學士，旋棄家爲僧，隱蘇之靈巖以終。姜埰，萊陽人，字如農，崇禎進士，由知縣累遷禮科給事中，所至有聲績。以直言下獄，遣戍宣州。明亡，削髮爲僧，自號敬亭山人，又號宣州老兵，及卒，門人私謚貞毅先生，有敬亭集。按：熊、姜二人明史卷二五八皆有傳。

〔二五〕蕺山，謂劉宗周，已見錢肅樂傳注〔一九〕。全椒指金光宸（或作辰）。按：光宸，字居垣，全椒人，崇禎進士，累官御史、巡按至左副都御史，直諫有聲。後以疏救劉宗周，鐫秩去。傳附見明史卷二五四張瑋傳。

〔二六〕烈皇，謂崇禎帝也。

〔二七〕練餉，爲明末苛稅。崇禎十二年，命邊鎮及畿輔、山東、河北四總督各抽練額兵，又加練民兵，遂於遼餉、勦餉外，又增抽練餉，每畝銀一分。共增銀七百卅萬兩，其議定自楊嗣昌。

〔二八〕沈迅，原任給事中，餘未詳。

〔二九〕余爵，時爲監紀主事，餘未詳。

〔三〇〕宋一鶴，見前注〔一四〕。

〔三一〕照磨，官名，掌核對文卷之事，元始置，明於都察院及布、按二司各府皆置照磨。清惟都察院不置，餘悉同明制。

〔三二〕阮大鋮，已見本書國朝三家文鈔小傳注〔六〕。

〔三三〕四鎮，按：宏光時，史可法督師江北，廷議分江北爲四鎮：以劉澤清爲東平伯，駐淮北；高傑爲興平伯，駐泗水；劉良佐爲廣昌伯，駐臨淮；黃得功爲靖南侯，駐廬州。

〔三四〕廠衛，明時有錦衣衛及東廠、西廠，皆掌緝捕詔獄之事。廠與衛相倚，故言者並稱廠衛。按：東、西廠及内行廠，均以宦官領之，緹騎横行，雖王府亦不免，冤死者相屬，爲明代弊政之一。

〔三五〕按：新建指大學士姜曰廣。曰廣，新建人，字居之，萬曆進士，授編修，天啓間使朝鮮，還陳海外情形，有裨軍國者八事，魏忠賢以其爲東林，黜之。崇禎初，掌南京翰林院。福王立，拜禮部尚書，兼東閣大學士，爲馬士英所忌，乞休歸，後金聲桓反正江西，迎曰廣以資號召，聲桓敗，自投水死。明史卷二七四有傳。

〔三六〕按：吳、東晉及宋、齊、梁、陳皆建都建康，帝王多好聲色，以偏安自足，此即引其事爲説也。

〔三七〕黄耳鼎、陸朗，待考。

〔三八〕畫江之守，已見錢肅樂傳注〔一六〕。

〔三九〕沉舟破釜，史記項羽本紀：『乃悉兵渡河，皆沉船破釜甑，燒廬舍，持三日糧，以示士卒必死，無一還心。』後多用以表直前不顧之意。

〔四〇〕按：楚項羽初起兵，以江東子弟八千人渡江，及羽敗走烏江，烏江亭長檥船待，謂項羽曰：『江東雖小，地方千里，衆數十萬人，亦足王也，願大王急渡！』羽笑曰：『天之亡我，我何渡爲！且籍與江東子弟八千人渡江而西，今無一人還，縱江東父兄憐而亡我，我何面目見之？』遂自刎死。後世稱八千子弟，皆本此。

〔四一〕按：齊田横繼齊王廣而爲王，漢滅項羽，横與其徒五百人，亡入海島中。高祖使人招之曰：『横來，大者王，小者侯。不來，且舉兵加誅！』横因與二客詣洛陽，未至三十里，曰：『始與漢南面，今奈何北面事之！』遂自殺。既葬，二客亦自殺。餘五百人在海上聞横死，亦皆自殺。世稱田横五百義士。

〔四二〕小亹，未詳，蓋錢塘江可渡處也。

〔四三〕按：喬（驕）司指方國安、王之仁等。

〔四四〕海寧，浙江今縣，明爲海寧縣，清升爲州。民國仍改爲縣。

〔四五〕俞元良、姜國臣，並未詳。

〔四六〕劉中藻，福安人，已見錢忠介公肅樂傳注〔五八〕。按：浙閩水火，由於爭位，唐王既立閩中，遣中藻使浙，欲魯王稱臣聽節制，時浙東諸臣對此事主張分二派：張國維與汝霖以謂唐、魯皆宗藩，非有親疏之分，同舉義兵，非有先後之分，今日之事，成功者帝，若一稱臣於唐，恐江上諸將，皆須聽命於閩，則魯王之號令不行，因議卻之。而朱大典與錢肅樂則謂大敵當前，而同姓先爭，豈能成中興之業，即權宜稱皇太姪以報命，未爲不可。若我師渡浙江，向金陵，則大號非閩人所能奪，結果如汝霖等議，遣閩使還，於是浙閩水火，始終未相融，論者惜焉。

〔四七〕武林，浙江杭縣西有武林山，即靈隱山，故世或稱杭州爲武林。

〔四八〕建業，三國時孫權建都金陵，改稱建業，即今南京也。

〔四九〕丙戌，爲清順治三年，西元一六四六年，師潰事見錢肅樂傳注。

〔五〇〕隆武帝，已見錢肅樂傳注〔五四〕。

〔五一〕長垣，見同上注〔四三〕。

〔五二〕閩安鎮，見同上注〔五三〕。

〔五三〕鄭彩，見同上注〔三四〕。

〔五四〕周瑞，見同上注〔三六〕。

〔五五〕鄭遵謙，字覆公，餘姚人，杭州迎降，遵謙起義兵，魯王拜爲義興將軍，以戰功晉義興伯，後從魯王泛海，再晉爲侯，鄭彩專政，跳海死。傳附見明史卷二七六錢肅樂傳。

〔五六〕琅琦，島名，在福建閩侯縣東，閩江至此分二支東南流入海。

〔五七〕神器，帝位也。漢書敘傳：『不知神器有命，不可以智力求也。』此謂唐魯之流離播遷。

〔五八〕按：梁簡文帝蕭綱受制於侯景，景自稱宇宙大將軍，廢帝幽之，後竟弑之。大寶，簡文帝年號，元帝以侯景擅權，故不遵用，而令王僧辯討平之，遂即帝位於江陵。按：元帝名繹，武帝第七子。

〔五九〕光武帝，名秀，字文叔，漢高祖九世孫，王莽篡漢，天下兵起，立劉聖公爲天子，號更始。光武起兵定河北，諸將以更始因其資以據帝位，而不能奉承大統，敗亂綱紀，請光武正位，光武於是即天子位，建元爲建武，時更始立已二年矣。

〔六〇〕白水，謂光武也。司馬光資治通鑑：『新莽以劉字，因禁金刀，更鑄錢曰貨泉，以其字爲白水真人。後光武帝竟從白水鄉起兵。』

〔六一〕陽九，古稱百六陽九爲厄會。靈寶天地運度經：『道家謂三千三百年爲小陽九，小百六，九千九百年爲大陽九，大百六，天戹謂之陽九，地虧謂之百六。』又張世南游宦紀聞說與此略異，然其爲厄運則一也。

〔六二〕帝昰、帝昺，所指未詳，待考。

吴同初行狀

顧炎武

自余所及見，里中二三十年來，號爲文人者，無不以浮名爲務，而余與同邑歸生獨喜爲古文辭〔一〕，砥行立節，落落不苟於世，人以爲狂。已而又得吴生——吴生少余兩人七歲，以貧客嘉定〔二〕，於書自左氏下至南、北史〔三〕，無不纖悉强記。其所爲詩，多怨聲，近西洲、子夜諸歌曲〔四〕。而炎武而叔蘭服〔五〕，少兩人二歲；姊子徐履忱〔六〕，少吴生九歲，五人各能飲三四斗。五月之朔，四人者持觥至余舍，爲母壽。退而飲，至夜半，抵掌而談，樂甚。旦日别去，余遂出赴楊公之辟〔七〕，未旬日而北兵渡江，余從軍於蘇，歸而崑山起義兵，歸生與焉〔八〕。尋亦竟得脱，而吴生死矣。余母亦不食卒〔九〕。

其九月，余始過吴生之居而問焉，則其母方煢煢獨坐。告余曰：『吴氏五世單傳，未亡人惟一子一女，女被俘，子死矣。有孫，二歲，亦死矣！』余既痛吴生之交，又念四人者持觥以壽吾母，而吾今以衰絰見吴生之母於悲哀其子之時，於是不知涕淚之横集也！

生名其沆，字同初，嘉定縣學生員。世本儒家，生尤夙慧，下筆數千言，試輒第一。風流自喜，其天性也。每言及君父之際，及交友然諾，則斷然不渝。北京之變〔一〇〕，作大行皇帝、大行皇后二誄〔二〕，見稱於時。與余三人，每一文出，更相寫録。北兵至後，遺余書及紀事一篇，又從余叔處得詩二首，皆激烈悲切，有古人之遺風。然後知閨情諸作，其寄興之文，而生之可重者，不在此也。生居崑山，當抗敵時，守城不屈以死〔一〕，死者四萬人，莫知屍處。以生平日憂國不忘君，義形於文若此，其死豈顧問哉！

生事母孝，每夜歸，必與母言所與往來者爲誰〔二〕，某某最厚。死後，炎武嘗三過其居，無已，則遺僕夫視焉。母見之，未嘗不涕泣，又幾其子之不死而復還也。然生實死矣！

生所爲文最多，在其婦翁處，不肯傳；傳其寫録在余兩人處者，凡二卷。

【作者傳略】顧炎武，字寧人，生明萬曆四十一年癸丑，卒清康熙廿一年壬戌（一六八二），年七十。詳本書江藩顧炎武傳。

【注釋】

〔一〕歸生謂歸莊也，已見顧炎武傳注〔一四〕。

〔二〕今縣，清屬江蘇。

〔一〕『屈』，中華書局本顧亭林詩文集作『出』。

〔二〕前『與』字，中華書局本顧亭林詩文集作『爲』。

〔三〕左氏，即春秋左氏傳，左丘明著。南史八十卷，北史一百卷，唐李延壽撰。

〔四〕西洲、子夜，古詩名，見沈德潛古詩源。

〔五〕蘭服，字國馨，别號穆庵，崇禎時爲太倉州學諸生，詳炎武從叔父穆庵府君行狀，載亭林文集卷〔一〕。

〔六〕徐履忱，未詳。

〔七〕楊公，謂崑山令楊永言，詳顧傳注〔一九〕。

〔八〕按：南都破，夏允彝門人江南總兵吴志葵屯兵海上；又有十將官者，屯兵陳湖中，允彝入志葵軍，爲之馳書檄，聯絡士大夫。鄖陽撫臺僉都御史王永祚起兵崑山，爲之聲援。炎武與楊、歸均與焉。詳張穆顧亭林年譜。

〔九〕見本書顧傳及先妣王碩人行狀。

〔一〇〕此謂甲申三月十九日流寇破京師，崇禎帝自縊死。

〔一一〕謂崇禎帝及周皇后也。按：帝名由檢，謚毅宗，清加謚莊烈。謚法：『大行受大名，小行受小名。』帝后初喪，未有定謚，故稱大行。原誄文未見。

（一）今檢遂初堂藏板亭林集未見，見於四部叢刊本（上海涵芬樓藏，涵芬樓刊）亭林餘集。

先妣王碩人行狀

顧炎武

嗚呼！自不孝炎武幼時，而吾母授以小學，讀至王蠋〔一〕忠臣烈女之言，未嘗不三復也。柏舟之節紀於詩〔二〕，首陽之仁載於傳〔三〕，合是二者而爲一人，有諸乎？於古未之聞也，而吾母實蹈之。此不孝所以藁葬〔四〕而不葬，將有待而後葬者也。

忽焉二載，日月有時。念二年以來，諸父昆弟之死焉者，姻戚朋友之死焉者，長於我而死焉者，少於我而死焉者，不可勝數也。不孝而死，是終無葬日也。矧又獨子，此不孝所以踟躕二年，而遂欲苟且以葬者也。

古人有雨不克葬者，有日食而止柩就道右者，今之爲雨與日食也大矣。春秋嫁女不書葬，而特葬宋共姬〔五〕，賢之也。吾母之賢如此，而不克特葬，又於不可以葬之時，而苟且以葬，此不孝所以痛心擗踴，而亟欲請仁人義士之文，以錫吾母於九泉者也。

先妣姓王氏，遼東行太僕寺少卿諱宇之孫女，太學生諱述之女。年十七而吾父亡，歸於我，教諭沈君應奎爲之記〔六〕。又一年而先曾王母封淑人孫氏卒，又十年而先王父之猶子文學公生炎武，抱以爲嗣，縣人張君大復爲之傳〔七〕。其記曰：『貞孝王氏者，崑山儒生顧同吉未婚妻也。年將笄，嫁有日矣。父上舍〔八〕述爲治裝。裝多從俗鮮華。氏私白其母曰：『兒慕古少君、孟光〔九〕之爲人，焉用此？』父爲去華就質者十之五。已而顧生病，尋卒。氏不食數日，衣素告父母曰：『兒願一奠顧郎，歸乃食。』父母知不可奪，爲治奠挈氏往。氏拜顧生柩，嗚咽弗哭。奠已，入拜太姑淑人、姑李氏，請依居焉。謂父上舍曰：『爲我謝母，兒不歸矣！』父爲之斂容不能語。舅紹芾者，名士，曉大義。泣謂氏曰：『多新婦，卒念存吾兒，然未講（讀如媾）伉儷，安忍遂婦吾子？』氏曰：『聞之禮：信，婦德也。曩已請期〔一〇〕，妾身爲顧氏人矣，去此安往？』自是依太姑與姑，朝夕一室，送迎不踰閾，數歲不一歸省。父上舍病，亟待訣，且日一往哭，即夕反。』其傳曰：『貞孝自小嚴整如成人，父母愛之。而顧氏故獨子，早有文。王與顧爲同年家，因許女與之。無何，生年十八，夭。父母意甚徬徨，欲未令貞孝知，而貞孝已竊聞之。亟脫步搖，衣白布澣衣，色意大愴，婉婉至父母前，不言亦不啼，若促駕而行者。父母初甚難，而念女至性不可奪，使嫗告其翁姑。翁姑悲愴不勝，灑掃如迎婦禮，然不敢言去留也。貞孝既至，面生柩，拜而不哭，斂容見翁姑，有終焉之色。而姑李氏，故以德聞，拭淚謂貞孝曰：『婦豈聖耶，奈何以吾兒累新婦？』貞孝聞姑稱新婦，淚簌簌下，交於頤。早晚跪奠生柩前，間視姑眠食，而自屏處一室，親戚遣嫗候視，輒謝之。有女冠〔一一〕持梵行甚嚴，請見貞孝，貞孝不與見，曰：『吾義不見門以外人。』自是率婢子挫針操作以爲常，時遣訊父母安否而已。其他婉淑之行，世莫得聞。久之，翁詣金陵，而姑適病，且悴。貞孝左右服勤，湯糜茗盌，視色以進。姑意大憐，而貞孝彌連晝夜不少怠。一日，煮藥進姑。姑強視貞孝言曰：『新婦何瘦之甚？盍少休乎！』貞孝多爲好語慰藉，既進藥而病立間。姑謂婢子曰：『吾曩者憂獨子，天且奪之，而與吾新婦，吾固當一子，不得兩耳。』欹枕執貞孝手，而貞孝若不欲露其指者。偵之，則已斷一小指，和藥煮之，姑之病所以立瘥者也。諸婢子亦莫得見，相傳語，驚且泣。貞孝止之曰：『姑受命於天，宜老壽，而婢子何得妄言陰隲事耶？』姑病既起，亦絕不言貞孝斷指事，獨姑之兄李箕者竊聞之云。貞孝既侍翁姑十二年，而翁姑始爲其子定嗣，貞孝撫之如己生。』此二先生之言云，而不孝不敢溢一辭者也。又二年，而知縣陳君祖苞拜其廬。又三年，先王母李氏卒，喪之如禮。又十六年，而巡按御史祁君彪佳（一二）表其門。又二年，母年五十有一，而巡按御史王君一鶚奏旌其門，曰貞孝，下禮部。禮部尚書姜公逢元（一三）奏如章，八月辛巳上，其甲申，制（一四）曰可。於是三吳之人，其耆舊隱德，及能文奇偉之士，上與先王父交，下與炎武游者，莫不牽羊持酒，踵門稱賀，謂史策所紀，罕有此事。蓋其時炎武已齒文會，知名且十年矣。而先王父年七十有四，祖孫母子，怡怡一門之內，徼天子之恩，以爲榮也。

而天下方兵起，而江東大饑。又五年，先王父卒。其冬，合葬先王父、先王母於尚書浦之賜塋，如禮。而家事日益落。又三年，而先皇帝升遐（一五）。又一年，而兵入南京。其時炎武奉母僑居常熟之語濂涇，介兩縣之間。而七月乙卯，崑山陷；癸亥，常熟陷。吾母聞之，遂不食，絕粒者十有五日，至己卯晦而吾母卒。八月庚辰朔，大斂。又明日而兵至矣。嗚呼痛哉！遺言曰：『我雖婦人，身受國恩，與國俱亡，義也。汝無爲異國臣子，無負世世國恩，無忘先祖遺訓，則吾可以瞑於地下。』嗚呼痛哉！

初，吾母爲婦十有七年，家事並王母操之。吾母居別室中，晝則紡績，夜觀書至二更乃息。次日平明起，櫛縰問安以爲常。尤好觀史記、通鑑及本朝政紀諸書，而於劉文成（一六）、方忠烈（一七）、于忠肅（一八）諸人事，自炎武十數歲時，即舉以教。及王母亡，董家事，大小皆有法。有使女曹氏，相隨至老，亦終身不嫁。有奩田五十畝，歲所入，悉以散之三族，無私蓄。

先妣生於萬曆十四年六月二十六日，卒於弘光元年七月三十日，享年六十。其年十二月丁酉，不孝炎武奉柩藁葬於先考之墓傍。嗚呼痛哉！王孫賈之立齊王子也，而其母安（一九）；王陵之事漢王也，而其母安（二〇）。若不孝者，何以安吾母？而猶然有靦於斯人之中，將於天崩地坼之日而卜葬。橋山之未成（二一），而馬鬣（二二）之先封也。此不孝所以痛心擗踴，而號諸當世之仁人義士者也！

今將以隆武三年十月丁亥，合葬於先考之兆，在先曾王考兵部右侍郎公（二三）賜塋之東六步五尺。伏念先妣之節之烈，可以不辱仁人義士之筆，而不孝又將以仁人義士之成其志而益自奮，以無忘屬纊之言，則仁人義士之銘之也。錫類之宏，而作忠之至者也，不惟一人一家之褒已也。

不孝顧炎武泣血謹狀。

【作者傳略】詳本書江藩顧炎武傳。

【注釋】

〔一〕王蠋，戰國齊畫邑人。燕初破齊，樂毅聞蠋賢，令軍環畫邑三十里無入，備禮請蠋，蠋謝不往；燕人刧之，遂自經死。

〔二〕衛太子共伯早死，其妻共姜守義，父母欲奪而嫁之，共姜作柏舟之詩以自誓。

〔三〕伯夷、叔齊，商孤竹君墨胎初之子，其父將死，遺命立叔齊，叔齊讓伯夷，伯夷曰：『父命也』，遂逃去。叔齊亦不肯立而逃。周武王伐商，夷、齊叩馬而諫，及勝商，有天下，夷、齊耻食周粟，隱於首陽山，採薇而食，遂餓死。首陽所在，後世說者不一。或謂在今河南偃師縣西北，接孟津。清一統志：『水經注：「河水逕平縣北，南對首陽山，春秋所謂首戴也，上有夷齊廟。」』又或謂在甘肅隴西縣西南，清一統志：『府志以爲即夷齊採薇處，山麓有二聖墓，墓旁有祠。』傳指史記伯夷叔齊列傳。

〔四〕藁葬，言草草安葬，蓋炎武尚冀復明而後以禮葬也。

〔五〕春秋嫁女不書葬，而特書宋共姬。手頭無原書，讀者可自查檢。

〔六〕沈應奎，明武進人，字伯和，萬曆舉人。居官有節操，以廉稱，官至南京光禄少卿。

〔七〕張大復，明崑山人，字元長，著有崑山人物傳、崑山名宦傳、梅花草堂筆談等。

〔八〕上舍，太學生之最優等者。宋制：初入學者爲外舍，由外舍升内舍，由内舍升上舍。

〔九〕少君姓桓，東漢鮑宣妻，初歸宣，裝送資賄甚盛，宣不悅，少君乃悉歸資御服飾，與宣共挽鹿車歸鄉里，拜姑畢，提甕出汲，修行婦道。傳見後漢書卷一一四列女傳。孟光，後漢梁鴻妻，字德曜，與鴻隱居霸陵山中，荊釵布裙，耕織以供衣食。每進食，舉案齊眉，所在敬而慕之。見後漢書卷一一三梁鴻傳。

〔一〇〕清通禮：『昏期諏吉具書備禮物告女氏；女氏拜受，復書，如納幣儀，謂之請期。』

〔一一〕女冠，本謂女道士，世稱尼姑。

〔一二〕祁彪佳，字弘吉，天啓進士，累官右僉都御史，巡撫江南，明亡，絶粒死。明史卷二七五有傳。

〔一三〕王一鶚，未詳。姜逢元，字仲訒，餘姚人，萬曆進士，崇禎初，累官禮部尚書。

〔一四〕天子之言曰『制』。

〔一五〕先皇帝，謂明崇禎帝也。天子崩曰『升遐』。

〔一六〕劉基，字伯溫，明青田人，元末進士，佐太祖成帝業，封誠意伯。正德中追謚文成。有誠意伯集、郁離子、覆瓿集等。明史卷一二八有傳。

〔一七〕按：此或爲『方孝孺』之誤，孝儒追謚文正。明史卷一四一有傳。

〔一八〕于謙，字廷益，明錢塘人，永樂進士，官至兵部尚書，會也先入寇，英宗北狩，廷臣有主南遷者，謙力阻之，立景帝以拒也先，歸上皇，成和議，論功加少保，總督軍務。英宗復位，被誣棄市。弘治間追謚肅愍，萬曆改謚忠肅。有于忠肅集。明史卷一七〇有傳。

〔一九〕王孫賈，戰國齊人，年十五，事閔王，王出走，失王之處，其母曰：『汝朝出而暮歸，則吾倚門而望，汝暮出而不歸，則吾倚閭而望，汝今事王，王出，汝不知處，尚何歸？』賈乃入市中曰：『淖齒亂齊國，殺閔王，欲與我誅者，祖右。』市人從者四百人，遂誅淖齒。

〔二〇〕王陵，漢沛人，始爲縣豪，高祖起沛，陵以兵屬之，項羽得陵母，置軍中，陵使至，羽使陵母招陵。母私送使者泣曰：『爲老妾語陵：善事漢王，無以老妾故懷二心也。』乃伏劍死。

〔二一〕史記封禪書：『北巡朔方，還祭黃帝冢橋山……或對曰：黃帝已僊，群臣葬其衣冠。』按：橋陵相傳爲黃帝陵，在今陝西中部縣西北橋山。橋山未成，蓋謂崇禎帝未葬也。

〔二二〕禮：『吾見封之……若斧者矣；從若斧者焉，馬鬣封之謂也。』按：此謂墳墓封土若馬鬣也。

〔二三〕見本書顧炎武傳注〔九〕。

廣東嘉應州知州劉君事狀〔一〕

曾國藩

曾祖永昌，皇贈武功將軍〔二〕；祖開泰，康熙甲午科舉人〔三〕，皇贈武功將軍；父文璨，雍正甲辰科武進士〔四〕，山東兗沂鎮總兵〔五〕。君諱廷枏，字讓木，河間獻縣人〔六〕。縣學廩生。乾隆四十五年，舉於鄉，五十二年丁未，成進士。時大學士和珅當國〔七〕，有中貴人與君同里同姓，來告曰：『相國知子，欲一燕見，能往，吾導子，詞曹可致也。』君謝不能。卒以知縣歸班候選〔八〕。

嘉慶二年，謁選，得廣東信宜縣，明年之官。五年，攝惠州河源縣事〔九〕，河源藍阿和〔一〇〕、博羅陳爛屐四、永安曾鬼六，聚徒煽亂，君至縣三月，即擒阿和，且請於惠州知府伊秉綬〔一一〕，及總督吉慶〔一二〕曰：『陳、曾不靖，時日久矣，今阿和就擒，翦其左翼，賊所負恃，以羅浮山爲窟耳〔一三〕，若裹糧入山，窮力四捕，陳、曾可弋也。』不聽。後二年，遂有陳爛屐四、曾鬼六之亂，總督飲鴆死，知府擬遣戍，而君以前請，得不坐。

六年，量移潮州揭陽縣〔一四〕。揭，亦劇邑也。莠民何阿常、李阿七，倡爲天地會〔一五〕，聯八十餘鄉，分爲兩股，各二萬人。君單騎入賊中〔一〕，以編查保甲爲名，暗圖其山川形勢，出入門戶，夜宿賊巢，示以不疑。八年正月二日，率兵討阿常，賊徒七千人，屯於赤巖頭，我兵裁五百，去賊五里而營。夜聞吹螺四面，衆譁曰：『賊至矣！』君令曰：『敢動者死！』於弇中設子母礮，佐以鳥鎗，近則發擊之，翳人與火，闃無聲影，賊不知虛實，竟引去。旦日，率所部登山，適會他軍亦至，乘勝追奔，焚賊三巢，阿常投首。阿七聞之，益糾餘孽謀再舉，君從健卒六十餘人，四晝夜馳行九百里，追及長樂〔一六〕，擒之。其年八月，又擒海盜姚阿麻，於是有送部引見之命矣。

大抵嶺以南，物產蕃阜，風氣殊於中土。諸洋互市，瓌貨日至，奸民逐利，起徒手至百萬者，

〔一〕『入』，清長沙段文義刻曾文正公文集作『赴』。

往往而有。奇技妖物，旁出不窮。乾嘉之間，淫侈亡等矣，猶有不逞之徒，乃爲盜賊以自恣。小者劫奪，大者叛亂，窮則入海亡命，爲吏者莫敢誰何。苟以諱飾偷安，群盜無憚，日以充斥。故君官廣東，所至以緝捕爲先，而大吏亦倚君如左右手。引見之命既下，大吏以捕務孔棘，留不得行。又二歲，剿獲潮陽鄭阿明、陸豐(一七)、李崇玉，乃行。阿明會匪，衆號四萬人；崇玉海盜，號二萬也。入見，以功升知州。歸復任揭陽。

十四年，徙知南海縣(一八)。是時兩廣總督百公齡(一九)，治尚威猛，懲刈奸宄。夜半，召君入密室，告曰：『吾欲有所縛，子能之乎？』君曰：『何也？』百公曰：『洋商吳阿三。』阿三者，大猾，資積巨萬，多干國紀。君歸，寅夜部勒胥役，不告所之，曰：『從余行，余曰取，取之，余曰斬(一)，斬之。』至，破門，擒阿三。比還署，關說者數輩，賂金三萬；至雞鳴，增五萬；平明，十萬。不可。卒致阿三於法。

張保(二〇)之寇海也，自嘉慶初年始也。後與其黨郭學顯內噬，學顯來降。保亦思歸義，首鼠進退。百公欲遣使納降，君請行。百公曰：『多與爾衛。』辭曰：『彼真降，使者無害；其僞也，雖衛何益？』從二僕，棹小舟，徑至海口，賊數百艘，交刃成列，保出，衆叱曰：『跪吾王！』曰：『吾天子命吏，豈屈若曹？且編民之不得，何王也？』即睨保曰：『吾以女爲

(一)『余』，清長沙段文義刻曾文正公文集無。

海上豪傑，乃效匹夫怒目恐人，劉某畏死者，不來此矣！』保立起揖。君即屏左右，因語之曰：『十年來，粤中巨寇，若藍阿和、何阿常、鄭阿明之屬；海盜若姚阿麻、李崇玉，今有存焉者乎？』保默然，曰：『亡有。然今且奈何？崇玉以殺掠平民之故，尚伏天誅；况保縱横海上十餘年，殺二總兵，一參將，三游擊，罪在不逭。今棄衆内首，則魚肉耳！』曰：『汝何慮之淺也！朝廷並包海外，荒纇萌生，削逆育順，以勸來者，猶懼不繼，若革面自效，不訾之慶也。學顯貸死，有明徵矣。且知莫大於知幾，行莫虧於食言，禍莫酷於殺已降，汝視劉某豈誘人徼功者哉？吉之與凶，在此須臾！』保再拜曰：『謹受教。』乃泣送君歸。七日而張保降。

十九年，補嘉應州知州。嘘枯養瘠，相濡以澤。二十四年，攝廉州知府〔二〕，節法阜施〔一〕，一如嘉應。君子於是知君之爲政，又能視地強弱，以時其威愛也。

嘉慶二十五年，年六十八，以疾卒。子六人：曰鳳翽、曰一士、曰鳳翼、曰書年，今官翰林院編修；曰鳳年〔二〕、曰其年，今官翰林院庶吉士。謹具歷官行義，牒付史館，俾傳循吏者採覽焉。

〔一〕『節』，清長沙段文義刻曾文正公文集作『簡』。

〔二〕『鳳』，清長沙段文義刻曾文正公文集作『逢』。

【作者傳略】曾國藩，字伯涵，號滌生，湖南湘鄉人。道光十八年進士，改庶吉士，散館授檢討，歷任禮、兵、刑、吏各部侍郎，官至武英殿大學士、兩江及直隸總督。以平洪楊功，封一等毅勇侯。同治十一年（一八七二）卒，年六十二，贈太傅，謚文正。國藩治軍居官，粹然有儒者氣象。論學謂義理、考據、詞章三者，不可偏廢，不持漢宋門戶之見，其所爲古文，亦宗桐城，然尋其聲貌，略不相襲，故能自成一家，不爲桐城所範圍，論者稱爲桐城文派中興功臣，蓋其平生於姚鼐拳拳服膺，雖別有會心，而塗迹並合，確能重振其緒，張大其軍也。王先謙（益吾）謂其以雄直之氣，宏通之識，發爲文章，冠絶今古，良非虚譽。著有曾文正公全集一百七十餘卷，内文集三卷。

【注釋】

〔一〕嘉應州，清爲直隸州，屬廣東，民國改梅縣。

〔二〕武功將軍，清代武員贈職，爲從二品。

〔三〕甲午爲康熙五十三年，公曆一七一四年。

〔四〕甲辰爲雍正二年，一七二五年。

〔五〕兖、沂，清俱爲府，屬山東。今改兖爲滋陽縣，沂爲臨沂縣。

〔六〕河間，清爲府，屬直隸。民國改爲縣。獻縣，清屬河間府，今與河間同屬河北省。

〔七〕和珅，字致齋，滿洲人，官至大學士，爲高宗所寵任。弄權黷貨，吏治大壞，遂釀成川楚教匪之禍，仁宗嘉慶四年，爲王念孫糾參，奪職下獄，賜自盡，籍沒其家。清史稿卷三一九，清史列傳卷三五有傳。

〔八〕科舉舊制，凡進士以知縣爲本班，不得他項官職者，歸班候選。

〔九〕惠州，清爲府，屬廣東，今改惠陽縣。河源，今縣，本惠州屬。

〔一〇〕藍阿和等皆教匪首領，有黄、白、青、藍四號名目。

〔一一〕伊秉綬，字組似，號墨卿，福建寧化人。時知惠州府，歸善、博羅亂徒蠢動，兵與之通，秉綬請誅亂民，觸總督吉慶怒，劾奏落職，已而亂發，察其無罪，起知揚州，有政聲，工詩，尤精篆隸。有留春草堂集。清史稿卷四七八有傳。

〔一二〕吉慶，滿洲正白旗人，姓覺羅氏，居官有聲。

〔一三〕羅浮山，在廣東增城縣。

〔一四〕潮州，清爲府，今改潮安縣。揭陽，今縣，本潮州屬，今同屬廣東。

〔一五〕天地會，相傳始於康熙間福州莆田九連山少林寺僧與湖廣人陳近南，擁立朱洪竹者，謀覆清復明，名其軍曰三合軍，初戰甚鋭，後敗没。乾隆時林爽文起彰北，亦敗滅，後更有三合會者，即其别支云。參看徐珂清稗類鈔會黨類。

〔一六〕長樂，今廣東五華縣。

〔一七〕今縣，屬廣東。

〔一八〕南海，今縣，治佛山，清與番禺並爲廣州府治。

〔一九〕百齡，字子頤，號菊溪，姓張氏，遼東人，官至協辦大學士，謚文敏。清史稿卷三四三有傳。

〔二〇〕張保，待考。

〔二一〕廉州，清爲府，今廣東合浦縣乃其舊治。

杭大宗逸事狀

龔自珍

一、乾隆癸未歲〔一〕，杭州杭大宗以翰林保舉御史〔二〕，例試保和殿〔三〕。大宗下筆爲五千言，其一條云：『我朝一統久矣，朝廷用人，宜泯滿漢之見。』是日，旨交刑部，部議擬死，上博詢廷臣，侍郎觀保〔四〕奏曰：『是狂生，當其爲諸生時，放言高論久矣。』上意解，赦歸里。

一、大宗原疏留禁中，當日不發鈔，又不自存集中，今世無見者。越七十年，大宗外孫之孫丁大，抱大宗手墨三十餘紙，鬻於京師市，有藺紙淡墨一紙半，乃此疏也。大略引孟軻、齊宣王問答語〔五〕，用己意反復說之。此稿流落琉璃廠肆中〔六〕。

一、乙酉歲〔七〕，純皇帝南巡〔八〕，大宗迎駕，召見。問：『女何以爲活？』對曰：『臣世駿開舊貨攤。』上曰：『何謂開舊貨攤？』對曰：『買破銅爛鐵，陳於地賣之。』上大笑，手書『買賣破銅爛鐵』六大字賜之。

一、癸巳歲〔九〕，純皇帝南巡，大宗迎駕。名上，上顧左右曰：『杭世駿尚未死麽？』大宗返舍，是夕卒〔一〇〕。

一、大宗自丙戌迄庚寅（一一），主講揚州安定書院（一二），課諸生肄『四通』。杜氏通典（一三）、馬氏文獻通考（一四）、鄭氏通志（一五），世稱『三通』。大宗加司馬光通鑑云（一六）。

一、大宗著道古堂集（一七），海内學士見之矣。世無知其善畫者。龔自珍得其墨畫十五葉，雍正乙卯歲（一八），自杭州如福州（一九），紀程之所爲也。葉系以詩，或紀程途月日瑣語，語汗漫而瑰麗，畫蕭寥而粗辣，詩平澹而屈強。

同里後學龔自珍謹狀。

【作者傳略】龔自珍，字璱人，號定庵，後改名鞏祚，浙江仁和人。道光進士，官至禮部主事。自珍早慧，年十二，即得聞其外祖段玉裁小學之傳。年二十八，從劉逢禄受公羊春秋。其學出入於九經、七緯、諸子、百家而自成一家，爲晚清今文學家健者。其文幽渺深邃，詩亦奇境獨辟，以奇才名天下。道光廿一年辛丑（一八四一）卒，距生乾隆五十七年壬子（一七九二），年五十。生平著作極多，惜多散佚，有定庵文集三卷，續集四卷，集補五卷，補編四卷。

【按】本篇末作者有附記云：『同里張熷南漪、王曾祥麐徵皆爲杭大宗狀，此第三狀，詳略互有出入。』二文余均未見。意大宗生平行實備詳於二狀，故自珍乃以所聞之逸事爲此狀，而文意冷雋，極淒婉之致。清代糾虔士大夫之嚴密，全可由是窺見，其言外之意，有可思者。

【注釋】

〔一〕按：大宗以翰林保舉御史，在乾隆八年癸亥，此云癸未，誤。

〔二〕大宗，杭世駿字，世駿，號菫甫，又號秦亭老民，浙江仁和人，舉乾隆丙辰博學鴻詞，授編修。性通倪，少有異才，博觀群籍，嘗受命校刊十三經、廿四史，纂修三禮義疏，自著有石經考異、禮例、史記疏證、兩漢疏証、三國志補注、晉書補傳贊、北史搴稂、金史補闕、諸史然疑、兩漢蒙拾、歷代藝文志、兩浙經籍志、續方言、文選課虚、鴻詞所業、詞科掌録、詞科餘話、桂堂詩話、榕城詩話、亢宗録等。清史稿儒林有傳。

〔三〕保和殿，清宮三殿之一，在舊北京紫禁城内太和殿後，明曰建極殿，又名謹身殿，入清改名。其後爲乾清門，即大内也。每歲除夕，筵宴外藩；每科朝考新進士，皆御此殿，凡列祖實訓實録告成，亦呈進於此。

〔四〕觀保，滿洲正白旗人，姓索綽絡氏，字伯容，號補亭，乾隆進士，累官至禮部尚書，左遷左都御史。以文章受知遇，屢典貢舉，爲詞林耆舊。卒謚文恭。有補亭詩稿。清史稿卷□□有傳。

〔五〕按：孟子答齊宣王語見孟子梁惠王章，大體以保民、行仁政爲言也。

〔六〕琉璃廠，北平市場名，爲買賣古董及舊書所在。

〔七〕乙酉，爲乾隆三十年，公曆一七六五年。

〔八〕純皇帝，乾隆廟號。

〔九〕癸巳爲乾隆三十八年，公曆一七七三。按：是歲乾隆無南巡事。據汪滌源雜記，此事乃在乙酉：『乙酉，四舉南巡，在籍文員迎駕湖上，上顧杭世駿問曰：汝性情改過麽？對曰：臣老矣，不能改也。上曰：何以老而不死？對曰：臣尚要歌吟太平。上哂之。』與自珍所述，乃一事也。

〔一〇〕按：據吳榮光歷代名人年譜，大宗卒於乾隆三十八年，蓋本此狀。

〔一一〕按：丙戌爲康熙四十五年（一七〇六），庚寅爲乾隆卅五年（一七七〇）。

〔一二〕安定書院見汪中傳注〔七〕。

〔一三〕通典，唐杜佑著，凡二百卷，分食貨、選舉、職官、禮樂、兵刑、州郡、邊防八門，上溯黄、虞，下迄天寶，博取五經群史，及漢魏六朝人文集奏疏之有裨得失者，每事以類相從。凡歷代沿革，悉爲紀載，詳而不煩，簡而有要。唐以前之掌故，兹編爲其淵海，爲世所重。曾文正謂『欲周覽經世之大法，必自杜氏通典始矣』。其價值有如此。

〔一四〕文獻通考，元馬端臨撰，以通典爲藍本，析通典八門爲十九，而增以經籍、帝系、封建、象緯、物異五門，爲廿四門。所述事迹，上承通典，下迄南宋寧宗，尤以所載宋制爲最詳，簡嚴稍遜於通典，而詳贍過之，其自序謂引古今謂之文，參以唐宋以來諸臣之奏疏，諸儒之議論，謂之獻。故名。

〔一五〕通志，宋鄭樵撰，凡二百卷，仿通史之例爲之，分紀傳、年譜及二十略三類，其二十略，採摭浩博，議論亦多精闢，爲全書精華。雖瑕瑜互見，而瑕不掩瑜，至今資爲考鏡。坊間通行有通志略，即以其二十略單行者也。

按：清代續修有續三通並皇朝三通，合稱九通。

〔一六〕資治通鑑，凡二百九十四卷，又目録卅卷，考異卅卷，宋司馬光奉敕撰，編年之史也。上自戰國，下迄五代，計一千三百六十二年，助纂者有劉攽、劉恕、范祖禹諸人，皆一時碩學通儒，其書網羅宏富，舉凡國家興衰之迹，生民休戚之事，並寓善爲可法，惡爲可戒之意，文繁義博，體大思精，越十九年而書成，光之精力萃焉。神宗賜名資治通鑑。至元胡三省爲之注。考異則參校異同，明所以去取之意者。清畢沅有續資治通鑑，出邵晉涵、孫星衍手，亦可觀。

〔一七〕按：大宗道古堂集，世頗有刻本流行。凡詩廿六卷，卷各爲集；文四十八卷，其御試時務策，編集時未收。其流入北平琉璃廠之稿本，近人已無有能言之者，或已佚矣，惟乾隆東華録尚有節略。

〔一八〕按：乙卯爲雍正十三年，公曆一七三五。

〔一九〕按：大宗如福州係聘充福建鄉試同考官，錢林文獻徵存録謂在雍正十三年，與本文同。支偉成清代樸學大師列傳謂在雍正二年甲辰，誤。

事略

江忠烈公事略

李元度

公諱忠源，字岷樵，湖南新寧人〔一〕。爲諸生，究心經世學，不屑屑章句。充道光丁酉拔貢〔二〕，是科舉於鄉。甲辰大挑得教職〔三〕。

新寧地接廣西，民猺雜處，多盜。公察天下將亂，倡行團練法，以兵法部勒子弟，是爲湖南團練之始〔四〕。

丁未秋，猺民雷再浩〔五〕，勾廣西賊爲亂。鹽法道楊君炳堃，總兵英君俊〔六〕，來縣合剿，議徵兵。公力止之，自率鄉兵擣其巢，再浩擒。事定，賞藍翎，以知縣用。是爲公以鄉勇討賊之始。

戊申，謁選，發浙江，權知秀水（七）。邑被水災，公勸分設賑，收棄孩，蠲正賦，民忘其災。計擒劇盜十數人，邑大治。巡撫吳文節公文鎔（八），侍以國士，補麗水（九）。會文宗皇帝登極（一〇），詔中外各舉所知，侍郎曾公國藩具疏薦（一一），有旨召見，吳公疏留辦海塘工。閱四月，工訖。以父憂歸。

時廣西賊首洪秀全、楊秀清等稔亂（一二）。朝命大學士賽尚阿公出視師（一三），聞公知兵，疏調軍前。副都統烏蘭泰公（一四），忠勇負氣，與他將多齟齬，一見公，深相倚重。公募故所用鄉兵五百人，使弟忠濬帥以來（一五），號楚勇，是爲公以湖南鄉勇出境討賊之始。

始至，敝衣槁項，諸軍皆匿笑。時賊氛惡甚，官兵數萬，莫敢攖。公築壘逼賊營，賊以其少，且新集，易與也，急犯之，公堅壁，如不敢戰，賊近塹，始開壁馳之，斬首數百。烏公拊掌語人曰：『君等蔑視楚勇，今何如？』侍衛開隆阿者（一六），善射奇中，嘗射虎十數，軍中號打虎將者也。公長揖過之，意嗛公。一日，戰被圍，矢且盡。公登高阜望之，曰：『必開公也！』怒馬馳救之，並轡歸。開公拜曰：『活開隆阿者，君也！』遂握手飲極歡。累功擢同知直隸州，賞花翎。時賊萃永安（一七），官軍環之，闕城北一面，公與烏公請掘長壕聚殲之，弗聽。明年春，以病歸，賊果由北路犯桂林（一八），四總兵陣歿。烏公以刀刺臂，灑血盤水中，呼將士共飲，涕泣誓師，援桂林。公在新寧，亦力疾起，出私財增募千人，與今直隸總督劉公長佑〔一九〕，倍道赴援。至則烏公中礮卒，城圍逾月，公進扼東岸之鸕鷀洲，三戰皆捷。四月朔，桂林圍解，擢知府。賊趨全州〔二〇〕，公間道敗之唐家司〔二一〕。全州既陷，鋭意趨湖南，公先諸軍扼富塘埔，賊度不能越，則悉載輜重舟中，期水陸並下。公伐樹塞河，截賊蓑衣渡〔二二〕，鏖戰兩晝夜，逆舟拄樹不得前，僞南王馮雲山中礮死〔二三〕，盡獲其輜重，賊遂東走道州〔二四〕。

初，公慮東岸空虛，白當事，請分軍扼截，弗許；請躬率所部往，又不許。至是，賊果由東岸竄湖南矣。方賊之奪舟而下也，天雨水漲，由永州至衡州〔二五〕，數日可達。程總督矞采〔二六〕，時駐衡，聞警走長沙〔二七〕。知府陶君恩培留之〔二八〕，不可；鮑提督起豹〔二九〕，亦議去永州。會聞蓑衣渡之捷，人心稍固，總督仍還衡郡。及賊踞道州，衆猶不滿萬，公慮日久裹脅衆，乃建議分防不如合剿，遠堵不如近攻。七月，賊自藍山、嘉禾犯桂陽〔三〇〕，旋陷郴州〔三一〕。公上言後路追剿愈急，前路攻陷愈多，請仍申合剿議。當事皆漫不省，賊則益張。公在郴州，約總兵和春公〔三二〕，由石子嶺潛師出賊前，未至，賊竄永興〔三三〕，以萬衆留郴相牽制。公策永興賊必由茶陵、醴陵犯長沙，乃倍道由衡州援省會，賊已踞城南及小西門，窟穴於民廛，攻甚急。南城外天心閣，地勢高，賊方柵其上。公望見驚曰：『賊據此，長沙危矣！』急帥所部爭之，死傷二十人，督戰益力，賊退，趨移壘，壘去賊數十武，共汲一井，擊柝聲相聞。自是長沙止南門受敵，賊巢背水面城，當絕地，雖後隊踵至，無能爲矣。會僞西王蕭朝貴中礮死〔三四〕，賊數穿地道，又先後爲副將鄧君紹良、瞿君騰龍所拒（三五），氣少沮。逾旬，洪楊大股至，勢焰復張。公弟忠濟自郴尾之（三六），約公夾擊。方戰，賊伏叢冢間，挺矛刺公，傷腓墜馬，遇救免。時新撫張公亮基至（三七），前巡撫駱公秉章（三八），與幫辦軍務前湖北巡撫羅公繞典（三九），均夙契公，就詢方略，公以官軍四面集，惟河西一路虛，請調重兵駐龍廻塘（四〇），扼賊竄路，期盡殲，張公尤韙之。而河西諸將（四一），逡巡莫敢前。當是時，賽公罷免，新帥徐公廣縉久不至（四二），城內外巡撫三，提督二，總兵十（四三），莫相統攝，謀用不成。公憤甚，躬赴湘潭，力請於徐公，不省。賊卒由龍廻塘竄出，掠舟西遁，而東南大局隳矣！

十一月，公追賊至臨資口（四四），屬巴陵土寇起（四五），檄公留剿。事平，而瀏陽匪渠周國虞之事起（四六）。先是國虞等，故與粵西賊共爲耶會，衆萬餘人，粵賊至，即起應之。已復止，當事始掩覆之，至是將乘官軍之下，爲亂湖南。公出不意進討，張示散脅從，許自首免誅。十二月十八日，賊來犯，設伏敗之，斬首七百，首免者萬餘人，瀏陽平。公時以援湖南功，擢道員矣。

三年正月，張公權湖廣總督，疏調公，旋授湖北按察使。時賊棄武昌東下，公私掃地，一切倚公辦。又平民之爲賊者，通城劉立簡、崇陽陳百斗、嘉魚熊開宇等，有衆數千，皆討平之（四七）。遂奉幫辦江南軍務之命（四八）。公拜疏言軍事，請嚴軍法，撤提鎮，汰弁兵，明賞罰，戒浪戰，察地勢，嚴約束，寬脅從，凡五千餘言。又疏請四川、湖南、北三省，分造戰船，習水師，令廣東籌款鑄礮。是爲公籌畫東南大局之始。疏入，上嘉納之。四月，公率軍東下，廣濟賊宋關祐等（四九），抗糧爲亂，戕守令，聚衆數萬。公就便征之，戰三捷，斬首五百有奇，生擒三百人，釋其半，令轉相解散，詰旦，賊大至，又敗之。訊俘，多即釋歸者，乃駢誅之。五月，至九江，賊自皖江泝流上（五〇），距城四十里，憚公威名不敢近，改由彭蠡犯南昌（五一）。時公奉命援鳳、潁（五二），即抗疏改道援江西（五三），軍士方患暑疫，汰之，得人千三百，以五月十六夜抵南昌，凡三晝夜，行五百里。賊不意公乍至，驚曰：『來何速也！章江門最受敵，公自當之，宿譙樓，爇城外民舍。十八日，賊舟蔽江，至薄城，礮擊之，稍卻，趨得勝門，以門外民居，阻雨未盡焚也。方賊至，營兵四人，將縋城走，公立斬以徇。曉夜躬巡，礮碎從者首，不爲動。賊穴地轟城，公鑿隧道迎之，三次藥發，陷城八十餘丈，公及弟忠濟力拒之（五四）。賊死傷山積，不能入，上頒賜玉翎管及抉拾各一。

時湖南援師先後集，賊氣沮，圖竄吉安、臨江（五五），而安福、泰和、萬安寇復起（五六）。公乃分軍樟樹鎮扼賊衝（五七），檄羅公澤南等剿泰和各屬（五八），平之。時羅方以訓導援江西也。八月二十二日，圍解。方公遣援時，巡撫以下，皆持不可。公曰：南昌兵逾萬，留三千人不見多，若泰和賊與南昌賊鈎連，上下路絕，此危道也！已獲賊諜，得其往來書，果約急攻吉安，如公言。捷聞，天子加公二品服。當是時，公義聲震天下。師及德安（五九），聞賊上犯，公急往助守田家鎮（六〇），以二千人渡江，而令後至者，間道趨武昌，備緩急。時司防者，武昌道徐君豐玉、漢黄道張君汝瀛（六一），用戰艦扼江，而南岸半壁山不設備。公至，訝之！急揮兵據險，賊已先我至，水陸交訌，師遂潰。公至甫一日也。徐、張二公死之。黄州、（六二）漢陽陷，惟武昌以公援應得全。賊懼公躡其後，尋引去。

初，公以田鎮之失，鐫四級，至是奉命巡撫安徽。公疏請增兵萬人當一路，又念行省新改廬州（六三），爲南北樞紐，去稍遲，賊且北竄，遂以二千人先發。而湖北巡撫崇綸強留公所遣援軍（六四），公於是益孤矣！抵六安（六五），適舒、桐告陷（六六），士民遮道留公，公病，入城繕守備，人心稍定。廬州警報日夕至，知府胡元煒（六七），具言城中軍實裕，團丁可萬餘人，請速往，公乃留千人守六安，自率數百人入城，知府來謁，公詢守具，以方籌畫對，糗糧軍火一無有。公審其有異志，擬誅之，未果。越二日，賊大至，團丁鳥獸散。公力疾登陴，誓死守。城周二十六里，合主客兵裁三千。賊仍用地雷轟大西門月城，繼轟文昌門，公親督楚勇殊死鬭，殪賊數百人。疏陳守禦狀，上特賞公霍隆武巴圖魯名號（六八）。賊自十一月十二日合圍，公堅守逾月，賊奪氣，將遁矣，有内奸以城中食乏、軍火且盡告。遂增闢隧道，以十二月十七日昧爽，併力攻，逾時，水西門城塌十餘丈，公且戰且修築，忽傳賊自南門緣梯入，人聲鼎沸。公知事不濟，掣佩刀自刎，左右持之。一僕負公行，公不可，則嚙其肩及耳，血淋漓，僕創甚，委公於地。賊逼，公轉戰至水關橋之古塘（六九），被七創，奮投橋下死之。同殉者：同知鄒君漢勳（七〇），參將馬君良勳，自六安從公入城者也；參將戴君文瀾、縣丞艾君延輝，自湖北來援，乘間入者也；布政使劉君豫鈞、池州知府陳君源兗、同知胡君子雝、副將松安君、縣丞興福君〔七一〕皆死，而知府竟降賊。前以城中虛實告，及置梯南門，皆其勇目徐淮所爲也。

公困孤城時，援師十餘壁，皆不能前。十二月十二日，公弟忠濬自湖南募師來援，與劉公長佑殊死戰，不利。及再戰而城陷矣！後八日，舊卒周昌發冒死入城，負屍出，面如生。事聞，上震悼，追贈總督，賜祭葬，予謚忠烈，封公三代如其官。命廬州及湖南、江西，各建專祠。

公性英烈，與人交，披瀝肝膽，終始不渝。同年生武岡曾如鑨，暨湘鄉鄧鶴齡、陝西鄒興愚〔七二〕，先後客死京師，貧不能返葬，公皆身護其櫬歸。治軍推赤心待人，得其死力。所過無秋毫犯。每戰親陷陣，踔厲風發，誓不與賊俱生。尤料敵如神，能以至少擊至眾，故所向有功。居圍城，每夕必巡城一周，見士卒食苦，輒呼匕箸取嘗之曰：『適巡城饑，與君一共此味耳。』故士卒感服，無忍背者。

賊起嶺西，崗蠻耳〔七三〕，王師且十萬，環視莫敢先，公以書生倡勇敢，軍氣爲一變。其後楚軍輩出，卒克金陵，夷大亂，皆公風聲所起也。公建三省會剿議，請治舟師扼上游，今大學士曾公，卒用此肅清江面，成大功。公存亡實關天下安危，豈僅以一死激頑懦哉！

初，公計偕入都，嘗過曾公，語移時去。曾公目送之曰：『平生未見如此人！』既而曰：『此人必立名天下，然當以節烈死。』自公死，海內識與不識，下及婦人孺子，皆爲流涕，祠祀徧江以北。

公既薨之二年，上猶下前疏軍中，其知公深矣！五年，援賊屯大蜀山，上有公祠，夜見列炬熒熒，劍槊聲相摩，賊驚遁，祠得全。喪歸，柩尚在城，別賊自東安犯新寧，攻七晝夜，敗去。訊賊黨，具言酣鬭時，見藍旗軍突出，遂不支。藍旗者，公部向所用旗，時實無此軍也。或謂公靈不昧，雖死猶殛賊云。

公年四十有二，父上景，歲貢生。昆弟四：公長；次忠濬，今任四川布政使；次忠濟，道員，陣歿通城；次忠淑，累擢道員。子二：孝椿，以忠濬子嗣；孝棠，遺腹生。

【作者傳略】李元度，湖南平江人。字次青，一字笏庭，自號天岳山樵，晚更號超然老人。道光舉人，會試報罷，游奉天學政幕，因得備覽清列朝實録，遂通知一代政事；又隨使車遍觀關東形勢，然有得，益肆力掌故地理之學。咸豐間從曾胡諸公禦洪楊有功。累擢浙江鹽運使，貴州按察使，改布政使。在軍幾二十年，屢仆屢起。曾、胡及左宗棠、李鴻章均重其才。生道光元年辛巳（一八二一），卒光緒十三年丁亥（一八八七），年六十七。生平著作甚富，其已刊者，有國朝先正事略六十卷，平江十三君子事略二卷，十忠祠紀略二卷，平江縣志五十六卷，南岳志二十六卷，天岳山館文鈔六十卷，未即刊者有四書廣義六十四卷，國朝彤史略十卷，名賢遺事録二卷，國朝先正文略二百卷，求實用齋叢書若干卷，安貧録四卷，古文話六十四卷，天岳山館詩集十二卷，文續集若干卷，四六文二卷。清史稿卷四三二有傳。

【解題】事略亦傳狀之一體，蓋紀述其人生平梗概之文也，書事多祇述一事，此則詳記所歷，其人之生平大略具在。

曰事略者，蓋別於正式傳狀而言，然其實亦傳體也。昔王偁撰東都事略，述北宋九朝事，帝王臣工之迹略備。以紀傳稱事略，蓋始於此。其後作者雖眾，然無專書，至清季李元度作國朝先正事略，頗具別裁，亦可謂燦然者矣。本文及以下數篇，皆採自是書。

【注釋】

〔一〕新寧，今縣，屬湖南省。城瀕夫夷水北岸。始置於宋，故城在今治東，明移今治。清屬寶慶府。

〔二〕丁酉爲道光十七年，公曆一八三七。拔貢，詳汪中傳注。

〔三〕甲辰爲道光廿四年，公曆一八四四。大挑，清制，每經數科會試後，揀選下第舉人，以知縣教職分別録用，謂之大挑。

〔四〕按：曾國藩江忠烈公神道碑：『嘗從容語國藩，新寧有青蓮教匪，亂端兆矣。既歸，二年而復至京，余戲詰公青蓮會匪竟如何，何久無驗也？公具道家居時陰戒所親，無得染彼教，團結丁壯，密繕兵仗，事發有以禦之，逮再歸而果有雷再浩之變。』又湖南通志卷八九武備志十二兵事四國朝云：『（道光）二十九年，新寧會匪李沅發糾眾起事……時邑紳江忠源剿平猺匪雷再浩，所練團丁，規模具在。』忠源於厝火積薪號爲承平之時，即先眾憂而亂作，其先識如此。

〔五〕雷再浩，猺匪，爲忠源所擒殺，他事迹未詳。

〔六〕按：楊炳堃，浙江拔貢，時任鹽法長寶道。英俊，滿洲人，時任永州鎮總兵官。

〔七〕秀水，舊縣，明析嘉興縣置，地瀕秀水，縣以水名。與嘉興同爲嘉興府治，清因之。民國併入嘉興縣。

〔八〕吳文鎔，儀徵人，字甄甫，號雲巢，一號竹孫，嘉慶進士，咸豐間，官至兩湖總督。洪楊之亂，武昌戒嚴，巡撫崇綸思移營城外，爲自脱計，文鎔強欲死守。崇綸銜之，圍解，進薄黄州，崇綸遇事掣其肘，以衆寡不敵，敗投塘水死。謚文節。清史稿卷三九六有傳。

〔九〕麗水，今縣，屬浙江省。清爲處州府治。

〔一〇〕文宗即咸豐帝，名奕詝，愛新覺羅氏。在位十一年，年卅一歲。

〔一一〕曾國藩，詳廣東嘉應州知州劉君事狀後作者傳略。時國藩任□部侍郎。

〔一二〕洪秀全、楊秀清，俱廣東花縣人，奉耶穌教，道光末，起事於廣西桂平之金田村，建號太平天國，洪稱天王，封楊爲東王，由廣西下湖南、湖北，定都金陵，以兵經略四方，自定制度，勢甚盛。後爲曾國藩所平，前後凡十五年，楊在金陵時，先爲韋昌輝所殺。

〔一三〕賽尚阿，蒙古正藍旗人，姓阿魯特氏，嘉慶繙譯舉人。道光間由筆帖式升主事，累官文華殿大學士。洪楊事起，以欽差大臣赴廣西督師，久無功，奪職，發軍臺效力。尋釋回，復起爲滿洲正紅旗都統。清史稿卷三九二有傳。

〔一四〕烏蘭泰，滿洲人，咸豐間官廣東副都統。洪楊事起，赴廣西幫辦軍務，以勇略聞，每戰必身先士卒，復永安，擒洪大全，功甚著。後援桂林，戰於將軍橋，中炮亡。謚武壯。清史稿卷四〇二有傳。

〔一五〕江忠濬，忠源弟，字達川，由諸生從軍，累功保府道，加布政使銜，授廣西布政使。調四川，告歸卒。

〔一六〕未詳。

〔一七〕永安，明置州，屬廣西平樂府，清因之。民國改爲蒙山縣。

〔一八〕桂林，今縣，廣西省治也。明於臨桂縣置桂林府，清仍之。民國廢府，改縣名爲桂林。

〔一九〕劉長佑，湖南新寧人，字子默，號印渠，道光拔貢。咸豐間從忠源軍，積功獎知縣。後轉戰江西、廣西各省，屢有功，又與李鴻章同平東、西捻。官至直隸、雲貴總督。寬和得衆，熟悉邊情。卒謚武慎。清史稿卷四一九有傳。

〔二〇〕全州，今廣西省全縣。明清皆爲全州治，屬桂林府。

〔二一〕按：唐家司，今作唐家市，在興安縣東北十五里湘水左岸，道通全州。

〔二二〕蓑衣渡在全州下游，去州城陸路十里，水路十二里，爲由全州通道州之湘江重鎮。渡口河床狹窄，東西相距只百米左右，故忠源伐木塞口，而於西岸伏兵截之。

〔二三〕馮雲山，廣東花縣人，與洪秀全同事朱九濤，奉上帝會。及秀全起事，封南王。雲山自廣西入湖南，在蓑衣渡爲忠源所扼，中炮死。

〔二四〕道州，唐置州，明爲道州府，尋復爲道州，清仍之，屬湖南永州府，民國改爲道縣。

〔二五〕永州，明時爲永州府，清仍之，屬湖南省，治零陵。民國廢。衡州，明爲衡州府，清仍之，屬湖南省，治衡陽。民國廢。

〔二六〕程矞采，新建人，字晴峰，嘉慶進士，授禮部主事。道光時，官至湖廣總督。太平軍入湖南，赴衡州防堵。道州、永明、江華、嘉禾、桂陽相繼陷，坐奪職。旋戍新疆，越數年，釋歸卒。清史列傳卷四十二有傳。

〔二七〕長沙，今縣，湖南省會也。清與善化縣同爲長沙府治。民國廢府存縣，併善化入之。今又析置長沙市。

〔二八〕陶恩培，會稽人，字益芝，一字問雲，道光進士。咸豐間官至湖北巡撫，太平軍陷武昌，死之，謚文節。清史稿卷三九五有傳。

〔二九〕鮑起豹，六安人，咸豐初由守備累官至湖南提督。太平軍入湖南，坐褫職。

〔三〇〕藍山、嘉禾，俱今縣，清屬湖南桂陽州，民國初屬湖南衡陽道。桂陽，今縣，清爲湖南直隸州。

〔三一〕郴州，今縣，清爲湖南直隸州。

〔三二〕和春，滿洲人，太平軍起，以提督總江南軍務，偕張國樑克句容、鎮江，逼金陵。爲陳玉成援軍所敗，退常州，中創卒，謚忠壯。

〔三三〕永興，今縣，清屬湖南郴州。

〔三四〕茶陵、醴陵，俱今縣，清屬湖南長沙府。蕭朝貴，廣西桂平人，天王洪秀全妹婿，太平天國立，封西王。犯湖南，詗長沙無備，由醴陵進攻，爲忠源所敗，中礮死。

〔三五〕鄧紹良，字臣若，湖南乾州廳人。道光末歷官把總、千總、守備，以平李沅發亂，擢都司，賞揚勇巴圖魯號。後從向榮戰廣西、湖北、安徽、江蘇等省，積功至提督。咸豐八年戰黄池，兵敗自焚死。謚忠武。瞿騰龍，字在田，善化人，道光間，歷官至鎮筸守備。太平軍起，援廣西有功，擢副將，賜號莽阿巴圖魯。旋由岳州追敵至江寧，轉戰江北，死瓜洲之役，贈提督，謚威壯。按：二人清史稿卷四〇二均有傳。

〔三六〕江忠濟，字汝舟，忠源母弟。道光末，集鄉勇平李沅發之亂有功。後隨忠源轉戰湘鄂，戰死通城，贈按察使銜，謚壯節。

〔三七〕張亮基，銅山人，字石卿，道光舉人，咸豐初官湖南巡撫，時太平軍圍長沙，乃縋城入視事，城得完。後調撫山東，以忤勝保落職。再起，至雲貴總督。清史稿卷四二四有傳。

〔三八〕駱秉章，花縣人，字籲門，道光進士，累官湖南巡撫，時洪楊軍起，與曾國藩練兵籌餉，內守外戰，湖南賴之。後官四川總督。卒謚文忠，有駱文忠公全集。清史稿卷四〇六有傳。

〔三九〕羅繞典，湖南安化人，字蘇溪，道光進士，由編修累擢湖北巡撫，以憂歸。太平軍起，奉詔辦理湖南防務，擢雲貴總督，東川回亂，平之。桐梓楊隆喜作亂，圍遵義，督師征剿，卒於軍，謚文僖。有詩文集。清史列傳卷四十二有傳。

〔四〇〕龍廻塘，湘軍記作龍回潭，其地當在長沙縣東四十五里關山龍回關附近，爲要道。

〔四一〕按：河西諸將，係指賽尚阿、徐廣縉、程矞采諸人而言。

〔四二〕徐廣縉，鹿邑人，嘉慶進士，授編修，道光末，累官兩廣總督。洪楊事起，赴湘會剿，無功，奪職。後起剿捻於河南，尋卒。清史稿卷三九四有傳。按：廣縉時駐湘潭，遣福興駐蘄家河不進。

〔四三〕按：巡撫三，指前湖南巡撫駱秉章，新任張亮基及前湖北巡撫羅繞典。二提督指前湖南提督余萬清及新任鮑起豹。總兵十指和春、常禄、李瑞、德亮、秦定三等而言。

〔四四〕臨資口，市名，亦作臨泚口，在湖南湘陰縣西三十里湘江之西。按：太平軍解長沙圍渡湘西走寧鄉，分軍趨湘陰，阻水不得渡，悉軍拔臨濱河木柵，出洞庭，犯岳州。

〔四五〕巴陵，今岳陽縣。按：其時有巴陵新牆土匪晏仲武與敵通，糾眾劫軍餉，忠源與鄧紹良平之。

〔四六〕瀏陽，今縣。按：周國虞，又作周國愚，時藉徵義堂名，陰養死士，與太平軍通，知縣懼禍主羈縻，左宗棠、郭昆燾力持用兵，密飭忠源急進兵，乃出不意剿平之。

〔四七〕按：崇通毗連湖南，而土匪紛起，時曾國藩治軍長沙，遣江忠淑、劉長佑率楚勇往討，忠源回軍會剿，平之。

〔四八〕按：忠源幫辦軍務，係赴向榮江南大營。

〔四九〕按：初廣濟民宋關祐以爭糧抗官，黄梅知縣鮑開運以兵往，民憤，殺開運，並戕知府邵綸，忠源率部討平之。

〔五〇〕皖江即皖水，一名長河，發源安徽潛山天堂山，東南流合潛水至皖口入長江。

〔五一〕按：九江、彭蠡、南昌，均已見楊勇慤公别傳注〔二一〕、〔二三〕、〔二五〕。

〔五二〕鳳即安徽鳳陽府，治今鳳陽縣，其地控扼潁、泗，襟帶長江，爲省北重鎮。潁指安徽潁州府，治阜陽。

〔五三〕按：忠源自鄂東下，次九江，聞太平軍趨江西，江撫張芾聞忠源至，飛檄召援省城，忠源乃倍道改援南昌，張芾奏以軍事屬之。

〔五四〕江忠濟見劉武烈公别傳注〔二一〕。

〔五五〕吉安，江西今縣，清爲府，治廬陵。臨江，清爲府，屬江西，民國廢，今清江縣其舊治也。

〔五六〕安福、泰和、萬安，均江西今縣，清同屬吉安府。

〔五七〕樟樹鎮，在江西清江縣東北，有城周十里，亦曰清江鎮。

〔五八〕羅澤南，湘軍名將，詳本書羅忠節公事略。

〔五九〕已見郭提督松林别傳注〔四七〕。

〔六〇〕田家鎮，見楊勇慤公别傳注〔一八〕。

〔六一〕徐豐玉，字子逢，桐城人，蔭生。咸豐初，歷任湖北黃州知府、鹽法、武昌道，督糧道。太平軍復擾湖北，偕張汝瀛防田家鎮，兵敗同死。汝瀛，字仙舟，欒陵人，道光舉人，時以知府擢漢黃德道。

〔六二〕黃州，已見楊勇愨公別傳注〔二七〕。

〔六三〕廬州，清爲府，屬安徽，民國廢。今合肥縣其舊治也。按：其時以安慶新陷，省治移廬州。

〔六四〕崇綸，漢軍正白旗人，姓許氏。道光武舉人，咸豐間爲兩淮鹽運使。後爲鄂撫，官至兵部尚書。清史列傳卷四十三有傳。清史稿附見青麐傳。按：忠源本奏請以曾國藩練軍六千人助剿，至是遂自率鄂軍千人冒雨行，實尚不及兩千人也。

〔六五〕六安，安徽今縣，清爲直隸州。按：忠源至六安，吏民遮留，乃以鶴麗鎮總兵音德布守之，而自力疾赴廬州。

〔六六〕舒即舒城，安徽今縣，清屬廬州府。桐即桐城，今縣，清屬安慶府，均於是年十月先爲太平將秦日綱所攻陷，團練大臣呂賢基等死之。

〔六七〕胡元煒，未詳。

〔六八〕巴圖魯，滿洲語。譯言『好漢』，清代凡有武功者，多賜以此稱，上冠他字爲勇號，有清字、漢字兩種，忠源此號爲清字也。

〔六九〕按：水關橋，清史稿作水閘橋，嘉慶重修一統志不載，當在廬州水西門外附近也。

〔七〇〕鄒漢勛，字叔績，新化人，咸豐舉人。洪楊事起，從江忠淑援南昌，叙勞以知縣用，旋從忠源守廬州，城破死之。著有讀書偶識、五均論、斅藝齋詩文集、南高平物產記等。傳附見清史稿儒林鄭珍傳。

〔七一〕按：馬良勛、戴文瀾、艾延輝、劉豫鈴、胡子雝、松安、興福諸人並未詳。陳源兗，字岱雲，湖南茶陵人，道光十八年進士，改翰林，授編修，旋授江西吉安府，補安徽池州府，咸豐三年，奉忠源檄赴廬州協守，忠源殉難，遂亦赴文廟自經死。清史稿忠義有傳。

〔七二〕鄧鶴齡，字鐵松，道光壬辰舉人，辛丑會試，挑取謄録，留都門，病甚思歸，忠源護之行，尋卒於途，忠源以喪歸其家，論者以鶴齡爲交友得人云。曾如鑨、鄒興愚，均未詳。

〔七三〕按：此即指太平軍，其稱賊稱蠻，蓋自所處立場言，讀者可勿泥也。

塔忠武公事略

李元度

咸豐四年三月，粵逆數萬人〔一〕，自金陵溯大江而上，越安慶、武昌，再陷岳州，過洞庭〔二〕，以戈船徧布臨資口等處〔三〕。知長沙有備〔四〕，遂由湘陰破寧鄉〔五〕，間道襲湘潭〔六〕。湘潭居長沙上游，百貨所輳，賊掠舟萬計，分黨溯流窺衡、永〔七〕。當是時，賊挾百勝之勢，料官軍無能挫其鋒，既得湘潭，長沙不攻自困。塔忠武公時方爲副將，聞警投袂起，帥所部兵勇，會同水師血戰五晝夜，大破賊，殲斃、溺斃、燔斃數萬計，時所部千三百人耳！微此戰賊且溯湘源以達粵西老巢，直下通金陵，首尾一江相貫注，大局將不可支。烏虖！公之功在社稷，豈尋常一手一足之爲烈哉！自時厥後，公威名震天下，由湘而岳而鄂，所向克捷，雖婦人孺子，罔不知有公。使天假公年，平賊當較易，顧以暴露行間久，積勞成疾，賫志卒於軍，此朝野官吏軍民，無論識與不識，莫不同聲一哭，爲公悲，且爲天下生民悲也！

公諱塔齊布，字智亭，姓托爾佳氏，滿洲鑲黃旗人。生而神識沈毅，都統烏蘭泰公夙器之（八），由火器營護軍，擢三等侍衛。咸豐元年，發湖南，以都司用。二年秋，賊犯長沙，以守城功，擢游擊，賞藍翎（九），署中軍參將（一〇）。時在籍侍郎曾公國藩，奉命督治鄉兵，用明戚繼光法（一一），訓練束伍。每校閱，公必短後衣躡屩帶刀侍，曾公與語，奇之，試所轄兵，皆精練。副將清德方忌公（一二），嗾提督將加摧辱，曾公乃劾罷副將，薦公忠勇可大用。且云：『塔齊布將來如出戰不力，臣甘與同罪。』得旨加副將銜。三年，剿茶陵、安仁土匪（一三），賞換花翎（一四），記名以副將用。四年二月，率所部由平江進剿湖北通城、崇陽賊（一五），會官軍失利岳州，賊乘勢上犯，曾侍郎水師退保省河，公隨有湘潭之捷。

公之剿湘潭也，始至，次高嶺，賊即奄至，公手大旗，麾軍士縱擊，斬僞先鋒、元帥九人，賊敗潰，逐北數里，至城下。明日，賊大出犯，公伏兵山左右，設礮三重誘之。及賊逼，礮斃以百數，賊大亂，伏起夾擊之，賊奪路走，僵屍相枕籍，遂薄城闉，殪悍賊數百。公深入，幾中伏，跳而免。麾兵鏖鬬，大破之，城北賊柵皆盡。其南則水師會剿，焚賊舟數千，並焚市廛，使城外賊無所止，火光燭天三日夜，浮屍蔽江下。其時領水師者，楊公岳斌、彭公玉麟及諸觀察汝航、夏同知鑾也〔一六〕。四月二日，賊棄城夜遁，凡六日，湘潭平。詔加公總兵銜，賞喀屯巴圖魯名號，命署湖南提督，未幾即真。先是提督鮑起豹以清德之譖〔一七〕，屢斥辱公，至是起豹罷，公代其位，軍民快之。

時敗賊猶駐岳州，分黨陷常、澧〔一八〕，公馳抵新牆〔一九〕，破土城三座，舟師亦敗賊雷公湖，又敗之道林磯〔二〇〕。公與羅忠節公澤南、李忠武公續賓〔二一〕，合軍攻岳州，敗賊於高橋〔二二〕。閏七月二日，盡破賊壘，賊棄城退踞城陵磯〔二三〕。未幾，賊捨舟登陸，將據險爲營，分三路來撲，公亦分三路擊之，賊抵死抗拒，良久始敗潰，追至擂鼓臺〔二四〕，殲賊八百有奇。

公臨陣好匹馬衝鋒，戒從者不必從，從亦無能及者。又好單騎薄賊壘，覘虛實，賊屢馳之，瀕危得免，有天幸。一日，攜親卒四人，進覘擂鼓臺，突遇悍酋，獰髯睅目，直呼公名，横矛刺其馬，欲擒公，親卒黄明魁躍起，刺酋墜馬，酋回刺，明魁傷右脅，公親刃酋，殪之。獲賊旗，視所署字，知爲僞丞相曾天養。天養驍桀，爲賊魁，自楊秀清以外〔二五〕，皆爲之下。伏誅後，賊黨爲之茹齋六日者也。

賊既失悍酋，奪氣，退踞武昌。公與羅公自臨湘進剿長安驛、羊樓峒、佛嶺、大沙坪等處〔二六〕，戰屢捷，復崇陽、蒲圻、咸寧〔二七〕，又敗賊於官步橋及徐李埔〔二八〕，遂與羅公進屯江夏之紫坊（二九）。初，曾文正在城陵磯（一），約諸軍會紫坊，至是召諸將，議攻取武昌策。定議：羅公帥師攻花園賊壘（三〇）；水師扼長江；公從油坊嶺趨扼洪山（三一）。山在武昌城東北，左近梁子湖（三二），右隔湯孫湖（三三），係絕地，爲竄賊所必由。時城賊恟懼，以八月二十三日啓東北門遁，公扼而截之。賊路斷，迎斬黃衣賊目數名，賊崩奔，悉趨山背，復麾軍圍逼於沙湖、塘角間（三四），賊爭赴水死，填屍幾滿，中多幼孩，公見之大哭，傳令拯救，得二百有奇。賊因而乞命者，又七百有奇，分別誅釋之。

武昌既復，進攻大冶，戰於五里牌（三五），斬黃衣騎馬賊，賊大奔，燔賊壘二。亡何，敗反鬭，伏突起，刺傷公坐馬，左右兩軍合擊，賊復大潰，爭渡橋，橋斷，多墮水死，生擒百二十四人。是日羅公有興國之捷（三六），於是兩軍會於興國，籌進取：羅公西擣半壁山（三七），公東剿富池口（三八）。十月二日，戰軍山猫，克之，屯其地。距羅軍十餘里，中隔小河，方造浮梁濟，忽出賊千餘過渡處，別賊數千，陣半壁山左右，與羅公大戰，公隔河爲聲援，賊大敗。既又由富池口沿岸而上，冀襲我軍後，公擊走之，浮梁成。初五日，田鎮賊渡江來犯，公與羅公夾擊之，殪賊四百餘，溺斃半之。是時賊所設橫江鐵鎖在南岸者已斷（三九），而北岸猶未破。十三日，水師大戰，公及羅公列陣半壁山護之。燔逆舟數千，北岸鐵鎖悉銷燬，賊遁竄廣濟、

（一）『文正』，四部備要本國朝先正事略作『公』。

黄梅〔四〇〕。

田鎮既克，得旨賞穿黄馬褂，予騎都尉世職〔四一〕。二十日，公及羅公渡江，繞至蘄州〔四二〕，及賊於蓮花橋，遇伏，我前隊稍卻，公匹馬突陣，手刃大旗賊，追奔數十里，遂復廣濟，而黄梅爲賊必爭地，悍酋秦日綱、陳玉成、羅大綱併力守之〔四三〕。以數萬賊分佈小池口〔四四〕、孔壟驛〔四五〕，而立堅壘五於大河浦、龍頭寨等處〔四六〕，嚴密與田鎮埒。十一月朔，師次雙城驛〔四七〕，賊數路來犯，公與羅公併力擊之，追奔十里，破其五壘，斃賊三千餘，生擒九十餘。越日，進次夏新橋，距城四里。公與羅公登山望，知北門可攻，遂親進擣，我兵肉薄而登，多受創。公頭被石擊，流血被面，督戰益厲，卒克黄梅。曾公疏陳戰狀，有詔戒公輕進，公讀之感泣。尋攻孔壟驛，驛南通小池口，東臨水，賊於西南、北築土城，公從西南路進攻，累肩爲梯，卓矛而躍，遂大破之，賊悉竄小池口，分黨奔湖口〔四八〕，與九江相犄角〔四九〕，爲死守計。公遂與羅公渡江攻潯城〔五〇〕。十二月朔，攻西南門，不拔，驍將童添雲死之〔五一〕。會水師被賊襲，喪失輜重，而賊餫率從江北接濟。羅公從二套口渡江〔五二〕，進攻小池口。公率壯士二十人，渡江督戰，以衆寡不敵敗，且戰且退，公匹馬衝突，爲諸營扞蔽。有黄衣賊酋三人，策馬來犯，公以套馬竿圈一酋頸，斬之，且奪其馬，餘賊皆靡。公偕大隊沿江上，單騎馳入鄉間，馬陷泥淖中，幾失道。有田父夙耳公名，留匿其家，時除夕前一日也。次日，各軍以公未歸營，洶洶失所倚，有泣者。夜三鼓，鄉民忽送公渡江歸，曾公、羅公皆躍起，跣而出，握手相勞苦，繼以泣。公談笑自若曰：『飢甚，速具飯啖我！』時合營皆驚喜，歡聲如雷。飯罷，已元旦矣。

五年正月六日，城賊出犯，公擊斃二百有奇，生禽二十有一。公令暗伏地雷，誘賊來撲而陷之，果斃百餘賊。其後戰屢捷，而城終不下。六月，曾公與公約會於青山（五三），曾公謂宜移師東渡，剿湖口及東流、建德（五四），長驅直下，公以攻具方備，誓力破此城。七月十八日，傳令攻城，忽患氣脫，日中，薨於軍，年三十有九。事聞，上震悼，照將軍例賜卹（五五），廕襲如例，許入城治喪，賜祭葬，予謚忠武。

公長身火色，居平粥粥若無能，及臨陣奮拳切齒，口角流白沫，若欲生啖賊者。所乘鐵驪，絕有力，湘潭之捷，殪賊酋所得也。每戰不令士卒出己前，他軍被圍或小卻，必駛馬馳救。背負火鎗一，腰刀二，手長矛及套馬竿各一，技皆精絕，無虛發。每逼賊壘，覘形勢，比賊覺，去已遠，賊中驚以爲神，而公雍容恬退，未嘗一自詡也。

天性忠孝，自擢提督，於左臂涅『忠心報國』字。左右嘗以海燕窩進，公愀然曰：『吾母夫人在都，不知能給朝夕否，忍甘此耶！』深夜，呼親卒與絮語家事，每至泣下。偏裨小校，直入內幄白事，不俟傳宣。治軍紀律嚴，秋毫無所犯。與最下卒同甘苦，德化令進莞席（五六），以士卒皆臥草上卻之。及薨，軍民逾時悲泣。喪車過南昌（五七），所乘馬服鞍韉隨行，將入城，忽滿身汗濕，人謂公靈實乘之云。湖南、江西及九江、湘潭，均奉旨建專祠。

公娶于氏，生女一，無子，以弟子永承嗣。其弟莽阿布，先一年戰死獨流軍中〔五八〕。

【作者傳略】同前。

【注釋】

〔一〕粵逆，指太平軍，以洪楊皆粵人也。

〔二〕安慶，已見楊勇慤公别傳注〔三五〕。武昌見同上注〔一七〕。岳州見同上注〔三〕。洞庭爲湖南大湖，湘省諸水俱匯於此，有數道通長江。夏秋間，長江水亦倒灌入湖，面積約五千平方公里。

〔三〕臨資口，已見江忠烈公事略注〔四四〕。

〔四〕長沙，見江忠烈公事略注〔二七〕。

〔五〕湘陰、寧鄉，俱湖南今縣，清同屬長沙府。

〔六〕湘潭，見楊勇慤公别傳注〔四〕。

〔七〕衡，衡州；永，永州，見江忠烈公事略注〔二五〕。

〔八〕烏蘭泰，已見江忠烈公事略注〔一四〕。

〔九〕藍翎，清時禮冠，後以鶡羽爲飾也，其色藍，故稱藍翎，制似花翎而無眼，其初秩較卑而有功者得賜用。後賞賜甚濫，竟有以納貲得之者。

〔一〇〕參將，明清武職。位次副將，而居游擊上。按：清武職，提督、總兵位最高，副將、參將、游擊次之，都司、守備、千總、把總爲下。

〔一一〕戚繼光，明蓬萊人，字元敬，家貧，好讀書，通經史大義，嘉靖中，歷浙西參將，以破浙東倭寇，進秩三等，所部號戚家軍，兵精械利，名聞天下。治軍嚴，倭犯江西、福建，皆擊走之，晉福建總督。後奉調北上，練邊卒，官至太子太保，萬曆間，改廣東，謝病歸，卒謚武毅。著有紀效新書、練兵實紀、長子心鈐、蒞戎要略、武備新書、止止堂集。明史卷二一二有傳。按：湘軍初立，多採戚氏練兵成法。

〔一二〕清德，滿洲鑲黃旗人，道光廿八年任長沙協副將。

〔一三〕茶陵，見江忠烈公事略注〔三四〕。安仁，湖南今縣，清屬衡州府。

〔一四〕花翎，清時品官之冠，以孔雀翎爲飾曰花翎，以翎眼之多寡爲等差，普通只一眼，雙眼、三眼，則非勛臣、親王不能得。

〔一五〕平江，湖南今縣，清屬岳州府。通城、崇陽，俱見劉武烈公別傳注〔一一〕、〔一二〕。

〔一六〕楊岳斌，詳本書楊勇慤公別傳。彭玉麟、褚汝航、夏鑾，見同傳注〔六〕、〔一一〕。

〔一七〕鮑起豹，見江忠烈公事略注〔一九〕。

〔一八〕常，常德，清爲府，治武陵，民國廢府，改武陵爲常德縣。澧，醴陵，見江忠烈公事略注〔三四〕。

〔一九〕新牆，鎮名，在岳陽縣東南八十里新牆河南岸。

〔二〇〕雷公湖、道林磯，並未詳，當在岳陽、臨湘間。

〔二一〕羅澤南，詳本書羅忠節公事略。李續賓，見劉武烈公別傳注〔一四〕。

〔二二〕高橋，按：長沙東北八十里有高橋市，或即此所指。

〔二三〕城陵磯，見楊勇愨公別傳注〔一一〕。

〔二四〕擂鼓臺，未詳，待查。

〔二五〕曾天養，出身籍貫未詳。楊秀清，見江忠烈公事略注〔一二〕。

〔二六〕臨湘，今縣在岳陽東北。長安驛，在臨湘東南，清移城陵磯巡司於此，有官道東通蒲圻。羊樓峝，見劉武烈公騰鳴別傳注〔六〕。佛嶺、大沙坪，在通城、崇陽間，當桂口之東。

〔二七〕咸寧，見劉武烈公別傳注〔七〕。

〔二八〕官步橋，湖南通志及嘉慶重修一統志均未詳。

〔二九〕江夏，今武昌市舊名。紫坊即紙坊，見劉武烈公別傳注〔八〕。羅公指澤南。

〔三〇〕花園，漢陽城外沿江重地。當時太平軍築木城於此，以困武漢。

〔三一〕油坊嶺，未詳，當在紙坊與洪山之間。洪山，在武昌縣東北十里，舊名東山。

〔三二〕梁子湖，在武昌縣東八十里，分屬鄂城、大冶二縣。春深冬涸，由鄂城縣樊口入江，分東西二湖，港汊九十有九，湖中小山九十有奇。

〔三三〕湯孫湖，在武昌縣東烏槍湖之南，徑四十里，經李家橋至新橋入江。

〔三四〕沙湖，鎮名。在沔陽縣東南百〇五里，通濱順河爲市。爲入江扼要處。塘角，灣名。

〔三五〕大冶，湖北今縣，清屬武昌府。五里牌，當即在其近郊。

〔三六〕興國，舊縣名。清屬湖北武昌府。民國改爲陽新縣。
〔三七〕半壁山，在陽新縣東大江西岸富池口北，與廣濟之田家鎮隔江相對。江流至此頓狹曲，爲鄂省東南門戶。
〔三八〕富池口，在陽新縣東六十長江西岸，爲沿江要地，富水入江處也。
〔三九〕按：横江鐵鎖，爲彭玉麟、楊載福所斷。
〔四〇〕廣濟、黄梅，均湖北今縣，清屬黄州府，爲江北重鎮。
〔四一〕騎都尉，本漢官名。清爲世職，次輕車都尉。
〔四二〕蘄州，見楊勇慤公別傳注二八。
〔四三〕秦日綱，太平軍將領，後封燕王。陳玉成，見楊勇慤公別傳注〔五二〕。羅大綱，太平軍將領，後封沛王。
〔四四〕小池口，見楊勇慤公別傳注〔二九〕。
〔四五〕孔壟驛，在黄梅縣南五十里，今爲鎮，爲縣南大道。
〔四六〕大河浦，在黄梅縣西廿里，道通廣濟。龍頭寨，未詳。
〔四七〕雙城驛，在湖北黄安縣北三十五里，袁英河會紫潭河之口。今爲鎮。
〔四八〕湖口，見楊勇慤公別傳注〔二三〕。
〔四九〕見同上楊公別傳注〔二一〕。
〔五〇〕潯城，即潯陽，九江舊名。
〔五一〕童添雲，字鎮銘，湖南平江人，初投長沙爲戰兵，轉戰湘鄂，積功至參將；攻九江城，中炮卒。贈副將，謚壯節。清史稿忠義有傳。

〔五二〕二套口，鎮名。在九江縣西北，南瀕大江，西接黄梅縣界，清設千總駐防。

〔五三〕青山，在安徽當塗東南卅里，一名青林山。

〔五四〕東流，見楊勇愨公别傳注〔三四〕。建德，見同傳注〔四二〕。

〔五五〕按：清代於東三省及邊要駐防，並置將軍，皆以滿人爲之，秩正一品。

〔五六〕德化，舊縣名，清屬江西九江府。民國改爲九江縣。

〔五七〕南昌，見楊勇愨公别傳注〔二五〕。

〔五八〕獨流，鎮名，在河北静海縣西北。

羅忠節公事略

李元度

本朝武功邁前古，所用皆八旗〔一〕暨東三省勁旅〔二〕、各直省緑、旗兵〔三〕。嘉慶初，平定川楚教匪〔四〕，始以鄉勇輔兵之不足，然十裁二三耳。迨粤逆起而楚勇、湘勇名天下〔五〕，營兵或反爲世詬病，此二百年來兵制之一變也。楚勇始自江忠烈，湘勇則自羅忠節公始。

公諱澤南，字仲嶽，號羅山，湖南湘鄉人。幼穎悟，十歲能文，家酷貧，溺苦於學，夜無油，把卷讀月下，倦即露宿達旦。年十九，喪母。明年，大父及兄嫂殁。二十九，長次子及三子皆殤。是歲爲道光乙未，大旱饑，疫作，公罷試徒步歸，夜半敂門，則其妻方以哭子喪明。時飢甚，索米爲炊無有也。己亥，補縣學生，年三十有三矣。又八年，始食廪餼（六）。

公自少篤志正學，好儒先性理書。賀制軍長齡（七）、唐太常鑑（八），皆重之。制軍延課其子。咸豐元年，詔舉孝廉方正（九），當事以公應。二年，粵逆洪秀全等犯長沙，縣令屬公練丁設防（一〇），號湘勇。明年，侍郎曾公國藩，奉命督治團防，適江西上猶土匪竄桂東（一一），檄公進剿，行次衡山，忽草市寇起（一二），衆千餘，公禽首逆劉積厚等二十餘人。進擊桂東賊，走之。時粵寇圍南昌（一三），公帥湘勇赴援，既至，土賊陷太和、安福（一四），圍吉安（一五），公與劉公長佑往援剿（一六），賊解圍遁，公追至安福，復縣城。日夕，賊大至，敗之。明日又至，我軍鏖戰一當百，斬馘無數。敗賊竄入湖南，巡撫駱公秉章檄公回剿（一七），賊尋遁。會永興土寇亂（一八），曾侍郎檄公往剿，戰於油榨墟（一九），平之。公初以湘勇三百破安福賊數千。與李公續賓分帶中右營（二〇），共七百人，至是增至千人，屯衡州，再平草市土寇，斬首逆王大漢。

四年夏，湘潭賊退，公與提督塔忠武公會師東下（二一）。六月，攻岳州，公以大橋路爲賊所必爭，率所部扼橋守，三戰皆捷，殲賊千。閏七月二日，破高橋賊壘九，賊退踞城陵磯（二二），公與塔公乘勝進擊，連破賊營三，賊宵遁。是役也，公獨當大橋一面，功最偉云。尋自臨湘進駐長安驛（二三），賊分四路來犯，公令偃旗息鼓，乘間突起擊之，賊大潰。又破賊羊樓峒，追至百花嶺（二四）；再破之佛嶺，進屯虎爪市（二五）；連破桂口、大沙坪賊壘（二六），復崇陽。時武昌賊分黨由金牛入咸寧（二七），公擊走之，追敗之官步橋，又敗之金牛，遂進駐江夏之紫坊（二八）。始曾公約諸軍會紫坊，及是召諸將至金口（二九），議攻武昌策，公出所繪圖，言紫坊出武昌有二道：一洪山大路（三〇），一沿江出花園（三一），當以重兵剿花園，而分兵扼洪山防反竄。諸將未決，公請身任其難，遂自攻花園，而令塔公出洪山。時花園悍賊萬餘，築堅壘三：一枕大江，一瀕青林湖（三二），一跨長堤，深溝堅柵，列巨礮爲固。八月二十一日，官軍水陸進攻，公直趨花園，賊憑木城轟拒，我軍伏地進，分兵奪賊舟數十，舟賊退，營賊亦亂，乘勢逾溝摩其壘，同時並下。翼日，攻鮎魚套賊營（三三），川勇卻，公擊賊堤上，隔溪不能救，街口賊乘機出逼，公奮擊敗之，李公由江岸回援（三四），又大敗之。賊竄洪山，爲塔公所膊，是夕，棄城遁。二十三日，武漢城皆復，距會議時七日耳。鄂城之克，實公本謀也。

九月，師出金牛，敗賊於沿埠頭，克興國（三五）；塔公復武昌、大冶（三六），遂規取田家鎮（三七）。鎮居大江北岸，與半壁山斜對（三八），爲上游門戶。舊設防兵，陷於賊，賊更爲鐵鎖，以截水師，而用重兵屯半壁，夾江以守。十月朔，公搗半壁山，賊數路來犯，公策馬衝陣，賊敗奔江邊，蹙之，墮水死者千人。初四日，塔公造浮橋渡小河，爲賊所遏。賊自半壁傾巢出，北岸賊渡江助戰者近萬人。僞王坐將臺督戰，龍旗黃蓋，勢張甚。時公所部僅二千六百人，衆色沮，有潛遁者，李公飛騎追三卒回，手刃之，軍心乃定。公令堅伏弗動，度賊銳已竭，突起急攻，賊大潰，悉奔半壁山，而後路爲我軍所扼，不得上，皆觸石墜崖死，凡數千。水師亦蔽江下，斷橫江鐵鎖，燔賊舟四千餘艘，火光夜照數十里。水陸夾擊，田鎮平。尋渡江，次菩提壩（三九），塔公已先至，兩次伏賊起，皆擊敗之，擒斬千三百，遂復廣濟（四〇）。十一月，進軍雙城驛（四一），賊扼險而營，一鼓登山，平其壘。抵黃梅（四二），與塔公奪柵入，縱火攻之，賊竄城復，遂進軍濁港（四三）。遇悍賊解衣出戰，堆積市肆間，公焚之，斬馘千餘，生擒數十。餘賊退保孔壟驛（四四），賊酋羅大綱復從湖口率萬人至（四五）。公分兵抄襲街口賊（四六），賊敗歸壘，攻破之，大綱逸去。是役以五千人破賊二萬，賊遂盡撤沿江各營，併力守九江矣。塔公渡江圍潯城，公別剿盔山（四七），遏湖口上援之賊。攻梅家洲賊壘（四八），不能下，會水軍自湖口入彭蠡（四九），盡燔賊艘。賊亦潛以小舟縱火，襲我外江輜重船，水師潰，公回駐九江，會對岸小池口有賊，公與李公率勇千四百人進剿，塔公往助之。渡江，賊大至，刃既接，前軍卻（一），公急斂兵歸，時十二月二十九日也。

五年正月，北岸賊由黃梅、廣濟上犯，武昌復失，曾侍郎入南昌，別賊由浮梁陷饒州及弋陽（五〇），檄公往援剿。時公所部分三營：李公將左，蔣君益澧將右（五一），公自將中營；唐君訓方、劉君希洛各率勇從之（五二）。三月，大戰五里亭，克弋陽。賊尋陷廣信（五三），公壁城西烏石

（一）『前』上，四部備要本國朝先正事略有『我』。

山〔五四〕，賊三路來犯，公方築壘，不爲動，俟其疲乏，乘之，大獲。翼日，賊復大至，見我軍不動，亦不敢前，相持兩時許，忽起乘賊，大敗之，遂四面薄城，賊啓東門遁。初賊驟至，民不及避，殺戮甚慘，公至不三日，復其城，士民歡躍，焚香遮道迎。尋追賊至德興〔五五〕，復其城。賊趨景德鎮〔五六〕，公引軍至，賊遁，未幾，有義寧之役〔五七〕。先是賊自崇通陷義寧，江西大吏命都司吳錫光往援〔五八〕，錫光故驍將，至則全軍覆焉。及是檄公進剿，七月，次梁口〔五九〕，賊分兩路來拒，我軍三伏以待之，賊潰，伏兵從山後出，賊之抄我後者，我軍反蹴其後，斃賊六七百人。越日，進駐棋盤嶺，以鼇嶺爲州城屏蔽〔六〇〕，急據之。嶺距州七里，左曰鳳凰山〔六一〕，其右最高者曰鷄鳴峰，峰下即西門，擺百貨所輳也。軍據此，全城在目中矣。十四日大戰，以二千餘衆，殪賊六七千，賊奪氣，閉城不出。次日復戰，又敗之，盡焚江邊賊壘。是夕，賊棄城遁。義寧既克，公上書曾侍郎，其略曰：武昌據吳楚上游，九江爲豫章門戶〔六二〕，今皆爲賊據。崇通等處，群盜出沒，江西之義寧、武寧〔六三〕，湖南之平江、臨湘，均無安枕之日。欲克九江，必由武漢而下，欲克武昌，必由崇通而入〔六四〕。曾公因奏派公回援武漢，而以彭三元、普承堯所部寶勇隸之〔六五〕。九月進攻通城，悍賊萬餘人，見官軍至，突出薄之，公令軍士席地坐，無譁，待賊逼，大呼奮擊，斬賊將三人，乃崩潰。明日，破城外三營，奪門入，克之。尋進攻桂口〔六六〕，令會攻通城之李原濬、何忠駿等率平江勇駐守〔六七〕，而自率所部克崇陽，尋以分兵攻梯木山，有濠頭堡之敗〔六八〕，公整軍再戰，復大捷。進攻蒲圻，間道出公安畈（六九），初戰不利，殊死鬭，肉薄登城，卒克之，遂復咸寧。自是武昌以南無賊蹤，而逆渠石達開自崇陽乘虛入義寧（七〇），江西賊勢日棘矣！

十一月，師抵紫坊，與巡撫胡文忠公會合（七一）；又會提督楊公岳斌於金口（七二），商進取策，定議公率湘勇從東路壁洪山南岡（七三）；胡公從中路壁城南堤上；而令九溪營屯金口，爲水師犄角。時賊於武昌城外築堅壘十三，高者與城埒。公至，方修壘，胡公亦始至，悍賊二萬，從十字街出，胡公擊卻之，旋卻旋至，如是者數。公與李公潛師出賽湖堤，分兩路繞抄。胡公所部，見湘勇至，佯敗走，賊追之，旋反擊，則公等已抄出堅壘北，遂破十字街營，盡殪追賊無脱者。於是賊皆縋城入，盡毁城東南賊壘。公與諸將議曰：西路八步街口，爲我軍通江要路，壘不破，則軍糧無由達；北路塘角，爲賊通興、冶要路，壘不破，則賊糧無由斷，遂造浮橋於鮎魚套（七四），進攻八步街，以奇兵逼望山門，襲賊壘後，立平之，於是西路賊壘亦盡。尋與胡公合力攻城，並攻塘角賊營，毁漢陽門外一壘，焚其船廠，殲賊千。城賊由竇出，截我軍後路，公與李公夾擊之，又殺賊數百，環西北城賊壘皆盡。公以仰攻不易，誘賊出城戰，設伏敗之，殪賊千，賊急以大隊衝我伏兵，公督兵横截，又斃七八百人。是夜賊於望山門外，葺石壘二，高與城等，我軍二路蹋平之。李公出窯灣（七五），截賊餉道，賊七八千人由塘角沿湖下，抄其後。公令劉君騰鴻等，出洪山之東，自率中營，出洪山之西，夾擊之，殄賊千餘，賊自此閉城不復出。六年正月，公率中營移屯洪山絕頂，後右各營，仍壁南岡，爲犄角。賊乘夜襲中營，已摩壘矣，我軍桀石投之，登者皆殪。自是每夕輒至（一），公設伏痛殲，斬首四百，賊始不敢復襲營。二月，賊掘賽湖隄，劉君騰鴻出剿之，及長虹橋，遇伏，力戰乃敗之。公欲分軍扼窯灣，賊出爭，大戰於小龜山（七六），斬級六七百，遂以二營駐其地。明日，賊由武勝門出萬餘人，與我軍力戰隄上，殲賊數百，公追至城下，遶城審視，賊不敢出。二十九日夜，有大星隕於西北。三月朔，大霧，不辨咫尺。次日，城賊出，公親搏戰，走之。已而賊窺我守壘兵少，大舉來犯，公追至城下（二），賊礮如雨，中公右額，裹創戰逾時，歸而劇甚，日夜危坐不寐。越三日，病甚不能起，語喃喃皆時事，口占忠義祠楹聯，使人書之，忽開目，索紙筆，仰臥書曰：『亂極時站得定，纔是有用之學。』初八日，晨起，汗出如瀋，握胡文忠手曰：『武漢未克，江西復危，不能兩顧，死何足惜，恨事未了耳！其與迪菴好爲之！』迪菴，李忠武字也。語畢而瞑，年四十有九。

公貌樸氣沉，究心濂洛之書（七七），通知世務，期見諸施行。在軍毅然以滅賊自任，所部將弁，皆其鄉黨信從者，故所向有功，前後克城二十，大小二百餘戰。其臨陣以堅忍（三），如其爲學。或問制敵之道，曰：『無他，觀大學「知止」數語盡之矣，左氏再衰三竭之言，

（一）『自』，四部備要本國朝先正事略作『嗣』。
（二）『至』下，四部備要本國朝先正事略有『賊』。
（三）『忍』下，四部備要本國朝先正事略有『勝』。

其注脚也。』[七八]烏虖！此所由能以書生摧巨寇，率生徒子弟數十人，轉戰大江南北，使湘勇之名，遠出營兵上，羞武夫之顏，關其口而奪之氣，而與忠烈江公同張大國楚也歟？

公初以團練叙訓導[七九]，晉知縣；平安福，晉直隸州知州[八〇]；克岳州，擢知府[八一]，賞戴孔雀翎[八二]；武漢克復，遷道員[八三]，尋授浙江寧紹臺道，以田鎮戰功，加按察使銜[八四]；克廣濟、黄梅，賞葉普鏗額巴圖魯名號。凡勇號皆由外請，此出特恩，異數也。義寧之役，加布政使銜[八五]。死事狀上，優旨照巡撫陣亡例賜卹[八六]。父嘉旦，賞頭品頂戴。子兆作、兆升，均賞舉人。詔湖南、湖北、江西各建專祠。賜祭葬，予謚忠節。同治元年，詔湖南巡撫遣官即家賜祭一壇。三年，克復金陵，特旨加雲騎尉世職。

所著小學韻語一卷，詩文集八卷，行於世；周易附説、讀孟子劄記、西銘講義、人極衍義、皇輿要覽，稿藏於家[八七]。

【作者傳略】見前。

【按】此作詳於事功，其學術大要可參看錢賓四（穆）先生中國近三百年學術史第十二章，及曾國藩羅忠節公神道碑銘。注者有記湘軍名將羅澤南，記述略詳。刊文訊月刊新六號。

【注釋】

〔一〕八旗，按：滿洲戶口，皆以兵籍編制。分正黄、正白、正紅、正藍、鑲黄、鑲白、鑲紅、鑲藍八旗。鑲黄、正黄、正白爲上三旗，餘爲下五旗。每旗設固山額真統之，漢稱都統。其兵俗稱旗兵，從愛新覺羅氏開國者也。其後蒙古及漢軍相繼歸服，又編蒙古八旗，漢軍八旗。滿洲最尊，蒙古次之，漢軍爲下。

〔二〕東三省勁旅，按：此係指八旗以外之索倫、錫伯等兵，又稱爲打牲兵。

〔三〕緑、旗兵，即緑營兵，其旗以緑爲别，故稱緑旗，亦稱緑營。其制始於明代，清因之。有馬兵、守兵、戰兵三等，而戰守皆步兵，其額外外委皆爲馬兵。隸於各省提督總兵。總督巡撫節制提鎮，兼有本標之緑旗兵。按：清代兵制凡三變，其初從龍入關者爲八旗，當其衰，代之者爲緑營。及緑營衰，又代以勇營，湘、淮軍其著者也。其後更有所謂練軍，則更就勇營别出者。然其影響小，非前三者比也。

〔四〕川楚教匪，清乾隆季年，白蓮教徒安徽人劉之協等，奉河南王氏子，詭言爲明裔，煽動流俗。事覺，逮捕，之協乘間脱走，清廷責所司窮緝，株連羅織，尤以湖北爲最甚。破家亡命者不可勝計，荆、宜之民遂反，四川失業之民應之，分道擾陝西，其渠魁有姚之富及齊林妻王氏等，皆狡悍善戰，至嘉慶七年，始由額勒登保等討平之。詳可看魏源聖武記卷九、十兩章，本書梅曾亮總兵劉清家傳，所述即此一役中事也。

〔五〕按：江忠源初以鄉兵從征，所部號楚勇，其後湖南所出兵，除湘鄉之勇稱湘勇外，餘如寶勇、辰勇、平江勇等，泛稱俱爲楚勇。

〔六〕廪餼，言由公家供給其日用也，科舉時代，廪生均由政府發給廪禄，故稱食廪餼。

〔七〕賀長齡，湖南善化人，字耦耕，號西涯，晚自號耐庵。嘉慶進士，官至雲貴總督，著有耐庵文存，並輯有皇朝經世文编。清史稿卷三八〇有傳。按：清代稱總督曰制軍。

〔八〕唐鑑，湖南善化人，字鏡海，嘉慶進士。官至太常寺正卿，講求義理之學。著有國朝學案小識，卒謚確慎。清史稿儒林有傳。

〔九〕孝廉方正，按：清制由各直省府州縣官紳，保舉孝廉方正之士，詳由督撫核實保題，照例各賜六品頂戴榮身，其有才識兼優，堪備召用者，准破格保薦，送部考試任用。康、雍、乾三朝及咸豐初年，均嘗下詔舉行。蓋採古賢良方正之號而合以孝廉也。

〔一〇〕按：其時湘鄉縣令爲朱孫詒石樵。湘勇之立，與有力焉。

〔一一〕上猶，江西今縣，清屬贛州府。桂東，湖南今縣，清屬郴州。東與江西省接界。

〔一二〕衡山，湖南今縣，清屬衡州府，在衡陽北。草市，在衡山縣東南一百里，接攸縣界。

〔一三〕南昌，見楊勇慤公別傳注〔二五〕。按江忠源被圍南昌，以書走湖南，乞師曾國藩，是時湘勇新立，國藩遣楚勇二千，以江忠淑領之，由瀏陽進，同時派湘勇千二百，以朱孫詒領之，澤南與郭嵩燾同往，由醴陵進，爲湘軍遠征之始。

〔一四〕太和，即泰和，與安福並見江忠烈公事略注〔五六〕。

〔一五〕吉安，見同上注〔五五〕。

〔一六〕劉長佑，見同上注〔一九〕。

〔一七〕駱秉章，見同上注〔三八〕。

〔一八〕永興，湖南今縣，清屬郴州。

〔一九〕油榨墟，在永興縣西南，栖鳳水西岸，近桂陽縣界。
〔二〇〕李續賓，見劉武烈公别傳注〔一四〕。
〔二一〕塔忠武即塔齊布，詳本書塔忠武公事略。
〔二二〕高橋，在咸寧縣東五十里，跨高橋水兩岸爲市，接鄂城縣界，爲大冶等四縣通衢。
〔二三〕長安驛，已見塔忠武公事略注〔二六〕。
〔二四〕羊樓峒，見劉武烈公别傳注〔六〕。百花嶺，未詳。
〔二五〕虎爪市，待查。
〔二六〕桂口，在羊樓峒南，與大沙坪東西相望。
〔二七〕金牛，崗名，在鄂城縣南百二十里，其地有金牛堆。
〔二八〕紫坊，即紙坊，見劉武烈公别傳注〔八〕。
〔二九〕金口，見楊勇慤公别傳注〔一六〕。
〔三〇〕洪山，見塔忠武公事略注〔三一〕。
〔三一〕花園，見同上注〔三〇〕。
〔三二〕青林湖，其所在地未詳。
〔三三〕鮎魚套，見劉武烈公别傳注〔九〕。
〔三四〕李公，指李續賓。

〔三五〕沿埠頭，未詳。興國，見塔忠武公事略注〔三六〕。

〔三六〕大冶，見同上注〔三五〕。

〔三七〕田家鎮，詳楊勇慤公別傳注〔一八〕。

〔三八〕半壁山，見塔忠武公事略注〔三七〕。

〔三九〕菩提壩，未詳，當在興國、陽新間。

〔四〇〕廣濟，見塔忠武公事略注〔四〇〕。

〔四一〕雙城驛，見同上注〔四七〕。

〔四二〕黃梅，見同上注〔四〇〕。

〔四三〕濁港，未詳。

〔四四〕孔壟驛，見塔忠武公事略注〔四五〕。

〔四五〕湖口，見楊勇慤公別傳注〔二三〕。羅大綱，見塔忠武公事略注〔四三〕。按：大綱時爲丞相，已敗走九江。

〔四六〕街口，當在武昌城郊。

〔四七〕盋山，在九江、湖口間，當屬贛西山脈。

〔四八〕梅家洲，湘軍記作梅花洲，地在江西宜黃縣東北四十四里。

〔四九〕彭蠡，即彭澤湖，見楊勇慤公別傳注〔二二〕。

〔五〇〕浮梁，江西今縣，清屬饒州府，故城在今治東北。饒州，清時府名，治鄱陽，屬江西。民國廢。弋陽，江西今縣，清屬廣信府。

〔五一〕蔣益澧，湖南安福人，字薌泉，咸豐間入軍旅，隸澤南麾下，從戰江西，援武昌，皆有功。澤南卒，告歸，旋起平廣西，佐左宗棠平浙江，官至廣東巡撫。卒謚果敏。清史稿卷四〇八有傳。

〔五二〕唐訓方，湖南常寧人，道光舉人，咸豐間從曾國藩領水師，旋改入陸軍，轉戰鄂、贛、皖三省，積功累官至安徽巡撫，後破捻平苗，並有功，以事降官，再起爲直隸布政使。清史稿卷四三二有傳。劉希洛，待考。

〔五三〕廣信，清時府名，治上饒，屬江西，民國廢。

〔五四〕烏石山，在江西永新縣西北五十五里。

〔五五〕德興，江西今縣，在樂平縣東，清屬饒州府。

〔五六〕景德鎮，今江西浮梁縣治，以產瓷器著名。

〔五七〕義寧，舊縣名。清爲義寧州，屬江西南昌府。民國改州爲縣，易其名曰修水。

〔五八〕吳錫光，待考。

〔五九〕梁口，市名，在義寧州東四十里。

〔六〇〕棋盤嶺，未詳。

〔六一〕鳳凰山，按：山在今修水縣北二百步，上多靈草。

〔六二〕豫章，南昌舊名。

〔六三〕武寧，江西今縣，在修水東。清屬南昌府。

〔六四〕按：澤南此書詳見羅山遺集卷六。拙作記湘軍名將羅澤南一文曾節引〔一〕。

〔六五〕彭三元，湖南善化人，字春浦，由武進士補千總，咸豐間將寶慶勇隸塔齊布麾下，戰湖北、江西，積功至參將。後與石達開戰，歿於陣，謚勤勇。清史稿忠義有傳。普承堯，待考。

〔六六〕桂口，在湖北崇陽縣西南四十里桃溪旁。

〔六七〕李原濬，字擴湖，平江人，道光拔貢。初以鄉兵保鄉里，迭有功，後從戰岳州，以憂歸，武昌再陷，奉檄守平江界，進克通城，石達開援師至，戰死。何忠駿，平江人，咸豐舉人，洪楊事起，治鄉兵保平江，積功至同知直隸州。後從李續賓入皖，死三河之難，贈太僕寺卿。

〔六八〕梯木山、濠頭堡，並未詳。

〔六九〕公安畈，未詳。

〔七〇〕石達開，見劉武烈公別傳注〔一五〕。

〔七一〕文忠，胡林翼謚，時爲湖北巡撫，詳楊勇慤公別傳注〔二四〕。

〔七二〕楊岳斌，詳楊勇慤公別傳。金口，見同傳注〔一六〕。

〔七三〕南岡，在武昌東南湖上。

〔七四〕鲇魚套，見劉武烈公別傳注〔九〕。

〔一〕注〔六四〕，疑與原文不對應。

〔七五〕窯灣，見同上傳注〔一三〕。

〔七六〕小龜山，在漢陽縣東北，即大別山，亦稱魯山，今山上築有炮臺，爲扼江漢之要塞。

〔七七〕濂洛，謂宋儒周程之學也。自北宋以迄南宋，以理學著者，稱濂、洛、關、閩四派：濂溪周敦頤，洛陽程顥、程頤，關中張載，閩中朱熹是也。

〔七八〕按：大學第一章：『知止而後有定，定而後能靜，靜而後能安，安而後能慮，慮而後能得。』本爲學修德之語，此以喻用兵亦如斯也。又左傳莊十年：『夫戰，勇氣也。一鼓作氣，再而衰，三而竭，彼竭我盈，故克之。』乃曹劌對莊公語也。

〔七九〕訓導，官名，明清時於各府州縣儒學，皆置訓導，以爲教授、學正或教諭之副，掌訓迪所屬生員。

〔八〇〕知州，官名，宋初鑒於五代藩鎮之亂，留居諸鎮節度於京師，而以朝臣出守列郡，號權知軍州事。軍謂兵政，州謂民政。其後文武官參爲知州軍事，掌總理郡政，明清因之。逕稱知州，於各州皆置之，今廢。按：知州分直隸及普通二等，普通州屬於道府，直隸州則直轄於布政使司。

〔八一〕知府，官名。唐制，京都乃稱府，至宋則潛藩之地，皆升爲府，或置牧尹，或但設權知府，以總理府事。按：宋時知府，必帶權字，明始逕稱知府，定每府一人，清因之，今廢。

〔八二〕孔雀翎，即花翎，詳塔忠武公事略注〔一四〕。

〔八三〕道員，官名。按明清分一省爲數道，居府縣上，設官謂之道員，俗稱爲觀察，民國初改道尹，猶今之行政督察專員也。

〔八四〕按察使，官名。唐分天下爲十道，於各道置按察使，後改爲採訪使，又改爲觀察使。宋以諸路轉運使兼按察，專主巡察，別有提點刑獄官。遼遣朝臣分路按察刑獄，此按察爲刑官之始。金始改提刑司爲按察使司，元遂稱提刑按察使，後改爲肅政廉訪司。明仍建提刑按察使司，以按察使爲一省司法長官，清因之，清末改爲提法使。民國廢。按：清俗稱按察使爲監司，又稱臬台。

〔八五〕布政使，官名。明太祖分全國爲十三布政司，每司置布政使，管理全省之民政及財政，清因之。按：布政使初爲一省行政長官，其後增置總督、巡撫，臨乎其上，而布政之權日微。至清而遂成爲督撫之屬僚。按：清俗稱布政使曰藩司或藩臺。

〔八六〕巡撫，官名。明初有軍事，命京官巡撫地方。至清遂爲定員，位僅次於總督。

〔八七〕按：今坊間刻行羅山遺書，包括有詩文集、西銘講義、周易附說、人極衍義、姚江學辨、小學韻語及年譜八種，皇輿要覽、讀孟子劄記二種，蓋尚未有刻本。

李伯若明府事略

李元度

李君名⿰日爵，字伯若，湖北孝感人〔一〕。順治九年，以貢生知將樂縣。始至，拜龜山先生於書院〔二〕，新其祠，刻先生遺書，召諸生肄業院中。嘗曰：『禮讓不興，國何由理？』每朔望，率僚佐詣觀化亭，爲縣人講鄉約〔三〕，春秋行鄉飲酒禮〔四〕。

時至村落間，問民所疾苦，牧豎婦女，皆環集，導之以善，肫然如家人。期月，縣人悉向化。境内無賊盜，訟庭稀鞭扑聲。

初至官，與家人約曰：『在官俸金外，皆贓也，不可以絲毫累我！』官廨有桂二株，方花開，君指之曰：『此亦官物也，擅折者必治之！』自是家人不敢簪桂花。嘗出郭省斂，從僕摘道旁一橘，顧見之，責曰：『豈可壞法自汝始？』立下馬杖之，命償其直。

居三年，上官有索餽者，無以應，遂去官歸。縣中人數萬焚香擁馬首，行至境上，皆號哭返家，繪像以祀之。

君性和易，未嘗厲聲色。與僮僕語，款款惟恐傷其意。家居，時策蹇驢過戚友家，飲酒微醉，嬉笑而返。宅前有柳數株，時坐其下，與田父角樗蒲爲樂。及卒，貧不能具棺，戚友醵金以殮。子孫累日不舉火，至採藜藿以食云。

【作者傳略】同前。

【注釋】

〔一〕孝感，湖北今縣，清屬漢陽府。

〔二〕龜山先生，宋楊時也。時字中立，將樂人，熙寧進士，調官不赴，學於程顥，顥卒，又學於程頤，高宗時，官至龍圖閣直學士，致仕，以著書講學爲事。東南學者，推爲程學正宗，朱熹、張栻之學，皆出於時。卒謚文靖。著有二程粹言、龜山集。按：龜山在將樂縣之東北，時歸休於此，故學者稱龜山先生。

〔三〕鄉約，同鄉之人，共同遵守之規約。德業相勸，過失相規，患難相卹也。

〔四〕鄉飲酒，古之鄉學，三年業成，必考其德行，察其道藝，而興其賢者能者，以升於君。將升之時，鄉大夫爲主人，與之飲酒而後升之，謂之鄉飲酒禮，即後世科舉之賓興也。按：清順治元年，令直省州縣每歲舉行鄉飲酒禮，於存留錢糧內支銷。二年，順天府查照鄉飲酒禮舊例，移送禮部題准施行。雍正元年，諭鄉飲酒禮乃敬老尊賢之古制，應宜舉行，嗣是爲常例。詳清史稿禮志。

先妣事略

張惠言

先妣姓姜氏，考諱本維，武進縣學增廣生〔一〕。其先世居鎮江丹陽〔二〕之滕村，遷武進〔三〕者四世矣。先妣年十九，歸我府君。十年，凡生兩男兩女，殤其二，惟姊觀書及惠言在。而府君卒。卒後四月，遺腹生翊。是時先妣年二十九，姊八歲，惠言四歲矣。

府君少孤，兄弟三人，資教授以養先祖母，先祖母卒，各異財，世父別賃屋居城中。府君既卒，家無一夕儲。世父曰：『吾弟不幸以歿，兩兒未成立，是我責也！』然世父亦貧，省啬口食，常以歲時減分錢米。而先妣與姊，作女工以給焉。惠言年九歲，世父命就城中與兄學，逾月時乃一歸省。一日，暮歸，無以爲夕餐，各不食而寢。遲明，惠言餓不能起，先妣曰：『兒不慣餓，憊耶？吾與而姊而弟，時時如此也！』惠言泣，先妣亦泣。時有從姊，乞一錢買糕，啖惠言。比日昳，乃貰貸得米，爲粥而食。惠言依世父居，讀書四年反，先妣命授翊書。先妣與姊課針黹，常數綫爲節，每晨起，盡三十綫，然後作炊。夜則然一燈，先妣與姊相對坐，惠言兄弟持書倚其側，針聲與讀聲相和也。漏四下，惠言姊弟各寢，先妣乃就寢。然先妣雖不給於食，惠言等衣履未嘗不完，三黨親戚吉凶遺問之禮未嘗闕，鄰里之窮乏來告者，未嘗不佽䘏也。

先是，先祖早卒，先祖妣白太孺人〔四〕，恃紡績以撫府君兄弟，至於成人，教之以禮法孝弟甚備，里黨稱之以爲賢。及先妣之艱難困苦，一如白太孺人時，所以教惠言等者，人以爲與白太孺人無不合也。先妣逮事白太孺人五年，嘗得白太孺人歡，於先後〔五〕委宛備至，於人無所忤，又善教誨人，與之居者，皆悅而化。

姊適同邑董氏，其姑錢太君，與先妣尤相得，虛其室假先妣居，先妣由是徙居城中。每歲時過故居，里中諸母，爭要請，致殷勤，惟恐速去。及先妣卒，内外長幼，無不失聲，及姻親之臧獲〔六〕，皆爲流涕。

先妣以乾隆五十九年十月十八日卒，年五十有九。以嘉慶二年正月十二日，權葬於小東門橋之祖塋，俟卜地而窆焉。

府君姓張氏，諱蟾賓，字步青，常州府學廩膳生〔七〕。世居城南郊德安里。惠言，乾隆丙午〔八〕科舉人。翊，武進縣學生，爲叔父後。觀書之壻曰董達章，國子監生。

嗚呼！先妣自府君卒三十年，更困苦慘酷，其可言者止此，什百於此者，不可得而言也。嘗憶惠言五歲時，先妣日夜哭泣，數十日，忽蒙被晝臥，惠言戲牀下，以爲母倦哭而寢也。須臾，族母至，乃知引帶自經，幸而得蘇。而先妣疾，惠言在京師，聞狀馳歸，已不及五十一日。嗚呼！天降罰於惠言，獨使之無父母也耶？而於先妣何其酷也！

【作者傳略】張惠言，字皋文，江蘇武進人。嘉慶四年進士，改庶吉士，散館授編修，七年（一八〇二）六月卒，年四十二。惠言振起孤根，修學力行，初爲聲韻考訂之學，尤精周禮及易經，後與陽湖惲敬（子居）於錢魯思（伯坰）處，聞姚鼐（惜抱）緒論，乃棄其學而爲古文，於是陽湖古文特盛，駸駸與桐城比隆，一時有陽湖派之目。著有茗柯文集初、二、三、四編。清史稿卷四八二儒林有傳。

【按】此文叙述情事，語不虛美，真切動人。與歸有光（震川）先妣事略，同一筆墨。讀者宜參看。

【注釋】

〔一〕增廣生：清制於生員正額外，續加增廣者，謂之增廣生。其額與廩生同，有缺，以附生、歲科兩試前列者補之。

〔二〕丹陽，隋置郡，唐廢。清屬江蘇鎮江府，即今江蘇江寧縣治。

〔三〕武進，今江蘇武進縣，清爲江蘇常州府治。

〔四〕太孺人、孺人，妻之通稱，妻以上稱太孺人，舊官制職官妻七品以下封孺人。

〔五〕先後，兄弟妻相謂也。史記顔注：『古謂之娣姒，今關中俗呼爲先後，吴楚俗呼爲妯娌。』

〔六〕臧獲，奴婢也。方言：燕之北郊，民而婿婢謂之臧，女而歸奴謂之獲。

〔七〕蟾賓事詳惠言先府君行實。

〔八〕乾隆丙午，清高宗乾隆五十一年。

遺事

左忠毅公逸事

方苞

先君子嘗言鄉先輩左忠毅公視學京畿〔一〕，一日風雪嚴寒，從數騎出微行，入古寺。廡下一生伏案臥，文方成草。公閱畢，即解貂覆生，爲掩戶。叩之寺僧，則史公可法也〔二〕。及試，吏呼名至史公，公瞿然注視，呈卷，即面署第一。召入，使拜夫人，曰：『吾諸兒碌碌，他日繼吾志事，惟此生耳。』

及左公下廠獄〔三〕，史朝夕獄門外。逆閹防伺甚嚴，雖家僕不得近。久之，聞左公被炮烙，旦夕且死。持五十金，涕泣謀於禁卒，卒感焉。一日，使史更敝衣草屨，背筐，手長鑱，爲除不潔者，引入，微指左公處，則席地倚牆而坐，面額焦爛不可辨，左膝以下，筋骨盡脱矣。史前跪，抱公膝而嗚咽。公辨其聲，而目不可開，乃奮臂以指撥眥，目光如炬，怒曰：『庸奴！此何地也，而汝來前？國家之事，糜爛至此。老夫已矣，汝復輕身而昧大義，天下事誰可支拄者？不速去，無俟奸人構陷，吾今即撲殺汝！』因摸地上刑械，作投擊勢。史噤不敢發聲，趨而出。後常流涕述其事以語人，曰：『吾師肺肝，皆鐵石所鑄造也〔四〕！』

崇禎末，流賊張獻忠出沒蘄、黄、潛、桐間〔五〕，史公以鳳廬道奉檄守禦〔六〕。每有警，輒數月不就寢，使將士更休，而自坐幄幕外。擇健卒十人，令二人蹲踞而背倚之，漏鼓移則番代。每寒夜起立，振衣裳，甲上冰霜迸落，鏗然有聲。或勸以少休。公曰：『吾上恐負朝廷，下恐愧吾師也。』

史公治兵，往來桐城，必躬造左公第，候太公、太母起居，拜夫人於堂上。

余宗老嵞山〔七〕，左公甥也，與先君子善，謂獄中語乃親得之於史公云。

【作者傳略】見前孫徵君傳。

【解題】唐劉知幾論史氏流别凡十，逸事其一也。按：逸、佚、失三字古通，故又稱遺事，蓋摭拾散佚之作也。大較言之，逸事之作，不外二類：一爲其事有關畢生立身行事或功業之可垂久遠者，如本篇及薛福成程忠烈公遺事之類是也；一爲其事之有風趣或可廣異聞者，如梁啓超張勤果公佚事及方苞高陽孫文正公逸事之類是也。前者多只記一事或以一事爲中心，後者則多摭拾佚聞而瑣細書之，其所記雖或詳或略，要其有補史事則一也。於古求之，如葛洪西京雜記，劉義慶世說新語之類，是其先河，由是而下，作者日眾。僅就清代而言，如劉獻廷、汪琬、胡天游、袁枚、全祖望、黃培芳、洪亮吉、楊鳳苞及薛福成諸家，多有紀述，而薛福成庸庵文集所載咸同將帥遺事尤夥。偉人名筆，一例可傳。其題或曰『書事』，或曰『記』，而旨意俱同也。

【注釋】

〔一〕左忠毅公，即左光斗，弘光時追謚忠毅。詳本書孫徵君傳注〔七〕。

〔二〕史可法詳本書楊維嶽傳注〔四〕。

〔三〕見同注〔一〕。

〔四〕按：科舉時代，應試得雋者，稱視學者爲師，自稱門生。史公爲左忠毅督學政時所取士，故稱吾師。

〔五〕張獻忠見本書楊維嶽傳注〔三〕。蘄，今湖北蘄春、蘄水二縣地。黃，今湖北黃岡縣。潛，今安徽潛山縣。桐，今安徽桐城縣。其地皆當由鄂入皖孔道。

〔六〕鳳，今安徽鳳陽縣。廬，今安徽合肥縣。明清俱置鳳廬道，治□，民國廢。按崇禎八年，命盧象昇大舉討賊，以史公爲副，分巡安慶、廬州。本文所指即是事也。

〔七〕按：『嵞』與『塗』同，嵞山名文，字爾止，順治時，隱居江寧，爲望溪族祖，故稱宗老，有嵞山集。

書桐城程忠烈公遺事並序

薛福成

贈太子太保記名提督忠烈程公學啓，發迹在安慶，授命在嘉興，而其下蘇州一役，功最高，雖三尺童子，聞其名莫不敬悚。余嘗病官書載公戰功雖具，而公之雄略偉節，有未詳者。謹再摭拾所聞，以俟作史者採擇云。

公幼不喜讀書，亦不事生產，然倜儻有大志。粤賊陷桐城，聞其名，購求不得，乃執其父以招之。其父貽以密書曰：『忠孝不兩全，汝可爲我一出，伺賊之瑕，得當以報國，亦大丈夫事也』。公乃出詣賊，而父得釋。僞英王陳玉成奇愛之〔一〕，稍任以兵事，俾屬僞將葉芸來守安慶，芸來倚如左右手，妻以女甥高氏。今尚書威毅伯曾公圍安慶也〔一〕〔二〕，陳玉成自江南大舉來援，累爲楚軍諸將所扼〔二〕，解圍益急〔三〕，芸來分其悍黨授公，俾出駐城外爲犄角，公私忖圖賊數年，迄未得間，今其時矣。遂以其衆降官軍〔三〕，日呼賊黨出降，賊窘且慍，膞公妻

〔一〕『公』下，續修四庫全書本庸庵文編有『之』。
〔二〕『扼』，續修四庫全書本庸庵文編作『折挫』。
〔三〕『解』，續修四庫全書本庸庵文編無。

子於城上，公率降衆導官軍晝夜環攻，未匝月而城拔，賊衆殲焉。

曾文正公自祁門來(四)，公進謁，文正奇之，使將千人，而未大用也。會大學士肅毅伯合肥李公以道員率師赴援上海(一)(五)，乃命公屬李公東下。李公巡撫江蘇(二)，僅有上海彈丸地，賊糾黨數十萬來攻，李公督諸軍大創之。又至，又大創之，凡三卻悍賊，而公之功爲最多，賊自是不敢窺上海。公領偏師進克旁縣十數，李公察公才可獨當一面，漸令增募其衆，至七八千人，使洋將戈登以常勝軍三千人與俱(六)，進逼蘇州，公批擣虛(三)，力爭要害，稍翦城外賊壘。僞忠王李秀成自金陵聞警赴救(七)，累戰皆敗。當是時，李公遣諸將由常熟趨無錫，以斷賊常州之援。秀成以謂無錫道不通，則蘇城危，乃大會諸酋，與我軍鏖戰無錫境上，喪其衆十萬，復遁入蘇城拒守。適李公由滬至蘇，督軍破婁門外石壘長城，燬賊營略盡。公亦盡奪蠡口、黄埭、滸墅關諸隘(八)，水陸軍三面傅城，賊衆兇懼。是時秀成之黨，惟僞慕王譚紹洸所部，皆粤賊，每戰猶致死，自僞納王郜雲官以下，皆有貳志。副將鄭國魁與雲官有舊(九)，雲官密致款於國魁，爲介紹於公。公與國魁及戈登以單舸會雲官等於洋澄湖(一〇)，賊黨謀殺公，雲官苦止之。公與雲官等約爲兄弟，俾斬秀成、紹洸以獻。諸酋不忍於秀成，請圖紹洸，公與諸酋指天

（一）『會』下，續修四庫全書本庸庵文編有『今』。

（二）『公』下，續修四庫全書本庸庵文編有『既』。

（三）『批擣虛』，續修四庫全書本庸庵文編作『批亢蹈危』。

誓曰：『自今以往，富貴相保，匿悃不告，必死於礮。』諸酋亦指天誓曰：『自今以往，反正輸誠，有渝此盟，必死於兵。』誓畢，各歸其軍。既而秀成察雲官等戰不力，覺有變，自度力不能制，而上游官軍攻金陵甚急，秀成迫欲赴援，乃以守城事屬紹洸，執手泣別曰：『好爲之！無幾相見。』遂率死黨及其孥（一），乘舟宵走。官軍以西洋炸礮攻城，賊益不支。越三日，紹洸召雲官等焚香設誓，雲官使其從者刺殺紹洸，遂據紹洸僞府，夜開齊門迎降。公令鄭國魁以二營入城，時同治二年十月丁卯也。明日，賊獻紹洸首，公親入城撫視，精壯猶逾十萬，降酋列名者八人：曰僞納王郜雲官、僞比王伍貴文、僞康王汪安均、僞寧王周文佳，僞天將范啓發、張大洲、汪懷武、汪有爲，方歃血誓死生，乞公請於李公，求授總兵、副將等官，署其衆爲二十營，仍屯閶門、胥門、盤門、齊門（二），雲官猶未薙髮。公欲無許，恐有變，乃姑許之，而密白李公請誅之。李公謂殺降不祥，恐嘉興、常州賊黨聞之，堅守不下。公固爭之曰：『今賊衆能戰者，十倍於我，粟支五年，即令憑城拒守，我軍攻之，非數年不下，徒多殺士卒與脅從之民無爲也。僇八人而全數百萬生靈之命，不亦可乎？人責鬼譴，某自當之。公不從某言，請公自爲之，某不敢與聞軍事矣。』李公曰：『既若此，任汝爲之，毋僨吾事！』公乃復入城，與雲官等要約，以李公命盡許所請，勸令出城行參謁禮。明日，日方中，李公臨公營，雲官等詣營，

（一）『孥』下，續修四庫全書本庸庵文編有『賄』。

請李公受謁，公分軍守婁門，且陰遣營遮其歸路。李公見八人者，慰勞周至，漸引其從者宴於外，肅八人者設宴帳中，稱有公事，遽歸大營。俄而礮聲舉，營門閉，婁門軍亦舉礮應之；八人者相視色動，回顧從者，皆不在旁，欲出不得，忽聞大呼殺賊，蒼頭卒百餘人，挺矛直入，八人者皆起止之曰（一）：『願見撫軍，惟命是聽！』卒遽前斫之，皆死。八人者將死，皆頓足曰：『乃爲程某所賣！』公自婁門馳入雲官僞府，以雲官之令，召賊酋桀黠者數百人，皆誅之，俾賊衆盡繳軍器，賊衆皆慴伏聽命。明日，李公整部入城，傳令止誅其魁（二），籍其老弱及丁壯，願歸農者，資遣歸鄉里，能戰者，編入營伍，得其貲財積粟以贍軍，蘇城大定。李公由是遣軍分道攻拔常州、嘉興，以蹙上下游之賊，賊備多力分，而杭州、金陵相繼恢復。論者謂不克蘇州，則金陵、杭州不能遽攻（三）；微公設計招降，則蘇城不下；下蘇城而群酋不誅，則後事未可知，而淮軍亦不能盡鋭出征，迭摧堅城也。夫始約而終背之，其事譎而不正，無以服群酋之心，然公亦若願當其禍而設誓者，所謂『不有其躬，以狥功名』者邪（四）？卒之大局轉旋，生民蒙福，公之成功甚偉，而忠孝之忱，亦於是盡矣（二）！

（一）『皆』，續修四庫全書本庸庵文編作『驚』。
（二）『止誅』，續修四庫全書本庸庵文編作『誅止』。
（三）『攻』，續修四庫全書本庸庵文編作『拔』。
（四）『所』上，續修四庫全書本庸庵文編有『公』。

公自進薄嘉興也，涉自浮橋，麾衆登城，死傷甚衆。城上發礮，飛鉛貫公左腦，暈絕，舁歸營。部下將士，奮攻入城，遂殲賊衆，而公創甚歸蘇。溫詔詢公傷狀，賞賚稠疊。李公旦夕往問候，及將出視師，猶爲李公籌軍事〔一〕，流涕執別。創漸合，留敗骨爲梗，醫言不可去，公自拔之，血涌不止，傷腦及喉舌，不能食飲，遂以同治三年三月庚午卒。將卒之數日，口中唸吶，皆蘇城降酋事。時奮拳作格鬬狀，忽瞑目叱曰〔二〕：『汝等敢從我乎？』或曰：公平日意之所注，疾革神瞀，以至此也〔一三〕。

公廉於財，馭軍紀律嚴，所過肅然。目不甚知書，而行軍披覽地圖，指撝不爽銖寸。或以事怒將吏，旋覺其誤，立起自責，往謝不敏，故得人死力。每遇敵，登高望之，即知其彊弱堅瑕，偏正分合，隨宜應之。臨機果斷，赴敵迅疾，每爭一隘，必斷賊援師，絕糧道，動中窾要，其將略殆天授也〔一四〕。

戈登初與公爲昆弟交，每戰必偕，及誅降酋，戈登詈公，誓不相見。聞其卒，乃哭之，乞於李公，以公督戰時二長旗，攜歸國爲念。其爲遠人推服如此。

〔一〕『猶』上，續修四庫全書本庸庵文編有『公』。

〔二〕『瞑』，續修四庫全書本庸庵文編作『瞋』。

【作者傳略】薛福成，無錫人，字叔耘，一字庸菴，同治副貢，歷游曾國藩、李鴻章幕，陳治平六策及海防密議，下所司議行。後奉使英、法、義、比諸國歸，擢右副都御史。光緒廿年卒（一八九四），年五十七。福成從曾國藩久，與黎庶昌、張裕釗、吳汝綸，並稱高第。生平務經世之學，爲古文辭有義法，著有庸菴全集，有裨史事者甚大。清史稿卷四四六有傳。

【按】學啓生平，可參看吳汝綸程忠烈公神道碑，朱孔彰程忠烈公別傳。

【注釋】

〔一〕陳玉成，已見楊勇慤公別傳注〔五二〕。

〔二〕曾國荃，見同上書注〔五一〕。

〔三〕按：學啓係夜走曾國葆營降，事詳朱孔彰程忠烈公別傳。

〔四〕祁門，安徽今縣，清屬徽州府。按：時曾國藩駐節祁門，總督江南軍事。

〔五〕李鴻章，已見郭松林別傳注〔六〕。

〔六〕戈登，（Charles George Gordon）英人，歷戰克里米亞、印度，皆有功，後來中國，繼白齊文統帶常勝軍，從李鴻章與太平軍戰，尤有名，事平回國。西元一八八四年，遠征非洲之蘇丹，駐於喀土穆，爲敵兵圍攻，戰死。清史稿卷四三五有傳。

〔七〕李秀成，已見郭松林別傳注〔八〕。

〔八〕蠡口，在吳縣北十二里。黄埭，在吳縣北平明塘東岸。滸墅關，在無錫、蘇州之間，爲今京滬鐵路通道。

〔九〕鄭國魁，安徽合肥人，咸豐間以監生捐游擊銜，何桂清檄令募兵駐無錫高橋，太平軍猝至，諸軍潰，獨國魁以孤軍血戰三晝夜。同治間從李鴻章轉戰蘇、浙、魯各省，積功官至天津鎮總兵。傳附見清史稿卷四一六程學啓傳。

〔一〇〕洋澄湖，嘉慶重修一統志不載，未詳其處〔一〕。

〔一一〕按：閶門、胥門、盤門、齊門及婁門，均蘇州當時城門名。閶門、婁門之名，今猶存。

〔一二〕按：殺降古今皆以爲不仁，然歷來主兵者，不惜冒大不韙而犯之，蓋以兵不厭詐，只求於當時軍事有利，不遑及其他也。學啓以此頗蒙惡名，要其眼明手辣，亦自有其所見也。或謂此事實李鴻章主謀，非是。

〔一三〕按：徐宗亮歸廬談往録：『忠烈臨危，若有鬼物乘之，忠烈告以殺降負盟，爲國無私，此心可質鬼神等語。』蓋其臨死猶以殺降一事爲不安。本篇所謂唸吚皆蘇城降酋事，即此。朱孔彰別傳謂其創已合，忽有所憤，致不起。或謂學啓殺降，鴻章頗不滿，以『公亦降人』爲言。此說若可信，則學啓所憤，或即此也。

〔一四〕按：歸廬談往録云：『相國（按：指李鴻章）問入吳方略，答曰：「下游水鄉多橋，有一河即是一營，有一橋即是一將，得營得將，何功不成？」及功績大著，或問其學何兵法，答曰：「先有事，後有法，何今何古，在相地勢得志而已。」』可與此合看。

（一）『洋澄湖』當係『陽澄湖』，位於江蘇常熟。

张勤果公佚事

梁啓超

張勤果公曜〔一〕，立功咸同間，爲中興名將，勳名赫然，然其佚事，少有知者。

公少貧，爲人賃舂，有奇力，負米累數石。性剛俠，聞不平事，怒眥欲裂。一日，負米出，見衆圍觀一少婦，哭欲求死。詢之，則夫死不肯嫁，而姑逼之也。公奮曰：『天下豈有此事理者！』時姑方在旁，公即以所負米壓其上，斃之。衆鬨然大快。公乘間遁，亡命河南。時河南捻寇起〔二〕，民都團結自保，公以武勇爲衆所服，推爲團長。群以其行次呼之曰張大哥。張大哥之名著汴宋間〔三〕。適捻圍固始〔四〕，其令某，儒者也，有女美而才，度城且破，隨死無益，乃榜於衆曰：『有能守此城者，吾以女妻之。』當是時，寇張甚，咸莫敢應；以推張大哥，且曰：『此䨓福，非張大哥無可消受者。』公笑而起，進謁令，籌守禦。陰念賊衆我寡，非出奇，不足取勝，迺以壯士三百，出伏城外，夜三鼓，突起潛襲賊營，城上鳴鼓角應之，呼聲震天地，賊大驚潰，終夜洶洶不絕。時忠親王僧格林沁〔五〕方以大軍來援，未至數里，遥見火光中，公往來搏戰甚力，驚曰：『是何壯士？』及至勞問，乃公也，大加歎異，因奏署縣事，並爲公作伐。令遂以女歸公，即夫人也〔六〕。

夫人博通古今，嫻吏事，爲公閱案牘，批竅導要，驚其老吏。公固不知書，任河南布政時，御史劉毓楠劾公目不識丁，遂改總兵（七）。公憤甚，就夫人學，執業如弟子。夫人時訶罵之，公怡然也。後遂通知文史。公自改官，頗不平，數偃蹇朝命。左文襄公督師剿回，奏請公領兵，公不應。時嚴旨趣公，門下客多方説公，皆不應。夫人乃謂公曰：『汝以功自負，數逆上命，將謂朝廷不能殺汝耶？』公聞言蹶起，即往從左公，咋曰：『夫人言可畏！夫人言可畏！』文襄復奏改公文職，後遂巡撫山東。對屬吏，輒言其夫人之能，且曰：『汝等畏妻否？』或答以不畏者，公正色曰：『汝好膽大！妻乃敢不畏耶！』蓋公之畏夫人甚也。

【作者傳略】見前。

【注釋】

〔一〕按：張曜，順天大興人，原籍浙江錢塘，因肄業國子監，遂入大興籍。字朗齋，咸同間以討捻累擢河南布政使，改官總兵。後隨左宗棠平陝甘回亂，入新疆，定天山南路，擢廣東陸路提督，改援山東巡撫，築河堤，修道路，開廠局，精製造，頗著政績。光緒十七年卒，謚勤果。清史稿卷四五四有傳（一）。又勤果事迹可參看朱孔彰張勤果公别傳及譚廷獻張勤果公神道碑。

（一）『四五四』，原闕，今據清史稿補。

〔二〕捻，又稱捻子，咸同間流寇，已詳本書郭提督松林别傳注〔四六〕。

〔三〕按：開封一名汴梁，故亦稱河南曰汴省，此處指開封而言。宋指商丘，以其爲古宋國地也。

〔四〕固始，河南今縣，在商丘縣北，位史河與曲河之間，本漢蓼縣，南朝宋置固始縣，故城在今治東，隨徙今治，清時光州。

〔五〕僧格林沁，蒙古科爾沁親王。咸豐間，太平軍林鳳祥攻天津，督兵擒之。英法聯軍攻大沽，亦曾力戰。後督師剿捻，窮追遇伏，陣歿山東曹州，謚曰忠，故稱忠親王。清史稿卷四〇四有傳。

〔六〕按：據譚撰勤果神道碑，夫人姓蒯氏，餘未詳。

〔七〕劉毓楠，河南人，光緒間官御史，餘未詳。

記王隱君

龔自珍

於外王父段先生〔一〕廢簏中，見一詩，不能忘。於西湖僧經箱中，見書心經蠹且半〔二〕，如遇簏中詩也，益不能忘。

春日，出螺師門〔三〕，與轎夫戚貓語。貓指荒塚外曰：『此中有人家。段翁來杭州，必出城訪其處。歸，不向人言。段不能步，我舁往，獨我與吳轎夫知之。』循塚得木橋，遇九十許人，短褐曝日中。問路焉，告聾。予心動，揖而徐言：『先生真隱者。』答曰：『我無印章。』蓋隱者與印章聲相近。日晡矣，貓促之，悵然歸。

明年冬，何布衣來，談古刻。言：『吾有宋拓李斯郎邪石〔四〕。吾得心疾，醫不救。城外一翁至，言能活之。兩劑而愈。曰：「爲此拓本來也。」入室，徑攜去。』他日，見馬太常〔五〕，述布衣言。太常俛而思，卬而掀髯曰：『是矣是矣！吾甥鎖成嘗失步，入一人家。從竈後湫戶出。忽見有院宇〔一〕，滿地皆松化石。循讀書聲速入室。四壁古錦囊，囊中貯金石文字。案有謝朓集〔六〕，借之，不可，曰：「寫一本贈汝。」越月往視，其書類虞世南〔七〕。曰：「蓄書生乎？」曰：「無之。」指牆下鋤地者，「是爲我書。」出門，遇梅一株，方作華，竊負松化石一塊歸。若兩人所遇，其皆是與？』

予不識鎖君，太常、布衣皆不言其姓。吳轎夫言髣髴姓王也。西湖僧之徒取心經來，言是王老者寫。參互求之，姓王何疑焉！惜不得耡地能書者姓。

橋外大小兩樹，依倚立，一杏，一烏桕。

〔一〕『見』，萬有文庫薈要本定盦文集無。

【作者傳略】見前。

【注釋】

〔一〕段玉裁，字若膺，一字懋堂，金壇人。精小學，著有說文解字注等。自珍母，玉裁女也，故稱曰外王父。

〔二〕心經，佛經名，即般若波羅蜜多心經之簡稱也。

〔三〕螺師門，即清泰門之俗稱，今杭縣正東門也。

〔四〕秦始皇二十八年，作郎邪臺，立石刻頌秦德。二世元年，東巡郡縣，刻始皇所立刻石，石旁著大臣從者姓名。又從李斯等請，具刻詔書。按：郎邪臺在今山東諸城縣東南百六十里，三面環海，秦碑在西南陽。清咸同猶存有十二行，八十六字，近年忽失去。碑爲李斯所書，故曰李斯郎邪石。

〔五〕太常，官名，掌宗廟禮儀，秦名奉常，漢爲大常，至北齊始曰太常寺，有卿及少卿各一人。至清末廢。馬太常，未詳。

〔六〕謝朓，字玄暉，南齊陽夏人。少好學，有美名，文章清麗，長五言詩，有謝玄暉集，即此所謂謝朓集也。

〔七〕虞世南，字伯施，唐越州餘姚人，工文善書，唐太宗稱其德行、忠直、博學、文詞、書翰爲五絕。

本書重要參考書目

國朝文匯（沈粹芬）
國朝文録（姚椿）
續古文辭類纂（王先謙）
續古文辭類纂（黎庶昌）
湖海文傳（王昶）
涵芬樓古今文鈔簡編（吳曾祺）
明史（張廷玉）
黄雲山人集明史稿（王鴻緒）
罪惟録（查繼佐）
明史紀事本末（谷應泰）
明季北略、南略（計六奇）
明詩紀事（陳田）
清史稿（趙爾巽）

清史列傳（中華）
碑傳集（錢儀吉）
續碑傳集（繆荃孫）
碑傳集補（閔爾昌）
鮚埼亭集（全祖望）
戴南山集（戴名世）
曾文正公全集（曾國藩）
胡文忠公全集（胡林翼）
湘軍志（王闓運）
湘軍記（王安定）
淮軍平捻記（周世澄）
嘉慶重修一統志（四部叢刊續編）
湖南通志（以下皆商務版）
湖北通志
浙江通志
畿輔通志

後記

李文實先生遺著清代傳記文選即將付梓，從發現、收藏、整理，再到出版，其間頗有可觀可歎之處。

先生逝世之後數年，家人在裝修舊房時整理先生藏書、手稿打算另作處理，當時分管學科建設的索端智副校長得知後，特別交待校圖書館征得先生家人同意，搶救性地將先生藏書、手稿等遺物收集到校圖書館。經那成英、萬麗蓉兩位專業人員悉心整理，最終得以分類造冊。二〇一二年七月八日，先生家人鄭重捐贈先生畢生所藏，學校舉行隆重的藏書捐贈儀式，在校圖書館設『李文實先生藏書』專櫃供師生借閱，又將先生手稿、油印本講義、書信、剪報等收藏在校學科館設專櫃陳列展出。

在二〇一四年九月二十日舉行的李文實先生誕辰一百周年紀念會暨西北文史研究專題研討會上，與會學者對先生手稿清代傳記文選表現出極大的興趣。顧頡剛先生曾在一九四六年九月十一日日記中提及『讀李得賢清代傳記文選』，但這部著作從未面世。青海師範大學李健勝教授撰文論及顧頡剛與先生師生交誼時認爲：『清代傳記文選可能是爲寫清末人物左寶貴傳記而做的資料彙編。可惜的是，這些作品已散佚。』面對這種猜想，可想而知，學者們見到泛黃的紙張上先生厚重健實的筆跡時該有多麼興奮！

會後不久，我收到索端智校長一則短信，鄭重囑我盡快將先生手稿整理出版。經過與研究生院協調，終於將手稿借出整理。先生手稿一部十册，手工裝訂，每册二十頁至四十頁不等，用輕薄綿韌的『文通書局編輯所用箋』、『和光印刷紙社』所制信箋書寫，墨跡如新。經過我的研究生何璐璐一張張拍攝、録入，文學與新聞傳播學院馬志林博士認真校勘，這部被史學家反復提及的珍貴手稿最終得到學校專項經費支持得以出版。

回顧這個過程，真切感到我輩是如此幸運，能在先生文字中受益至深。尤其是我本人，先是奉何峰校長之命承辦先生百年誕辰紀念學術會議，並將會議論文結集爲人如其文 貴在其實——李文實先生誕辰一百周年紀念會暨西北文史研究專題研討會論文集，在中國社會科學出版社出版；後是受索端智校長之囑，將這部手稿整理面世。這於我本人是幸運眷顧，亦是職責所在，於青海民族大學，又是何等幸事！

先生著作的出版，前後曲折而動人，可觀之處頗豐，而可歎之處頗深。中國人歷來有敬惜字紙、崇尚文化的傳統，高校學人無論是管理者還是師生，都是浸潤這種傳統的謙謙君子，因爲這種古老的帶有敬畏感的傳統，我們成就了這椿美事、幸事。

寫下這段文字的時候，高原之夏正在熱烈地綻放，先生穿著藏藍色棉質中山裝，他的清癯面孔回閃在眼前，先生的學術精神賦予我和我的同事們砥礪前行的勇氣。是爲記。

卓瑪

二〇一九年七月三十日